Acid
애시드

애시드 1

초판 1쇄 찍은 날 | 2015년 2월 5일
초판 1쇄 펴낸 날 | 2015년 2월 12일

지은이 | 이류경
펴낸이 | 예경원

편집 | 유경화

펴낸곳 | 예원북스
등록번호 | 제396-2012-000132호
등록일자 | 2012. 7. 25
YRN | 제1-0095호

주소 | 경기도 고양시 일산동구 무궁화로 8-28 삼성메르헨하우스 712호 (우) 410-837
전화 | 031-819-9431 팩스 | 031-817-9432
http://cafe.naver.com/yewonromance
E-mail | yewonbooks@naver.com

ISBN 979-11-5630-299-5 04810
ISBN 979-11-5630-298-8 (세트)

※ 이 도서의 국립중앙도서관 출판시도서목록(CIP)은 서지정보유통지원시스템 홈페이지(http://seoji.nl.go.kr)와 국가자료공동목록시스템(http://www.nl.go.kr/kolisnet)에서 이용하실 수 있습니다.

19세미만 구독불가

1

Acid
애시드

이류경 장편 소설

YEWONBOOKS
ROMANCE STORY

C O N T E N T S

프롤로그

쏴아, 철썩!

바람을 타고 밀려온 물살이 바위에 부딪쳐 산산이 부서졌다가 파도에 밀려 다시 떠내려갔다. 부서지고 깨지면서도 물살은 쉬지 않고 밀려왔다가 밀려가길 반복했다. 마치 그것이 운명인 것처럼 어떠한 감정 표현도 없었다. 그러나 그건 그저 겉모습일 뿐, 자세히 들여다보면 제각기 색이 있었다.

거센 파도가 되어 밀려온 물살은 아픔을 쏟아내늣 거대한 물보라를 일으키며 부서져 내린다. 그러나 잔잔한 수면 위에서 밀려오는 물살은 바위를 어루만지듯 찰랑찰랑거리는 게 평화롭기만 하다. 인생도 마찬가지다. 눈으로 보이는 것이 결코 다가 아니었다. 그녀의 삶은 평온한 듯 보이지만 그 속은 썩어 뭉크러져 악취를 풍겼다. 제아무리 씻겨내고 고급 향수로 치장을 한다고 해도 벗겨낼 수 없었다.

"저들은 오래도록 행복했으면 좋겠다."

인경은 모래사장을 뛰어다니는 연인들을 바라보며 슬픈 목소리로 중얼거렸다. 저들처럼 그녀에게도 행복한 꿈을 꿀 때가 있었다. 주머니에 가진 것은 없었지만 온 세상이 제 것인 양 가슴 벅찼다. 그러나 꿈은 역시 꿈일 뿐, 결코 제 것이 될 수 없었다.

"아악!"

일그러진 표정으로 회상에 잠겨 있던 인경은 허리를 껴안는 손길에 놀라서 펄쩍 뛰어올랐다.

"왜 그렇게 놀라. 사람 무안하게."

"도둑고양이처럼 굴지 말고 기척 좀 내고 다니라고 했잖아!"

인경이 고함을 꽥 질렀다. 제 버릇 못 준다고 매번 일러줘도 달라지지가 않았다. 아니면 고칠 의향이 없는 것일지도. 하기야 제 멋에 사는 인간이니 남의 말을 듣는다는 것이 오히려 더 이상할지도 모르겠다.

"컨디션 안 좋아? 별것도 아닌 일로 왜 그렇게 까칠하게 굴어."

"다시는 이런 짓 하지 마. 역겨워!"

기철의 눈빛이 차갑게 얼어붙었다. 아침에 그녀의 전화를 받고 여기까지 오는 내내 가슴이 너무 떨려서 심장이 다 아플 지경이었다. 왜 그를 보자고 하는 것일까, 라는 불안감보다 그녀의 얼굴을 볼 수 있다는 것이 너무 좋아서 물 한 모금도 입안으로 넘기지 못했다. 그러다 그녀를 보게 되었고, 어느새 그의 손은 그녀를 안고 있었다. 그가 인식도 하기 전에 벌어진 일이라 그녀가 비명을 질렀을 때, 그도 놀라서 얼른 손을 뗀 것이다. 하지만 이렇듯 격한 반응을 할 줄은 몰랐다. 기철이 미간을 살짝 찡그리고서 그녀의 볼을 향해 천천히 손가락을 움직였다.

"그 정도로 내 손길을 싫어하는 줄은 몰랐네. 알았어. 오늘은 당신 말대로 할게. 하지만 내일부터는 역겨워도 참아야 할 거야. 내 인내심은 딱 거기까지니까."

그의 손가락이 그녀의 볼을 쓰다듬었다. 인경은 볼을 스치고 지나가는 저 손가락을 부러뜨려 버리고 싶은 충동을 느꼈다. 아니, 그를 죽여 버리고 싶었다. 순간, 그녀의 눈동자가 반짝 빛을 뿜었다. 죽여 버린다? 이 세상에서 그를 영원히 추방한다? 그럼 그 사람을 지킬 수 있을까? 그녀 안에서 걷잡을 수 없는 물음들이 연이어 들려왔다. 그를 지킬 수 있다면, 사랑하는 그 사람을 지킬 수만 있다면 기꺼이 그녀의 목숨쯤은 내놓을 수 있었다.

"그래. 나쁘지 않은 생각이야."

"뭐가 나쁘지 않은데?"

혼잣말로 중얼거린 말에 그가 날카롭게 물었다. 화들짝 놀란 인경은 억지 미소를 지으며 얼른 고개를 가로저었다.

"아니야, 아무것도. 배고프다. 우선 밥부터 먹어. 그런 다음 어떻게 할지 생각해 보자고."

마지막 말은 그에게가 아닌 그녀에게 한 말이었다. 그를 어떻게 처리해야 할지 생각할 시간이 필요했다. 인경은 벌어진 입을 다물지 못하고 눈동자만 굴리고 서 있는 그를 지나쳐 걸어갔다.

"지금 밥이라고 했어?"

기철은 꼭 뭐에 홀린 사람처럼 그녀의 뒤를 따라가며 물었다. 입에 게거품을 물고 고래고래 소리를 지를 줄 알았는데 태연한 표정으로 밥 타령이나 하다니. 듣는 사람이 이상해질 정도였다.

"먹고 죽은 귀신 때깔도 좋다고 하잖아. 배나 실컷 채워두자고."

"하고많은 말 중에 왜 하필 귀신이야. 기분 섬뜩하게."

"귀신이 뭐 어때서. 우리도 죽으면 다 그 모습일 텐데. 이참에 사귀어두는 것도 나쁘지 않겠어."

인경은 바닷가에서 그다지 멀지 않은 횟집으로 들어가 자리를 잡고 앉았다. 기철이 아직도 믿어지지 않는다는 표정으로 그녀의 맞은편에 앉았다.

"여기 특대로 하나 주세요."

인경이 큰 소리로 말하자 알았다는 답변이 돌아왔다.

"오늘 왜 보자고 한 거야?"

기철은 눈에 띄게 달라진 그녀의 행동이 마음을 불안하게 하자 조심스럽게 물었다. 아침을 굶은 터라 배가 몹시 고프기는 했다. 하지만 그녀의 말을 듣기 전에는 목구멍으로 밥이 넘어갈 것 같지가 않았다.

"밥 먹고 얘기해. 나 잠깐 화장실 좀 다녀올게."

인경은 그를 향해 생긋 웃어준 뒤, 밖으로 나왔다. 그리고 더는 분을 참지 못한 그녀의 입에서 거침없이 욕지기가 쏟아졌다.

"흡혈귀 같은 자식. 내가 가만둘 줄 알아. 배불리 실컷 처먹어둬라, 이 나쁜 새끼야."

그렇게 혼자서 분풀이를 하고 있을 때, 그녀의 휴대전화가 울렸다. 인경은 크게 심호흡을 하고 난 후 가방에서 전화기를 꺼내 발신자를 확인했다. 악마라는 글자가 선명하게 찍혀 있었다. 순간, 울컥 목이 메고 눈이 뻑뻑해졌다. 처음엔 그가 영락없는 악마인 줄 알았다. 그래서 아무런 고민 없이 악마라고 저장을 했다. 하지만 모든 것을 알게 된 지금은 그가 아닌 그녀가 악마였다.

"그가 알면 서운해하겠다."

인경은 통화를 끝내고 이름을 바꿔야겠다는 생각을 하며 통화 버튼을 눌렀다.

"여보세요?"

[잠을 깨운 건가?]

예리한 질문. 그는 단 네 글자로 그녀의 목소리가 다른 때와 다르다는 걸 눈치채고 있었다. 인경은 가슴으로 밀려드는 아릿한 느낌을 지그시 누르며 장난스럽게 입을 열었다.

"어젯밤에 무리했나 봐요. 목소리가 잠기네요."

[이런, 어젯밤을 상기시키다니. 요부가 따로 없군.]

맞받아치는 장난스러움에 한결 기분이 좋아졌다. 이렇게 그의 목소리만 듣고 있어도 가슴속에 맺혀 있던 답답함이 사라지면서 마음이 편안했다. 인경은 조금만 더 놀려줄 생각으로 말문을 열었다.

"왜요? 느낌이 이상해요?"

[그래야 하나?]

"치, 됐어요. 일이나 하시죠."

인경은 되묻는 말에 금세 맥이 빠지자 토라진 목소리로 대꾸하며 발걸음을 바닷가로 향했다. 그에게 파도 소리를 들려주고 싶어서였다.

[당신은 어때? 느껴지나?]

"그래야 하나요?"

인경이 그의 말을 흉내 내자 커다란 웃음소리가 들려왔다. 듣기 좋은 울림에 그녀의 입가에도 미소가 피어올랐다. 더불어 그가 몹시도 그립고 보고 싶었다.

"주열 씨."

[듣고 있으니 말해.]

"보고 싶어요."

그녀의 말에 일순 침묵이 찾아들었다. 인경은 적막감이 흐르는 전화기가 생명줄이라도 되는 듯이 꽉 움켜쥐었다. 처음이었다. 그녀 스스로가 감정 표현을 한 것은. 그래서 두렵다. 또한 흥분되기도 했다. 그에게서 듣게 될 말이 무엇일지. 그렇게 잠시 동안 침묵했던 공간에 그의 목소리가 다시 들려왔다.

[지금 가도록 하지.]

"저기, 주열 씨!"

예상하지 못한 대답에 인경이 날카롭게 소리쳤다.

[할 말 있나?]

"집 아니에요. 잠시 밖에 나왔어요."

[어딘데?]

"바닷가요. 바다가 보고 싶어서 왔어요. 파도 소리 들리죠?"

인경은 그에게 파도 소리를 들려주기 위해서 바위 위로 올라갔다.

[그곳으로 가지. 어딘지 말해.]

"아, 아니에요. 그러지 말아요. 그냥 집에서 봐요."

[혼자가 아닌가 보군.]

인경은 단정 짓는 말에 간담이 서늘해져 오자 어떠한 대꾸도 하지 못했다. 아니, 그의 말이 사실이기에 어떤 말도 할 수가 없었다.

[그만 끊지.]

침묵을 긍정으로 받아들이며 전화는 그렇게 끊어지고 말았다. 띠릭! 하고 날카롭게 울리는 소리를 따라 저릿한 통증이 가슴으로 전해졌다. 인경은 아픈 부위를 손바닥으로 지그시 누르며 그 또한 상처받았다는 것을 깨달았다. 본의 아니게 그를 아프게 한 것이다. 그녀는 이대로 그를 내버려 둘 수 없다는 생각에 서둘러 통화 버튼을 눌렀다. 그러나 한참의 신호음에도 불구하고 통화는 이루어지지 않았다. 인경은 엄습해 오는 불안감에 다시 전화를 걸었고, 역시나 통화는 이루어지지 않았다. 그녀는 어쩔 수 없이 음성 메시지를 남겼다.

"눈물겨운 대사로군."

인경은 불쑥 끼어든 목소리에 고개를 획 돌렸다. 기철이 주머니에 손을 찔러 넣은 채 한쪽 발을 그녀가 서 있는 바위 위에 걸치고서 의미심장한 표정으로 웃고 있었다. 순간, 그녀의 눈동자에 불꽃이 일렁거렸다.

"이제 전화까지 엿들어?"

"무슨 말씀을. 기다리다 지쳐서 찾아 나섰다가 절절한 목소리가 자연스럽게 내 귀로 흘러들어 온 건데. 근데 좀 실망스럽군. 너만은 그렇지 않을 거라 생각했는데."

"뭐가?"

인경은 알 수 없는 말에 주머니에서 담배를 꺼내 물고 불을 붙이는 그를 멀뚱히 바라보며 물었다.

"일편단심에 지고지순한 사랑 아니었던가?"

기철이 길게 연기를 뿜어내며 되물었다. 하도 어처구니가 없는 말에 인경은 픽 코웃음을 치고 말았다.

"후훗, 진짜 우습다. 그걸 차버린 사람이 사랑 타령이라니. 아, 그리고 몰랐는데 사랑은 움직이는 거더라고."

"그래? 그럼 언제든지 다시 움직일 수 있다는 말이군."

"상대가 누구냐에 따라 달라지겠지. 하지만 당신 같은 사람에겐 두 번은 없어."

"그건 두고 보면 알겠지."

기철은 쓴웃음을 지으며 천천히 그녀에게 다가갔다. 그러자 다가오지 말라는 듯 매서운 눈초리로 그녀가 노려보았다. 하지만 그는 걸음을 멈추지 않았다. 이윽고 그녀 앞에 선 그는 얼굴을 반쯤 뒤덮고 있는 머리카락을 살며시 거둬 올렸다. 불쾌하다는 듯 그녀가 인상을 찡그리며 얼굴을 옆으로 휙 돌렸다. 전혀 쓸데없는 행동에 그가 혀를 내둘렀다.

"쯧쯧쯧. 날 화나게 하면 안 된다는 것쯤은 알고 있을 텐데 도발이라니. 각오는 됐겠지."

"앗!"

짧은 비명 소리와 함께 그녀의 몸이 순식간에 그의 품 안으로 빨려 들어갔다. 인경은 양손으로 힘껏 그를 밀어냈다. 하지만 그의 몸은 바윗덩이처럼 꿈쩍도 하지 않았다.

"놔! 놓으란 말이야!"

"소용없는 반항이야. 넌 날 이길 수 없어. 평생이 가도 못 이겨. 그건 강주열도 마찬가지야."

옭아매는 사슬에서 빠져나오기 위해 몸부림치던 인경은 뒤통수를 내려치는 충격에 몸이 굳었다. 아무도 그를 이기지 못한다고 한다. 평생을 가도 이기지 못한다고 한다. 그러면? 그러면 그 사람은 이제 어떻게 한단 말인가. 그녀가 아니면 구해줄 사람도 없는데 이대로 평생을 기철의 협박 속에서 살아야 한다는 말이 아닌가. 안 될 말이었다. 더는 그녀를 미끼로 주열을 제물로 쓰게 할 수는 없었다. 그러기엔 그 사람이 너무나 소중했다. 인경은 기철의 품에 갇혀 멍하니 바다를 응시했다. 하얀 물보라가 그들을 향해 달려오고 있었다.

'그래. 여기서 끝내야 해. 만일, 살아야 할 운명이라면 다시 태어나겠지.'

모든 것을 내려놓기로 결심한 그녀의 마음은 의외로 담담했다. 인경은 고개를 비틀어 주위를 둘러보았다. 몇 쌍의 연인들이 손을 잡고서 바닷가를 거닐고 있었다. 바로 그들 옆에도 사진을 찍는 연인들이 있었다. 그녀는 눈을 지그시 감았다. 지금 이 순간, 강주열이라는 사람이 너무나도 보고 싶었다. 미치도록 보고 싶었다. 그나마 다행인 게 비록 메시지였지만 그녀의 마음을 그에게 전할 수 있어서 큰 위안이 되었다.

"송기철, 나 아니면 안 되는 게 확실해?"

"내 대답은 바뀌지 않아."

"그렇구나. 그런데 말이야. 난 강주열 씨가 아니면 안 돼. 그럼 어떻게 해야 할까?"

어디서 용기가 났는지 모르겠다. 그러나 이젠 하나도 무섭지가 않았다. 겁나지 않았다. 기꺼이 송기철, 이자와 갈 것이다.

"말했잖아. 넌 선택의 여지가 없다고."

"그래. 나도 그런 줄 알았어. 그런데 딱 하나 방법이 있더라고."

"그런 게 있을 리가 없잖아. 둘 중에 하나가 죽지 않는 한."

"아니. 있어. 아마 당신도 마음에 들 거야. 날 원하는 당신 마음과 강주열 씨를 원하는 내 마음이 둘 다 충족될 수 있거든."

기철이 그녀를 품에서 떼어냈다. 둘 다 충족시킬 수 있다는 말이 귀를 솔깃하게 했다.

"그게 뭔데?"

"알려주기 전에 다시 한 번 물을게. 정말 날 갖고 싶어?"

"넌 이미 내 거야. 지금은 단지 대여 중일 뿐이지. 그것도 내일로 끝나겠지만."

"뭐, 대여 중? 하하하, 말 되네. 그것참 말 된다. 그럼 어디 내가 당신 거란 증거를 대봐. 그럼 믿어줄게."

"그거야 어렵지 않지."

기철은 한순간의 망설임도 없이 곧장 그녀의 입술을 덮쳤다. 그녀를 길들인 사람이 바로 그였기에 요구 조건은 그다지 어렵지 않았다. 그러나 쉽게 열릴 거라고 생각했던 것과 다르게 그녀의 입술은 굳게 잠긴 자물쇠처럼 꽉 닫혀 있었다. 하기야 쉽게 열어준다면 그녀가 아니었다. 쉽게 포기할 그도 아니었지만.

'송기철. 절대 네 뜻대로는 되지 않아. 그게 무엇이든.'

인경은 집요하게 파고드는 입술을 거부하며 그의 허리를 꽉 끌어안았다. 그리고 몸이 쉽사리 빠져나가지 못하도록 양 손가락을 깍지 낀 채 뒷걸음질 쳤다. 한 걸음씩 조심스럽게 옮길 때마다 파도 소리는 더욱 크게 들려왔다.

"제기랄!"

뜻대로 되지 않으니 그의 입에서 욕설이 튀어나왔다. 당연했다.

그는 그녀를 가질 자격이 없었다. 그리고 그녀의 모든 것은 강주열, 그 사람의 것이었다. 빼앗으려는 자에게 빼앗기지 않으려고 애쓰는 동안 어느새 그들은 바위 끝에 서 있었다.

인경은 눈을 감은 채 그동안의 삶을 뒤돌아보았다. 그러나 아무것도 보이지 않았다. 기억나지 않았다. 오직 한 사람만이 뇌 속에 박혀 있었다. 가슴이 에이는 듯 아픔이 밀려오자 그녀의 눈에 이슬이 맺혔다. 이럴 줄 알았더라면, 이렇듯 아프게 떠날 줄 알았더라면 사랑한다고 그의 귓가에 대고 속삭여 줄 것을. 허무하게도 허공을 향해 말해야 한다는 것이 그녀를 슬프게 했다.

"강주열 씨. 우리 다음 생에서 만나요. 그때는 원 없이 사랑하기로 해요."

기철이 눈을 동그랗게 치켜떴다. 그제야 그녀의 의도를 눈치챈 것이다.

"너, 너 뭘 하려는 거야 지금!"

"내가 뭘 하는지 직접 확인해 봐."

인경은 기철을 향해 환하게 미소 지으며 그의 허리를 더욱 꽉 끌어안았다. 그리고 보고픈 사람의 얼굴을 떠올리며 그대로 허공을 향해 몸을 날렸다.

『미안해요. 당신을 아프게 해서. 만일 내게 다음 생이 있다면 내 첫 번째 사랑은 당신이었으면 좋겠습니다. 강주열 씨, 당신을 사랑합니다.』

1장 사랑이라는 이름으로

그는 쏟아지는 달빛을 받으며 서 있는 여자가 눈부시게 아름다워 눈을 뗄 수가 없었다. 몸 안에 있는 수분이 모두 증발한 것처럼 입안이 바짝바짝 타들어가는 게 당장에라도 갈증을 해소하지 못하면 몸이 가루가 될 것 같았다.

그때 여자의 어깨에 걸쳐져 있던 옷이 사르륵 소리를 내며 아래로 흘러내렸다. 까만 밤이 무색할 정도로 달빛에 드러난 하얀 살결은 밀어를 속삭이듯 은밀하게 반짝거렸다. 순간 파르르 몸이 떨리더니 잔뜩 성을 내고 있던 남성이 아우성을 치기 시작했다. 당장 그녀 안에 들어가지 못하면 두 동강이 날 것처럼 아프게 죄여와 그를 미치게 했다.

"어서 와. 좀 더 빨리……. 제발."

급기야 그는 애원하기 시작했다. 하지만 다가오는 여자의 발걸음은 애를 태우듯 좀처럼 가까워지지가 않았다. 더는 기다릴 수 없어진 그가 하늘거리는 옷자락을 붙잡기 위해 손을 뻗었다. 그러자 까르르 소리를 지르며 여자가 도망치기 시작했다. 그는 행여나 그녀를 놓칠세라 황급히 뒤를 쫓기 시작했다. 그러나 금방이라도 손안에 잡힐 것 같던 여자는 손가락이 닿을 듯 말 듯 애간장만 녹일 뿐 좀처럼 잡히지가 않았다.

하지만 포기할 수 없었다. 어떻게 해서든지 그녀 안에 들어가야 했다. 그의 손길을 피해 이리저리 빠져나가며 하나둘 옷을 벗어던진 그녀는 지금 실오라기 하나 걸치지 않은 상태였다. 오직 칠흑 같은 기다란 머리카락만이 옷을 대신하듯 톡 불거져 탐스럽게 솟아오른 유두를 아슬아슬하게 가리고 있었다. 그는 피가 끓어올랐다. 주체할 수 없을 만큼 욕정의 노예가 되어버렸다. 그녀를 가져야겠다는 것 외에는 아무것도 생각나지 않았다.

그 순간 거짓말처럼 그녀가 품속으로 날아들었다. 그리고 이내 보드라운 살결이 뜨거운 용암이 되어 그를 집어삼켰다. 굶주린 짐승이 그러하듯 참고 있던 욕망이 한꺼번에 밀어닥쳐서 서로의 혀를 휘감고 끌어당겼다. 끈적거리는 타액과 타액이 뒤엉키며 음탕한 소리를 냈다. 그녀의 숨결을 마시면 마실수록 더 깊은 갈증을 느낀 그는 입술을 내려 탐스럽게 영글어 있는 젖가슴을 입에 물고 힘껏 빨아 당겼다.

"윽! 하아……."

과즙이 흘러나오듯 그녀의 입에서 욕망의 찬 신음 소리가 흘러나왔다. 그에 화답하듯 그의 손가락이 촉촉하게 젖은 동굴 숲을 헤집고 안으로 들어갔다. 조개가 입을 오므리듯 손가락을 뜨겁게 옥죄며 그녀의 허리가 뒤로 꺾였다.

"앗! 아……."

여성 안으로 손가락을 깊게 밀어 넣을수록 그녀는 붉은빛으로 타오르듯 뜨겁게 숨을 헐떡거렸다. 그 모습이 참으로 눈부시게 아름다워 이대로 그녀 안에 녹아들고 싶은 욕망으로 온몸이 타들어가 숨이 가빴다. 그는 황급히 손가락을 뺐다. 그리고 은밀한 그곳으로 침입하듯 분신을 밀어 넣었다. 애액으로 촉촉이 젖은 입구가 불기둥을 집어삼킬 듯이 빨아들였다.

"으윽!"

몸을 움직일 때마다 아랫도리에 전해져 오는 감각이 그를 미치게 했다. 이대로 죽어도 좋을 만큼 척추를 타고 흘러내리는 짜릿함은 세상 그 무엇보다 황홀했다. 그 느낌을 좇아 불기둥을 더욱 깊숙이 질 속으로 찔러 넣고 빼기를 반복하자 이미 걷잡을 수 없이 커져 버린 욕망 앞에 애욕의 불꽃이 뜨겁게 타올랐다.

그때였다. 아름답게 타오르던 그녀의 몸이 순식간에 그의 품 안에서 유리 조각처럼 산산이 부서졌다. 믿을 수 없을 만치 눈 깜짝할 사이에 벌어진 참혹한 광경에 그는 비명을 내질렀다.

"아악! 안 돼!"

"주열아, 정신 차려!"

서진이 비명을 지르며 몸부림치는 그를 품에 끌어안으며 소리쳤다. 한동안 잠잠하더니 또다시 악몽에 시달리고 있었다.

"꿈이야, 꿈!"

그러나 한번 시작된 꿈은 보고 있는 이가 안타까울 정도로 그를 놓아주지 않았다. 꿈을 꾸다가 죽었다는 말을 들어본 적은 없지만 하얗게 질린 얼굴로 몸부림치는 그를 보고 있노라면 이대로 숨을 거둘 것만 같아서 겁이 났다.

"강주열!"

서진은 좀처럼 그가 깨어나지 않자, 뺨을 후려쳤다. 섬뜩한 소리와 함께 그제야 비명을 멈추고 주열이 눈을 번쩍 떴다. 비통스런 표정과 달리 초점 없는 눈동자는 죽은 자의 것이었다.

"흐흡, 컥! 허억 허억……."

목이 졸린 듯 멈춰 있던 호흡이 거칠게 튀어나왔다. 서진은 말라비틀어진 입술 사이로 흘러나오는 헐떡거림이 이렇게 반가울 수가 없었다.

"괜찮아. 이제 괜찮아. 꿈이야, 꿈."

서진이 그의 등을 쓰다듬으며 달랬다. 얼마나 땀을 흘렸는지 맨살에 물기가 흥건했다.

"하아, 하아……. 무, 물 좀."

서진이 안쓰럽다는 표정을 하고서 물컵을 입에 대주었다. 주열은 목구멍이 갈라진 것처럼 목이 타자 한 잔을 다 비우고서야 입술을 뗐다.

"괜찮아?"

서진이 물컵을 테이블에 내려놓으며 물었다. 주열은 말할 기운도 없어 그저 고개를 끄덕거렸다

"땀 좀 닦아야겠다. 아니면 간단하게 샤워할래?"

주열은 온몸을 덮쳐 오던 끔찍한 감각이 아직도 생생하게 전해져 오자 손바닥으로 얼굴을 쓸어내리며 말했다.

"몇 시나 됐어?"

서진의 시선이 사이드 테이블에 있는 시계로 향했다. 시간은 새벽 4시를 향해 달려가고 있었다.

"아직 일어나긴 이른 시간이야."

"하아!"

주열은 긴 숨을 내쉬며 침대에 털썩 등을 대고 누웠다. 다시 잠들고 싶지 않았다. 하지만 억지로 다시 눈을 감았다. 그가 깨어 있다면 서진은 잠자리에 들지 않을 것이다. 회사에서는 비서로, 집에서는 친구로서 그의 옆을 지키며 가사일까지 담당하고 있어 안 그래도 피곤한 사람이라 잠까지 방해할 수는 없었다.

"그냥 잘래?"

눈을 감는 그를 보며 서진이 물었다.

"어. 귀찮아."

"그렇게 해, 그럼."

서진이 자리에서 일어났다. 그러나 선뜻 걸음을 옮기진 못하고 있었다. 아마도 그가 걱정되어서일 것이다.

"괜찮으니까 가서 자."

"어. 그럼 자라."

서진은 무거운 마음으로 발길을 돌렸다. 옆에 있어주고 싶었지만 그걸 바라지 않는다는 것을 알기에 등을 돌릴 수밖에 없었다. 탁! 문이 닫히는 소리가 들렸다.

"제길!"

주열은 혼자가 되자 욕설을 내뱉으며 누웠던 몸을 벌떡 일으켜 앉았다. 꿈속에서의 사랑 행위가 몸에 잔재로 남아 끈적거렸다. 당장 깨끗이 씻어내지 않으면 미칠 것 같았다. 주열은 침대를 벗어나 곧장 욕실로 향했다. 걸을 때마다 아랫도리로 전해지는 불쾌감에 이를 갈았다. 그 상황에서 몽정이라니, 한심하기 짝이 없었다.

"빌어먹을!"

주열은 샤워기에서 쏟아지는 물줄기를 맞으며 또다시 거친 말을 토했다. 자신이 쏟아낸 흔적을 지우고 있으려니 역겨움이 밀려와 울화통이 치밀어 올랐다. 왜 그가 이 새벽에 이러고 있어야 하는지 한심하다 못해 비참했다.

"으아아악!"

결국, 울분을 참지 못하고 주먹으로 벽을 후려쳤다. 뼈마디가 으스러진 것 같은 통증이 찾아왔지만 절망에 오열하는 심장만큼은 아프지 않았다.

희미한 의식 사이로 웅얼거리는 소리가 들려왔다. 인경은 힘겹게 눈꺼풀을 들어 올렸다. 아직 해가 뜨려면 멀었는지 방 안은 어둠에 휩싸여 있었다. 몇 시나 되었을까. 인경은 시간을 확인하기 위해 몸을 일으키다가 창가에 서 있는 실루엣을 보고 멈칫했다. 하지만 곧 상대가 기철이란 것을 깨닫고 다시 침대에 몸을 뉘었다. 그는 전라의 몸을 하고서 누군가와 통화를 하고 있었다. 이렇듯 꼭두새벽부터 누굴까, 의문이 들 때쯤 그의 목소리가 또렷이 들려왔다.

"좋아. 저쪽에서 눈치 못 채게 처신 똑바로 하고 이번 일을 끝으로 마무리한다. 그래. 수고했다, 최무희. 내일 갈게."

귀를 쫑긋 세우고 듣고 있던 인경은 저도 모르게 어깨를 움찔거렸다. 연인인 그녀보다 기철이 더 가깝게 곁에 두고 있는 여자, 최무희. 기철이 통화할 때 그저 귀동냥으로 이름을 들어 알고 있던 여자를 우연히 만나게 된 것은 며칠 전, 저녁을 먹으러 간 레스토랑이었다. 화려하면서도 우아한 멋을 풍기는 여자의 자태는 같은 여자가 봐도 기가 팍 죽을 정도로 아름다웠다.

하지만 그녀를 놀라게 한 것은 보란 듯이 기철의 목에 팔을 두르고서 키스하던 당당함이었다. 그리고 그런 여자의 행동을 기철은 제지하지 않았다. 그래서 그녀도 모르게 여자와 어떤 관계인지를 물었다. 그리고 듣게 된 말.

"알 필요 없어."

냉정하게 내뱉어진 짧은 그 한마디가 몸속 곳곳에 가시가 박히는 것처럼 온몸을 아프게 후벼 팠다. 그날 이후로 최무희라는 이름을 들을 때마다 알 수 없는 불안감으로 지금처럼 가슴을 졸여야 했다. 더구나 내일 간다고 한다. 그건 한동안 그를 볼 수 없다는 것을 의미했다. 지끈지끈. 심장에 박힌 가시가 널뛰기라도 하듯이 온몸이 욱신거렸다.

그때, 옆자리에서 부스럭거리는 소리가 났다. 통화를 끝낸 기철이 이불 속으로 들어온 것이다. 인경은 깨어 있다는 것을 들키고 싶지 않아 자는 척 눈을 감았다. 그러나 곧장 뻗어온 손길이 바짝 끌어당긴 탓에 엉덩이 사이로 뜨거운 이물감이 느껴져 절로 눈이 떠졌다. 이어 뜨거운 숨결이 목덜미를 달구자 살과 살이 맞닿은 곳을 시작으로 금세 몸이 뜨거워졌다.

마치 그녀가 깨어 있다는 것을 아는 것처럼 그는 양손으로 가슴을 움켜쥐었다, 놓기를 반복하며 도드라진 유두를 손가락으로 비틀며 희롱했다. 살짝 건들기만 해도 그녀의 몸은 그의 손길을 애타게 갈망했다. 이제 가슴을 희롱하던 손가락이 검은 숲을 헤집으며 음핵을 어루만졌다. 흥건하게 젖어 있던 꽃잎이 휘몰아치고 지나가는 혈속을 견디지 못하고 파르르 떨었다.

"으음."

인경은 가랑이 사이로 번져 가는 열기에 몸을 들썩이며 신음을 토했다. 그에 화답하듯 손가락이 좁은 입구를 가르며 안으로 쑥 밀고 들어왔다. 열에 들떠 있던 자궁이 갑작스러운 침입자로 말미암아 게 눈 감추듯이 움츠러들었다.

"힘 빼."

귓불을 간질이는 나지막한 목소리가 이내 뒤를 따랐다. 인경은 몸을 부르르 떨며 힘을 빼기 위해 한숨을 내쉬었다. 잔뜩 힘이 들어간 다리가 부드럽게 풀리자 만족한 듯 손가락이 질 속을 휘저었다.

"아!"

짜릿한 감각이 전신을 휩쓸고 지나갔다. 밤새 사랑을 나눴는데도 몸은 여전히 그의 손끝에서 너무나도 쉽게 타올랐다.

"넌 너무 뜨거워."

알고 있는 사실이 그의 입을 통해 흘러나왔다. 인경은 문득 억울하다는 생각이 들었다. 그가 희롱하는 것처럼 그녀도 똑같이 되갚아주고 싶을 만큼. 그러나 쾌락 앞에서의 객기는 바람에 흔들리는 촛불에 불과하다는 것을 목덜미를 훑어 내리는 혀와 질 속을 헤집고 다니는 손가락이 동시에 움직일 때 뼈저리게 느껴야 했다.

"그래서 가만히 둘 수가 없어."

"아윽!"

이로 겉귀를 깨물며 전해져 오는 농후한 음성에 절로 아랫배에 힘이 들어갔다. 인경은 뒤에서 몸을 옭아맨 채 성이 난 기둥으로 연신 엉덩이를 찔러대며 손가락으론 그녀 안을 휘젓고 다니는 그로 인해 애가 타 몸을 비틀었다. 이미 열릴 때로 열려 버린 몸은 그를 품고 싶어 안달했다.

"기, 기철 씨, 그만 들어와. 더는…… 허윽! ……더는 못 참겠어."

애원의 목소리가 바스락거리는 낙엽처럼 탁하게 흘러나왔다. 하지만 기철은 더 큰 쾌락을 맛보기 위해서 애걸복걸하는 목소리를 가차 없이 무시해 버렸다. 절정으로 치닫는 모습보단 이렇듯 성욕을 참지 못하고 고통스럽게 몸부림칠 때가 그를 더 흥분시켰다. 그만이 오롯이 그녀를 가질 수 있다는 성취감에서 오는 쾌감 때문이었다.

기철은 여린 속살을 희롱하던 손가락을 빼냈다. 흥분으로 넘쳐난 애액이 손가락을 타고 미끄러지듯 흘러내렸다. 순간, 예민해져 있던 오감이 파열하며 성난 파도처럼 이성을 덮쳤다. 기철은 헐떡거리는 그녀의 입속으로 가차 없이 젖은 손가락을 집어넣었다.

"핥아."

"으읍!"

코끝을 스치던 비릿한 향이 입안에서 느껴지자 불결함과 불쾌감이 동시에 몰려왔다. 인경은 역겨움이 목구멍을 뚫고 치밀어 오르자 세차게 도리질을 쳤다. 한동안 잠잠하던 더러운 장난질이 다시 시작된 것이다. 도대체 그는 왜 이런 치욕스러운 장난질을 그녀에게 하는지 알 수가 없었다. 그가 원할 때까지 사랑을 구걸하라면 얼마든지 그럴 수 있었다. 그를 원했고, 그를 갖지 못하면 뼈가 녹아내릴 것처럼 고통스러웠으니까. 하지만 지금처럼 제 것을 핥아 먹어야 할 때는 굴욕감과 수치심으로 딱 죽고만 싶었다.

"네 몸에서 나온 거야. 한 방울도 남기지 말고 빨아 먹어."

악마 같은 모습으로 그가 명령했다. 인경은 그의 잔인한 행동에 치를 떨며 고개를 세차게 가로저었다.

"으읍! 시…… 러."

"날 가질 수 없는데도?"

그의 손목을 붙잡고 반항하던 인경이 협박 소리에 동작을 멈추었다. 모든 세포가 깨어난 몸은 아직도 그를 애타게 갈망하며 요동쳤다. 한데 이런 치사한 방법으로 나올 줄이야. 인경은 처음으로 이 남자를 죽이고 싶다는 충동에 휩싸였다. 그러는 사이 그녀의 입술 끝을 타고 무언가가 주르륵 흘러내렸다. 끝내 삼키지 못한 음액이 침과 섞여 나온 것이다.

"이런."

안타까운 목소리로 기철이 천천히 입속에서 손가락을 뺐다. 손끝을 타고 기다랗게 늘어져 나오던 침액이 툭 끊어졌다. 인경은 재빨리 고개를 옆으로 돌려 기분 나쁜 이물질을 퉤 뱉었다.

"네 건데 그렇게 싫어?"

그녀의 행동이 못마땅한 기철이 얼굴을 잔뜩 찡그린 채 물었다.

"싫어. 퉤!"

인경은 침대 위란 것도 아랑곳없이 연거푸 입안에 있는 침을 토해냈다. 세상천지에 이런 짓을 좋아할 사람은 한 명도 없을 것이다. 그 역시 제 것을 삼키라 말한다면 역겨움에 치를 떨게 분명했다.

"왜?"

"변태 같아서 구역질 나. 다시는 이런 짓 하지 마!"

"후훗."

그가 입가를 씩 끌어 올리며 웃었다. 순간, 그녀의 눈빛이 위험한 칼날처럼 표독스럽게 변했다. 사람이 어디까지 잔인해질 수 있는지 실험해 보고 싶다는 충동이 온몸을 흔들어댔다.

"재미있어?"

"너라서."

"뭐?"

뜻 모를 말에 인경이 날카롭게 물었다. 기철은 조금 전까지 그녀의 입속에 있던 손가락을 물끄러미 내려다보았다. 끈적이던 그녀의 흔적은 이미 사라지고 없었다. 그러나 뜨겁던 감각만큼은 아직도 그대로였다. 기철은 천천히 손가락을 오므리며 입술을 달싹였다.

"싫어하면서도 내 손가락을 빠는 널 보고 있으면 뇌가 마비된 것처럼 흥분되거든. 근데 오늘 이 모습도 나쁘지 않다. 너무 순종적인 여잔 매력 없거든."

"지금 그 말은 내가 매력이 없어서 이런 짓을 했다는 거야?"

"난 오래도록 널 갖고 싶어. 근데 넌 너무 뜨거워서 쉽게 꺼지지. 내가 타오를 시간이 없을 만큼 아주 빨리."

그의 말은 거대한 회오리가 되어 그녀를 휩쓸고 지나갔다. 인경은 눈을 부릅뜬 채 몸을 바들바들 떨었다. 몸이 쉽게 뜨거워진다는 걸 그녀도 알고 있었다. 그의 손길이 닿기만 해도 몸속에서 열꽃이 피어올랐으니까. 하지만 왜 이제 와서 그게 문제가 되는지 모르겠다. 설마! 인경은 눈앞에 불쑥 나타난 여자의 얼굴이 심장을 쥐고 흔들자 천천히 입술을 열었다.

"왜, 말…… 하지 않았어? 말했더라면 참으려고 노력했을 텐데."

"굳이 그럴 필요가 뭐 있어. 욕정을 분출할 방법은 얼마든지 있는데."

그녀의 정수리로 벼락이 내리꽂혔다. 아니길 바랐다. 그녀의 예감이 틀리기를 바랐다. 그런데 아마도 그가 말한 분출구는 최무희가 맞는 듯했다. 그래도 그렇지. 어떻게 그런 말을 아무렇지도 않게 그녀 앞에서 할 수 있단 말인가. 어떻게! 가볍게 대답한 말치곤 너무 큰 충격이라 심장에 대못이 박힌 듯 숨통이 조였다. 인경은 아픔을 내색하지 않기 위해서 이를 악물었다. 그러나 분한 마음에 부들거리는 입술만은 어쩌지 못했다.

"당신 참 나쁜 남자다. 잔인해."

"후훗. 그래서 날 사랑 안 할 거야?"

익살맞은 표정으로 그가 물었다. 인경은 뼈마디가 불거지도록 주먹을 움켜쥐었다. 안 하고 싶었다. 버리고 싶었다. 사랑 따윈 보란 듯이 짓밟아 버리고 싶었다. 그러나 비통하게도 그를 향한 마음을 접을 수가 없었다.

"사랑해. 죽여 버리고 싶을 만큼!"

며칠째 잠을 못 자선지 오후로 들어서자 무거웠던 몸이 점점 더 수면 아래로 가라앉았다. 주열은 휴대전화의 전원을 끈 뒤 의자 등받이에 몸을 기대고서 눈을 감았다. 그리고 굳어져 있는 어깨에서 슬그머니 힘을 뺐다. 눈을 뜨고 있기가 괴로울 정도로 심신이 지쳐 있었기에 이렇게라도 잠시 휴식을 취하고 싶었다.

똑똑!

시간이 얼마나 흘렀을까. 희미한 의식 속으로 노크 소리가 들려왔다. 주열은 뜨기 싫은 눈꺼풀을 억지로 들어 올리며 자세를 고쳐 앉았다. 곧이어 문이 열리며 황 실장이 들어섰다.

"무슨 일이야?"

주열은 들어서는 그를 향해 곧장 물었다. 부르지도 않았는데 황 실장이 들어왔다는 것은 무슨 일이 있다는 것을 의미했다.

"회장님이셔. 너 전화기 꺼져 있다고 화가 많이 나셨다."

수화기를 내밀며 하는 말에 주열의 미간에 주름이 잡혔다. 잠시만이라도 편안하게 쉬고 싶어서 휴대전화를 꺼놓았더니 화살이 엉뚱한 곳으로 날아간 것이다. 주열은 낚아채듯 수화기를 가져다가 귀에 댔다.

"네, 접니다."

[뭐 하는 짓이야!]

"죄송합니다."

호통 소리가 수화기 너머로 들려오자 주열은 즉각 사과의 말을 중얼거렸다.

[그게 한 회사를 책임지고 있는 오너가 할 소리야! 요즘처럼 경

제가 어지러운 시기엔 1분 1초도 긴장을 늦춰서는 안 되는 게 바로 네 위친데 전화기를 꺼놓는다는 게 말이 돼!]

"죄송합니다. 다시는 이런 일 없을 테니 그만 노여움 푸세요, 아버지."

그의 질책에 위험수위를 느낀 주열은 일부러 아버지란 호칭을 붙였다. 더 이상의 잔소리는 듣고 싶지 않다는 것을 표현할 때 주로 사용하는 방법이었다. 한번 화가 나면 일장연설을 하고서야 끝을 내는 아버지였기에 주열이 나름 터득한 방법이었고, 아직 그 결과는 나쁘지 않았다.

[약은 놈 같으니라고! 혈압은 지가 올려놓고 잔소리는 듣기 싫은가 보지. 내 이번은 그냥 넘어가지만 두 번은 용납 못해. 알아들었어!]

"네. 명심할 테니 이제 전화 건 용건이나 말씀하세요."

[내일 밤 10시다.]

"아버지!"

이번엔 주열이 언성을 높였다. 밑도 끝도 없는 말이었지만 그 뜻이 무엇인지 정확하게 알아들을 수 있었다. 하지만 그는 아랑곳없이 계속해서 말을 잇고 있었다.

[그 분야에선 최고라고 하니 그리 알고 준비하도록 해.]

"도대체 언제까지 그러실 겁니까?"

주열은 터져 나오려는 울분을 가까스로 억누르며 물었다.

[네가 반응할 때까지.]

"소용없는 짓입니다."

[네가 응하지 않는 한 그렇겠지. 그래도 난 포기하지 않아.]

“대체 왜 그렇게 집착하세요?”

[내 흔적이 너이듯 네게도 너의 흔적 하나쯤은 있어야 하니까.]

주열은 목구멍에 커다란 가시가 박힌 것처럼 목이 따끔거리자 이를 악물었다. 형제 없이 외롭게 자라서인지 아버지인 태식은 핏줄에 대한 애착이 누구보다 강했다. 그러나 몸이 허약했던 아내는 주열을 낳고 난 이후로 더는 아이를 갖지 못했고, 그가 중학교에 입학할 무렵 세상을 떠났다. 그때부터 주열은 귀에 못이 박힐 정도로 자식은 무조건 많이 낳아야 한다는 말을 들어야 했다. 그러나 그건 어디까지나 아버지의 바람일 뿐 현실은 그러지 못했다.

“전…… 필요 없습니다.”

주열이 몸속으로 뜨겁게 젖어드는 열기를 애써 삼키며 말했다.

[내가 필요해.]

“그건 욕심입니다.”

[더할 수 없이 아주 가치 있는 욕심이지.]

그리고 전화는 끊어졌다.

“빌어먹을!”

화를 참지 못한 주열은 내동댕이치듯 수화기를 내려놓았다. 머리에 떠올리기조차 치욕스러운 일이었지만 매정하게 뿌리칠 수도 없다는 현실이 그를 수렁으로 내몰고 있었다.

“내일 밤에 손님이 올 거야. 준비해 둬.”

주열이 끓어오르는 감정을 억누르며 무겁게 입을 열었다.

“알았어.”

안타까운 눈동자로 지켜보고 있던 서진이 나지막이 대답했다. 그의 심정이 일그러진 얼굴에 고스란히 드러나 있어 보고 있는 서진마저 가슴이 저릿했다.

"바보 같은 녀석."

전화를 끊어버린 태식의 얼굴에 그늘이 졌다. 그에게 있어 주열은 눈에 넣어도 아프지 않은 자식이었다. 세상 하늘 아래 그의 죽음을 오롯이 지켜보며 슬퍼해 줄 단 하나뿐인 핏줄이었다. 일찍이 엄마를 여읜 주열은 출장 때문에 자주 집을 비워야 했던 그로 인해 외롭게 혼자서 자라야 했다. 그게 늘 안쓰럽고 미안했던 그는 하루라도 빨리 주열이 결혼해서 행복하게 살길 바랐다.

이것저것 따지지 않고 주열이 원하는 여자라면, 주열만을 사랑해 주는 여자라면 누구라도 좋았다. 그래서 사랑하는 여자가 생겼다는 말을 전해 들었을 때, 드러내 놓고 좋아하진 않았지만 내심으론 무척이나 기뻤다. 그런데 그런 어처구니없는 일이 벌어지다니. 벌써 3년이란 시간이 흘렀지만, 그 일을 생각하면 아직도 등골이 오싹해지면서 한기가 들었다.

똑똑!

의자에 기대어 옛 생각에 빠져 있던 태식은 노크 소리가 들려오자 자세를 고쳐 앉았다.

"들어와."

그의 대답이 떨어지기가 무섭게 박 실장이 침울한 표정으로 들어섰다.

"무슨 일이야?"

불길한 기운을 감지한 태식이 미간을 좁히며 물었다.

"방금 온 우편물인데 발신인이 없습니다."

박 실장이 엽서 크기만 한 봉투 하나를 내밀었다. 하얀 표지엔 '강태식 회장님' 이란 문구가 찍혀 있을 뿐이었다. 이런 경우는 딱 한 가지뿐이었다. 태식은 미간을 살짝 찡그린 채 봉투 속에 들어 있을 내용물이 무엇일지 가늠해 보았다. 이런 자리에 있다 보면 가끔 거머리들이 달라붙는 경우가 있었다. 하지만 태식은 그들의 표적이 될 만한 일을 한 적이 없었기에 안에 든 내용물이 무엇인지 도무지 감을 잡을 수가 없었다.

"뜯어보면 알겠지."

혼잣말을 하며 태식은 가차 없는 손길로 봉투를 찢어 내용물을 꺼냈다.

"이게 무슨……!"

손에 들린 것을 본 태식은 망연자실하고 말았다. 봉투를 집어 들 때 딱딱한 느낌이란 것은 알았지만, 사진이 들어 있을 줄은 생각지도 못했다. 더구나 사진 속 배경이 아들인 주열의 집이라 더욱 놀라고 말았다.

"어떻게 된 거야. 왜 이딴 게……."

태식은 차마 말을 잇지 못하고 부들거리는 손길로 사진을 한 장씩 넘기며 내용을 확인했다. 첫 번째를 제외한 모든 사진이 어둠을 배경으로 찍혀 있었지만, 집에 들어가고 나가는 여자의 모습은 아주 선명했다. 그때, 책상 위에 있는 휴대전화가 요란하게 울렸다. 태식은 휴대전화를 집어 들어 발신자를 확인했다. 하지만 발신자 표시 제한이라 누군지 알 수가 없었다.

"왜 그러십니까?"

굳은 표정으로 휴대전화를 바라보는 그에게 박 실장이 물었다.

하지만 태식은 대답 대신 통화 버튼을 눌렀다.

"여보세요?"

[안녕하십니까, 강태식 회장님.]

"누구야?"

젊은 남자의 목소리가 들려오자 태식이 다짜고짜 물었다.

[이런, 제 소개가 늦었군요. 회장님 같은 분들이 베풀어주신 은혜로 입에 풀칠하고 사는 송기철이라 합니다. 어떻게 제가 보내준 선물은 잘 받아보셨습니까?]

"지금 막 받았네. 한데 내게 왜 이런 걸 보냈나?"

사진을 보낸 자라 예측하고 있었던 태식은 끓어오르는 분노를 가까스로 억누르며 별일 아니라는 듯 태연스럽게 물었다.

[후훗, 이미 알고 계시지 않습니까?]

"내가 알고 있다니, 뭘?"

태식은 그의 물음에 답하며 펜을 들어 걱정스러운 표정으로 서 있는 박 실장에게 송기철에 대해 알아보란 지시를 내렸다. 이내 고개를 끄덕거린 박 실장은 빠른 걸음으로 사무실을 나갔다.

[이거 왜 이러십니까. 척하면 아! 인 거 다 아시는 분이. 한 장만 주세요. 그럼 조용히 물러날 테니까.]

"한 장이라면 1억 말인가?"

태식은 생각보다 적은 금액이라 놀라움을 감추며 단단한 목소리로 물었다.

[후훗. 생각보다 손이 작으시군요.]

돌아온 대답에 태식은 주먹을 움켜쥐었다. 그럼 10억을 원한단 말인가. 대체 무엇을 가지고 있기에. 태식은 책상 위에 흩어져 있는 사진들을 노려보며 입을 뗐다.

"하하, 참나 기가 막혀서. 아무것도 아닌 사진 몇 장에 10억이라니. 이봐, 욕심이 좀 과한 거 아닌가? 나야 그에 응할 마음도 없지만."

[응할 마음이 없다, 라……. 뭐 좋습니다. 회장님이 거둬들이지 않는다니 어쩔 수가 없군요. 하이에나들에게 던져 줄 수밖에. 아마 화끈한 저녁시간이 될 겁니다. 그럼 이만.]

"기다려!"

이대로 전화가 끊어질까 두려워진 태식이 고함을 질렀다.

[무슨 하실 말씀이라도…….]

능글맞은 목소리에 태식은 피가 거꾸로 치솟아 올랐다. 하지만 그가 가지고 있는 패가 무엇인지 알아내기 전까진 어떻게 해서든지 전화기를 붙들고 있어야 했다.

"쥔 패가 뭔가."

[후훗, 왜요? 이제야 구미가 당깁니까?]

"쓸 만한 먹잇감인지는 듣고 난 다음에 결정하도록 하지."

[뭐 쓰레기는 취급하지 않지만, 고객이 원하시니 보여 드려야지요. 첫 번째 사진을 뒤집어보세요. 거기에 적혀 있을 테니까.]

'빌어먹을!'

그런 곳에 정보를 숨겨놓았을 줄은 꿈에도 생각지 못한 태식이 속으로 욕을 삼키며 서둘러 사진을 찾아 뒤집었다. 내용은 겉봉투와 마찬가지로 깔끔하게 타이핑되어 있었다. 내용을 빠르게 눈으로 훑어 내린 그는 분한 마음에 주먹을 움켜쥐었다. 어디서 정보를 얻었는지는 모르겠지만 남의 약점으로 등쳐 먹고사는 것치곤 제법 쓸 만한 솜씨였다. 그건 즉 여지없이 송기철의 농간에 놀아나야 한다는 것을 의미했다.

그는 묵직한 기운이 가슴을 옥죄자 코로 숨을 크게 들이마신 후 조용히 내쉬었다. 거래에 응할 수밖에 없는 실정이었지만 이대로 호락호락 당할 수는 없었다. 태식은 책상에 내려두었던 휴대전화를 천천히 집어 들어 귀에 가져다 댔다.

“남의 약점으로 먹고사는 거 부끄럽지 않나?”

[하하하, 칭찬으로 듣지요. 그래서요?]

“생각할 시간을 줘.”

[좋습니다. 내일 이 시간에 다시 연락드리지요. 그럼.]

끓어오르는 그의 마음만을 남겨둔 채 전화는 너무나 간단하게 끊어졌다.

“빌어먹을!”

쾅!

화를 참지 못한 그의 주먹이 책상을 내려쳤다. 천하의 강태식이 그깟 놈에게 놀아나야 한다는 게 구역질이 치밀어 오를 정도로 분통이 터졌다.

“대체 어디서 정보를 얻은 거야!”

태식은 악마 같은 사진을 무섭게 노려보았다. 그 일에 대해서 알고 있는 사람은 극소수에 불과했다. 그런데도 송기철이 모든 것을 꿰뚫고 있다는 것은 어딘가에 구멍이 있다는 뜻이었다. 태식은 그 일을 알고 있는 사람 중에서 혹시라도 놓치고 지나간 사람이 있는지 하나씩 되짚기 시작했다.

“가만! 혹시?”

그는 문득 최무희가 떠오르자 지그시 입술을 깨물었다. 다른 사람들은 모두 그의 측근들인데 반해 그녀만은 외부인이었던 것이다. 더구나 주열의 상대들 역시 그녀가 담당하고 있었다. 그러니 설령 그녀가 아니더라도 그곳이 구멍일 가망성이 컸다. 휴대전화를 집어 든 태식은 곧바로 통화 버튼을 눌렀다.

[네, 회장님. 뭐 잊으신 거 있으세요?]

몇 번의 신호음을 끝으로 그녀의 목소리가 들려왔다. 조금 전에 통화를 해서인지 그녀는 곧장 질문으로 응답했다. 기분 같아선 그 역시 곧바로 송기철에 관해서 묻고 싶었다. 그러나 일에는 순서가 있는 법. 태식은 끓어오르는 화를 간신히 집어삼키며 별거 아니란 듯이 말을 꺼냈다.

"으음, 그게 아니라 내 은밀히 알아볼 것이 있는데 혹시 최 사장이 해줄 수 있나 싶어서 전화했네."

[회장님 부탁인데 당연히 해드려야지요. 말씀하세요.]

"그리 말해주니 고맙군. 그럼 내 돌려 말하지 않겠네. 자네 혹시 송기철이란 자에 대해서 들어봤나?"

[이름 정도는 들어 알고 있습니다만.]

그녀의 대답에 태식은 수화기를 잡고 있는 손에 힘을 주었다. 그녀는 겸손하게 이름 정도라고 말하고 있었지만 최무희라면 그보다는 더 깊게 알고 있을 거란 느낌이 들어서였다.

"잘됐군. 그럼 연락처는 말할 것도 없고 약점이든 뭐든 좋으니까 그자에 관해서 알아봐 주게. 뭐든 상관없어. 오늘 중으로 되겠나?"

[알겠습니다.]

대답은 너무나 쉽게 돌아왔다.

"고맙네. 그럼 전화 기다리지."

태식은 그대로 전화를 끊었다. 이 일에 그녀가 관련되어 있을 거란 생각은 하지 않았다. 하지만 만일이란 것까지 외면할 수는 없었다. 혹시라도 이번 일에 그녀가 조금이라도 개입되어 있다면 결코 용서치 않을 것이다.

무희는 회심의 미소를 지으며 천천히 휴대전화를 책상에 내려놓았다. 순풍에 돛단 듯이 그녀가 예상했던 대로 일이 척척 진행되는 것이 여간 반갑지 않았다. 그녀는 책상 서랍을 열어 노란 봉투를 꺼내 들었다. 강 회장이 요구한 물건은 이미 준비되어 있었다. 그러니 적당한 시간에 건네주기만 하면 되었다.

"자, 그럼 이제 다음 단계로 넘어가 볼까."

무희는 만면에 미소를 지으며 인터폰을 눌러 말했다.

"들어와."

—네, 사장님.

대답이 떨어지고 몇 초도 되지 않아 노크 소리에 이어 문이 열렸다. 무희는 그가 책상 앞에 서자 봉투를 휙 던졌다.

"8시쯤 강 회장이 받아볼 수 있도록 준비시켜."

"알겠습니다."

강우는 봉투를 집어 들고 돌아섰다.

"그는 뭐 하고 있어?"

막 두어 발자국 걸음을 떼던 그는 다시 들려온 그녀의 목소리에 뒤돌아섰다.

"밀실에서 쉬고 계십니다."

"술 들어갔어?"

대낮이긴 하지만 시간이 흘러가길 기다리는 것 외엔 딱히 할 일이 없었기에 혹시나 해서 물었다.

"필요 없다고 하셨습니다."

"알았어. 나가봐."

그가 꾸벅 인사를 하고 뒤돌아서자 무희는 등받이에 머리를 기대고 편히 앉았다. 술을 거절한 것을 보니 어떤 식으로든 내일 일을 마무리할 모양인가 보다.

"후훗. 강 회장이 잘해줘야 할 텐데."

무희는 내일 벌어질 그들의 대결이 은근히 기대되자 설렘으로 가슴이 요동치기 시작했다.

"으윽! 도저히 안 되겠다. 커피 마실 사람!"

미란이 자리에서 벌떡 일어나며 소리쳤다. 회의 시간에 발표할 내용을 정리하고 있던 인경이 그녀를 바라보았다. 잠시 후면 새로 오픈될 리조트의 분양권에 관한 회의가 있었다. 기획실 직원들 모두가 그에 따른 아이디어를 한 가지씩 발표하게 되어 있던 터라 마음의 여유가 없었다. 그런데도 미란은 한가하게 커피 타령이나 하고 있었던 것이다.

"곧 회의 시간인데 어딜 가."

"점심때 다 식은 커피를 마셨더니 입안이 텁텁해서 도저히 못 참겠어. 얼른 다녀올게."

"그러게 누가 게임에 빠져 있으래."

인경이 핀잔을 주자 미란이 입을 삐죽거리며 말했다.

"야! 이게 보통 게임이야. 출시된 지 2개월도 안 돼서 국민게임이 된 거라고. 고개만 돌려도, 아니, 눈동자만 쓰윽 돌려도 다들 이 게임에 빠져 있는데 무슨. 오죽했으면 이 게임 때문에 가족들 간의 대화가 다 끊겼다고 할까. 그리고 시간 때우기는 게임이 최고야. 네가 게임에 게 자도 몰라서 그러는 거지."

"언제는 수다가 최고라며?"

"그야……. 에이씨, 알았어! 안 마셔. 안 마시면 되잖아. 됐지? 회의는 아직 시작도 안 했는데 잔소리는."

미란이 투덜거리며 자리에 앉았다. 인경에게 눈을 흘기는 것도 잊지 않은 채. 인경은 살포시 미소 지으며 책상 서랍을 열었다. 어린 꼬맹이들처럼 입을 삐죽이 내미는 게 토라질 때 짓는 그녀의 표정이 여간 귀여운 게 아니었다. 서랍에서 사탕을 꺼내 든 인경은 앉은 채로 의자를 쓱 밀어서 그녀에게 다가갔다.

"또, 왜?"

인경이 다가가자 새치름한 표정으로 그녀가 물었다. 인경은 손에 들고 있던 사탕을 그녀의 책상 위에 올려놓았다.

"뭔데?"

"먹어. 입안이 개운할 거야."

"사탕 싫어해."

"먹어봐. 목도 따끔거린다며. 감기에도 좋아."

인경이 포장지를 벗겨 그녀에게 내밀었다. 미란은 못 이기는 척 그것을 받아 입안에 넣었다. 그러자 이내 박하향이 입안을 가득 채우더니 목과 코까지 시원해졌다.

"와아, 코가 뻥 뚫리는 게 입안이 상쾌한데."

"그렇지?"

"응. 헤헤헤."

"으이그."

인경은 해실거리는 그녀의 이마를 손가락으로 살짝 밀고서 자리로 돌아갔다. 그때, 김선화 팀장의 목소리가 뒤따랐다.

"곧 이사님께서 오실 겁니다. 다들 자료 챙겨서 회의실로 들어가세요."

"알겠습니다!"

김 팀장의 말에 인경과 미란을 포함한 직원들이 일제히 대답하며 자료를 챙기기 위해 분주하게 움직였다. 인경도 회의 시간에 발표할 내용을 머릿속으로 빠르게 정리하기 시작했다.

"리조트의 개관식에 맞춰 실속형 회원권을 분양하는 게 어떨까 합니다. 설문조사에도 나와 있듯이 사실 지금의 분양가는 일반 회원들에겐 부담스러운 금액입니다. 더구나 일반 회원들의 연 평균 사용 일수가 20일도 채 되지 않습니다. 상황이 이렇다 보니 마음은 있으나 자금의 여력 등으로 인해 선뜻 구매하지 못하는 것이 현실입니다. 하지만 기존 회원의 연 일박 수를 반으로 줄여서 분양을 한다면 훨씬 많은 회원분들을 유치할 수 있을 뿐만 아니라, 광고 효과에도 크게 영향을 미칠 거라 생각합니다. 이상입니다."

인경이 발표를 끝내고 박 이사를 바라보았다. 하지만 그는 깊은 생각에 빠져 있는 듯 아무런 미동도 없었다.

"이사님?"

김 팀장이 조심스럽게 그를 불렀다. 하지만 그는 혼자만의 세계에서 빠져나오지 않고 있었다. 보다 못한 김 팀장이 조금 큰 소리로 그를 불렀다.

"이사님!"

"이런, 죄송합니다."

민수는 부르는 외침 소리에 퍼뜩 정신을 차리고서 얼른 자세를 고쳐 앉으며 말했다.

"하하하, 식곤증이 무섭군요. 다들 커피 한잔 어때요?"

"좋아요!"

커피라는 말에 미란이 큰 소리로 대답했다.

"그럼 10분간 티타임 한 후, 이어서 합시다."

"네!"

합창하듯 일제히 대답하는 소리에 민수는 생긋이 웃으며 자리에서 일어나 사무실 밖으로 나왔다. 회의 시간 내내 넋을 놓은 채 딴생각에 빠져 있었다니, 팀원들 보기가 낯부끄러웠다.

"이사님."

어느새 따라 나왔는지 뒤에서 김 팀장의 목소리가 들려왔다. 혼자 있고 싶었던 민수는 살짝 미간을 찡그렸다 풀고서 뒤돌아섰다.

"네, 김 팀장님."

"전화 왔습니다."

"아, 네."

민수는 그녀가 부들거리는 휴대전화기를 건네주자 생긋이 웃으며 받아 들었다. 발신자는 서 비서였다. 그다지 받고 싶지 않은 상대라 선뜻 통화키를 누르지 못했다. 그런 민수의 행동이 본인 탓이라 생각했는지 김 팀장이 슬그머니 자리를 비켜주고 있었다. 민수는 한숨을 크게 내쉰 다음 마지못해 통화키를 눌렀다.

"왜?"

[회의는 끝나셨습니까?]

"아직. 그러니 간단히 말해."

[오늘만 벌써 3%입니다. 이제 조치를 취해야 하지 않을까요?]

하루치가 3%라면 생각보다 개미군단이 많다는 뜻이었다. 민수의 눈동자가 슬픔으로 젖어들었다. 들려오는 숫자만큼이나 그와의 거리가 또 멀어진 것이다.

[이사님!]

그에게서 반응이 없자, 서 비서의 목소리가 커졌다. 하지만 민수가 대답할 말은 하나였다.

"좀 더 지켜봐."

[이사…….]

민수는 자신을 부르는 서 비서의 목소리를 들었지만 그대로 전화를 끊어버렸다. 서 비서의 말대로 이대로 가다간 경영권이 위험할 수도 있었다. 하지만 그가 할 수 있는 것은 아무것도 없었다. 아니, 하고 싶지가 않았다.

"응어리진 마음이 그래야 풀린다면 막지 않을 거야. 그러니까 와라, 주열아. 곧장 내게 와. 난 그거면 돼. 후훗, 그래도 참 다행이다. 너에게 줄 게 있어서."

민수가 슬픈 눈빛으로 휴대전화에 저장되어 있는 사진을 바라보며 나지막이 중얼거렸다.

2장 자유를 향한 날갯짓

띠디. 띠디.

서진은 알람 소리가 들려오자 손을 뻗어 스위치를 꾹 눌렀다. 이내 시끄럽게 울어대던 소리가 사라졌다. 서진은 양팔을 위로 쭉 끌어 올리며 늘어지게 기지개를 켰다. 밤새 쉬고 있던 근육들을 깨워줘야 상쾌하게 하루를 시작할 수 있었다. 뻐근했던 몸이 서서히 풀어지는 걸 느끼며 침대에서 내려온 그는 곧장 주열의 방으로 향했다. 모처럼만에 비명 소리가 들려오지 않은 밤을 보낸 터라 주열의 안위가 궁금했다. 서진은 노크도 하지 않고 살며시 방문을 열었다. 주열보다 한 시간은 먼저 일어나는 터라 혹시라도 자고 있다면 깨우고 싶지 않아서였다.

“어! 벌써 일어났네.”

그의 염려와 달리 침대는 텅 비어 있었다. 서진은 황급히 주방으로 향했다. 하지만 그곳에도 그의 흔적은 보이지 않았다.

"어디 갔지."

서진은 그를 찾아 집 안을 돌아다니기 시작했다. 하지만 집 안 어디에도 그의 모습은 보이지 않았고, 휴대전화로 연락을 했더니 벨 소리는 방에서 들려왔다.

"이 자식 전화기도 안 가지고 대체 어딜 간 거야!"

서진이 거칠게 머리카락을 쓸어 넘기며 밖으로 나가려는데 전화벨이 울렸다. 그는 황급히 달려가 수화기를 들고 소리쳤다.

"너 어디야!"

[그게 무슨 소리야. 그 녀석 집에 없어?]

고함친 소리가 쏙 기어들어 갈 만큼 서진은 놀라고 말았다. 주열이라 생각했는데 상대가 강 회장이었던 것이다. 서진은 성급하게 굴었던 제 잘못을 뉘우치며 눈을 질끈 감았다. 그가 보이지 않는다는 것에 당황한 나머지 그만 바보 같은 짓을 하고 만 것이다.

[대답 안 해!]

그에게서 대답이 없자 다그치는 강 회장의 목소리가 다시 수화기를 타고 전해졌다. 서진은 뭐라고 둘러댈까, 머릿속으로 빠르게 궁리해 보았지만 진실 외에는 다른 도리가 없다는 것을 깨닫고서 나지막이 입을 열었다.

"자는 줄 알았는데 집 안 어디에도 없습니다. 죄송합니다."

[그 녀석한테 무슨 일이 있는 건 아니고?]

"네?"

서진은 저도 모르게 되묻고 있었다. 도둑이 제 발 저리다고 주열이 불면증에 시달리고 있는 것을 강 회장이 알 리가 없는데도 당황하다 보니 입이 저절로 벌어진 것이다.

[그런 거라면 속일 생각 말고 말해. 그래야 처리할 것 아니야.]

"아니. 그런 거 없습니다."

강 회장의 말에 얼른 정신을 차린 서진이 침착하게 대꾸했다.

[정말 별일 없는 거야?]

"네. 없습니다. 한데 이른 시간에 회장님께선 어쩐 일이십니까?"

[별일 없으면 됐어. 간밤에 꿈자리가 사나워서 전화했으니까. 그 녀석 들어오면…… 아니, 됐어. 전화 왔었다는 말도 하지 마.]

"네, 알겠습니다."

[황서진.]

"네. 회장님."

서진은 강 회장이 이름으로 부르자 경직된 자세로 대꾸했다. 이상하게 그가 이름으로 부를 때면 꼭 죄를 지은 사람처럼 심장이 덜컥 내려앉았다.

[내 노파심에서 일러두는데 그 녀석에 관한 일을 내게 숨기려 하지 마. 두 번은 용서 안 해. 알겠나.]

"네. 알겠습니다."

대답과 동시에 전화는 끊어졌다. 서진은 깊은 한숨을 내쉬며 천천히 수화기를 내려놓았다. 이미 처벌을 받을 각오를 하고 있었으니 강 회장의 말은 두렵지 않았나. 하시반 이번 일이 마무리될 때까지는 강 회장이 모르길 바랐다.

"헉! ……허억!"

주열은 집 앞에 와서야 거친 숨을 몰아쉬며 달리기를 멈추었다. 이제야 살아 있다는 것을 느낄 수 있었다. 밤새 꿈에 시달리다 놀라서 깼을 때는 정말이지 심장이 멈춘 줄만 알았다. 아니, 차라리 멈췄더라면 행복했을 것이다. 그럼 더러운 기분과 함께 덮쳐 오는 고통 또한 사라졌을 테니까.

"후읍, 하아……."

주열이 숨을 크게 들이마셨다가 내쉬며 대문을 열고 안으로 들어갔다.

"야, 인마! 어디 갔다 온 거야!"

안으로 들어서기가 무섭게 서진의 고함 소리가 들려왔다. 시뻘게진 얼굴로 노려보는 것을 보니 그가 보이지 않아서 걱정을 많이 한 모양이다. 주열은 본의 아니게 늘 서진에게 걱정만 안겨주는 것 같아서 미안했다.

"일찍 깨는 바람에 한바탕 뛰고 왔어."

주열이 우편함에서 신문을 꺼내 들며 말했다.

"잠 못 잔 거야?"

서진이 그에게 다가가며 물었다. 비명을 듣지 못했기에 곤히 자는 줄 알았는데 얼굴빛을 보니 그게 아니었던 모양이다.

"아니야. 그냥 눈이 일찍 떠졌어. 배고프다, 밥 먹자."

주열이 그의 곁을 스쳐 지나가자 서진은 나지막이 한숨을 내쉬었다. 일이 고되니 잠이라도 편히 자야 하는데 그러지 못하니 안타깝기만 했다. 더구나 강 회장이 뭔가 눈치를 챈 것 같아서 불안감은 더욱 커졌다.

기철은 어떤 기분에 이끌려 살며시 눈을 떴다. 해가 뜬 지 오래인 듯 방 안은 빛으로 가득했다. 몇 시나 된 걸까. 기철은 시간을 확인하기 위해서 옆으로 고개를 쓰윽 돌렸다. 그러다 옆에서 자고 있는 이가 시선에 들어오자 미간을 확 구겼다. 방에 몰래 들어오지 말라고 그렇게 말했는데도 그가 잠자는 틈을 타 또 숨어든 것이다. 그때 그녀의 손이 그의 가슴 위로 턱 올라왔다.

"지랄!"

기철은 거칠게 그 손을 뿌리치고선 이불을 확 거둬냈다. 그 바람에 자고 있던 그녀가 눈을 번쩍 떴다. 기철은 죽일 듯이 그녀를 노려보곤 몸을 벌떡 일으켰다.

"다시는 들쥐처럼 몰래 숨어들지 마. 소름 끼쳐. 이게 마지막 경고야! 두 번은 없어."

기철이 매서운 눈길로 쏘아붙이곤 침대를 벗어났다. 무희는 분한 마음에 이를 바드득 갈며 주먹을 꽉 움켜쥐었다. 두 번은 없어? 웃기는 소리였다. 열 번이고 백 번이고 그녀가 원하는 이상 그깟 경고 따윈 아무런 위협이 될 수가 없었다. 그가 그러면 그럴수록 오히려 괴로운 쪽은 하인경, 그 여자가 될 테니까.

"내가 아는 경고란 부딪쳐서 이기는 거야. 그래서 기꺼이 당신을 이겨보려고 해. 그러니 날 떼어내고 싶다면 당신도 최선을 다해야 할 거야. 몸속에 흐르는 피 한 방울까지 모조리 다 쏟아부어서 상대해야 할 테니까."

욕실로 향하던 기철은 그대로 몸을 돌려 그녀를 매섭게 쏘아보았다. 가끔씩 그녀가 미친 것이 아닐까, 생각하곤 했지만 지금처럼 강하게 다가오기는 처음이었다.

"너무 오래 붙어 있었나. 이번 거래를 끝으로 너와의 관계를 다시 생각해 봐야겠네."

"하하하! 그게 가능할까? 내가 없는 당신, 상상이 안 되는데, 난."

비꼬는 말이었지만 인정할 수밖에 없었다. 등잔 밑이 어둡다고 그녀가 있었기에 그가 아무런 위해 없이 온전할 수 있었으니까. 하지만 그것이 영원한 관계를 의미할 수는 없었다. 지금이라도 이게 아니다 싶으면 가차 없이 버릴 수 있었다. 아니, 서로가 살기 위해선 기꺼이 적에게 팔아넘길 수 있는 그런 관계였다. 물에 젖은 종이가 손끝이 닿기만 해도 금세 찢어지듯이 깨지기 쉬운 유리 같은 존재가 바로 그들인 것이다.

달그락달그락. 양은 냄비에서 끓고 있던 물이 밖으로 튀어 오르기 위해서 뚜껑을 세차게 두드리는 것처럼 그의 심장이 화를 참지 못하고 팔딱팔딱 뛰어올랐다. 하지만 아직은 그 열기를 쏟아낼 수는 없었다.

"후훗. 당신이 그렇다고 하니 딱히 할 말이 없네. 어쨌든 이번 일이나 마무리 잘하자고."

이 일이 너와의 마지막이 될 테니까, 라고 덧붙이고 싶은 것을 꾹 참으며 기철은 그대로 욕실로 들어가 버렸다. 순간 미소를 머금고 있던 무희의 눈동자가 표독스럽게 변했다.

"나쁜 새끼. 네가 나에게서 벗어날 수 있을 것 같아. 어림없어. 내가 갖지 못할 바엔 차라리 죽여 버릴 거야. 절대 그년한테는 못 줘."

무희는 몸을 부들부들 떨면서 주먹을 꽉 거머쥐었다. 핏물을 뚝

뚝 흘릴 것 같은 그녀의 새빨간 손톱이 살갗을 파고들었지만 아픔조차 느껴지지 않았다. 그보다는 온몸을 휘감고 있는 수치심이 더 컸기에 다른 아픔 따윈 느낄 수가 없었다. 이게 다 보잘것없는 하인경 때문이라고 생각하니 이가 바득바득 갈렸다.

"그딴 년 때문에 날 개망신시켜! 두고 봐. 날 개무시한 대가를 톡톡히 갚아줄 테니까!"

무희는 얼마 전, 레스토랑에서 만났던 하인경이 떠오르자 눈을 부릅떴다. 그를 굴복시킨 여자라기에 대단할 줄 알았다. 그런데 한눈에 봐도 가소롭기 짝이 없는 그저 그런 여자였다. 그런데 그런 여자 때문에 천하의 최무희가 사람들 앞에서 웃음거리가 되었다. 그것도 그 여자를 놀려주기 위해서 한 키스 때문에.

"하! 그깟 키스에 벌게진 꼴이라니. 에잇, 재수 없어!"

무희는 눈을 동그랗게 뜨고서 얼굴이 빨개지던 여자가 떠오르자 기철이 조금 전까지 베고 자던 베개를 주먹으로 내려쳤다. 제아무리 끓어오르는 화를 참고 참으려고 해도 식지가 않았다. 아니, 그가 그녀를 밀어내면 낼수록 화는 더욱더 걷잡을 수 없이 타올랐다.

"그년만 사라지면 돼. 그년만!"

무희는 베개를 잡아 비틀며 잇새로 내뱉었다. 오늘만 지나면 그녀가 받은 모욕을 되갚아줄 수 있다. 그러니 조금만 참으면 되었다. 그리고 모든 일이 끝나고 나면 그도 온선히 그녀의 차지가 될 것이다.

[고객님의 전화기가 꺼져 있어…….]

휴대전화를 쥐고 있던 인경의 손이 힘없이 아래로 툭 떨어졌다. 벌써 일주일째다. 기철과 연락이 되지 않고 있는 것이. 하지만 그녀가 할 수 있는 것은 아무것도 없었다. 그래서 이젠 걱정을 넘어 체념 상태에 이르렀다. 그의 대한 원망으로 아픈 가슴을 부여잡고서.

"하아, 정말 너무한다. 아무리 눈치가 보여도 그렇지. 전화까지 씹을 이유가 뭐 있어. 나와 있을 때는 잘만 받으면서……!"

불쑥 눈앞으로 손이 다가왔다. 혼잣말을 하고 있던 인경은 몸을 흠칫하며 고개를 들었다. 그러다 쏟아지는 햇살을 받으며 커피가 담긴 컵을 내밀고 서 있는 사람을 보곤 자리에서 벌떡 일어났다.

"이사님!"

"받아요. 필요할 것 같은데."

그가 컵을 내밀며 생긋이 웃었다. 햇살 때문인지 그의 미소에는 따스함이 배어 있었다. 언제부터 보고 있었던 것일까. 혹시 방금 한 말을 들은 것은 아닐까. 인경은 속내를 들킨 것 같은 기분을 느끼며 살며시 손을 내밀었다.

"감사합니다."

"날씨 좋죠?"

민수가 그녀가 앉아 있던 벤치에 앉으며 물었다.

"네."

인경은 감히 앉을 생각도 못하고 그가 건네준 컵을 물끄러미 내려다보며 대답했다.

"앉아요. 잠을 잘못 잤는지 올려다보기가 힘드네요."

"아, 네."

인경은 그가 눈짓으로 옆자리를 권하자 마지못해 살포시 걸터 앉았다.

"여기 자주 옵니까?"

"가끔요."

"혼자 있고 싶을 때?"

뜻밖의 말에 인경이 살며시 고개를 돌려 그를 바라보았다. 그는 은밀한 무언가를 공유라도 한 것처럼 빙그레 웃고 있었다. 아마도 그도 같은 의미로 이곳을 찾은 모양이다. 인경은 살포시 미소 지으며 고개를 끄덕였다. 사실 이곳은 햇살이 잘 들긴 하지만 직원들이 잘 찾지 않는 외진 곳이었다. 그래서 그가 서 있을 때 많이 놀랐다. 아니, 그 같은 사람이 이런 곳을 알고 있다는 것이 조금은 충격이었다.

"여긴 혼자서 사색하기 참 좋죠? 눈이 부시도록 따스한 햇살에다 바람에 실려온 향기로운 꽃향기까지."

"네."

무엇보다 울고 싶을 때 마음껏 소리 내어 울 수 있는 곳이죠. 라고 덧붙이고 싶었지만 인경은 그저 짧게 대답했다. 그때 거짓말처럼 그녀의 머릿속에 들어 있던 말이 귓속으로 파고들었다.

"그리고 무엇보다 오가는 사람이 없어서 울고 싶거나 소리치고 싶을 때 마음껏 울부짖을 수 있는 곳이기도 하죠."

"이사님."

인경은 살며시 그를 불러보았다. 그녀의 착각일지 모르겠지만 그 말을 하고 있는 그의 목소리가 왠지 슬프게 다가왔다.

"인경 씨."

"네, 이사님."

"혹시 가슴속에 사무치게 그리운 사람이 있습니까?"

그의 물음에 인경은 너무나 쉽게 기철이 떠올랐다. 그리고 이내 목이 따끔거리고 눈가가 뜨거워졌다. 그를 생각하면 이젠 그리움이 사무치다 못해 멍울을 가슴에 담아야 했다.

"난 있습니다."

그녀가 대답도 하기 전에 그의 목소리가 다시 들려왔다. 굳이 그녀의 대답을 들으려고 한 말이 아닌 듯했다. 인경은 울컥 밀려온 슬픔을 달래기 위해서 커피를 한 모금 마시며 가만히 그의 목소리에 귀를 기울였다. 갓 뽑은 커피라서 그런지 부드러운 향기가 금세 입안을 가득 채웠다.

"그리움이 겹겹이 쌓이다 못해 이젠 온몸이 녹아내리고 있죠. 그런데도 내가 할 수 있는 게 아무것도 없더군요. 정말 허무하게도 아무것도 할 수가 없어요."

인경은 그 말에 묵묵히 동감하며 다시 커피를 한 모금 마셨다. 아무것도 할 수 없다, 라는 말이 얼마나 사람을 비참하게 만드는지 잘 알고 있었기에 그가 지금 어떤 심정으로 한 말인지 알 수 있었다.

혹시 실연이라도 당한 걸까. 그래서 저렇듯 괴로운 표정을 짓고 있는 것일까. 인경은 새삼스레 그를 물끄러미 바라보았다. 늘 웃는 얼굴만 하고 있는 사람이라 고민이나 괴로움 따윈 없는 줄 알았다. 그런데 지금의 그의 모습은 위태로울 정도로 슬퍼 보였다.

"인경 씨, 사람이 사람을 좋아하는 게 죄일까요?"

민수가 갑자기 고개를 획 돌려 그녀를 바라보며 말했다. 무방비 상태로 그를 바라보고 있던 인경은 당황해서 얼른 커피를 한 모금 마셨다. 하지만 성급히 마신 커피로 인해 그만 사레가 들리고 말았다.

"이런, 괜찮아요?"

민수가 콜록거리는 그녀의 등을 두드리며 물었다.

"음, 네. 괘, 괜찮아요. 콜록콜록……."

"후훗. 내 모습이 꽤나 충격이었나 보군요."

"아니라고는 말 못하겠네요. 평소에 뵙던 이사님과 너무 동떨어져 있는 모습이라. 이제 진정됐으니 그만하셔도 돼요, 이사님."

민수가 천천히 손을 거둬들이며 말했다.

"역시 인경 씨는 솔직하군요. 아마 그래서 스스럼없이 날 보여준 거겠지만."

"죄송합니다."

"으음, 아니에요. 난 그런 인경 씨의 당당한 모습이 좋아요. 싫다, 좋다가 분명하니까."

"후훗. 그렇지도 않아요."

인경은 괜스레 웃음이 났다. 그의 말처럼 그녀도 자신이 똑 부러지는 성격인 줄 알았다. 그런데 단 한 사람. 기철에게만은 예외였다. 그때 그녀의 휴대전화가 부르르 몸을 떨었다. 인경은 혹시나 하고 얼른 발신자를 확인했다. 하지만 이내 실망한 표정으로 통화키를 눌렀다.

"응, 미란아."

[밥 먹다 말고 어디로 내뺀 거야?]

"볼일이 있었어. 이제 들어갈 거야."

밥 생각이 별로 없어서 살짝 빠져나왔더니 찾으러 다닌 모양이다.

[휴게실로 와. 커피 마시자.]

"그래, 알았어."

[빨리 와!]

일침을 놓고서 전화는 끊어졌다.

"짝꿍이 찾는가 보군요."

"네."

짝꿍이라는 민수의 말에 인경이 피식 웃으며 대답했다. 둘이 껌처럼 딱 붙어 다니는 탓에 직원들이 붙여준 별명이었다.

"가보세요. 쳐들어오기 전에."

"하하하, 네. 이사님은 안 들어가세요?"

"난 좀 더 고독을 즐기고 싶군요."

"그럼 들어가 보겠습니다."

인경이 꾸벅 인사를 하고서 돌아섰다. 홀로 남겨진 민수는 고개를 뒤로 젖혀 하늘을 올려다보았다. 이내 따스한 햇살이 얼굴을 뒤덮어 눈이 부셨다. 살짝 감은 눈 사이로 누군가의 얼굴이 떠올랐다. 한때는 그저 함께 있다는 것만으로도 눈이 펑펑 내리는 한겨울이 오히려 여름이란 착각이 들 정도로 참 따뜻했었다.

그러나 이젠 이렇듯 따뜻한 햇살을 받으면서도 그 사람의 얼굴을 떠올리면 얼음이 몸속에 가득 차 있는 것처럼 온몸이 시리도록 추웠다. 찬 서리에 심장이 얼어버린 것처럼 욱신욱신 저리기까지 했다. 이 아픔이 언제 끝날지 모른다. 어쩌면 평생 느끼면서 살아갈지도 모르겠다. 결코 잊을 수 없는 사람이기에.

"죽으면 사라지려나. 후훗."

넋두리처럼 흘러나온 말이 가슴으로 파고들기도 전에 비웃음이 흘러나왔다. 죽을 용기라도 있었더라면 일을 이 지경까지 몰고 오지는 않았을 테니까.

태식은 기철과의 약속 시간이 다가오자 초조해졌다. 어제 보고받은 내용으로는 그를 옭아맬 만한 것이 아무것도 없었다. 철저히 베일 속에 가려진 놈답게 전화번호는 이미 존재하지 않았고, 그가 어떤 방식으로 일을 처리하는지에 대한 내용뿐이었다. 그리고 하인경이란 여자가 있다는 것이 다였다. 하지만 그 여자가 어디에 사는지, 어떻게 연락을 취해야 하는지 따윈 내용에 없었다. 그건 즉 꼼짝없이 그의 요구를 들어줘야 한다는 뜻이었다.

"빌어먹을!"

태식은 주먹으로 책상을 꽝 내려쳤다. 그깟 놈에게 놀아나야 한다는 것이 생각할수록 치욕스러웠다. 그때, 그의 분노를 대신하기라도 하려는 듯이 휴대전화가 요란하게 울렸다. 태식은 신경질적으로 휴대전화를 집어 들고서 발신자를 확인했다. 그리고 상대가 최 사장이라는 것을 알고 냉큼 통화버튼을 눌렀다.

"어쩐 일인가?"

[회장님께 급히 알려 드릴 것이 있어서 전화드렸습니다.]

"뭔가."

[송기철이란 자에게 하인경이란 여자가 있다는 것은 이미 알고 계시죠?]

"하지만 찾아내지 못했다고 하지 않았나."

[네. 지금에야 소재 파악이 됐으니까요.]

그녀의 말에 태식은 시간을 확인했다. 그자가 전화하기로 한 시간이 불과 10분도 남지 않았다. 그러니 아무리 그 여자를 찾아냈다고 해도 지금은 늦은 것이다. 상황이 이리되자 그의 입에서 절로 한숨이 튀어나왔다.

"이미 늦었네. 그자가 전화하기로 한 시간이 다 돼가."

[알고 있습니다. 하지만 그녀를 미끼로 흥정은 할 수 있습니다.]

태식은 그녀의 말에 귀가 솔깃했다.

"어떻게 말인가?"

[그자의 요구 조건을 들어주는 대신 하인경을 달라고 하세요. 회장님이 그녀의 존재를 알고 있다는 것만으로도 충격일 테니 선뜻 거래에 응하지는 못할 겁니다.]

"하! 그깟 여자 때문에 그놈이 그 큰돈을 마다할까."

태식은 그녀의 말에 콧방귀를 뀌었다. 남의 구린내를 맡고 등쳐먹고사는 인간이 한낱 여자 때문에 거래를 포기한다는 것이 말이 되지 않았다.

[올라온 보고에 따르면 그자에겐 특별한 여자라고 합니다. 그러니 밑져야 본전이라 생각하시고 미끼를 던져 보세요. 자신의 그림자조차 감추는 인물이니 하인경이란 존재를 들켰다는 것만으로도 효과는 있을 겁니다.]

"생각해 보지. 전화 올 시간이 다 됐군. 그만 끊자고."

태식은 그대로 전화를 끊었다. 그녀의 말대로 어둠 속에 숨어사는 인간이니 조금의 타격은 있을 수 있었다. 하지만 흡혈귀 같은 족속들은 제가 불리하다 싶으면 제 종족도 버릴 수 있는 존재였다.

"제길! 뭐 하나 뜻대로 되는 게 없어."

태식은 벌어지고 있는 상황들이 몹시도 마음에 들지 않았다.

"그나저나 전화가 올 때가 됐는데 어쩐다."

아니나 다를까. 그의 말이 떨어지기가 무섭게 전화벨이 울렸다. 태식은 혹시나 하고 발신자를 확인했지만 역시나 표시 제한이란 문구가 떴다.

"버러지 같은 놈!"

태식은 신경질적으로 통화 버튼을 눌렀다.

"여보세요?"

[간밤엔 편안하셨습니까, 회장님.]

인사 한번 아주 기가 막혔다. 태식은 끓어오르는 분노를 애써 감추며 태연스레 입을 열었다.

"물론이지. 잠 못 들 이유가 없지 않나."

[그렇다니 다행입니다. 자, 그럼 이제 본론으로 들어가서 회장님의 대답을 들어볼까요.]

태식은 휴대전화를 쥔 손에 힘을 꽉 주었다. 아무리 생각을 해봐도 최 사장의 말 외에는 다른 방법이 떠오르지 않았다.

"요구 조건을 들어주도록 하지. 대신 조건이 있네."

태식은 밑져야 본전이라는 그녀의 말대로 미끼를 던져 보기로 했다. 혹시라도 운이 좋아 걸려들면 월척이겠지만 설령 그게 아니더라도 최소한 그를 상대할 수 있는 시간적 여유는 벌 수 있을 것 같았다.

[조건이라면?]

"하인경을 내게 주게."

대답이 떨어지자마자 폭탄이라도 맞은 듯이 수화기를 타고 침묵이 흘렀다. 태식은 본능적으로 그가 당황했음을 눈치챘다. 그 짧은 시간에 거기까지 알아내리라곤 생각지도 못한 것이 분명했다.

"왜 대답이 없나. 내가 그 정도도 알아낼 수 없다고 생각한 건가."

태식은 상대방의 침묵을 무기 삼아 가차 없이 밀어붙였다.

"이런…… 쯧쯧쯧. 날 너무 얕잡아봤군."

[달라는 게 정확히 무슨 뜻입니까?]

얼마의 시간이 더 흐르고 나서야 그의 목소리가 들려왔다. 거기까지 생각하지 못했던 태식은 순간 멈칫했지만 이내 정신을 차리고 말문을 열었다.

"말 그대로야. 내 약점을 쥐고 있는 쪽은 그쪽이니 돈을 받고도 얼마든지 변심할 수 있지 않나. 그러니 내게도 보험 하나쯤은 있어야겠지. 안 그런가?"

[싫다면요.]

"돈도 없을뿐더러 날 우롱한 것에 대한 대가를 치르게 되겠지."

또다시 침묵이 흘렀다. 태식은 이제 미소를 짓고 있었다. 최 사장이 말할 때는 설마 그럴까, 싶었는데 막상 부딪치고 보니 하인경이란 존재가 정확히 먹혀들고 있었다.

[거래는 없던 것으로 할 테니 그 여자는 건들지 마세요.]

"그럼 내게 돌아오는 것은 뭔가?"

순간의 망설임도 없이 들려오는 대답에 태식이 잔뜩 기대하며 물었다.

[무슨 뜻입니까?]

"그녀를 내버려 두는 대신 내게 돌아오는 것도 있어야 하지 않겠나. 중도 포기라도 보험에는 환급금이란 게 있는 법인데."

[노망나셨군요. 그녀를 찾아냈다면 이 일과 아무런 관련이 없다는 거 잘 아실 텐데 그런 말을 하다니.]

"물론, 잘 알지. 송기철의 직업이 무엇인지도 모르고 있더군. 꽤나 오래 사귄 걸로 아는데 애인 직업도 모르다니 너무 무심한 거 아닌가? 아니면 그녀가 알면 안 되는 뭔가가 있어서 비밀로 한 건가? 짐작컨대 아마 후자 쪽이 아닐까 싶군."

[당신 지금 무슨 수작을 부리는 거야?]

"수작은 네가 부리고 있지. 난 널 믿을 수가 없어서 그녀를 원하는 것뿐이고. 어때? 거래할 텐가?"

[개소리 집어치워! 내가 아무리 쓰레기 같은 당신네들 뒤꽁무니나 캐는 걸로 밥줄을 삼고 있지만 내 것을 공유할 마음 따윈 없으니까!]

"하하하. 꼴에 남자의 자존심이라는 건가."

그의 말에 또다시 침묵이 흘렀다. 태식은 마른침을 꿀꺽 삼켰다. 애써 아닌 척하고 있었지만 전화기를 든 손에 땀이 고일 정도로 바짝 긴장하고 있었다.

[후훗. 그래 당신 말대로 보험은 꼭 필요하겠군.]

수화기 너머에서 비웃음을 담은 목소리가 들려왔다. 태식은 미간을 찌푸리며 반대쪽 손으로 전화기를 바꿔 쥐었다. 그러는 사이에도 상대방의 목소리는 계속해서 들려왔다.

[만일 그 여자 손끝 하나라도 건드리면 내 장담하건대 당신은

물론이고 그토록 끔찍이 아끼는 강 사장까지 매장될 거야. 그러니 섣부른 짓 따윈 하지 마. 땅을 치고 후회하게 될 테니까.]

"하하하. 그딴 협박을 하다니. 칼자루가 누구 손에 있는지 아직 모르는군."

[협박? 웃기는 소리. 난 가진 게 별로 없어서 잃을 게 없어. 하지만 당신은 다르지. 만일 이 사실을 강 사장이 알게 되면 어떻게 나올까? 후훗. 생각만으로도 짜릿하군. 그러니 칼자루 운운하지 말고 얌전히 있어. 아직은 그 칼자루 내가 쥐고 있으니까!]

그 말을 끝으로 전화는 일방적으로 끊어졌다.

"하아!"

태식은 참고 있던 숨을 크게 내쉬었다. 꼼짝없이 그에게 당하는 줄 알았는데 이렇듯 쉽게 물러설 줄이야. 조금 뜻밖이긴 하지만 어쨌든 한고비 넘긴 것이다. 아직 일이 해결된 것은 아니었지만 최소한 그에 대비할 시간은 번 것이다.

"아악! 빌어먹을!"

통화를 끝낸 기철은 그곳이 떠나갈 듯이 고함을 질렀다. 강 회장이 그런 제의를 해올 줄은 전혀 생각지도 못했다. 아니, 그보다는 그녀의 존재를 알고 있다는 것이 더 충격이었다.

"당신 미쳤어! 그게 얼마짜린데 버려! 난 그럴 수 없으니까 당장 다시 전화해!"

옆에서 통화 내용을 모두 듣고 있었던 무희는 전혀 예상치 못한 일이 벌어지자 고함을 꽥 질렀다. 그녀가 계획한 대로 모든 일들이 순조롭게 진행될 거라 여겼는데 일의 방향이 전혀 엉뚱하게 흘러가고 있었다.

"내 말 안 들려. 당장 전화하란 말이야!"

"그 입 좀 닫아! 확 찢어버리기 전에."

계속해서 쏘아붙이는 그녀에게 기철이 눈을 부라리며 소리쳤다. 머릿속이 뻥, 하고 터져 버릴 것 같아 더는 쫑알거리는 소리를 듣고 있을 수가 없었다.

"야이, 미친놈아! 그게 지금 내게 할 소리야!"

무희는 악에 받쳐 바락바락 소리쳤다. 하찮은 계집 때문에 그녀의 계획이 틀어졌다는 것이 분통해 견딜 수가 없었다.

"고작 그깟 년 때문에 그 큰돈을 내던지고서 미안하다고는 못할망정 지금 누구한테 개소리야! 개소리가. 그리고 그게 네 돈이야! 왜 네 맘대로 결정해!"

"제발 그 입 좀 다물란 말이야!"

기철이 책상 위에 있는 것들을 모조리 쓸어버렸다. 그러자 와장창 소리와 함께 주위가 난장판이 되었다. 무희는 끓어오르는 분노를 씹어 삼키며 그를 노려보았다. 이번 거래로 돈과 하인경, 두 마리 토끼를 모두 잡을 계획이었다.

강 회장이 그리 호락호락한 인물이 아니었기에 기철에게서 하인경을 떼어낼 수 있는 좋은 기회였다. 그래서 눈엣가시 같은 존재인 하인경을 강 회장에게 던져 준 것이다. 한데 저 어리석은 남자가 부잘것없는 계집 때문에 두 가지 모두를 버린 것이다.

"대체 어떻게 알아낸 거야!"

기철은 아무리 생각해 봐도 강 회장이 그녀의 존재에 대해서 알고 있다는 것이 믿어지지가 않았다. 그가 하는 일엔 항상 위험이 따랐기에 여자를 곁에 두지 않았다. 딱히 여자를 싫어하는 것은 아니었지만 지금같이 귀찮은 일이 벌어질까 봐 멀리한 것이다. 그런데 하인경 그녀만은 예외였다. 멀리하면 할수록 이상하게 눈에 밟혔고, 만나면 만날수록 헤어지는 발걸음이 무거웠다. 그러다 어느 순간부터 그녀가 곁에 있었다.

그렇게 함께한 이후로 그녀의 존재는 철저히 비밀에 부쳤다. 평소에도 마찬가지였지만 특히 일을 시작할 때는 연락은 물론이고 발걸음조차 하지 않았다. 섣불리 움직이다가 만일 미행이라도 당하게 되면 일이 틀어지는 것은 물론이고, 그녀까지 위험에 처하는 것이 싫어서였다. 그리고 지금까지 아무 탈 없이 잘 지냈다. 한데 오늘 그 벽이 무너진 것이다.

"너! 뭐 아는 거 없어?"

"뭐?"

그의 행동이 못마땅해 속을 끓이고 있던 무희는 난데없이 들려온 소리에 흠칫 몸을 떨며 물었다. 그러자 험상궂은 표정을 하고서 그가 다시 소리쳤다.

"강 회장이 인경일 어떻게 아냔 말이야!"

"그걸 내가 어떻게 알아!"

무희는 속으로 뜨끔했지만 그대로 되받아쳤다. 저놈의 성질머리로 보아 제보자가 그녀라는 것을 알게 되면 필시 죽이려 들 것이다.

"이상하잖아!"

"뭐가."

"인경의 존재에 대해서 아는 사람은 나를 제외하면 너와 이강

우밖에 없어. 그런데 강 회장이 어떻게 알고 있는 거야."

무희는 그야 내가 알려줬으니까! 라고 되받아칠 수 있으면 좋겠다고 생각하면서 입을 열었다.

"당신 신이야?"

"뭐?"

"당신이 전지전능하신 신이냐고."

"무슨 뚱딴지같은 소리야!"

"그게 아니라면 당신을 비롯해서 구멍은 얼마든지 있어. 송기철에게 원한 산 인간이 어디 한둘이야. 그중에 누구라도 당신 뒷구멍 팔 수 있어. 그리고 강 회장 그만한 능력 있다는 거 몰라."

"설령 그렇다고 해도 하루 만에 그녀의 존재를 알아낸다는 것이 말이 돼?"

"어. 충분히 말 돼. 그러니 그녀에 대한 얘기는 그쯤해 두고 앞으로 어떻게 할 건지나 생각해 봐. 이대로 그 돈을 날릴 수는 없잖아!"

"제기랄!"

기철은 소파가 푹 꺼질 정도로 털썩 주저앉았다. 숟가락만 움직이면 입속으로 들어갈 먹잇감이었다. 그런데 전혀 예상치 못한 인물로 인해 그것을 놓쳐야 하다니. 생각할수록 아쉽고 분통이 터졌지만 포기할 수밖에 없었다. 아무리 남의 살을 뜯어먹고 사는 인간이지만 다른 사람도 아닌 자신의 여자를 먹잇감으로 던져 줄 수는 없었다.

"이번 건은 포기해."

"미쳤어! 그동안 고생한 게 얼만데 포기라는 말을 입에 올려! 난 그렇게 못하니까 당신이 그년 포기해."

"년이라니, 말조심해."

기철이 매서운 눈길로 그녀를 노려보며 이를 갈 듯 말했다. 그녀가 인경일 못마땅하게 여기고 있다는 것은 알고 있었지만 이렇듯 적대적일 줄은 몰랐다. 그래서 더 의심스러웠다. 이번 일에 그녀의 입김이 작용한 게 아닐까 하고. 하지만 심증일 뿐 눈에 보이는 증거가 없는 이상 또다시 말을 꺼내서 앙금을 쌓을 수는 없었다.

제멋대로에 안하무인이긴 하지만 이번 일이 틀어진 이상 아직은 그녀의 존재가 필요했다. 기철은 속에서 불길이 휘몰아치자 자리를 박차고 일어났다. 시원한 바람이라도 쐬지 않으면 심장이 시커멓게 타버릴 것 같았다.

"어디 가!"

그녀의 고함 소리 뒤로 문이 쾅 닫혔다.

"아우! 저 미친 새끼!"

무희는 분한 마음을 이기지 못하고 몸을 바들바들 떨었다. 오늘처럼 그에게 화가 나긴 처음이었다. 그년이 뭐라고 하인경 그딴 년이 대체 뭐라고 그녀를 이렇듯 비참하게 만든단 말인가. 할 수만 있다면 당장이라도 그년을 갈기갈기 찢어발기고 싶었다.

"내가 그년을 가만둘 것 같아. 어림없어, 송기철. 꼭 네게서 그년을 떼어버릴 거야. 두고 봐. 내가 그년을 어떻게 하는지."

무희는 이를 바드득 갈며 그가 나간 문을 태워 버릴 듯이 노려보았다.

퇴근 시간이 다 되어가자 사무실이 시끄러웠다. 애인과 뜨거운 밤을 약속하는가 하면 코가 삐뚤어지게 한잔하자는 약속까지 그 내용도 참 다양했다. 하지만 인경은 그저 조용히 책상을 정리했다. 불타는 금요일 저녁이었지만 오늘도 그녀는 혼자였던 것이다.

"똥파리 들어가. 입 좀 다물어."

인경이 '오늘 밤 기대할게.' 라고 속삭이며 전화를 끊는 미란을 향해 톡 쏘아붙였다. 부러운 마음에 심술보가 터진 것이다.

"후훗, 어련하시겠어. 근데 멘트 좀 바꿔. 똥파리는 이제 지겹다."

미란이 싱긋이 웃으며 장난스럽게 대꾸했다. 뜨거운 밤을 보낼 생각을 하니 마음이 설레어 그녀의 심술이 귀엽기만 했다.

"칫, 매번 심술만 부려야 하는 나도 지겹다. 오늘 스케줄도 빡빡하겠지?"

인경이 가방 안에 수첩을 넣으며 물었다. 미란은 애인과 떨어져 있는 관계로 주말 데이트를 즐기는 커플이었다.

"그렇지 뭐. 일주일 동안 묻어두었던 열정을 발산하려면 이틀도 모자라. 근데 넌 아직도 외기러기야. 기철 씨 아직 연락 없어?"

"없어. 도대체 어디서 뭐 하나 모르겠다. 전화도 안 되고."

무덤덤하게 대답하고 있었지만 인경은 하루에도 몇 번씩 기철과 최무희란 여자가 함께 있을 거란 생각으로 아파오는 가슴을 움켜잡아야 했다.

"그러게. 연락 없는 지 좀 됐지?"

"일주일 정도. 이번엔 좀 기네."

"원래 도깨비 같은 구석이 있는 사람이라며. 곧 나타날 테니까 너무 걱정하지 마."

미란이 어두운 표정으로 가방을 들고 사무실을 나서는 그녀의 뒤를 따르며 말했다.

"그래서 더 걱정이다. 이러다 예고도 없이 훌쩍 사라질까 봐서."

"설마 그러기야 하겠어. 지내온 세월이 있는데."

"사람과의 만남이 어디 시간만 가지고 되던. 살을 맞대고 살던 부부라도 아니다 싶으면 하루아침에 버림받는 세상인데."

"하기야 결혼과 연애는 별개라고들 하니까. 또 알아? 너에게도 기철 씨보다 더 멋진 상대가 나타날지. 너무 한곳에 목매지 마. 그러다 정말 떠나면 너만 힘들어."

미란의 말은 농담 섞인 진담이었다. 가뜩이나 망부석처럼 한곳만 바라보고 있는데 만일 기철이 그녀를 떠난다면 인경은 무너지고 말 것이다. 미란이 보기에 기철은 한곳에 정착할 사람이 못 되었다. 여자를 후리는 모습이며 반지르르한 외모까지 여자들을 그저 성적 먹잇감으로 생각할 그런 타입이었다. 하지만 열병을 앓고 있는 그녀의 눈에는 보이지 않을 것이다. 그게 속상하고 안타까웠다.

"집으로 바로 갈 거야?"

인경이 1층 로비에서 내리자 미란이 엘리베이터의 열림 버튼을 누른 채 물었다.

"그래야지. 성후 씨한테 안부 전해주고 즐거운 시간 보내고 와. 월요일에 보자."

"타. 지하철 타는 데까지 데려다줄게."

"아니야. 좀 걷고 싶어."

"그래, 그럼. 주말 잘 보내."

인경은 엘리베이터의 문이 닫히고 미란의 모습이 사라지자 천천히 걸음을 옮겨 밖으로 나왔다. 걸을 때마다 스쳐 지나가는 바람의 느낌이 상쾌했다. 이제 곧 5월이었다. 모든 생물들이 춤을 출 시간. 그녀는 늘 5월의 신부가 되기를 원했다. 아름다운 꽃들이 만개하는 날, 새하얀 드레스를 입고 사랑하는 사람의 손을 잡고 걸어가는 상상만큼이나 행복한 것은 없었다.

그러나 하늘을 봐야 별을 딴다고 기철은 결혼이란 말을 입에 담지 못하게 했다. 이유도 없었다. 그저 결혼이란 말 자체가 싫다는 소리뿐이었다. 그때는 왜 그렇게 싫어하는지 이유가 궁금했었는데 지금은 또 다른 아픔을 겪게 될까 두려워 알고 싶지가 않았다.

"하인경. 너, 정말 괜찮은 거지? 그렇지?"

스스로에게 물어보지만 돌아오는 대답은 한숨뿐이었다. 사랑은 받는 쪽보다 하는 쪽이 더 불행하다고 하더니 지금 그녀의 마음이 딱 그러했다.

"하아."

퇴근 시간이 이미 지났지만 민수는 오히려 등받이에 머리를 기대고 눈을 감았다. 만사가 귀찮을 정도로 몸이 무거워 꼼짝도 하기 싫었다. 차라리 이대로 잠에 빠져들고 싶었다. 영원히 깨어나지 않을 아주 깊은 곳까지.

똑똑똑.

흐릿한 의식 너머로 노크 소리가 들려왔다. 민수는 굳이 확인하지 않아도 자신을 귀찮게 할 녀석이란 걸 알았다. 그래서 노크 소리에 대답하는 대신 감은 눈을 더욱 꼭 감고서 의자 깊숙이 몸을 묻어버렸다.

"이사님."

어느새 들어왔는지 서 비서의 목소리가 바로 앞에서 들려왔다. 순간 혼자 내버려 두라는 말이 목구멍까지 차올랐다. 숨 쉬는 것조차 귀찮고 짜증날 정도로 아무것도 하기가 싫었다. 그러나 상대가 서 비서라 민수는 뜨기 싫은 눈꺼풀을 억지로 들어 올려야 했다.

"말해."

"2%의 주식이 또 움직였습니다. 이제 회장님께 보고를 드려야 합니다."

민수는 서 비서의 말에 아무런 대꾸도 없이 지그시 눈을 감았다. 그의 추측이 틀리지 않다면 이제 김인광만 손에 넣으면 최고 경영자와 동등한 입장이 될 수 있었다. 참 야금야금 잘도 모은 것이다. 하기야 그라면 충분히 그러고도 남았지만 역시나 기분은 씁쓸했다.

"좀 더 지켜보자."

"더는 위험해서 안 됩니다. 아니면 제가 회장님께 보고드리겠습니다."

경석은 너그러운 그의 말에 반기를 들었다. 이미 위험수위가 넘어섰을지도 모르는 와중에 또다시 기다린다는 것은 어리석은 짓이었다.

"내 명령 없이 움직이지 마. 용서 안 해."

눈을 번쩍 뜬 그가 싸늘한 음성으로 경고했다. 하지만 이번만은 경석도 물러설 수가 없었다.

"대체 뭘 기다리고 계십니까?"

"그런 거 없어."

"그분이 멈출 거란 기대를 하고 계신 겁니까?"

그 말에 민수는 흠칫 몸을 떨 뿐 대답하지 못했다. 딱히 어떤 것을 바라는 것은 아니었지만 그 말을 듣는 순간 어쩌면 그럴 수도 있겠다 싶었다.

"왜 대답을 못하십니까. 혹시 정말 그렇게 되길 바라고 계십니까? 그렇다면 제가 충고 하나 해드리죠. 그분은 절대 멈추지 않을 겁니다."

그래, 그럴지도 모른다. 그래도 한 가닥 남은 희망을 버릴 수가 없었다. 그가 살아갈 수 있는 유일한 끈이었기에.

"갈수록 말이 많아진다는 거 알아?"

"죄송합니다. 하지만 한마디만 더 하겠습니다."

그의 눈썹이 못마땅하는 듯이 꿈틀거렸지만 경석은 다시 입을 열었다.

"이사님의 이러한 행동을 그분이 알아주실 것 같습니까. 외람되게도 만일 그런 걸 바라고 계신다면 진실을 밝히십시오. 그것 외에는 그분을 멈추게 할 수 없습니다."

"그럴 테지. 그 녀석이 죽을 테니까."

민수는 그가 이 세상에 없다고 생각하는 것만으로도 산 채로 심장이 도려내진 듯 아픔이 밀려왔다.

"부딪쳐 보지 않는 이상 모르는 일입니다."

"아니. 그 녀석은 내가 잘 알아. 삶에 미련 갖지 않을 거야."

민수의 입가에 쓰디쓴 미소가 걸렸다. 이렇게 된 그들의 관계를 생각하면 피가 거꾸로 치솟아 올랐다. 그들을 이렇게 만든 당사자를 언제고 만날 수만 있다면 사지를 갈기갈기 찢어서 숨통을 끊어 놓고 싶을 정도로. 하지만 비통하고 원통하게도 그럴 수 없다는 현실이 그를 절망케 했다.

"강 대표님, 그렇게 나약한 분 아니십니다."

"그래. 그래서 안 된다는 거야. 나약함은 휘어질 뿐 부러지지는 않으니까. 솔직히 난 그 녀석이 원하던 것을 손에 넣는다고 해도 불안해. 삶을 지탱해 주는 대상이 사라지면 삶의 대한 의욕도 사라질까 봐서."

"너무 앞서가시는 것 같습니다만."

"물론 그럴 수도 있어. 하지만 지금의 녀석을 보고 있으면 그런 불안감이 더 커져만 가."

그 말을 끝으로 그의 눈꺼풀이 살포시 내려앉았다. 경석은 터져 나오려는 한숨을 꿀꺽 삼켰다. 그의 마음을 모르는 것은 아니었지만 경석은 오히려 민수가 걱정이었다. 모든 열쇠를 쥐고 있으면서도 꼭꼭 숨어버리는 그의 행동이 더 불안하고 위태로워 보였다.

"수고하세요."

슈퍼를 나오며 인경이 큰 소리로 인사를 했다. 그녀의 손에는 비닐봉투가 들려 있었다. 집에 가봐야 마땅히 할 일도 없어 영화나 한 편 보러 갈까 하다가 쌍쌍끼리 앉아 있는 연인들을 보면 괜스레 위축될 것 같은 기분이 들어 단념하고 집 앞 슈퍼에 들러 맥주를 샀던 것이다. 목욕이나 하면서 시원한 맥주로 외로운 마음을 달랠 생각에서였다.

"어? 이상하네. 아침에 나올 때 불을 안 껐나."

오피스텔 3층인 그녀의 집에 환하게 불이 켜 있자 인경이 고개를 갸웃거리며 계단으로 향했다. 그녀의 기억으로는 나올 때 분명히 스위치를 내렸었다. 그리고 그녀는 혼자였다. 그런데 불이 켜져 있다는 것은? 그녀는 황급히 계단을 뛰어올라 가기 시작했다. 만일 그가 돌아온 거라면 불이 켜져 있는 것은 당연했다.

"하아, 하아!"

단숨에 3층 계단을 뛰어오른 그녀는 숨을 고를 새도 없이 열쇠를 꽂아 돌렸다. 그리고 딸깍거리는 소리가 들리는 것과 동시에 문을 벌컥 열었다.

"기철 씨!"

인경이 현관으로 들어서며 소리쳤다. 그러나 환한 불빛만이 그녀를 맞이할 뿐, 그의 모습은 보이지 않았다.

"하아, 하아! 아닌가."

인경은 가쁜 숨을 몰아쉬며 혼잣말을 했다. 그가 없다고 생각하자 이내 허탈감이 찾아들었다. 인경은 터벅거리는 걸음으로 주방으로 향했다. 시원한 물이라도 한잔 마셔야 정신을 차릴 것 같았다. 냉장고에서 물병을 꺼내 든 그녀는 병째 입으로 가져갔다. 컵에 따라 마시는 것조차 귀찮을 만큼 맥이 탁 풀려 버렸다.

"엇, 커억!"

물을 채 삼키기도 전에 그녀의 입에서 비명 소리가 터졌다. 누군가의 손이 그녀의 허리를 껴안은 것이다. 그 바람에 손에 들고 있던 물병이 둔탁한 소리를 내며 바닥으로 떨어졌고, 입안에 담고 있던 물은 턱을 지나 목을 타고 흘러내렸다.

"누구…… 윽!"

누구냐고 고함을 지르려던 그녀의 귓속으로 혀가 파고들었다. 인경은 오싹 한기가 들자 눈을 질끈 감으며 신음을 내뱉었다. 그걸 신호로 허리를 껴안고 있던 손이 스커트 속으로 들어와 곧장 여성을 감쌌다. 그리고 애를 태우려는 듯 얇은 팬티 위에서 이리저리 노닐더니 한순간에 안으로 파고들어 와 음부에 있는 예민한 돌기를 건드렸다.

"아읏!"

그녀의 성감대를 정확이 꿰뚫고 있는 손길. 인경은 굳이 돌아보지 않아도 상대가 기철이라는 걸 알았다. 그가 왔을지도 모른다는 그녀의 직감이 맞는 것이다. 쫙! 흐릿해지는 의식 사이로 무언가 찢어지는 소리가 들리더니 아랫도리가 서늘해졌다. 은밀한 부위를 가리고 있던 천 조각이 난폭한 손길에 의해 사라진 것이다. 이어 기다란 손가락이 가차 없이 몸속을 찌르며 들어왔다.

"하윽!"

아픔을 동반한 짜릿한 전율에 그녀의 몸이 움츠러들었다.

"후훗. 역시 실망시키지 않는 몸이야."

기철은 엉덩이를 뒤로 쑥 빼며 바들거리는 그녀를 만족스러운 표정으로 바라보았다. 28살이라는 나이답지 않게 넘쳐 나는 열정은 그의 피를 뜨겁게 했다. 그래서인지 안을 때마다 느낌 또한 달랐다. 많은 비가 내림에도 불구하고 땅이 젖지 않는다고나 할까. 새벽이슬처럼 언제나 신선한 공기를 내뿜고 있었다. 그래서 때론 과격하게 안을 때도 있었다. 고통에 흐느끼며 매달리는 모습은 그 어떤 유혹보다 그를 더욱더 흥분시켰다. 그렇게 길들인 사람이 그라고 생각하면 더 큰 희열이 느껴져 더욱 그녀를 괴롭히고 싶어졌다.

기철은 질 속을 휘젓고 다니던 손가락을 재빨리 거둬들인 뒤 그녀의 치마를 허리 위로 밀어 올렸다. 잘 익은 과일처럼 탱글탱글한 엉덩이가 모습을 드러내자 단단하게 솟아난 덩어리가 입구를 찾아 꿈틀거렸다. 욕실에서 나온 탓에 거추장스러운 옷감 따윈 몸에 걸치고 있지 않았기에 기철은 장전된 총의 방아쇠를 당기듯 한 번의 동작으로 그녀 안에 몸을 묻었다.

"아악! 아파!"

거대하게 솟은 물건이 예고도 없이 몸을 가르고 들어왔다. 좁은 입구가 미처 그를 받아드릴 준비가 되지 않은 탓에 그녀의 얼굴이 고통으로 일그러졌다. 하지만 그는 조금도 개의치 않고 허리를 움직였다. 찰싹거리는 마찰음이 커질수록 창자가 뒤틀리는 고통이 뒤따랐다. 마치 고문이라도 하는 것처럼 그의 움직임은 난폭하기 이를 데 없었다. 순간 그녀의 뇌리 속을 빠르게 스치는 것이 있었다.

"넌 너무 쉽게 꺼져. 내가 타오를 시간이 없을 만큼. 그래서 가만히 둘 수가 없어. 욕정을 분출할 방법은 얼마든지 있으니까."

뼛속까지 시렸던 말이 메아리가 되어 심장으로 파고들었다. 인정은 또다시 번져 가는 아픔을 견디기 위해 이를 악물었다. 그래서였을까. 그는 며칠씩 연락이 없다가도 지금처럼 불쑥 나타나 그녀를 가졌다. 그리고 오직 섹스 파트너가 필요한 사람처럼 성적 충동만 해결되면 미련 없이 자리를 털고 일어나 욕실로 향했다.

보통의 연인들처럼 사랑을 나눈 후에 찾아오는 나른한 충만감 같은 여유는 느껴볼 새도 없었다.

"하아…… 하아!"

허리를 움직일 때마다 더운 열기가 그의 입을 통해 흘러나왔다. 제 욕정을 채우려는 몸짓이 거칠어지고 있는 것이다. 그에 따라 그녀의 몸은 쾌락이 아닌 아픔으로 쓰라렸다. 뜨겁게 문을 열어 그의 향기를 온전히 몸 안에 채웠던 때와는 달리 고통만이 그녀의 심장을 뒤흔들었다. 예전엔 미처 알지 못했던 감각이라 다소 혼란스러웠다.

이런 게 사랑일까. 그를 정말 사랑하는 걸까. 만일 그를 떠난다면 살아갈 수 있을까. 뒤죽박죽 뒤엉킨 실타래처럼 해답 없는 질문들이 쏟아져 나올 때 인경은 처음으로 그가 한 말의 의미를 깨달았다. 혼자만의 쾌락은 사랑이 아닌 섹스에 불과하다는 걸.

'그래. 이건 사랑이 아니야. 쾌락을 좇는 짐승들의 교미일 뿐이야. 사랑이라면 적어도 상대방에 대한 배려가 있어야 해.'

인경은 그동안 품고 있던 환상이 깨어지는 걸 느끼며 눈을 질끈 감았다. 그러자 뜨거운 볼을 타고 차가운 이슬이 또르르 굴러떨어졌다. 고여 있는 줄도 몰랐던 눈물이 그녀의 처지를 새삼 일깨워주고 있었다. 인경은 단호한 손길로 다시 떨어지는 눈물을 훔쳤다. 지금은 눈물이나 흘리고 있을 때가 아니었다.

"으윽!"

인경은 아랫배가 욱신거려 오는 통증에 악다문 잇새 사이로 고통의 신음을 내뱉었다. 그녀가 허탈감에 빠져 허우적거리는 사이 그는 절정으로 치닫기 위한 마지막 몸부림을 하고 있었다. 순간,

몸속에 있는 줄도 몰랐던 치졸한 감정이 천천히 고개를 내밀었다. 그녀에게 고통을 준 만큼 그에게 되갚아주고 싶어졌다. 한 번쯤 그를 거부한다고 해서 하늘이 무너질 리는 없으니까.

그의 호흡 소리가 짙어지고 몸의 움직임이 더욱 빨라졌다. 인경은 그가 곧 사정할 거란 걸 온몸으로 느끼며 신경을 한곳에 집중했다. 한 방에 끝내야 했다. 그러지 못하면 무너지는 것은 그녀일 것이다. 순간 그가 몸을 경직시키며 신음 소리를 억눌렀다. 인경은 그 순간을 놓치지 않고 튕겨나가듯 앞으로 몸을 쭉 뺐다.

투두둑!

그의 몸을 뚫고 하얀 액체가 튀어나왔다. 그녀 안에서 뜨겁게 녹아들던 정액이 싸늘한 공기 속으로 흩어진 것이다.

"이게…… 무슨?"

순식간에 벌어진 일에 그는 얼이 빠진 듯 황당한 표정을 짓더니 이내 얼굴을 일그러뜨렸다. 정염에 사로잡혔던 몸이 채 토해내지 못한 정액을 쏟아냈던 것이다.

"제길!"

기철은 죽일 듯이 그녀를 노려보았다. 절정 끝에서 쫓겨난 탓에 아직 채워지지 않은 갈증으로 몸이 부들부들 떨렸다. 하지만 그녀는 흡족한 미소를 지으며 치켜 올라간 치마를 내려 몸을 가렸던 것이다. 어떻게 그녀가 이럴 수 있는 거지. 기철은 어이가 없어 황망하기까지 했다.

"기분이 어때?"

인경이 느긋하게 팔짱을 끼며 묻자, 먹이를 노리는 짐승처럼 그의 눈빛이 타들어갔다. 하지만 무섭지 않았다. 지금 그가 느끼고 있는 굴욕은 그녀가 느껴야 했던 것에 비하면 발톱 사이에 낀 때만큼도 안 되니까. 오히려 그녀 역시 마음만 먹으면 그를 고통스럽게 할 수 있다는 것을 알게 되어 기분이 좋았다.

"이게 무슨 짓이야!"

"벌이야."

"뭐?"

"우리 둘에게 내리는 벌이라고."

"그따위 것이 왜 필요한데?"

기철이 짜증이 잔뜩 묻어난 얼굴로 물었다. 인경은 잠시 숨을 골랐다. 질문에 대답하기 전에 그녀 안에 도사리고 있는 그의 대한 불안정한 감정부터 되돌아봐야 했다. 정말 그가 아니면 안 되는지를. 그가 없이도 살아갈 수 있는지를.

인경은 뚫어지게 그를 바라보았다. 그리고 다시는 그를 볼 수 없다면 어떤 기분일까 떠올려 보았다. 욱신욱신. 순간의 망설임도 없이 심장이 아픔으로 조여들었다. 그를 향한 마음이 사랑이 아닐지도 모른다는 것은 자신을 기만하는 말인 것이다. 설령 짝사랑일지라도 그녀에게 그는 틀림없는 사랑이었다. 그러나 그 사랑을 지킬 자신은 없었다.

"대답 안 해!"

무거운 침묵을 가르며 다그치는 목소리가 들려왔다. 인경은 살며시 눈을 감았다가 떴다. 틀림없이 후회할 것이다. 하지만 이 방법밖에는 없었다. 인경은 슬픔으로 꽉 잠긴 목을 헛기침으로 가다듬은 뒤 천천히 입술을 달싹였다.

"바람인 줄 알면서도 당신을 기다리는 내가 한심해서. 그리고 내가 기다린다는 걸 알면서도 연락조차 없는 당신이 너무 야속하니까."

"그래도 늘 네게로 돌아왔잖아! 그거면 충분하지 않아?"

"아니. 그래서 더 외로웠어. 당신은 육체적 욕망만 채워지면 날 떠났으니까."

"말도 안 되는 소리 하지 마! 너였기에 돌아온 거야. 널 보지 않으면 안 되니까."

"풋!"

그녀의 입에서 바람 빠진 풍선처럼 피식 소리가 났다. 기철은 알 수 없는 서늘함이 가슴을 스치고 지나가자 미간을 찡그린 채 입을 열었다.

"왜 웃어?"

"처음이거든. 나에 대한 당신 마음을 보여준 것은."

기철은 어깨를 흠칫 떨었다. 왜 그랬는지 이유는 알 수 없었지만 그녀의 말대로 속마음을 내보인 적은 한 번도 없었던 것이다.

"그게 우스워?"

기철이 미안함과 죄책감을 동시에 느끼며 물었다.

"아니."

인경은 서글픈 미소를 지으며 고개를 가로저었다. 이미 젖어버린 가슴에 우습다는 말은 어울리지 않았다.

"그럼 뭔데?"

"슬퍼서. 심장이 녹아내려 감각조차 느껴지지 않을 만큼 너무 슬퍼서 그래."

뜻밖의 말에 아무 말도 할 수 없었던 기철은 그제야 그녀의 눈가가 촉촉이 젖어 있다는 것을 알았다. 순간, 알 수 없는 불길한 기운이 전신을 휘감았다. 등골이 오싹해지고 한쪽 가슴이 찌릿찌릿 아려오는 게 마치 세상에 홀로 서 있다는 착각이 들 정도로 주위의 공기가 삽시간에 싸했다. 썩 좋지 않은 기분이라 기철은 입술 끝에 힘을 주었다. 그러는 사이에도 그녀의 말은 계속해서 이어졌다.

"기철 씨, 우리…… 그만하자. 당신을 사랑하지만 이대로는 내가 견디지 못하겠어."

"그게 무슨 소리야!"

기철은 있을 수 없는 일이라 목소리를 높였다. 중요한 거래를 놓친 탓에 안 그래도 기분이 엉망이었다. 그래서 그녀의 품 안에서 위로받고 싶어 만사를 제쳐 두고 이렇게 달려왔다. 그녀를 보면 거지 같은 기분도 말끔히 사라지리라 생각하면서. 그런데 더 큰 복병이 기다리고 있을 줄이야.

그녀가 떠날 수도 있다는 것을 단 한순간도 생각해 보지 않았던 기철은 어이가 없어 화가 치밀어 올랐다. 그녀로 인해 그가 뭘 포기해야 했었는지를 알기라도 한다면 감히 이런 말 따윈 꿈속에서조차 품으면 안 되는 것이었다.

"나…… 정말 힘들어. 더는…… 흑흑…… 더는 당신 기다리는 거 못하겠어."

그녀의 눈에서 끝내 눈물이 떨어지고 말았다. 기철에게 눈물만큼은 보이지 않으려고 무던히도 애를 썼는데 그와 떨어져야 한다는 것이 그녀를 나약하게 만들고 있었다.

"그 말은 나 없이도 살 수 있다는 거야?"

"많이 보고 싶고 그리울 거야. 하지만 이겨낼 거야. 그래야 내가 살 수 있어. 내가 살기 위해서 당신을 놓을 거야."

"도대체 너 왜 이래? 이런 적 한 번도 없었잖아."

"이제야 세상이 눈에 보이거든."

그의 심장이 덜컥거리는 소리를 내며 아래로 곤두박질쳤다. 혹시 그사이 남자라도 생긴 걸까. 아니, 그럴 리는 없었다. 기철은 찰나의 순간에 떠오르는 생각을 이내 떨쳐 냈다. 그를 두고 다른 남자를 생각할 만큼 그녀는 남자를 알지 못했다. 그녀에게 그는 첫 남자이고 첫 사랑이었다. 첫 사랑은 시간이 흐르면 잊혀져 가겠지만 첫 남자는 쉽게 지워질 수 없는 상대였다. 하지만 전에 없이 당차게 나오는 그녀의 태도가 못마땅한 건 사실이었다.

"그게……! 무슨 말이야?"

기철이 튀어나가려는 성질을 강제로 억누르며 물었다. 지금은 화가 아닌 대화가 필요했다.

"눈에 담고 괴로워하는 것보다……."

뜨거운 덩어리가 목구멍을 막아버렸다. 말을 잇지 못한 인경은 입술을 지그시 깨물며 손바닥으로 가슴을 꾹 눌렀다. 쿵쾅거리는 심장 소리를 따라 몸이 떨리고 명치끝이 조여들더니 피가 역류하듯 삽시간에 통증이 온몸을 지배했다. 제 살이 아닌 듯 에이고, 제 뼈가 아닌 듯 으스러져 내리는 고통이라 비명조차 나오지 않았다. 사랑엔 대가를 치러야 한다더니 아마도 이런 걸 두고 하는 말인 듯싶었다. 인경은 흘러내리는 눈물 사이로 애써 미소 지으며 말을 이었다.

"가슴에 묻고 그리워하는 것이 덜 아플 것 같아."

"도대체 뭔 소리를 하는 거야. 말장난 집어치우고 알아듣게 말해!"

"기철 씨는 내가 만들어놓은 내 세상이었어. 나의 모든 희로애락이 그 안에서 비롯되고 그 속에서 살아 움직였으니까. 그래서 나만 있으면 세상은 영원할 줄 알았어. 당신이 원망스럽고 야속할 때도 많았지만 내가 선택한 길이었기에 참으려고 노력했고 지금까지 견뎌낼 수 있었어. 그런데 이젠 알아. 제아무리 노력해도 혼자서는 아무것도 이룰 수도 가질 수도 없다는 것을. 언제부턴가 내 세상이 외줄 타듯 위태롭게 흔들리고 있었다는 것을. 그리고 당신이 내게 바라는 건 사랑이 아닌 오직 섹스뿐이라는 걸 더는 모른 척 외면할 수 없다는 것까지도."

"하! 무슨 그런……."

기철은 기가 차서 말문이 막혔다. 섹스 파트너라니. 그런 터무니없는 생각을 하고 있을 줄은 꿈에도 몰랐다. 그녀의 말대로 사랑은 아닐지도 모른다. 그러나 결코 몸만을 원한 것은 아니었다. 만일 그랬다면 벌써 그녀를 떠났을 것이다. 아니, 수도 없이 그녀를 떠나려고 했었다. 온갖 세파에 찌든 그와 달리 그녀가 바라보는 세상이 너무나 맑고 깨끗해서 도저히 감당할 자신이 없었다.

그런데도 그녀를 떠날 수가 없었다. 숱하게 등을 돌려보려 했지만 번번이 실패하며 그녀에게 돌아왔다. 왜 그런지 이유도 알 수 없었다. 그저 그녀를 보지 않으면 애가 탄다는 것뿐. 그런데 지금 그녀가 그를 떠난다고 말하고 있는 것이다.

"당신이 섹스 파트너라니, 정말 어이가 없네. 대체 왜 그런 생각을 하게 된 거야?"

"최무희가 당신 여자란 거 알아. 지금껏 그 여자 집에 있다가 왔다는 것도 알고. 날 만나기 전부터 그런 사이였을 거야. 그래서 돌려주려고. 그 여자도 나처럼 괴로울 테니까."

헤어지자는 이유가 고작 최무희 때문이라니. 기철은 기가 턱 막혔다. 그녀의 말이 틀린 것은 아니었다. 하지만 그건 일 때문이었지, 다른 뜻은 없었다. 그녀를 만나고부터는 오히려 최무희가 버려진 꼴이었으니.

"참 오지랖도 가지가지다. 네가 왜 그 여자를 신경 써!"

"같은 여자니까. 그리고 이런 관계 이젠 내가 싫어. 끔찍할 만큼 괴롭고 힘들어. 더는 그런 고통 느끼고 싶지 않아."

"정말……."

기철은 도중에 말을 끊었다. 그녀의 말이 생각보다 충격이 컸던지 목소리가 다 떨리고 있었다. 기철은 잠시 숨을 고른 뒤 무거운 입술을 달싹이며 말을 이었다.

"정말 그러길 원해?"

"응, 원해. 간절히."

눈물을 매단 눈동자가 빙그레 웃고 있었다. 정말 간절히 원하는 것처럼. 기철은 두통이 밀려오자 눈을 질끈 감았다. 떠난다는 그녀의 말은 진심인 것이다.

"후회…… 안 할 거지?"

그는 눈도 뜨지 않은 채 물었다. 인경은 아리는 가슴을 손바닥으로 살며시 쓸어내렸다. 그에게 헤어지자는 말을 내뱉은 순간부터 이미 후회하고 있었다. 그러나 돌이키고 싶지는 않았다.

"안 하도록 노력할 거야."

뜻을 굽히지 않는 말에 기철은 천천히 눈을 떴다. 흔들림 없는 눈동자가 올곧이 그의 눈 속에 박혔다. 순간, 눈이 시리고 가슴이 먹먹해지더니 메마른 땅이 갈라지는 것처럼 몸에서 쩍쩍 소리가 났다. 아픔을 동반한 불쾌한 감정. 여자를 상대로 이런 느낌이 든 것은 처음이었다. 기철은 낯선 감각을 한곳으로 밀쳐 낸 뒤 차가운 목소리로 입을 열었다.

"아니. 넌 반드시 후회하게 될 거야. 결코 네 뜻대로 되지 않을 테니까. 잊고 싶어도 결코 잊지 못하는 것이 얼마나 잔인한 일인지 한번 겪어봐."

기철은 그대로 등을 돌렸다. 그녀는 결코 뜻을 이루지 못할 것이다. 사람의 관계가 말처럼 그렇게 쉬웠다면 그는 이미 그녀 곁에 없었다.

주열은 무표정한 얼굴로 모니터를 가득 채우고 있는 여자를 바라보았다. 손바닥을 펼치면 다 가려질 정도로 자그마한 얼굴이 흥분을 감추지 못한 채 숨을 헐떡거리고 있었다. 이쪽으론 전문가라고 하더니 포르노 영상물에 무너지는 모습은 여느 여자들과 다르지 않았다.

"하아!"

색스러운 소리에 이어 살과 살이 부딪치며 내는 질퍽한 마찰음이 공기를 타고 떠다녔다. 땀에 번들거리는 두 육체가 엉켜들 때마다 그들을 지켜보고 있던 여자 역시 몸을 비틀며 가쁜 숨을 토해냈다. 이윽고 더는 참지 못하겠는지 여자가 몸을 파르르 떨며 옷을 벗기 시작했다. 무언가가 뜻대로 되지 않는지 여자는 거친 손길로 입고 있는 옷을 잡아 뜯었다. 그 모습이 마치 욕정에 눈이 먼 암캐 같았다.

옷을 벗은 여자의 몸에는 이제 속옷과 가터벨트뿐이었다. 여자의 손은 이제 은밀한 부위를 감추고 있는 자신의 팬티 속으로 들어가 있었다. 곧이어 음탕한 신음 소리를 흘리며 몸을 흔들어댔다. 여자가 몸을 흔들 때마다 흥분으로 탱탱하게 부풀어 오른 가슴이 브래지어를 비집고 튀어나와 붉은 젖꼭지를 선보였다. 그대로 한입 깨물면 달콤한 과즙이 배어나올 것처럼 먹음직스러웠다.

"그만."

흥분한 여자의 손에 의해서 손바닥만 한 천 쪼가리가 다리 사이로 미끄러져 내려갈 때쯤 감정이라곤 전혀 묻어나지 않는 목소리가 들려왔다. 명령에 따라 서진이 리모컨으로 전원 스위치를 누르자 방 안 가득 메우고 있던 퇴폐적인 영상이 그대로 화면 속으로 빨려 들어갔다. 서진은 리모컨을 테이블에 내려놓고서 그의 다음 말을 기다렸다.

"어때?"

이윽고 몇 초의 시간이 흐르고 난 뒤에야 그의 목소리가 들려왔다.

"돌려보낼게."

처음부터 이렇게 되리란 걸 알고 있었던 서진은 망설이지 않고 대답했다.

"지겹다. 지겹다, 서진아."

걸음을 옮기려는 등 뒤로 슬픈 목소리가 들려왔다. 서진은 그저 안타까운 눈빛으로 바라볼 뿐 아무런 대답도 하지 않았다. 그의 대답을 듣고자 하는 말이 아니었기에.

"그래도 살아야겠지. 살아야 하는 거지."

"주열아."

서진은 아파하는 친구에게 해줄 수 있는 것이 아무것도 없었기에 그저 이름을 불러주는 것이 고작이었다.

"이 짓을 언제까지 해야 할까? 언제가 돼야 끝이 날까?"

그만큼이나 이런 상황이 끝나길 바라는 서진이었지만 해답 없는 말밖에는 딱히 해줄 말이 떠오르지 않았다.

"글쎄. 어느 쪽으로든 언젠가는 끝이 나지 않을까?"

"후훗, 그 언제인가를 기다리는 시간이 너무 힘들다. 지옥 같아."

주열은 쓸쓸한 미소를 지으며 가죽 의자에 몸을 깊숙이 묻으며 눈을 감았다. 죽는 것보다 살아야 한다는 것이 더 지옥일 거란 걸 예전엔 상상조차 하지 못했다. 그러나 이젠 시간이 흐를수록 뼛속 마디마디마다 속속들이 깨닫고 있었다. 차라리 죽는 것이 행복이란 것을.

"침대에 누워서 편히 자. 어젯밤에도 한숨도 못 잔 것 같던데 그러다 병나."

걱정스러운 목소리가 들려오자 주열은 자신의 옆에 그가 있다는 것이 천만다행이라 여기며 눈을 뜨지 않은 채 나지막이 속삭였다.

"잠시만 이러고 있을 테니까 어서 가서 처리해."

"금방 올게."

잠시 망설이던 서진이 걸음을 뗐다. 얼마 지나지 않아 둔탁한 소리를 끝으로 주열은 혼자 남겨졌다. 그는 슬그머니 감았던 눈을 떴다. 스탠드 불빛을 제외하곤 빛이란 없었다. 색정 소리에 달님도 부끄러워 구름 사이로 몸을 숨겼는지 어두운 그림자만이 방 안에 드리워졌다.

주열은 형체만 보이는 모니터를 죽일 듯이 노려보았다. 꿈틀. 그의 목 언저리에 붉어진 심줄이 튀어 오를 듯 요동쳤다. 가슴이 터질 듯이 기분이 좋지 않았다. 금방이라도 목구멍을 타고 이물질이 치밀어 오를 것만 같아서 이를 꽉 깨물어야 했다. 기가 막혔다. 비참하리만치 기가 막힌 현실이었다. 포르노 영상을 보면서 자위하는 여자를 지켜봐야 한다는 것이 끔찍스러웠다. 왜! 왜 그가 이런 난잡한 짓거리를 지켜봐야 하는지 화가 나서 견딜 수가 없었다.

사랑, 그까짓 게 뭔데. 자식이 다 무슨 소용인데 이토록 구렁텅이 속으로 그를 밀어 넣는지. 마음 같아서는 다 때려 부숴 버리고 싶었다. 태풍이 휩쓸고 간 듯 모조리 쓸어버리고 싶었다. 그러면 속이 후련할 것 같았다. 하지만 그는 혼자가 아니었기에 이 모든 수모를 견뎌내야 했다.

“서진아. 나, 날고 싶다. 날고 싶어 미치겠다. 만일 내가 이대로 날아가 버리면 넌 날 용서하지 않겠지. 그게 싫다. 널 혼자 둔 날 원망하고 미워할까 봐 그게 두렵고 무섭다.”

눈을 감는 그의 얼굴 위로 또르르 물방울이 흘러내렸다. 슬픔보단 아픔이 더 큰 눈물이었다.

3장 음모

"미치겠군."

주열은 계속해서 머리가 지끈거리자 펜을 내려놓고 의자 깊숙이 몸을 묻었다. 잠들기가 겁이 날 정도로 악몽에 시달린 탓에 요즘은 거의 뜬눈으로 밤을 새다시피 하고 있었다. 그래서인지 눈알이 빠질 듯이 아리고 누군가가 머릿속에서 징을 치고 있기라도 하는 것처럼 골이 흔들렸다.

이대로 만사 제쳐 두고 1시간만이라도 좋으니 죽은 듯이 잠을 잘 수만 있다면 세상 부러울 것이 없을 정도로 몸 상태가 말이 아니었다. 하지만 이제 곧 문을 열고 정 부장이 들어올 시간이라 그저 눈을 감고 있는 것이 고작이었다.

똑똑똑!

아니나 다를까. 노크 소리에 이어 문이 열리더니 정 부장이 들어왔다. 주열은 무겁게 가라앉아 있던 몸을 일으켜 소파로 자리를 옮겼다.

"태화 쪽 움직임은 어때?"

"신손에게서 추가로 50억을 빌린 것 외에는 별다른 움직임은 없습니다. 공사도 순조롭게 진행되는 상태고요. 여기 있습니다."

"박민수는?"

주열은 정 부장이 올린 보고서를 펼쳐 들며 물었다. 그의 말대로 그다지 눈에 띄는 내용은 없었다.

"마찬가지로 조용합니다."

"이대로라면 남은 건 김인광이뿐인가."

"쉽게 넘겨줄 것 같지가 않습니다."

정 부장의 말에 주열은 서류철을 덮으며 등받이에 몸을 기댔다. 그의 말대로 쉽게 넘겨주지는 않을 것이다. 박 회장과의 친분도 그렇지만 그는 장사꾼이었다. 물고 있는 게 월척이란 걸 안 이상 쉽게 먹이를 놓치는 못할 테니까. 하지만 돈 앞에 장사 없다는 것은 삼척동자도 다 아는 사실이었다.

"다음 지시가 있을 때까지 그냥 내버려 둬. 곧은 나무일수록 한 방에 꺾이는 법이니까. 그리고 약점 될 만한 게 있는지 찾아봐. 아주 사소한 거라도 놓치지 말고."

"알겠습니다. 근데 어디 편찮으십니까? 안색이 안 좋습니다."

"잠을 설쳤더니 머리가 지끈거리는군. 그만 나가서 황 실장 들여보내."

"네. 알겠습니다."

정 부장이 나가자 주열은 양손으로 관자놀이를 지그시 눌렀다.

이젠 눈조차 뜨고 있기가 힘겨울 정도로 정신이 다 몽롱했다.

"많이 불편해?"

문이 열리는 소리와 동시에 근심 어린 목소리가 들려왔다. 아마도 정 부장이 황 실장에게 그의 상태를 귀띔해 준 모양이었다. 주열은 감은 눈을 뜨지 않은 채 입을 열었다.

"머리가 지끈거려서 안 되겠어. 내실에 있을 테니까 급한 용무 아니면 한 시간 뒤에 깨워줘."

"병원에 가지 않아도 되겠어?"

잠만 잘 수 있다면 당장이라도 달려가고 싶은 심정이었다. 하지만 그렇게 되면 쓸데없는 잡소리가 아버지의 귀에 들어갈 것 같아 주열은 고개를 가로저었다.

"그 정도는 아니야."

"그럼 약이라도 가져다줄게."

"됐어."

주열은 그가 뒤돌아서자 서둘러 말했다.

"한숨 자고 나면 괜찮을 거야."

"정말 괜찮겠어?"

"어."

짧게 대답한 주열이 자리에서 일어나 내실로 들어갔다. 그가 걱정이 된 서진은 닫힌 문을 한참 동안이나 바라보다 사무실을 나왔다.

"으윽! 머리야."

목이 타들어가는 것을 느끼며 몸을 일으키던 기철은 극심한 통증이 밀려오자 양손으로 머리를 감쌌다. 밤새 마신 술이 이제야 심통을 부리는지 머리가 반으로 쪼개지는 것처럼 고통스러웠다.

"제길!"

기철은 짜증이 확 치밀어 오르자 신경질적으로 침대에서 벗어났다. 약이라도 먹고서 더러운 기분을 동반한 고통을 어서 빨리 잠재우고 싶었다. 기철이 문을 열고 나가자 어디에선가 노랫소리가 들려왔다. 무슨 좋은 일이 있는지 노랫소리에는 흥이 담겨 있었다. 그는 천천히 걸음을 옮겨 소리가 나는 곳으로 갔다. 그리고 상대가 무희라는 것을 알고 곧 미간을 찌푸렸다.

"뭐 해?"

식탁 위에 늦은 아침상을 준비하고 있던 무희는 얼굴 가득 미소를 지으며 몸을 획 돌렸다.

"깼어? 속 아프지. 어서 앉아. 국만 뜨면 돼."

냉큼 다가온 그녀가 그를 식탁 앞으로 이끌며 말했다. 하지만 기철은 밥보다는 약이 필요했다.

"됐어. 두통약이나 줘."

기철이 의자에 앉으며 말했다.

"머리 아파? 그러게 무슨 술을 그렇게 퍼부어! 기다려."

기철은 그녀가 주방을 나가자 그제야 식탁 위에 차려져 있는 음식들이 눈에 들어왔다. 밤새 요술 방망이라도 휘둘렀는지 식탁 위에는 먹음직스러운 음식들이 가득했다. 그녀를 알고 지낸 지가 무려 10년이었지만 제 손으로 밥상 차린 것을 본 것은 오늘이 처음이었다.

"하! 미쳤군."

어찌할 사이도 없이 그의 입에서 비꼬는 소리가 튀어나왔다.

"나도 그렇게 생각해. 먹어."

언제 왔는지 그녀가 물과 함께 약을 내밀며 말했다. 기철은 상처받았을 그녀의 마음 따윈 아랑곳없이 냉큼 약을 집어 들어 입안에 넣고 물을 마셨다. 그러는 사이 그의 앞에는 국그릇이 놓였다.

"먹어봐. 속이 좀 편할 거야."

"생각 없어."

"밥을 생각으로 먹어! 배고프니까 먹는 거지. 한술이라도 떠. 내 성의를 봐서."

"그 말 들으니까 더 못 먹겠다. 네 성의가 왠지 무섭거든."

"왜? 약이라도 탓을까 봐."

"그럼 나야 땡큐지."

그는 삶의 미련 따윈 없었다. 질긴 목숨, 제 손으로 끊어버릴 수 없어서 살아가고 있는 거니까.

"그럼 같이 죽을까?"

"됐거든. 죽어서도 너랑 얽힌다면 차라리 벽에 똥칠하며 그냥 살란다."

그녀가 죽일 듯이 노려보았다. 하지만 기철은 진심이었다. 이승에서 얽힌 인연도 곧 정리할 생각인데 사후 세계에서까지 그녀와 얽히고 싶진 않았다.

"어디 가! 밥 먹고 가!"

그가 자리에서 일어나자 그녀가 소리쳤다. 하지만 기철은 그대로 주방을 나가 버렸다.

"아악! 저 나쁜 새끼!"

그녀는 식탁 위에 있는 음식들을 모조리 쓸어버렸다. 이내 요란한 소리와 함께 주방이 난장판이 되었다. 무희는 씩씩거리며 그가 사라진 쪽을 노려보았다. 한숨도 못 자고 아침을 준비했다. 밤새 술독에 빠져 있는 그를 위해서. 한데 고작 돌아온 것이 빈정거림이라니. 저 인간을 입안에 넣고 오독오독 씹어 먹어도 분이 안 풀릴 것 같았다.

"아아, 날씨 한번 끝내준다."

점심을 먹으러 가기 위해 밖으로 나온 인경은 햇살에 눈이 부시자 양팔을 치켜올려 기지개를 켰다. 완연한 봄의 날씨는 우울한 기분을 말끔하게 씻어줄 정도로 화창하고 상쾌했다.

"와아, 진짜 그러네. 여행 가기 딱 좋은 날씨다."

미란 역시 양팔을 활짝 벌리고서 그녀의 말에 동의했다. 이런 날에는 훌쩍 어디론가 떠나고 싶은 마음이 간절했다.

"여행이라……. 그래, 가자. 우리 말 나온 김에 날 잡을까?"

"나야 콜이지. 이번 주말 어때?"

미란이 인경의 팔에 팔짱을 끼며 물었다.

"그렇게 빨리? 근데 성후 씨는 어쩌고?"

"출장 가서 다음 주에나 올 거야."

"이런 앙큼쟁이. 어쩐지 주말이란 말이 쉽게 나오더라니."

"헤헤헤. 둘이 붙어 있다가 혼자서 주말을 보낼 생각을 하니 벌써부터 외롭더라고."

인경이 곱지 않은 표정으로 눈을 흘기자 미란이 생긋이 웃으며 말했다. 혼자 있는 외로움을 누구보다 잘 알고 있던 인경은 그녀의 마음을 백번 이해할 수 있었다.

"그럴 거야. 늘 곁에 있는 사람이면 하루쯤 안 봐도 그만이지만 너희처럼 떨어져 지내는 커플에겐 하루가 일 년 같을 테니까."

"정말 그래. 한 주 건너뛰고 만나면 오랜 시간 떨어져 있다가 만난 것 같은 기분이 들거든. 그러고 보면 넌 참 대단해. 연락도 없는 남자를 묵묵히 기다리고 있으니 말이야. 기철 씨 아직이지?"

그녀의 물음에 인경은 그저 씁쓸한 미소를 지었다. 그와 헤어진 지가 오늘로 5일째였다. 하지만 아직은 미란에게 알리고 싶지가 않았다. 아무것도 정리가 안 된 상태에서 그와의 관계를 털어놓는다면 애써 견디고 있는 슬픔을 참지 못하고 쏟아낼 것만 같아서 두려웠다.

그에게 이별을 고하고 아픈 가슴을 움켜쥔 채 주말 내내 눈물을 흘렸다. 외로움에, 그리움에, 당장이라도 달려가 농담이었다고 말하고 싶은 스스로가 한심하고 처량해서 울고 또 울었다. 그가 곁에 있을 때도 늘 외로움을 느꼈다. 하지만 지금 느끼고 있는 마음은 그때와는 비교가 되지 않았다. 캄캄한 어둠 속에 홀로 버려진 듯한 서글픔. 딱 그거였다. 이젠 세상 어디에도 그녀가 기다리고 그녀를 반겨줄 사람이 없는 것이다. 그러니 지금 그녀가 해야 할 일은 바로 홀로서기였다.

"나쁜 자식. 기다리는 사람은 생각지도 않는 거야, 뭐야!"

미란은 슬픈 표정을 짓는 그녀를 보자 울컥 화가 치밀었다. 뭐가 그렇게 잘난 놈이라고 그녀를 힘들게 하는지. 만나기만 하면 가만두지 않을 작정이었다.

"아, 배고프다! 우리 뭐 먹을까?"

인경은 분위기가 무거워지자 얼른 화제를 바꿨다. 그녀의 의도를 모르지 않은 미란이 다소 큰 소리로 말했다.

"속 시원하게 물회 먹자."

"너 물회 안 먹잖아!"

인경이 들어서는 안 될 말을 듣기라도 한 것처럼 놀란 표정을 지으며 가던 걸음을 멈추고서 목소리를 높였다. 그 바람에 지나가던 사람들의 시선이 하나둘 그들을 향했지만 인경의 눈동자는 오직 그녀에게 박혀 있었다. 충분히 나올 법한 반응이라 미란이 빙그레 웃으며 말을 꺼냈다.

"후훗, 그랬었지. 근데 성후 씨가 맛있다고 하도 권해서 눈 딱 감고 먹어봤는데 입에 착 감기는 것이 맛이 꽤 괜찮더라고."

"에그, 사랑을 하면 입맛도 바뀐다더니 그 말이 딱이네. 내가 권할 때는 비려서 싫다고 하더니."

인경이 다시 걸음을 떼며 말했다.

"본의는 아니었다. 그때는 정말 내키지 않았으니까."

미안한지 미란이 냉큼 다가와 팔짱을 꼈다. 말로써 잘 표현하지 못하는 그녀만의 사과 방식인 것이다. 그걸 알기에 인경은 피식 웃고 말았다.

"이런히시겠어. 그럼 김씨네로 가자. 거기 물회 맛있어."

"응. 앞장서."

마음이 통했다는 것을 알아서인지 한층 더 밝은 표정이 되어 미란이 고개를 끄덕거리며 대답했다.

"오냐."

화답하듯 인경이 활짝 웃으며 걸음을 재촉했다. 손님이 제법 많이 찾는 식당이라 빈자리가 있을지 의문이었다.

“하인경, 난 미칠 것 같은데 넌 그렇게 웃고 있구나. 아무 일도 없었다는 듯이.”

기철은 활짝 웃는 그녀의 모습이 가슴에 커다랗게 구멍을 뚫자, 쓰디쓴 미소를 지었다. 그가 괴롭고 힘든 만큼 그녀도 그런 시간을 보내고 있을 거라 생각했다. 그가 보고 싶어한 것만큼 그녀도 보고 싶어할 줄 알았다. 그래서 무작정 집을 나와 이곳을 찾았다. 그녀의 얼굴을 봐야겠다는 단순한 이유 하나로.

한데 그의 눈에 비친 그녀의 모습은 괴로움이나 슬픔 따윈 보이지 않았다. 이미 그의 존재는 잊어버린 듯 얄밉도록 활짝 웃고 있었다. 그간 머릿속을 가득 채우고 있던 슬픔, 분노, 그리움, 같은 것들은 모두 그가 만들어낸 망상인 것이다.

“넌 날 떠나는 게 가능하냐. 난 네가 옆에 없다는 생각만으로도 심장이 난도질당한 것처럼 아프기만 하던데. 그런 내가 바보인 건가. 후훗.”

기철은 맥이 탁 풀려 버리자, 피식 웃고 말았다. 남자인 그가 하지 못했으니 그녀도 할 수 없을 거라 여겼다. 연약한 여자가 감히 남자인 그를 이길까 싶었다. 그래서 그녀가 헤어지자고 말했을 때 괴롭긴 했지만 놓아주었다. 그가 그랬던 것처럼 며칠 떨어져 있다 보면 그녀가 돌아올 거라 믿었으니까. 그런데 착각이었다. 아니, 오만이었다. 그것도 지독한 오만. 누가 봐도 그녀는 잘 견디고 있었다. 아니, 잘살고 있었다.

“독하다, 하인경. 지독해. 너라서 그런 거야, 아니면 여자라는 족속들이 다 그렇게 독한 거냐. 아무리 생각해 봐도 여자들을 이해할 수가 없다."

Rrrr. Rrrr.

기철이 멀어져 가는 그녀의 뒷모습을 슬픈 눈빛으로 바라보고 있을 때, 주머니 속에 넣어두었던 휴대전화가 울었다. 집에서 나올 때부터 울리기 시작한 벨 소리가 벌써 몇 통째인지 모른다. 한 번 울리기 시작한 벨 소리는 고개가 절로 흔들어질 정도로 아주 끈질겼다.

"후훗. 독한 년이 한 명 더 있다는 것을 까맣게 잊고 있었네."

기철은 굳이 발신자를 확인하지 않고서도 누군지를 알 수 있었기에 벨 소리를 무시한 채 걸음을 옮겼다. 제 풀에 꺾여 이러다 말겠지 싶었다.

"젠장! 비라도 내리지."

기철이 바닥에 나뒹굴고 있는 쓰레기를 발로 툭 차며 투덜거렸다. 오늘따라 날씨는 또 왜 그렇게 화창한지, 우울한 기분을 조롱이나 하듯이 내리쬐는 햇살에 눈이 부셨다.

점심시간이 되자 서진은 주열을 깨우기 위해 사무실로 들어갔다. 곤히 자는 것 같아 깨우고 싶지 않았지만 잠 못지않게 음식도 거의 먹지 못하고 있는 탓에 그냥 내버려 둘 수가 없었다. 먹지 않겠다고 고집을 부리면 강제로라도 먹여야 할 정도로 몸 상태가 엉망이었다. 이런 상황이 계속된다면 쓰러지는 건 시간문제였다. 서진은 내실 문을 열고 안으로 들어갔다. 조용한 것으로 보아 아직 자고 있는 모양이었다.

"어! 일어났네."

침실로 들어가자 그의 예상과 달리 주열은 깨어 있었다. 하지만 고개를 푹 숙이고 있는 모습이 신경을 곤두서게 했다.

"주열아."

나지막이 이름을 부르며 다가간 서진은 흘러내린 눈물로 얼룩져 있는 얼굴을 마주해야 했다. 편히 자나 싶었는데 그게 아니었던 모양이다. 서진은 주열이 손바닥으로 얼굴을 쓸어내리는 것을 못 본 척하며 말했다.

"물 좀 마실래?"

목이 타들어갈 정도로 갈증이 났지만 주열은 아무 말도 할 수가 없었다. 몸속에 남아 있던 기운이 모조리 빠져나갔는지 허탈감이 몰려와 입이 떨어지지가 않았다.

"괜찮아?"

또다시 묻는 소리에 주열은 그저 고개를 끄덕거렸다.

"요즘 들어 더 심해지는 것 같은데 고 박사님께 상의해 보는 게 어때?"

"아버지를 몰라서 하는 소리야!"

축 처져 있던 고개를 곧추세우며 주열이 발끈 화를 냈다. 하지만 서진은 점점 더 악몽에 시달리는 그를 가만히 두고 볼 수만은 없었다.

"알아. 하지만 이 상태가 계속되면 네가 쓰러져."

"곧 괜찮을 테니까 걱정 마."

주열이 톡 쏘아붙이며 몸을 일으켰다. 서진의 마음을 모르는 것은 아니었지만 고 박사를 찾아간다는 것은 또 다른 불덩어리를 껴

안아야 한다는 것을 의미했다. 그게 싫었다. 더 이상의 간섭은 정말 사양이었다. 지금도 충분히 괴롭고 힘들어 더는 버틸 재간이 없었다.

"그게 언젠데? 아니, 너 이러는 거 벌써 며칠째인지나 알고나 하는 소리야?"

"평생 이런다고 해도 아버지가 알게 해서는 안 돼. 더는 내가 못 버텨."

"박사님께 비밀로 해달라고 하면 되잖아."

"그게 가능했다면 내가 이 꼴일까? 그따위 짓이나 하는 여자들을 지켜봐야 하는 내 꼴을 보고서도 그런 말이 나와!"

순진하기 짝이 없는 말에 주열은 고함을 질렀다. 비밀이란 허울 좋은 말일 뿐이었다. 한 번의 경험으로 그 대가를 충분히 겪고 있지 않은가. 그런데 그는 또다시 주열에게 세상을 속이라 말하고 있었다.

"그때와는 상황이 다르잖아. 그리고 어쩌면 그 일이 전화위복이 될 수도 있어."

"설령 그렇다고 해도 안 돼. 행여 나 몰래 박사님 찾아갈 생각은 하지도 마. 좀 씻어야겠어."

주열은 그를 세워둔 채로 내실 안쪽에 마련된 샤워실로 들어갔다. 그리고 벽을 향해 그대로 주먹을 날렸다.

"제길."

또 한 번의 주먹질과 함께 가까스로 참고 있던 욕설을 내뱉었다. 비참했다. 너무도 비참하고 스스로가 한심해서 견딜 수가 없었다. 여기가 어디라고, 이곳이 어디라고 그런 망령에게 사로잡혀 허우적거렸는지. 이젠 하다 하다가 별짓을 다 하고 있었다.

"대체 전화는 왜 안 받는 거야!"

무희는 들고 있던 휴대전화를 힘껏 던져 버렸다. 하루 종일 전화통을 붙들고 있으려니 속에서 천불이 났다. 연락이 돼야 살았는지 죽었는지 확인이라도 할 텐데 당최 연락이 되지 않고 있어 사람 피를 말렸다.

"씨발! 이럴 줄 알았으면 미행을 붙일 걸 그랬어."

그가 나갈 때 사람을 붙이지 않은 것이 후회가 되기 시작했다. 잠깐 나갔다 온다며 입고 있는 옷차림 그대로 나갔기에 그다지 신경 쓰지 않았던 것이다.

"혹시 그년 만나러 간 거 아니야!"

무희는 머릿속에 인경의 모습이 떠오르자 눈을 부라리며 손톱이 살을 파고들 정도로 주먹을 움켜쥐었다. 그날 그와 피 터지게 싸우는 한이 있더라도 그녀를 보냈어야 했는데 그 기회를 놓친 것이 두고두고 속상했다. 하지만 이대로 두고 볼 수는 없었다. 어떻게 해서든지 하인경을 처리해야 했다. 무희는 신경질적으로 인터폰을 꾹 눌렀다.

—네, 사장님.

이내 상대방의 목소리가 들려왔다.

"들어와."

무희는 제 할 말만 하고서 의자 등받이에 머리를 기대고 앉았다. 기철이 제 손으로 보내길 바랐지만 그게 안 된다면 다른 수를 쓰면 되었다. 곧 사무실로 들어온 강우가 책상 앞에 섰다. 무희는 곧장 입을 뗐다.

"시킨 일은 어떻게 됐어."

"소재 파악이 됐으니 곧 연락이 올 겁니다."

심기가 불편하기라도 한 건지 그녀의 목소리가 평소보다 딱딱하자 강우는 간략하게 보고했다.

"잡소리 나지 않게 깔끔하게 처리해."

"네."

"그리고 필체 가지고 노는 놈 좀 찾아봐."

"알겠습니다."

그의 대답은 물음표 하나 되돌아오는 것 없이 언제나 간결했다. 그래서 마음에 들었다. 이것저것 따져 묻는 인간은 딱 질색이니까.

"나가봐."

무희는 그가 고개를 살짝 숙이고서 등을 돌리자 의자를 빙그르르 돌려 창밖으로 시선을 돌렸다. 뉘엿뉘엿 해가 지고 있는 도시는 금방이라도 불덩어리가 집어삼킬 듯이 붉게 타들어가고 있었다. 그 모습을 지켜보고 있던 그녀의 입꼬리가 한쪽으로 씩 치켜 올라갔다. 이제 곧 누군가의 얼굴이 타들어가는 저 노을처럼 시뻘게질 것을 생각하니 절로 미소가 그려졌다.

"안 되면 되게 해야지. 포기란 나약한 인간의 몫이니까."

그녀의 입가에 번져 있던 미소가 이젠 함박꽃이 되어 활짝 피어나고 있었다.

"더위 먹은 닭 모가지처럼 왜 그렇게 목을 축 늘어뜨리고 있어?

하인경답지 않게."

외근 나갔던 미란이 언제 돌아왔는지 인경의 얼굴에 제 얼굴을 바짝 드밀며 물었다.

"왔어."

인경이 맥없는 목소리로 말하며 고개를 들었다. 점심도 맛있게 먹었고 딱히 아픈 곳도 없는데 이상하게 몸이 나른하고 기운이 하나도 없었다. 그런 그녀의 어깨를 미란이 툭 쳤다.

"왔으니까 옆에 있지. 근데 왜 그렇게 기운이 없어? 어디 안 좋아?"

"봄 타나 봐. 몸이 나른하네."

인경은 딱히 할 말이 없어 그렇게 둘러댔다. 그러자 반가운 소리란 듯 미란이 실실 웃으며 그녀의 귓가로 입을 바짝 가져다 댔다.

"그럼 내가 기운 업시켜 줄게 휴게실 가자. 내가 자기 눈 확 튀어 나올 아주 쇼킹한 걸 가져왔거든. 아마 군침 돌아서 침도 질질 흘릴걸."

"후훗. 내가 그럴 만한 게 어디에 있어."

말도 안 되는 소리라 인경은 피식 웃어버렸다.

"없긴 왜 없어. 잔말 말고 따라오기나 하셔."

미란이 냉큼 손을 잡고 끌어당겼다. 그 바람에 의자가 책상에 부딪쳐 쿵 소리를 냈다. 인경은 얼른 주위를 둘러보았다. 다행히 그들을 바라보는 이는 없었다.

"대체 뭔데 그래?"

휴게실로 들어가자마자 인경이 냉큼 물었다. 퇴근 시간이 다 되어서 그런지 휴게실엔 아무도 없었다.

"호호호, 이게 뭐게?"

미란이 생글거리며 둘둘 만 종이를 흔들어 보였다. 하지만 당최 그게 뭔지 알 수가 없었다. 솔직히 손에 뭔가를 들고 있는 줄도 몰랐다.

"뭔데 그래?"

인경이 다시 물었다. 그러자 미란이 음흉한 미소를 흘리며 양손으로 그것을 천천히 펼쳤다. 종이 재질과 크기로 봐서는 브로마이드 같았다. 대체 뭔데 저렇게 뜸을 들일까, 생각할 때쯤 미란이 들고 있는 게 무엇인지 눈에 쏙 들어왔다.

"오 마이 갓!"

인경은 한달음에 다가가 그것을 확 낚아챘다. 구릿빛 피부에 매끄럽게 각이 잡힌 몸매에는 군살이라곤 하나도 찾아볼 수가 없었다. 그저 양손으로 잡고 톡 분지르면 반으로 탁 갈라질 것 같은 초콜릿이 있을 뿐이었다. 실제로 한번 만져 보면 소원이 없겠다고 입버릇처럼 말하던 바로 그 초콜릿 복근. 거기다 사인까지. 인경은 눈으로 보고 있으면서도 도저히 믿어지지가 않았다.

"어때? 눈알 튀어나오지?"

"이, 이거 어떻게 손에 넣었어?"

인경이 말까지 더듬거리자 미란이 그럴 줄 알았다는 듯이 큰 소리로 웃었다. 사실 손에 넣고 자시고 할 것도 없었다. 그저 운이 좋게 사인회장 앞을 지나가고 있어서 약간의 시간만 투자했을 뿐이니까.

"알면 다쳐! 그냥 즐기셔."

"고마워, 친구야."

"별말씀을."

미란이 눈은 사진에 박아둔 채로 입으로만 중얼거리는 그녀를 보며 나지막이 중얼거렸다. 무엇 때문에 기운이 없는지는 모르겠지만 그녀가 기뻐하는 것을 보니 받아오길 잘했다는 생각이 들었다. 다른 건 다 무관심하면서 유독 벗은 남자의 복근에 열광하는 그녀의 모습이 신기하기도 했으니까.

무희는 엘리베이터의 문이 열리자 아픈 다리를 이끌고 서둘러 걸음을 떼었다. 하지만 마음이 조급해서 그런지 걸을 때마다 발이 뒤엉켜 몸이 휘청거렸다. 그러나 가는 걸음을 멈추지는 않았다. 오히려 이를 악물고 걸음을 재촉했다. 귓가에 맴도는 목소리가 불편한 그녀의 다리를 더욱 빨리 움직이게 하고 있었다. 이윽고 집 앞에 당도한 그녀는 곧장 문을 열고 안으로 들어갔다.

탁!

그녀의 등 뒤로 문이 닫혔다. 현관 입구에 자동으로 켜지는 센스 불빛 외에는 집 안 어디에도 빛이란 없었다. 곧이어 그마저도 사라지자 창으로 스며든 불빛만이 유일하게 어둠을 밝히고 있었다. 거실로 들어선 그녀는 손을 더듬거려 전기 스위치를 찾았다. 딸깍거리는 짧은 소리와 함께 환한 불빛이 쏟아져 내렸다.

"꺼."

짧지만 위협적인 목소리가 이내 뒤를 따랐다.

"다…… 휴우."

다리를 다쳐서 걷기가 힘들다는 말을 하려고 했던 그녀는 그저 한숨으로 대신했다. 이미 내려진 명령에 토를 달아봤자 험악한 분위기만 더욱 고조시킬 뿐이란 게 뒤늦게 생각났던 것이다. 그녀의 손에 의해 스위치가 내려가자 다시 어둠이 주위를 휘감았다. 무희는 창으로 스며든 불빛에 의지하며 절뚝거리는 걸음으로 그에게 다가갔다. 술을 들이붓기라도 했는지 테이블에는 그가 마신 술병들이 어지럽게 널브러져 있었다. 벌써 이러길 며칠째라 불안하고 초조했다.

"괜찮아?"

무희가 엉덩이를 소파에 걸치며 조심스럽게 물었다. 빈속에 강소주를 마셨다고 생각하니 걱정이 앞섰다. 그러나 그에게선 아무런 대답이 없었다. 순간 저도 모르게 어린아이처럼 눈물이 핑 돌았다. 하루 종일 연락이 되지 않는 그가 걱정이 되어 일도 제대로 하지 못하고 가슴을 졸였다. 그러다 간신히 통화가 되어 집이라는 말을 듣고 서둘러 오다가 그만 발을 헛디뎌 붕대까지 감았는데 쳐다보기는커녕 침묵이라니. 서운한 감정이 밀려와 가슴을 아리게 했다.

"처음…… 이었다."

얼마나 시간이 흘렀을까. 열리지 않을 것 같던 입술이 무거운 공기를 갈랐다. 무희는 서운한 마음을 뒤로하고 모든 세포들을 일깨워 귀를 쫑긋 세웠다. 목소리가 너무 낮은 탓에 행여나 그가 하는 말을 놓칠까 봐 숨조차 마음 놓고 쉴 수가 없었다.

"여자를 옆에 둔 것은."

무희는 그가 한 말을 어렵지 않게 알아들을 수 있었다. 그에게 여자란 오직 한 사람뿐이었으니까. 그래서 섭섭했다. 아니, 화가 났다. 그녀야말로 오래전부터 그의 여자이고 싶었다. 지금도 그렇게 되길 간절히 바랐다. 하지만 그녀에겐 기회조차 주어지지 않았다. 필요에 의해서 맺어진 관계는 감정으로 엮일 수 없다는 게 그 이유였다.

처음 그 말을 들었을 땐 그녀 역시 호언장담했다. 그녀를 원하는 남자는 얼마든지 있었으니까. 그러나 시간이 흐를수록 그에 대한 욕심이 생겼다. 그 욕심은 이제 그녀조차 제어할 수 없을 만큼 커져 버렸다. 그래서 가만히 두고 볼 수가 없었다. 아니, 기어코 그에게서 하인경이란 여자를 떼어놓아야 했다. 그 여자만 없다면 예전처럼 그는 온전히 그녀의 차지가 될 테니까.

"누구 약 올려? 그년 얘기라면 하지 마. 그 일을 생각하면 뼛속까지 불쾌해져."

그때 일을 생각하자 다시 악에 받쳤다. 더없이 좋은 기회라 생각했는데 그년 때문에 모든 것을 망쳤다고 생각하니 아직도 피가 거꾸로 치솟았다.

"후훗."

기철은 바람 빠진 풍선처럼 피식 웃음이 나왔다. 약을 올리다니, 천만의 말씀이었다. 그는 지금 세상 그 누구보다 비참하고 불행했다.

"왜 웃어! 기분 나쁘게."

토라진 말투에 기철은 천천히 눈을 떴다. 그리고 눈동자가 어둠에 익숙해지길 기다렸다. 이윽고 앞에 앉아 있는 그녀의 윤곽이 눈에 보였다. 어디가 불편하기라도 한지 한쪽 다리를 테이블 위에 걸친 채였다. 사이드 테이블로 손을 뻗은 기철이 스탠드를 켜자 이내 주위가 환해졌다. 아침까지 멀쩡했던 그녀의 다리가 붕대로 칭칭 감겨 있었다.

"다쳤어?"

"누구 때문에."

딱히 누구라고 지명한 것도 아닌데 말속에 뼈가 있는 게 원망의 상대가 그라는 것을 어렵지 않게 알 수 있었다. 하지만 기철은 깊게 생각하지 않기로 했다.

"조심하지."

"상대가 마음을 편하게 해줘야 말이지."

다른 것이 온통 마음을 차지하고 있어서인지 본의 아니게 목소리가 퉁명스럽게 나왔다. 그녀도 그걸 느꼈는지 돌아온 대답 역시 가시였다.

"그런 자식은 그냥 버려."

"후훗, 그래야 하는데 그게 잘 안 되네."

웃어도 웃는 게 아니라는 말처럼 생긋이 웃는 그녀의 모습이 왠지 처량하게 보이자 기철은 살며시 눈을 감아버렸다. 그의 마음도 추스르지 못하고 헤매고 있는데 그녀까지 신경 써야 한다는 것이 싫었다.

"배 안 고파?"

걱정스러운 목소리로 그녀가 물었다. 하지만 그는 밥보단 술이 고팠다. 마시고, 또 마시고 아예 병째로 들이부어도 취하기는커녕 미칠 듯이 정신이 말짱해서 오히려 화가 났다.

"속 안 쓰려?"

죽으면 썩어 문드러질 장기 따윈 하나도 아프지 않았다. 그보단 보여줄 수 없는 마음이 더 쓰리고 아팠다.

"그러다 병나면 어쩌려고 그래."

기철은 그녀가 계속해서 말을 걸어오자 손을 뻗어 불을 꺼버렸다. 만사가 귀찮아 그저 죽은 듯이 조용히 있고 싶었다.

"불은 왜 꺼!"

고함 소리와 함께 다시 불이 켜졌다. 씩씩거리는 그녀의 숨소리가 바로 앞에서 들려왔지만 기철은 감은 눈을 뜨지 않았다.

"당신 대체 왜 이래? 나한테 뭐 화나는 거라도 있어?"

무희는 목에 핏대가 설 정도로 목소리를 높였다. 그녀가 무슨 앵무새도 아니고 계속해서 혼잣말을 하려니 열이 뻗쳐 더는 참을 수가 없었다. 그러나 이번에도 그에게선 아무런 대답이 없었다. 투명인간 취급하는 것도 정도껏 해야지 이건 아주 대놓고 무시하고 있었다.

"그년을 놔준 게 그렇게 안타까워?"

이번에도 입을 다물고 있을 수 있는지 어디 두고 보잔 생각에 무희는 건드리지 말아야 할 부분을 공격했다. 그러자 굳게 닫혀 있던 눈동자가 이내 모습을 드러냈다.

'나쁜 자식!'

얄미울 정도로 빠른 반응에 욕이 절로 튀어 올랐다. 무희는 이런 그를 볼 때마다 그 여자가 더욱 밉고 싫었다.

"그년 때문에 버린 돈은 안 아깝고?"

"마지막 경고야. 한번만 더 년이란 말을 입에 올리면 가만 안 둬."

잇새로 내뱉는 목소리가 섬뜩하기 이를 데 없이 차가웠다. 이렇게 화를 내는 것을 보니 그에게 있어 하인경이란 여자는 그녀가 생각했던 것보다 훨씬 더 큰 의미인 모양이었다. 그러니까 옆에 뒀겠지만.

'옆에 뒤? 설마……! 그런 건 아니겠지.'

복잡한 머릿속을 뚫고 기분 나쁜 생각이 뇌리에 떠올랐다. 무희는 마치 생각이 눈앞에 펼쳐진 것처럼 생생하게 가슴으로 전달되자 마른침을 꿀꺽 삼켰다. 만일 그런 거라면 돌이킬 수 없게 된다.

무희는 갑작스럽게 깨달은 사실에 마음이 초조해지자 입술을 지그시 깨물었다. 설령 그 여자가 기철 앞에 다시 모습을 나타낸다고 해도 둘은 이제 함께할 수 없었다. 그녀가 그렇게 되게 놔두지 않을 테니까. 하지만 남녀 관계란 결코 방심할 수 없는 일이었기에 그녀는 매서운 목소리로 입을 열었다.

"왜? 막상 보내놓고 나니 안타까워서 미치겠어?"

"입 다물어."

눈을 감고 있어서인지 낮게 읊조리는 목소리엔 섬뜩한 기운이 담겨 있었다. 하지만 무희는 그가 원하는 대로 하고 싶지가 않았다.

"왜 그래야 하는데. 당신에게 여자는 그저 스쳐 지나가는 바람 아니었어?"

"그녀는 달라."

"달라? 뭐가 다른데. 혹시 그 여자 사랑해?"

예상치 못한 말에 기철의 심장이 바닥으로 쿵 떨어졌다. 단 한 번도 생각해 보지 않았다. 그가 느끼고 있는 것이 사랑인지를.

"왜 대답이 없어? 정말 사랑하기라도 하는 거야?"

그녀의 재촉에도 불구하고 그는 아무런 대꾸가 없었다. 순간 그녀의 가슴이 서늘해졌다. 그가 느끼지 못하고 있던 감정을 그녀가 일깨웠다는 것을 뒤늦게 깨달은 것이다. 무희는 튀어나올 듯 쿵쾅거리는 심장을 얼른 끌어안고서 빈정거리는 목소리로 말을 이었다.

"에구, 묻는 내가 바보지. 천하의 송기철이 사랑이라니. 지나가던 개가 다 웃겠네. 안 들은 걸로 해. 아 씨, 다리 저려 죽겠다."

무희는 그의 신경을 분산시키기 위해 일부러 아픈 척 다리를 주물럭거렸다. 그때 굳게 닫혀 있던 그의 입술이 천천히 열렸다.

"어떤…… 거야?"

"뭐가?"

무희는 가슴이 철렁 내려앉았지만 무심한 척 되물었다.

"어떤 게……."

기철이 꼭 감고 있던 눈을 천천히 들어 올리며 말을 이었다.

"사랑이냐고."

"그, 글쎄. 사람마다 다 달라서 뭐라고 말해야 할지 모르겠네."

단지 그가 눈을 떴을 뿐인데 마치 죄짓다 들킨 사람처럼 긴장이 된 무희는 떨리는 목소리를 가까스로 억누르며 대꾸했다.

"네 경우는 어떤데."

"후훗, 나? 나야 뭐 죽이고 싶지. 다른 년이 절대 손 못 대게."

그녀의 말은 진심이었다. 죽여서라도 갖고 싶을 만큼 그의 대한 사랑이 깊어만 갔다.

"후훗, 오싹하지만 이해는 된다. 지금 내 기분이 딱 그러니까."

잔뜩 움츠려 있던 그녀의 심장이 끝내 터지고 말았다. 그런 게 아니길 바라고 바랐는데 그는 정말 사랑이란 걸 하고 있는가 보다. 무희는 턱이 아릴 정도로 어금니를 꽉 깨물었다. 결코 그는 그 사랑을 가질 수 없을 것이다. 아니, 절대 가질 수 없었다.

Rrrrr. Rrrrr.

그녀의 휴대전화가 무거운 공기를 갈랐다. 가방에서 휴대전화를 꺼내 들던 그녀의 입꼬리가 쓱 위로 올라갔다. 기다리던 전화가 이제야 온 것이다. 기철을 흘끗 바라본 그녀는 회심의 미소를 지으며 통화키를 눌렀다.

"어떻게 됐어?"

[지금 막 손에 넣었습니다. 그리고 지시하신 일도 준비되었습니다.]

"좋아. 연락할 때까지 대기해."

[알겠습니다.]

단 두 마디로 전화는 끊어졌다.

"잠깐 나갔다 와야겠어."

그녀가 가방을 챙겨 들며 말했다. 기철은 아무런 대꾸도 하지 않고 그저 눈을 감았다. 제 몸 하나 건사하기도 귀찮은데 사소한 말에 일일이 대답하려니 짜증이 났다. 무희는 눈을 감고 있는 그를 한번 노려보고는 불편한 다리를 움직여 밖으로 나왔다. 그리고 엘리베이터를 기다리며 휴대전화를 꺼내 들었다. 한참 동안 벨이 울리고서야 상대방의 목소리가 들려왔다.

[무슨 일인가.]

"시간 좀 내주시겠습니까? 긴히 의논드릴 일이 있는데요."

[좋아. 출발할 때 전화하지.]

"그럼 기다리고 있겠습니다."

통화가 끝남과 동시에 엘리베이터의 문이 열렸다. 무희는 절뚝거리는 걸음으로 안으로 들어가 닫힘 버튼을 꾹 눌렀다. 스르르 닫히고 있는 엘리베이터의 문이 마치 그들의 앞날을 예고하는 것만 같았다.

"자네 방금 뭐라고 했나?"

태식은 그녀의 말을 잘못 들은 게 아닌가 싶어 다시 물었다.

"하인경을 맡아주십사 말씀드렸습니다."

똑같은 말이 되돌아오자 태식의 눈이 가늘어졌다. 맡아달라는 게 정확이 뭘 의미하는지 몰라서였다.

"납치라도 하겠다는 건가?"

"제 발로 걸어 들어가게 할 겁니다."

무언가에 잔뜩 화가 나 있는 사람처럼 그녀의 눈에는 섬뜩하리만치 독기가 가득했다. 오랜 시간 알고 지냈지만 좀처럼 제 감정을 겉으로 드러내지 않는 사람이었다. 그런데 이번 일에는 유독 감정을 내보이고 있었다. 그게 더 태식의 심기를 불편하게 했다.

"갑자기 왜 그런 생각을 하게 된 건가?"

"저와 제 고객을 우롱한 그자를 절대 용서할 수가 없습니다. 더구나 거래는 중단되었지만 증거가 아직 그자의 손에 있습니다. 말 한마디에도 쉽게 바뀔 수 있는 게 사람인지라 그걸 빼내오기 전까지 저 편히 발 뻗고 못 잡니다. 그나마 다행인 건 하나의 증거로 1대1 맞대응한다는 겁니다. 파파라치치곤 제법 고지식한 철칙이더군요. 그러니 회장님께선 하인경만 붙잡아두세요. 그럼 나머진 제가 알아서 하겠습니다. 저의 부주의로 일어난 일이니 부디 조금이나마 잘못을 만회할 기회를 주세요."

그녀의 의지는 확고해 보였다. 안 그래도 그 일로 속을 끓이고 있던 태식은 사실 그녀의 말에 구미가 당겼다. 송기철의 아킬레스건인 하인경만 붙잡아놓을 수 있다면 이번 일은 의외로 쉽게 풀릴 수 있을지도 몰랐다. 하지만 어떻게 무슨 수로 하인경을 손에 넣는단 말인가.

"그것 역시 제가 다 생각해 놓았습니다."

고민에 빠져 있던 태식이 고개를 들어 그녀를 바라보았다. 생긋이 웃는 표정이 마치 그의 머릿속으로 들어갔다가 나온 사람 같았다.

"말해보게."

"여느 때처럼 하인경에게 프로필을 들고 강 사장님 댁으로 가게 할 겁니다."

"어떻게 말인가?"

"방법이 있으니까 그건 제게 맡기세요. 대신 되돌려 보낼 것을 대비해 몸값을 좀 많이 올려야겠습니다."

"얼마나 말인가?"

"1년 약정에 10억."

생각보다 금액이 컸다. 하지만 일만 잘 해결된다면 그깟 돈이야 아무래도 좋았다. 그러나 문제는 그게 아니었다.

"하인경이 얌전히 받아들일까?"

"반발하겠지요. 하지만 어쩔 수 없이 받아들이게 될 겁니다. 강 사장님도 마찬가지고요."

태식은 엄지로 턱 선을 어루만지며 고민에 빠져들었다. 그녀가 어떤 수를 써서 하인경을 옭아맬지 관심조차 없었다. 그러나 주열은 다르다. 그녀는 어쩔 수 없이 주열이 받아들일 거라고 추측하고 있지만 그 반대일 가능성이 더 컸다. 다른 이의 손에 놀아나는 것을 누구보다 싫어하기 때문에 반발심 또한 만만치 않을 테니까.

하지만 그보다 더 마음에 걸리는 건 송기철이었다. 만일 이 같은 사실을 그가 알게 된다면 그야말로 벌집을 쑤셔놓은 꼴이 될 터였다. 그럼 걷잡을 수 없는 일이 벌어질 것은 자명한 일. 그런 위험부담까지 감수하면서 그녀의 계획에 동참해야 한다는 것이 영 내키지가 않았다.

"어찌 성공할 것 같지가 않군."

태식은 생각이 깊어질수록 마음 한곳이 찜찜했다.

"성공을 바라는 게 아니라 시간을 벌자는 거죠."

그녀는 성공을 바라는 게 아니었다. 그들이 마주칠 수 없도록 시간을 벌자는 거였다. 헤어진 그들의 유일한 연결 고리를 끊어놓은 이상 하인경만 무사히 강 사장의 집으로 들어가기만 한다면 시간은 충분히 벌어놓는 셈이었다. 그사이 기철의 마음도 얻고 증거도 찾으면 되는 것이다.

"계획대로 되지 않는다면 어쩔 텐가."

"그래도 회장님이 손해 보시는 일은 없을 겁니다. 10억은 그저 두 사람을 속이기 위한 미끼에 불과하니까요."

"그 말은……."

"네. 서류상으로만 존재하는 돈이니 주시지 않아도 됩니다. 대신 이 일은 회장님과 저 둘만이 알고 있어야 합니다."

그녀의 말에 태식은 깊은 생각에 잠겨들었다. 그녀가 왜 이렇게까지 하면서 하인경을 처리하려는지 이해가 되지 않았다. 단지 증거를 회수하려는 것이 이유라면 무리수를 둘 것이 아니라 송기철에게 돈을 주면 그만이었다. 그러는 편이 낫다는 것을 그녀도 모르지 않을 텐데 이상하게 일을 복잡하게 만들고 있었다.

혹시 다른 이유라도 있는 것일까. 하지만 태식은 이내 그 생각을 떨쳐 냈다. 주열에 관한 일이 세상에 알려진다 한들 그녀가 피해볼 일은 없었기 때문이다.

"좋아. 최 사장 말대로 하지."

태식은 깊이 파고드는 생각들을 단호히 끊어내며 말했다. 그녀의 의도가 무엇인지는 모르겠지만 증거만 손에 넣을 수 있다면 아무래도 좋았다.

4장 악마의 초대장

엘리베이터가 내려오길 기다리고 있던 인경은 하품이 나오자 얼른 손으로 입을 가렸다. 전날 밤, 꿈자리가 사나워 잠을 설쳤더니 출근하는 내내 하품이 쏟아지고 있었다.

"설마 그에게 무슨 일이 있는 건 아니겠지."

인경은 몸서리치게 싫었던 꿈이 생각나자 휴대전화를 만지작거렸다. 깨어나자마자 기철에게 전화를 걸어보고 싶었지만 마음과 달리 손이 움직여지지가 않았다. 설령 그에게 무슨 일이 있다 한들 헤어진 그녀가 무엇을 할 수 있겠나 싶어서였다. 그의 옆에는 최무희란 여자가 있을 테니까.

"그래. 뭔 일이야 있을라고. 있다 한들 그 여자가 알아서 하겠지. 하인경. 오지랖 그만 떨고 너나 잘하셔."

"귀신 놀이합니까. 혼자서 뭘 그렇게 구시렁거립니까?"

"엄마야!"

인경은 귓가에 대고 들려오는 목소리에 놀라서 그만 고함을 지르며 자리에 털썩 주저앉고 말았다. 그 바람에 출근을 하던 사람들의 시선이 그들에게로 쏠렸다.

"이런, 내가 놀라게 했군요. 그럴 의도는 아니었는데. 미안합니다, 하인경 씨."

민수는 생각지도 못한 반응에 얼른 사과를 하며 그녀를 일으켰다.

"아, 아닙니다. 제가 딴생각에 빠져 있다가 그만."

상대가 민수라는 것을 알게 된 인경이 살며시 고개를 숙이며 대꾸했다. 요즘 세상에 귀신이 어디 있다고, 별거 아닌 일에 과민 반응한 스스로가 부끄러워 그를 똑바로 바라볼 수가 없었다. 이게 다 밤새 시달렸던 꿈 때문이라고 생각하니 괜스레 화가 치밀었다.

"타세요."

"아, 네."

민수의 목소리에 인경은 서둘러 정신을 차리고서 대답했다. 언제 내려왔는지 엘리베이터의 문이 열려 있었다. 인경은 살짝 미간을 찡그리며 안으로 들어갔다. 마음 같아서는 다음 것을 타고 싶었지만 그가 불편해할까 봐 그럴 수가 없었다.

"미쳤지! 미쳤어! 어쩌자고 그런 바보 같은 짓을."

엘리베이터에서 내리자마자 화장실로 들어온 인경은 주먹으로 제 머리를 콩콩 쥐어박았다. 요즘 들어 하는 짓마다 한심하기만 해 짜증이 솟구쳤다.

"아침부터 웬 자기 학대야."

"어? 아, 아니야. 아무것도."

갑자기 들려온 미란의 목소리에 인경이 얼른 손을 내리며 대꾸했다.

"근데 출근하다가 뭔 일 있었어?"

그새 소문이 퍼졌나. 인경은 그녀의 말에 가슴이 뜨끔했다.

"외, 왜?"

"서 비서님이 네 책상 위에 청심환 놓고 가던데. 이사님이 갖다 주라고 했다면서."

인경은 그녀의 대답이 마음에 들지가 않아 찡그린 얼굴로 눈을 질끈 감았다 떴다. 이미 진정도 됐고 약을 먹을 정도로 놀란 것도 아닌데 그가 약까지 챙겨줬다고 생각하니 새삼 부끄러워졌다.

"이사님도 참! 그러지 않으셔도 되는데."

"오호, 뭔 일이 있긴 있었구먼."

"일은 무슨. 딴생각하고 있다가 이사님이 건넨 인사말에 내가 좀 놀랐더니 그러신 건데."

"에게, 고작 그런 거였어. 난 또 두 사람 사이에 뭔가 있나 했더니."

"또, 또 앞서간다. 제발 그놈의 상상 좀 그만할 수 없어? 왜 툭하면 사람을 엮으려고 해."

"헤헤헤, 내가 그랬나. 뭐, 그래도 상대가 이사님이라면 괜찮지 않아? 자상하지, 잘생겼지, 거기다 능력까지. 뭐 하나 빠지는 게 없잖아. 근데 뭔가 좀 이상하긴 해."

제스처까지 해가며 장난스럽게 말하던 미란의 표정이 일순간 심각해졌다. 인경은 그녀가 또다시 남의 사생활을 두고 상상의 날개를 펼치고 있다는 것을 알았다.

"그만 접어라. 네가 상관할 일 아니다."

"기집애. 누가 상관한대. 다만 그런 멋진 분이 아직 솔로라는 게 의아해서 그러지. 가만! 설마…… 그건가?"

갑자기 그녀가 깜짝 놀라는 모습을 하고서 말꼬리를 길게 늘어트렸다. 인경은 선뜻 그녀의 말을 알아들을 수가 없어 의아한 표정으로 물었다.

"그거라니?"

"왜 그거 있잖아."

무슨 비밀 얘기라도 하는 것처럼 그녀가 이리저리 주위를 살피더니 입을 귀에다 가까이 대고 나지막한 목소리로 속삭였다.

"게…… 이."

"미쳤어! 절대 그럴 분 아니야!"

귀를 쫑긋이 세우고 듣고 있던 인경은 그만 고함을 지르고 말았다. 상상을 해도 정도껏 해야지, 이건 상상을 뛰어넘어 인격을 모독하고 있었다.

"풋, 푸하하하! 역시 하인경. 내 예상을 벗어나지 않는구나."

"왜 웃어!"

갑자기 그녀가 큰 소리로 웃기 시작했다. 기분이 상한 인경이 톡 쏘아붙이자, 웃음기가 싹 사라진 얼굴로 그녀가 혀를 끌끌 차며 말했다.

"쯧쯧. 어찌 그리도 잘 속는지. 그러니 내가 그 자식을 좋아할 수가 없어."

"뭔…… 소리야?"

"뭔 소리긴! 사람들이 하는 말을 네 식대로 해석해서 듣지 말고 한 번쯤 의심해 보란 소리지."

"또 그 소리야! 제발 이제 그만 좀 해."

인경은 수도꼭지를 틀어 신경질적으로 손을 씻었다. 사람이 사람을 믿는 것이 뭐가 그렇게 잘못된 일이라고 툭하면 잔소리를 하는지. 미란이 이럴 때마다 그녀가 바보처럼 느껴져 기분이 좋지 않았다.

"뭘 그만해. 지금도 봐봐. 앞뒤 생각도 해보지 않고 이사님을 옹호하고 나섰잖아."

"그건 네가 말도 안 되는 소릴……."

"그래. 말도 안 되는 소리 한 거 맞아. 애초부터 이사님처럼 멋진 분을 상대로 그런 상상 하지도 않았으니까. 그런데 넌 내가 장난쳤을 거란 생각은 아예 하지도 않고 화부터 냈잖아. 다른 사람들은 안 그래. 내가 이런 말 하면 에이, 설마. 그럴 리가. 라고 의심부터 하지. 하지만 넌 지나칠 정도로 사람들이 하는 말을 곧이곧대로 믿고 행동하고 있어. 그거 결코 좋은 습관 아니야. 그렇다고 남들이 하는 말을 다 의심하란 소리도 아니고. 하지만 최소한 네가 사랑하는 사람이라면 그 사람이 하는 말을 한 번쯤은 되짚고 가란 말이야. 무작정 믿기에는 너무 많은 것이 의심스러운 사람이니까."

"그건……."

"알아. 사랑하는 마음만큼 믿음도 깊어진다는 거. 하지만 내가 보기에 기철 씨는 네 마음과 같지 않아. 만일 너와 같다면 이렇듯 오랫동안 연락이 안 될 리가 없어."

"그런 거 아니야."

인경은 기철과 헤어졌다고 말해야 했지만 차마 입 밖으로 내뱉을 수가 없어 대충 얼버무렸다. 그녀의 말대로 무작정 그를 믿었던 것은 사실이니까.

"아니긴 뭐가 아니야. 멍 때리고 있다가 당하면 아픈 만큼 성숙해지는 게 아니라 부서진다고. 난 네가 그렇게 되는 게 싫어. 그러니까 제발 정신 좀 차려."

이미 정신 차렸어. 라고 말하고 싶었다. 하지만 기철에 대한 불신을 가득 담고 있는 눈동자를 보곤 차마 입이 떨어지지 않았다.

"아, 알았어."

인경은 조만간 그녀와 한잔하면서 기철에 대한 이야기를 털어놔야겠다고 생각하면서 얼른 화장실을 나갔다.

"꼭 이렇게까지 하셔야 됩니까?"

강우는 처음으로 그녀가 시킨 일에 반문을 하고 나섰다. 기철이 알게 되는 것도 문제였지만 그녀가 하려는 일이 너무 위험했기에 선뜻 내키지가 않았다.

"무슨 뜻이야?"

무희가 날카로운 목소리로 물었다. 한번도 그녀가 시키는 일에 토를 달지 않았던 그였다. 한데 오늘따라 자꾸만 그녀의 말꼬리를 붙잡고 있었다.

"안에 든 내용물을 그녀가 보기라도 한다면 바로 경찰서로 달려갈 겁니다. 그렇게 되면 문제가 커집니다."

"네가 그렇게 허술하게 일 처리할 리도 없겠지만 설령 그렇게 된다 한들 문제 될 거 없어. 어차피 상대는 우리가 아니라 기철 씨야. 그러니 쉽게 경찰서로 가진 못해."

그녀의 말이 맞긴 했다. 그가 직접 나서서 하는 일이니만큼 실패는 없었다. 하지만 세상사 일이란 모르는 것. 이번 일은 사소한 것 하나라도 그냥 지나칠 수 없을 정도로 위험이 따랐다.

"하지만 만일이란 것도 생각을……."

"그만!"

그녀가 주먹으로 테이블을 쾅 내려치며 소리쳤다.

"더 이상 토 달지 마. 너라도 용서 못해!"

그녀의 일침에 그는 고개를 숙일 수밖에 없었다.

"알겠습니다."

짧게 대답한 강우는 테이블 위에 있는 봉투를 집어 들고서 천천히 등을 돌렸다. 무언가에 빠지면 물불을 안 가리고 덤벼드는 성격이라 그녀가 막무가내로 나올 때는 그도 어쩌지 못했다.

"저 자식 오늘 왜 저래. 짜증나게!"

무희는 찡그린 얼굴로 닫힌 문을 노려보았다. 전에 없던 그의 행동이 마음 한곳을 어지럽게 뒤흔들었다.

뜨겁게 달구던 태양이 붉은빛을 뿌리며 서산으로 사라지자 대지 위로 천천히 어둠이 내려앉았다. 이렇게 또 하루가 지나가고 있는 것이다. 유난히 지겨웠던 오늘. 체감으로 느끼기엔 마치 1년처럼 길었다. 그래서인지 피곤함도 배가되어 그를 덮쳤다. 이런 상태로는 계속해서 업무를 볼 수가 없을 것 같았다. 창가에 서 있던 주열은 걸음을 옮겨 옷걸이에 걸려 있는 슈트 상의를 집어 들었다. 오늘은 그만 이곳에서 퇴장하는 게 좋을 듯했다. 지나간 오늘보다는 다가올 내일이 더 중요하니까.

"가자."

문이 벌컥 열리더니 생뚱맞은 소리가 들려왔다. 컴퓨터 모니터를 들여다보고 있던 서진이 엉거주춤 자리에서 일어나며 말했다.

"어딜…… 말씀입니까?"

"집."

짧은 대답을 끝으로 그는 벌써 문을 열고 있었다. 서진은 잠시 자신의 귀를 의심했다. 오늘도 여느 날과 다름없이 늦은 밤에나 집으로 돌아갈 줄 알았다. 그래서 이미 저녁으로 먹을 도시락도 주문해 놓은 상태였다. 그런데 집이라고 한다. 이제 겨우 해가 졌는데 말이다.

"실장님?"

멍하게 서 있던 서진은 김 비서의 목소리가 들려오자 얼른 정신을 차리며 대답했다.

"네?"

"사장님, 기다리고 계십니다."

김 비서의 말에 문 쪽을 바라본 서진은 그가 입구에서 기다리고 있는 것을 보고서야 서둘러 책상을 정리하며 말했다.

"주문한 도시락 오면 처리 부탁합니다. 그럼 내일 봐요."

"알겠습니다."

서진은 김 비서의 말을 뒤로하고 서둘러 걸음을 뗐다. 그제야 그도 등을 돌려 걸음을 옮기고 있었다.

"몸이 안 좋은 거야?"

서진은 엘리베이터 앞에서 그와 나란히 서게 되자 냉큼 물었다. 그런 게 아니라면 이른 퇴근을 할 리가 없으니까.

"그런 거 아냐. 이상하게 오늘은 일이 손에 안 잡히네."

"단지 그뿐이야?"

못 믿겠는지 그가 다시 물었다. 주열은 대충 그냥 넘어가는 법이 없다고 생각하면서 입을 열었다.

"그렇다니까."

대답 소리를 끝으로 엘리베이터의 문이 스르르 열리고 있었다. 주열은 성큼 걸음을 뗐다. 서진이 그의 뒤를 따르며 말했다.

"아프면 곧장 말해. 미련스럽게 숨기지 말고. 어느 때보다 중요한 시기니까."

"알았어."

주열은 스르르 닫히는 문을 바라보며 무심히 대답했다. 굳이 상기시키지 않아도 중요한 시기라는 것을 충분히 인지하고 있었다.

"저녁은 어떻게 할래? 먹고 들어갈까, 아니면 집에 가서 해먹을래?"

주열은 곧장 대답을 하지 못했다. 매일 늦게 귀가하는 탓에 저녁밥은 늘 밖에서 해결했다. 그러니 집에 밥이 없는 것은 당연한 일. 그런데 오늘따라 집 밥이 그리웠다. 보글보글거리는 된장찌개에 매콤한 김치 한 조각을 얹어서 먹는 따뜻한 밥.

"아니다. 모처럼 일찍 가는데 장 봐서 밥해먹자. 얼큰하게 된장찌개 끓여서. 어때?"

주열은 살며시 미소를 지었다. 서진이 마치 그의 속을 들여다본 것처럼 반가운 말을 하고 있었던 것이다. 그때 띵, 소리를 내며 엘리베이터의 문이 열렸다.

"그러던지."

주열은 무뚝뚝한 목소리로 대답하며 성큼 밖으로 나왔다. 하지만 표정만큼은 활짝 웃고 있었다. 그때 주머니 속에 들어 있던 휴대전화가 울어댔다. 걸음을 옮기며 휴대전화를 꺼내 들었던 주열은 발신자를 확인하곤 살짝 얼굴을 찡그리고서 우뚝 멈춰 섰다. 상대가 아버지란 걸 알게 돼서인지 기분 나쁘게 벨 소리조차 음산하게 들려왔다.

"어쩐 일이십니까?"

통화키를 누른 주열은 곧장 본론으로 들어갔다.

[용건만 말하란 뜻이냐?]

"통화하기 불편한 곳입니다."

[알았다. 오늘 밤 손님이 갈 거야. 이번엔 너도 꽤나 고심해야 할 게다.]

"아버지!"

주열은 주차장이 울릴 정도로 목소리를 높였다. 아버지의 행동이 갈수록 도를 넘어서고 있었다.

[용건 끝났어.]

그리고 전화는 끊어졌다.

"아악! 빌어먹을!"

주열은 그대로 휴대전화를 던져 버렸다. 그의 손에 내던져진 휴대전화는 파편을 튀기며 바닥에 나뒹굴었다. 서진은 천천히 걸음을 옮겨 부서진 휴대전화를 집어 들었다. 이런 일이 있을 때마다 주열이 못지않게 서진도 화가 났고, 힘들어하는 그를 보면 가슴이 아팠다. 그러나 하나밖에 없는 아들의 행복을 바라는 아버지의 마음 또한 어떤 심정인지를 알기에 그저 묵묵히 지켜볼 수밖에 없었다.

젖은 머리카락을 손가락으로 대충 훑어 내리며 주방으로 간 인경은 냉장고에서 시원한 맥주를 하나 꺼내 들고 테라스로 나갔다. 퇴근 후 집으로 돌아와 뜨거운 물에 몸을 담그고 난 후에 마시는 맥주가 이젠 일상이 되어버렸다. 목구멍으로 숨이 찰 때까지 술을 붓다 보면 몸이 허공에 뜬 것처럼 한결 기분이 가뿐한 게 이보다 더 좋은 친구는 없었다. 지겨울 정도로 무료한 시간도, 우울할 정도로 커져 버린 외로움도 이 한 잔의 알코올로 씻어 보내면 또 하루를 맞이할 수 있었다.

인경은 멀리서 깜박거리는 불빛을 바라보며 캔 뚜껑을 땄다. 오늘 하루도 무사히 보낸 것에 감사하는 뜻으로 건배하듯 캔을 살짝 위로 치켜올린 뒤, 마시고 싶다는 갈망으로 허덕이는 입으로 가져갔다. 그리고 채 삼키지 못한 술이 입가로 흐를 때서야 캔을 입술에서 뗐다.

"하아, 시원하다."

인경은 흘러내린 술을 손등으로 쓱 닦으며 아직도 깜박거리고 있는 불빛에 시선을 모았다. 외로이 바다를 지키고 있는 등대처럼 저 불빛도 누군가의 길잡이라도 되고 싶은 건지 일정한 속도로 깜박거리고 있었다.

"너도 외로운가 보다. 나처럼."

말도 안 되는 소리가 입술을 통해 흘러나오자 인경은 피식 웃고 말았다. 고작 맥주 반 캔에 헛소리라니. 뜻이나 알고 있는 상대를 붙잡고 마음을 토해낸 거라면 그나마 부끄럽지는 않을 것이다.

띠리링.

고요 속을 뚫고 문자 알림 소리가 들려왔다. 맥주를 한 모금 마시며 거실로 들어간 인경은 테이블 위에 있는 휴대전화를 집어 들어 무심한 눈길로 메시지를 확인하다 흠칫 몸을 떨었다. 다시는 연락하지 않을 거라 생각했는데 뜻밖에도 상대는 기철이었다.

「서재 책상 서랍에 서류 봉투가 하나 있어. 아래 주소로 좀 갖다 줘. 중요한 서류라 오늘 밤 10시까지 가야 해. 부탁해.」

낯선 글자가 눈길을 끌자 그녀의 손가락에 힘이 들어갔다. 그는 단 한 번도 그녀에게 부탁이란 말을 하지 않았다. 아니, 무언가를 지시하는 것 자체가 없었다. 그녀의 손길이 필요 없다는 듯이 그와 관련된 모든 일은 스스로가 처리했다. 그런 사람이 정중하게 부탁을 해온 것이다. 인경은 휴대전화 액정으로 시간을 확인했다. 약속 시간까진 채 1시간도 남아 있지 않았다. 서두르지 않으면 처음으로 한 부탁을 들어주지 못할 수도 있었다.

휴대전화를 내려놓는 무희의 입가에 음흉한 미소가 번졌다. 이제 주사위는 던져졌으니 어떤 일이 벌어지는지 느긋하게 구경만 하면 되었다.

"자, 하인경. 너의 진가를 보여줘 봐. 내가 납득할 수 있게."

무희는 그녀가 지옥 불인 줄도 모르고 불나방이 되어 뛰어들 것을 생각하니 목에 걸려 있던 가시가 제거된 것처럼 속이 후련했다. 감히 기철을 손아귀에 움켜쥐고 놀아나다니, 도저히 그녀를 용서할 수가 없었다.

“누울 자리 보고 다리 뻗으라고 감히 네까짓 게 내 것을 훔쳐가. 어림없지.”

똑똑.

혼잣말을 하고 있던 무희는 노크 소리가 들려오자 큰 소리로 대답했다.

“들어와.”

곧이어 문이 열리더니 강우가 들어섰다.

“무슨 일이야?”

“지금 막 출발했다고 합니다.”

“그래? 후훗. 생각보다 빠르네. 알았어. 나가봐.”

“네.”

“아 참! 그리고 혹시 모르니까 밤새 지켜보라고 해. 되돌아올 리는 없겠지만 확실한 게 좋으니까.”

“알겠습니다.”

무희는 그가 나가자 회심의 미소를 지으며 휴대전화를 집어 들었다. 이 순간 기철의 목소리가 몹시도 듣고 싶었다. 하지만 그녀의 마음을 조롱이라도 하듯이 그는 전화를 받지 않았다.

“나쁜 새끼. 어디 계속 그래 봐. 네가 그럴수록 난 더 독해질 테니까.”

무희는 눈을 부릅뜨고서 천천히 귀에서 휴대전화를 뗐다.

“헉헉! 겨우 제시간에 도착했네.”

인경은 가쁜 숨을 몰아쉬면서 손목에 차고 있는 시계를 들여다 보았다. 정각 오후 10시. 다행히 시간은 지켰지만 오는 내내 피가 말리는 경험을 해야 했다. 촉박한 시간이라 약속을 지킬 수 있을지 오는 내내 마음이 조마조마한데다 설상가상으로 타고 오던 택시의 타이어까지 펑크가 나고 말았다. 늦은 시간이라 지나가는 택시도 없어 마라톤 아닌 마라톤을 하고서야 겨우 약속 시간에 도착할 수 있었다.

"기철 씨, 나 약속 지켰다."

듣지도 못할 그를 향해 허공에다 중얼거린 인경은 벨을 누르기 위해 손을 뻗었다.

딩동!

맑은 소리가 밤하늘에 울려 퍼졌다. 인경은 고개를 뒤로 젖혀 성벽을 쌓은 듯 유난히 높은 담벼락을 올려다보며 문이 열리기를 기다렸다. 그러다 문득 어떤 대단한 사람들이 살기에 이토록 높은 담으로 집을 가리고 있는 것인지 궁금했다. 하지만 이내 머리를 털어 지워 버렸다. 심부름을 온 그녀와는 아무런 상관이 없다는 생각이 들었던 것이다.

이윽고 철통같은 수비를 자랑하며 굳게 닫혀 있던 철문이 철컥 소리를 내며 열렸다. 그녀는 손에 든 노란 봉투를 흐뭇한 표정으로 바라본 후 소중한 보물인 양 가슴에 꼭 끌어안고 으스스한 분위기를 연출하고 있는 공간 속으로 걸음을 옮겼다.

"와우! 장난 아닌데."

어찌해 볼 사이도 없이 마지막 계단 위에 올라선 그녀의 입에서 탄성 소리가 튀어나왔다. 서울 한복판에 그것도 가정집에서 보게 된 밀림이라니. 마치 정글을 그대로 옮겨다 놓은 듯 빼곡히 서 있는 나무들이 바람에 의해 스산한 소리를 내며 음침한 기운을 내뿜고 있었다.

"오호, 이거 왠지 좀 무서운데."

좀처럼 무서운 것과는 거리가 먼 성격이었지만 오늘은 예외인 듯 몸이 바르르 떨리기까지 했다.

"이쪽입니다."

"아우, 깜짝이야!"

이곳 분위기에 압도되어 잔뜩 움츠린 채 넋을 빼앗기고 서 있던 인경은 불쑥 튀어나온 목소리에 놀라서 그만 중심을 잃고 말았다.

"아악!"

그녀는 비명을 지르며 허공에 대고 팔을 허우적거리기 시작했다. 바로 뒤에가 계단이었기에 이대로 넘어지기라도 하면 큰일이었다. 그러나 비명 소리가 무색할 정도로 그녀의 몸은 순식간에 앞으로 쑤욱 끌어당겨졌고, 딱딱한 무언가에 얼굴을 부딪치고 말았다.

"아 씨, 아파."

인경은 눈물이 핑 돌자 양손으로 얼굴을 문질렀다. 부딪칠 때 입술을 깨물었는지 입안에서 피 맛이 났다.

"괜찮습니까?"

누군가가 걱정스러운 목소리로 물었다. 인경은 많이 아팠지만 그 사람을 안심시키기 위해서 살며시 미소를 지으며 고개를 들었다. 그러나 바로 코앞에 낯선 남자의 얼굴이 있자, 소스라치게 놀라며 그를 밀어냈다. 그러다 너무 호들갑스럽게 굴었다는 것을 뒤늦게 깨닫고서야 빨개진 얼굴로 나지막이 중얼거렸다.

"괘, 괜찮아요. 고마워요."

"그럼 가시죠."

"네."

아무 일도 없었다는 듯이 등을 돌리는 남자를 향해 짧게 대답한 인경은 조금씩 숨을 내뱉으며 놀란 가슴을 진정시켰다.

"헉! 놀래라."

남자를 따라 실내로 들어간 그녀는 또 한 번 기절할 정도로 놀라고 말았다. 여긴 분명 악마가 사는 곳이 분명했다. 아니면 밀렵꾼일지도 모른다. 그렇지 않고서는 이렇듯 희귀한 것들로 실내장식을 하진 않았을 것이다. 밖에가 밀림이라면 이곳은 그야말로 짐승들의 낙원이었다.

한쪽 벽면을 몽땅 차지하고 있는 호랑이 가죽을 비롯해 독수리, 사슴, 여우, 심지어 박쥐까지 박제가 되어 있어 금방이라도 눈을 부라리고 달려들 것처럼 노려보고 있었다. 섬뜩한 기분에 등골이 오싹해지며 급기야 등을 타고 식은땀이 흘러내렸다. 또 왜 그렇게 가슴은 두방망이질인지. 그녀는 마치 자신이 날짐승들에게 던져진 먹잇감이 된 듯한 기분에 사로잡혔다.

"아 씨, 이러나 심장 멈추는 거 이냐."

그녀는 미친 듯이 뛰고 있는 심장 위에 손바닥을 가져다 대며 투덜거렸다. 그러다 문득 떠오르는 것이 있자 눈을 농그랗게 치켜떴다.

"설마 정신병자가 사는 집은 아니겠지."

한 쌍의 눈이 자신을 지켜보고 있다는 것도 의식하지 못한 채 그녀는 뇌 속을 빠르게 점령하고 있는 말을 툭 내뱉었다.

'색다른걸.'

묵묵히 그녀를 지켜보고 있던 서진은 입가로 번져 가는 미소를 참기 위해 지그시 어금니를 깨물었다. 다른 이가 버젓이 옆에 있는데도 불구하고 서슴없이 자기의 생각을 입 밖으로 표출하고 있는 그녀가 귀엽게 보여 웃지 않을 수가 없었다. 더구나 지금쯤 여자는 그의 품 안에 안겨 있어야 했다. 이곳을 찾는 여자들이 늘 그랬듯이 목구멍이 찢어질 듯이 비명을 지르고 그의 목을 끌어안고서 울음소리를 내야 했다.

하지만 그녀는 달랐다. 그를 향해 팔을 뻗기는커녕 방금까지 지었던 놀란 표정은 온데간데없이 사라지고 대신에 신기한 장난감이라도 발견한 것처럼 입을 헤벌쭉 벌리고서 여기저기 구경하기에 바빴다. 최소한 여느 여자들처럼 내숭 구단은 아닌 것이다. 그래서일까. 왠지 그녀는 이곳과 어울리지 않는다는 생각이 들었다.

"이제 주시겠습니까?"

그녀가 있어야 할 곳으로 안내한 서진은 머뭇거리듯 안으로 들어서는 그녀를 향해 손을 내밀었다.

"네? 무슨……."

남자의 말을 이해하지 못한 인경이 눈을 껌벅거리며 되물었다. 그러자 남자가 턱짓으로 봉투를 가리켰다. 그제야 여기 온 목적이 떠오른 그녀는 가슴에 꼭 끌어안고 있던 봉투를 슬그머니 그를 향해 내밀었다.

"여기요."

한낱 종이 쪼가리에 불과했지만 낯선 곳이라 그런지 막상 그녀의 손을 떠나니 의지할 것이 사라진 듯 허전함이 찾아들었다.

"여기서 기다리시면 됩니다."

그녀가 대답을 채 하기도 전에 그는 서둘러 방을 나갔다. 그리고 잠시 후 탁 소리를 끝으로 방 안에는 정적이 찾아들었다. 홀로 남겨진 인경은 커다랗게 한숨을 내쉬며 투덜거리기 시작했다.

"휴우! 도대체 여긴 또 어디야."

들어왔던 문이 닫히자 희미한 전등 불빛을 제외하곤 모든 것이 어둠에 휩싸인 게 으스스 한기마저 느껴졌다. 팔짱을 낀 인경은 온기를 찾듯 손바닥으로 팔을 문지르며 천천히 걸음을 옮기면서 주위를 둘러보았다.

그러나 몇 발자국 옮기지 못하고 우뚝 멈춰 섰다. 없다. 빈방인 듯 아무것도 없었다. 입이 벌어질 정도로 넓은 곳이었지만 그저 보이는 거라곤 둘이서 뒹굴어도 될 만큼 커다란 침대와 아늑하게 보이는 소파가 전부였다. 들어올 때 보았던 무시무시한 거실의 분위기와는 달리 이곳은 흔하디흔한 액자 하나도 보이지 않아서 삭막하기까지 했다.

"이야……. 이곳 주인이 누군지는 몰라도 사이코 기질이 다분하네, 다분해. 대체 무슨 생각으로 이런 인테리어를 꾸민 거지."

그녀는 얼굴도 모르는 상대를 헐뜯으며 편안하게 보이는 침대에 엉덩이를 걸치고 앉았다. 그때였다. 딸깍. 무언가 켜지는 듯한 소리가 들려왔다. 무언가 싶어 소리를 따라 고개를 돌리니 바치 영화관에 설치되어 있는 스크린처럼 한쪽 벽면이 환하게 밝아지고 있었다. 그리고 이어서 들려오는 소리에 그녀의 얼굴은 잿빛으로 변해갔다. 화면을 가득 채우고 있는 것은 바로 남녀가 벌거벗은 채로 뒤엉켜 있는 정사 장면이었다.

순식간에 벌어진 일이라 멍하니 정신을 놓고 있던 인경은 새빨간 얼굴로 튕기듯이 자리에서 일어났다. 그리고 곧장 문을 향해 걸어갔다. 한시라도 빨리 여기서 나가야 했다. 그렇지 않으면 들짐승에게 날것으로 잡아먹힐 것이다.

문 앞에 도착한 그녀는 손잡이를 확 잡아당겼다. 그러나 어찌된 영문인지 문이 열리지 않았다. 순간 전신을 휘감아오는 공포감에 정신이 아찔했다. 그녀가 잠근 기억이 없으니 문은 필시 밖에서 잠갔을 것이다. 그건 즉, 짐승이 쳐놓은 덫에 꼼짝없이 갇혀 버렸다는 것을 의미했다.

"어떻게, 어떻게 이런 짓을!"

인경은 분한 마음에 주먹을 움켜쥐고 몸을 바들바들 떨었다. 처음 이곳으로 발을 들여놓을 때부터 기괴한 광경에 이상한 곳이라 여겼지만 단지 주인의 취향이 독특하다고 생각했다. 그런데 감금이라니. 너무나 기막힌 일이라 현실로 받아들이기가 쉽지 않았다. 그러나 스피커를 통해 흘러나오는 역겨운 신음 소리가 그녀의 몸에 가시처럼 박혀와 믿지 않을 수가 없었다.

인경은 몸을 뒤로 휙 돌려 매서운 눈길로 모니터를 노려보았다. 역겨운 신음 소리에 걸맞게 여자의 은밀한 곳에 고개를 묻은 남자가 게걸스럽게 쪽쪽 소리를 내며 빨아대고 있었다. 급기야 흥분을 감추지 못한 여자가 손으로 자신의 가슴을 주물럭거리며 숨을 헐떡거리기 시작했다. 괴성에 맞춰주려는 듯이 남자가 여자의 다리를 양쪽으로 넓게 벌리고서 손가락으로 꽃잎을 열어 그 속으로 혀를 밀어 넣고 있었다.

"우웩! 케케켁."

역겨움을 이기지 못한 인경은 헛구역질을 하기 시작했다. 그러나 저녁에 먹은 것이라곤 이곳으로 오기 전에 마셨던 맥주가 전부였기에 내용물을 토해내지는 않았다. 그녀가 그러고 있는 사이에도 화면에서는 더욱 음탕한 소리를 내며 서로를 끌어안고 뒤엉켰다. 금방이라도 이물질이 튀어나올 것처럼 속이 미식거리고 머리끝이 바짝 서는 게 더는 참을 수가 없었다.

"문 열어! 문 열어, 새끼야!"

인경은 주먹으로 문을 쾅쾅 때리며 목이 터져라 소리쳤다. 그러나 그녀의 고함 소리는 스피커를 통해 흘러나오는 색정 소리에 묻혀 대답 없는 메아리가 되고 말았다. 그렇다고 이대로 당하고만 있을 수 없어 인경은 우리에 갇힌 짐승처럼 방 안을 이리저리 휘젓고 다니기 시작했다. 이런 곳이라면 틀림없이 어딘가에 비밀 문이 있을 거란 생각이 들어서였다. 그러나 그 어디에도 문 같은 것은 보이지 않았다.

"이 변태 새끼. 여기서 나가기만 해봐. 저따위 짓거리 못하게 아주 고자로 만들어 버릴 테니까!"

분을 참지 못한 인경이 이를 바드득 갈며 있는 대로 악담을 퍼부으며 발로 문을 쾅쾅 걷어찼다.

똑똑똑!

짧게 노크한 서진은 곧바로 문을 열고 안으로 들어갔다. 그리고 창으로 스며든 달빛에 의존한 채 몸을 눕다시피 의자에 기대어 눈을 감고 있는 그를 조심스럽게 불렀다.

"주열아."

낮게 가라앉은 목소리의 의미를 모르지 않는 주열이 감았던 눈을 천천히 떴다. 나뭇가지에 걸려 있는 달빛이 안타까운 듯 그를 비추고 있었다.

"지겹다, 진짜."

체념 어린 목소리가 들려왔다. 서진은 자신에게 묻는 것이 아니라 혼잣말이었기에 아무런 대꾸도 없이 가만히 서서 그의 다음 말을 기다렸다.

"이번엔 얼마짜리야?"

"기록되어 있지 않아."

없다? 주열은 살짝 미간을 좁혔다. 이곳에 발을 들여놓았다는 것은 그에 합당한 값을 지불했다는 뜻이었다. 그런데 값이 없다는 것은 예외란 소리인 것이다. 그의 가슴으로 서늘한 바람이 스치고 지나갔다. 기록이 없다는 것은 곧, 더 큰 거래가 있다는 것을 의미했기에 결코 반갑지 않은 말이었다.

"백지라는 건가."

"확인해 볼게."

"예감이 좋지 않아. 다른 사람 시키지 말고 네가 직접 알아봐."

"알았다."

"백지라……."

손가락으로 이마를 문지르며 혼잣말을 하는 주열을 보면서 서진은 하인경이란 여자를 떠올렸다. 조사해 보면 알겠지만 확실히 그녀는 예외였다. 아무리 생각해도 이곳과는 어울리지 않았다. 하지만 틀림없는 사실이었고 눈으로 확인까지 했다.

그러나 서진이 본 첫 느낌은 이곳으로 온 여자치곤 너무 산뜻하다는 것이다. 머리를 어지럽게 하는 향수 냄새도 남자들의 피를 들끓게 하는 요염한 몸짓도 없는 그저 평범한 얼굴과 외모를 가진 여인. 그걸 증명이라도 하듯이 드레스가 아닌 청바지에 재킷 차림이었다. 만일 그녀가 가지고 온 봉투 속에 있던 사진과 일치하지 않았다면 집을 잘못 찾은 거라 생각할 정도였다. 스스럼없이 자기 표현을 하는 것으로 봐서 성격 또한 당찼다.

하지만 한편으론 수줍음이 많은 여자이기도 했다. 갑자기 나타난 그를 보고 놀랐을 그녀가 걱정이 되어 다가갔을 뿐인데 그가 마치 벌레라도 되는 듯이 밀쳐 냈다. 만일 이곳을 찾은 다른 여자들이었다면 오히려 그의 품으로 파고들면서 갖은 교태로 아양을 떨었을 것이다. 이렇듯 평범한 여자가 성적 노리개인 스폰서 제의를 받아들였다는 것이 믿어지지 않았다. 아니면 주열을 옭아매기 위해서 수를 쓰는 것일까. 암튼 그녀는 마치 베일에 싸인 것처럼 의문투성이였다.

“그만한 가치는 있어?”

상념에 빠져 있던 의식 속으로 그의 목소리가 파고들자 서진은 작은 헛기침으로 정신을 수습한 후 입을 열었다.

“잘 모르겠다. 근데 이번엔 느낌이 좀 달라.”

서진의 대답에 이마를 문지르고 있던 손길이 딱 멈췄다. 주열은 여느 때와 마찬가지로 별다른 기대 없이 형식적으로 물었던 거였다. 그런데 의외의 대답이 돌아왔다. 묻는 사람이 지루할 정도로 ‘모르겠다.’로 일관하고 있던 그였다. 그런데 자신 못지않게 돌부처인 그가 반응을 보인 것이다.

"켜봐."

주열은 내키지 않았지만 그의 안목을 믿었기에 한번 보자는 생각으로 모니터를 켜게 했다. 서진이 리모컨으로 작동 버튼을 눌렀다. 잠시 후 어둡기만 하던 곳에 빛이 들어왔다.

쾅쾅쾅!

마른하늘에 천둥이라도 치는 듯 모니터를 켜자마자 무언가를 요란하게 두드리는 소리가 들려왔다. 주열은 시끄러운 소리에 미간을 찡그리며 영상물을 바라보았다. 소리의 정체는 화면 속에 있는 여자가 미친 듯이 주먹으로 문을 두드리고 있는 것이었다.

"뭐 하는 거지?"

주열의 물음에 서진이 대답도 하기 전에 스피커에서 그녀의 목소리가 들려왔다.

"문 열어 개새끼야! 문 열란 말이야!"

서슴없이 개새끼라 욕하는 소리에 주열의 눈썹이 꿈틀거렸다. 서진의 말처럼 확실히 지금까지 그들이 본 그림과는 달랐다. 아니, 과격했다. 지금쯤은 여자의 옷이 반쯤 풀어 헤쳐진 채로 에로틱한 장면이 연출되고 있어야 했다. 그런데 아니었다. 남자의 페니스를 우뚝 솟아나게 할 정도로 색스러운 소리를 내지르며 욕정에 들뜬 여자의 모습 대신 발길질로 문을 걷어차며 욕설을 내뱉는 여자가 있을 뿐이었다.

"개새끼라……. 확실히 다르긴 하군."

그녀의 말을 따라 하는 주열의 입가에 차가운 미소가 서렸다. 그를 상대로 어느 누구도 입 밖으로 낼 수 없는 말이었지만 인정하지 않을 수 없었다. 아니, 그보다 더한 욕을 한다고 해도 아니라고 반박할 수 없었다. 누가 보아도 나쁜 놈이 확실하니까. 주열은 문득 그녀가 누군지 궁금해졌다.

"읊어봐."

명령이 떨어지자 서진은 손에 들고 있는 봉투에서 신상기록부를 꺼내 들고 읽기 시작했다.

"이름 하인경. 나이는 28세. 그 외에 기록된 내용은 없어."

철저히 비밀이 보장된 단지 신분만을 알리는 내용이었다. 그동안 줄줄이 꿰차고 있던 출신증명서 같은 것은 없었다.

"만나봐야겠군."

그의 말에 서진은 깜짝 놀랐다. 1년이란 시간 동안 여러 여자들이 비밀리에 이 집을 찾았다. 그리고 모두가 유흥을 아는 여자들이었고 신분도 확실했다. 그러나 단 한 번도 그는 여자를 만나지 않았다. 그저 모니터를 통해 여자들이 하는 행위들을 냉소적인 태도로 지켜볼 뿐이었다. 그런데 그런 그가 스스로 만나보기를 자처한 것이다.

"많이 흥분한 것 같은데 괜찮겠어?"

현재 상황이 전혀 예상하지 못한 방향으로 흘러가자 서진이 조심스럽게 물었다.

"글쎄. 만나보면 알겠지."

주열은 걱정스럽게 바라보는 그를 뒤로하고 자리에서 일어나 문으로 향했다. 그 역시 여자가 흥분한 상태임을 모르지 않았다. 그가 움직이는 이유가 바로 그래서니까. 또한 백지를 받아낼 만큼 그녀가 특별한지도 궁금했다.

"미친 자식아! 빨리 문 열어. 문 열란 말이야!"

인경은 주먹으로 문을 두드리며 고래고래 소리를 질렀다. 손이 얼얼하고 목구멍이 아팠지만 오히려 더 큰 소리로 고함을 지르며 악을 썼다. 어디 남자가 할 짓이 없어서 여자를 상대로 이따위 짓을 한단 말인가. 분하고 원통해서 심장이 두 동강이 난 것처럼 쓰리고 아파서 감히 멈출 수가 없었다.

"하아, 하아. 빌어먹을!"

인경은 거칠게 숨을 몰아쉬며 문을 뚫어지게 노려보았다. 그때였다.

달깍.

쇠붙이 소리가 획을 긋듯 심장으로 박혀왔다. 순간, 인경은 신경을 바짝 곤두세우고 힘줄이 불거질 정도로 주먹을 꽉 움켜쥐었다. 어떤 인간이든 이곳으로 한 발자국만 들어오면 매운 맛을 보여줄 작정이었다. 그녀가 의지를 불태우며 공격 태세를 취하고 있는 사이 굳게 닫혀 있던 문이 열리면서 형체가 나타났다. 인경은 순간의 망설임도 없이 곧바로 오른쪽 다리를 들어 올리며 소리쳤다.

"이 미친 새끼야!"

탁!

순간 무엇인가가 발등을 내려쳤다. 잠시 후 발등으로부터 찌르르 통증이 밀려오자 인경은 그만 바닥에 철퍼덕 주저앉고 말았다. 꽤나 아픈 게 눈물이 핑 돌았다.

"아 씨, 아파."

주열은 찡그린 얼굴로 발을 주물럭거리고 앉아 있는 여자를 내려다보았다. 흘러내린 머리카락이 얼굴을 반쯤 뒤덮고 있는 탓에 완전한 표정을 볼 수는 없었지만 눈가에 물기가 어려 있다는 것 정도는 짐작할 수 있었다. 그 역시 발등을 내려친 손날이 욱신거리고 있었으니까. 갑작스러운 공격에 놀란 나머지 본능적으로 몸을 움직이다 보니 힘의 강약 조절이 안 되었던 것이다.

"다친 건가?"

말도 안 되는 질문이란 듯 그녀가 고개를 번쩍 들고서 노려보았다. 금방이라도 달려들어 죽여 버릴 것 같은 눈동자. 주열은 그녀의 대답을 듣지 못할 거라는 길 눈빛을 통해 알 수 있었다.

"황 실장, 살펴봐."

"네."

서진은 그가 사무적인 호칭으로 부르자 같은 식으로 대답하며 한 걸음 앞으로 나섰다.

"필요 없어! 내 몸에 손대지 마."

정원에서 만났던 남자가 다가오는 것을 보며 인경이 발끈 소리쳤다. 두 남자 중 누구고 그녀의 몸에 손을 댄다면 기필코 용서치 않을 것이다. 어디 다가오기만 해보란 듯이 그녀가 눈을 부라리며 노려보자 명령을 내렸던 남자의 목소리가 다시 들려왔다.

"일어서서 걸어봐."

"뭐라고 지껄이는 거야!"

명령적인 말투에 화가 치밀어 오르자 인경은 남자를 향해 날카롭게 소리쳤다. 건방진 남자의 표본처럼 그는 한 손을 주머니에 찔러 넣은 채로 그녀를 내려다보고 있었다. 한가로이 그림이라도 감상하는 듯이 무척이나 여유로운 모습이었다. 인경은 그의 일거

수일투족이 눈에 거슬리자 더욱 눈동자에 힘을 실어 노려보았다.

"걸어보라고."

주열은 노려보는 시선을 마주하며 같은 말을 되풀이했다. 그녀의 말투가 귀에 거슬렸지만 따지고 싶은 마음은 없었다.

"하! 웃기는 개소리. 걷고 싶으면 내가 알아서 해. 명령 따위 하지 마."

주열의 눈동자에 힘이 들어갔다. 명령이 아닌 그보다 더한 것도 시키면 해야 하는 것이 그녀의 위치였다. 그런데 단지 본인의 안위를 살피려는 것인데 파르르 성을 내다니. 주열은 그녀에게 주인이 누군지 확실히 심어줄 필요를 느끼며 입을 열었다.

"건방지군. 몸을 팔기로 했으면 프로답게 굴어. 어설픈 아마추어 흉내 따위 내지 마. 필요 없으니까."

"뭐야!"

인경이 벌떡 몸을 일으키며 소리쳤다. 적반하장에 안하무인이라더니 딱 그를 두고 하는 말이었다. 강제로 가둔 것도 모자라 이젠 아예 창녀 취급이라니, 살다 살다 이런 인간은 처음이었다.

"아니면 흥정할 건수라도 찾나?"

"하! 근데 이 자식이 지금 누굴 갖고 장난 짓거리야. 야, 인마. 너 변태야! 아니면 발정난 개새끼라 욕정이 주체가 안 돼! 것도 아니면 너 약 처먹었어. 환각에 미치다 보니 눈에 뵈는 게 없냐. 어디 멀쩡하게 생긴 자식이 할 짓이 없어 변태 놀이야 변태 놀이가. 제정신 아니면 곱게 가서 자빠져 잠이나 처자. 엄한 사람 잡지 말고."

인경은 쉴 새 없이 욕지기를 내뱉으며 사나운 눈초리로 남자를 노려보았다. 남자 역시 한 치의 흔들림도 없이 그녀를 바라보고 있었다. 아니, 죽일 듯이 노려보고 있었다.

"그렇게 노려보면 어쩔 건데. 왜? 정곡을 찌르니 겁나니."

인경은 도발하듯 한마디 덧붙였다. 순간 남자의 눈빛이 번쩍했다. 그 모습이 마치 먹잇감을 앞에 둔 사나운 들짐승 같았다. 그러나 남자는 서 있는 자리에서 꼼짝도 하지 않았다. 금방이라도 달려들 것처럼 이빨을 드러내 놓고 있는 사람치곤 대단한 인내심이라고 여길 정도로 모습 또한 흐트러짐이 없었다.

그런데 왜 그녀의 머리카락은 쭈뼛 서는 걸까. 그의 눈동자는 마치 흡혈귀가 피를 뽑듯이 그녀의 숨통을 조이고 있었다. 뭔가 이상했다. 기분 나쁠 정도로 불길한 기분이 들었다. 바보가 아닌 이상 분명 이곳에서 나가면 그녀가 곧장 경찰서로 가리란 걸 모르지 않을 것이다. 이미 그렇게 하리라 마음먹고 있었으니까. 그런데도 남자의 모습은 당연한 것을 요구하듯 너무나도 당당했다. 보는 이가 오싹할 만큼.

인경은 입술을 지그시 깨물어 호흡을 가다듬었다. 그들 사이에 뭔가 오해가 있는 듯했다. 그렇지 않고서는 이런 거지 같은 상황이 이해되지 않았다. 그리고 만일 그런 거라면 흥분은 곧 패배를 의미했기에 차분해질 필요가 있었다.

"휴우, 이봐. 뭔가 착각을 한 모양인데 난 당신이 생각하는 그런 여자가 아니야. 당신 나 알아? 모르지? 나 역시 당신이 누군지 몰라. 그러니 서로 없었던 일로 하고 날 그만 보내줘."

"이름, 하인경. 나이 28세. 그것 외에 알아야 할 것이 또 있나?"

건조하리만치 차가운 목소리가 거침없이 쏟아져 나왔다. 인경은 너무 놀란 나머지 비명이 튀어나가려는 것을 얼른 손으로 막으며 나지막이 중얼거렸다.

"맙소사! 그걸 어떻게……."

"이제야 자각한 모양이니 소란 그만 피우고 얌전히 와서 앉아."

주열은 바들바들 떨고 있는 그녀를 지나쳐 소파로 가 앉았다. 가죽 특유의 차가움이 등 뒤로 전해졌다. 하지만 냉기로 가득 찬 그의 마음만큼은 아니었다. 지금이라도 당장 그녀의 숨통을 끊어 놓고 싶을 만큼 지독하게 시렸다. 그는 입술을 일그러뜨린 채 주먹을 꽉 쥐었다. 미친 개새끼에 변태까지는 이해했다. 갇혔다는 이유 하나만으로 충분히 공포를 느꼈을 테니까.

그러나 약물 중독자로 내몬 것은 용서할 수 없었다. 그가 제일 혐오스럽게 여기는 것 중에 하나가 약의 힘을 빌려서 하는 짓거리였다. 어떠한 이유라도 약은 절대 용납할 수가 없었다. 그건 영혼조차 썩어 빠진 인간들이나 하는 짓이었다. 이런 그를 서슴없이 약물 중독자로 취급하다니. 손쉽게 돈을 벌 욕심에 기꺼이 몸을 내던진 사람은 그가 아니라 바로 그녀였다.

"앉으라는 말 못 들었나?"

"싫어! 앉고 싶지 않아. 대신 묻고 싶은 것이 있어."

단칼에 거절하는 것도 모자라 요구 사항이라니, 기가 찰 노릇이었다. 주열은 냉소적인 미소를 지으며 말했다.

"아직까지 이해하지 못한 모양인데 당신은 어떠한 질문도 무언가를 요구할 권리도 없어. 그저 명령에 따라 움직이는 애완견일 뿐이야. 강제로 끌려와서 앉기 싫으면 얌전히 네 발로 와."

"웃긴 개소리 집어치워! 난 나야. 언제 어디를 가든 오직 나만이 결정해. 어느 누구도 내게 명령할 수 없어!"

인경은 불에 달궈진 쇠꼬챙이처럼 시뻘게진 얼굴로 소리쳤다. 흥분을 가라앉히기 위해 무던히도 애를 쓰고 있었지만 들려오는 말마다 그녀에게 인내심의 한계를 느끼게 해 도저히 그냥 지나칠 수가 없었다.

"그랬을 거야, 여기 오기 전까지는. 하지만 이곳에 발을 들여놓은 이상 당신이란 존재는 없어. 그리고 이곳에 서 있는 것 역시 당신이 결정한 거야. 아닌가?"

"그건……."

인경은 선뜻 반박하지 못하고 입술을 깨물었다. 그의 말처럼 그녀 스스로 온 것이기에. 하지만 단지 심부름으로 왔을 뿐 감히 이런 일이 벌어지리라곤 생각조차 하지 못했다.

"계속 서 있을 건가."

대답을 찾지 못해 머뭇거리고 있는 사이 남자의 목소리가 다시 들려왔다. 인경은 도대체 무슨 일이 어떻게 돌아가고 있는지 알아야 했기에 마지못해 몸을 움직였다. 시작이야 어찌 되었건 간에 지금은 감정이 아닌 이성적인 대화가 필요했다. 그녀는 후들거리는 다리를 겨우 움직여 그와 마주 앉았다. 그리고 떨리는 입술을 가까스로 억누르며 조심스럽게 입을 열었다.

"당신 말처럼 내 발로 여기 온 거 맞아요. 인정해요. 하지만 난 단지 봉투를 전해달라는 부탁을 받고 온 것뿐이에요. 당신이 누구를 기다리고 있었는지는 모르겠지만 난 아니에요."

"그런가? 내가 잘못 알고 있는 건가?"

주열은 담담한 어조로 묻고 있었지만 가슴은 그야말로 곧 터져 버릴 화산이었다. 모욕적인 언사로도 모자라 이젠 일 처리도 제대로 못하는 무능아 취급이라니. 그녀가 어디까지 그의 인내심을 시험할지 궁금했다.

"네. 무슨 착오가 있는 것이 분명해요. 난 그저 열 시까지 이곳으로 봉투를 가져다주는 것이 다였어요. 내 말을 못 믿겠으면 전화해 보세요."

"해봐."

"네?"

"당신을 이곳으로 보낸 자에게 전화해서 확인해 보라고."

"아 맞다! 그러면 되겠구나."

그녀가 활짝 웃으며 가방에서 휴대전화를 꺼내 들었다. 순간 주열은 손가락 끝에 힘을 실었다. 천진스러운 미소다. 마치 어린아이가 갖고 싶었던 선물을 받은 것처럼 해맑다 못해 투명하기까지 했다. 차라리 이 자리가 꿈이었으면 하고 바라고 싶을 만큼. 그러나 시간이 흐를수록 점차적으로 어두워지는 그녀의 표정으로 보아 결코 꿈은 아니었다.

"왜? 연결이 안 되나?"

"네."

"황 실장."

그녀의 짧은 대답에 주열이 서진을 불렀다.

"네, 사장님."

침묵으로 일관하며 묵묵히 두 사람을 지켜보고 있던 그가 냉큼 대답했다.

"누군지 말해."

짧은 말속에 함축되어 있는 뜻을 모르지 않은 서진이 그녀를 흘끗 바라본 후 입을 열었다.

"송기철이란 자입니다."

"맞아?"

"뭐, 뭐가요?"

기철과 통화가 되지 않아 불안하게 휴대전화를 만지작거리고 있던 인경은 날카롭게 바라보는 시선에 어깨를 움찔거리며 되물었다. 그러자 잔뜩 찡그린 얼굴로 그가 말했다.

"당신을 이곳으로 보낸 자가 송기철이 맞는지 물었어."

"네, 맞아요. 근데 그걸 어떻게 알았어요?"

"황 실장, 서류 줘봐."

서진이 봉투를 건네주자 주열이 그녀 앞으로 봉투를 툭 던졌다.

"확인해 봐."

"뭐, 뭘요?"

인경은 조금 전까지 그녀의 손안에 있었던 봉투를 물끄러미 바라보며 물었다.

"같은 말 되풀이하게 하지 마. 짜증나니까."

한 번만 더 물었다간 아예 죽일 태세라 인경은 눈살을 찌푸리고 있는 그의 눈치를 살피며 조심스럽게 봉투를 집어 들었다. 그리고 잠시 후 내용물을 확인한 그녀의 동공이 커다랗게 부풀어 오르기 시작했다. 한쪽 귀퉁이에 선명하게 적혀 있는 사인은 분명 그녀의 것이었다.

"이, 이럴 수가. 어떻게 이런 일이……."

그녀는 도저히 믿을 수 없는 사실에 눈앞이 캄캄해졌다. 주열은 사시나무 떨 듯 몸을 떨고 있는 그녀에게서 시선을 돌려 서진을 바라보았다. 살짝 고개를 끄덕이는 것으로 보아 그의 생각을 읽은 듯했다. 곧 서진이 밖으로 나가자 그의 시선은 다시 그녀에게로 꽂혔다. 그녀는 눈꼬리에 물기를 매단 채 여전히 무어라 혼잣말로 중얼거리고 있었다.

그는 슬그머니 자리에서 일어나 창가로 걸음을 옮겼다. 그녀에겐 시간이 필요한 듯했다. 그리고 무엇인가가 잘못되었다면 서진이 곧 알아서 올 것이다. 그때 다시 이야기한다고 해도 늦지 않았다. 창가에 선 주열은 살며시 눈을 감았다. 오늘따라 창으로 스며드는 달빛이 유난히도 밝았다.

"사장님."

시간이 얼마나 흘렀을까. 등 뒤로 서진의 목소리가 들려왔다. 낮게 가라앉은 것으로 보아 그다지 좋은 소식은 아닌 듯했다.

"말해."

"송기철과 통화는 하지 못했습니다. 그리고 그가 요구한 금액은 1년 약정에 10억이랍니다."

"말도 안 돼. 1년 약정에 10억이라니……. 하, 미쳤군! 돈은 이미 지불했겠지?"

"그녀가 이곳으로 들어오는 것과 동시에 지불되었답니다."

"다른 것은?"

"네?"

"10억을 그냥 내줄 리가 없잖아."

"그건……."

주열은 선뜻 대답하지 못하는 서진을 바라보며 툭 내뱉었다.

"날 미끼로 협박했군."

서진은 아무런 말도 하지 못했다. 하인경이란 여자 못지않게 그 또한 언제 터질지 모르는 시한폭탄 같은 피해자였다.

"당장 그자를 찾아내. 그리고 자폭하는 거 보고 싶지 않으면 이번이 마지막이라고 분명히 전해."

"알겠습니다. 그런데 하인경 씨는 어떻게 할까요?"

"내가 알아서 할게. 나가봐."

"네."

서진이 나가자 주열은 양손을 주머니 깊숙이 찔러 넣었다. 그렇게라도 하지 않으면 닥치는 대로 부숴 버릴 것만 같았다.

"저, 저기요."

폭풍전야 같은 고요 속으로 그녀의 목소리가 들려오자 주열은 몸을 흠칫거리며 눈을 살짝 감았다 떴다. 다가오는 줄도 몰랐는데 그녀가 바로 뒤에 서 있었던 것이다. 주열은 평정을 유지하려 애쓰며 말문을 열었다.

"뭐지?"

"저기 그러니까 그게…… 그쪽에겐 변명처럼 들리겠지만 난 정말 모르는 일이에요. 물론 서류상의 사인은 내 것이 맞아요. 하지만 난 몸을 파는 여자가 아니에요. 평범한 직장인이라고요. 내 말을 못 믿겠으면 태화그룹 기획실로 전화해서 물어……."

"방금 어디라고 했지?"

날카로운 목소리가 그녀의 말을 삼켜 버렸다. 인경은 애기치 못한 반응에 놀라 숨을 멈춘 채 그를 바라보았다. 그의 눈동자는 불꽃이 춤을 추듯 활활 타오르고 있었다.

"태, 태화그룹 기획실이요."

"박민수가 이사로 있는?"

"네, 맞아요. 혹시 저희 이사님을 아세요?"

알다 뿐이겠는가. 죽어서도 잊지 못할 인간이었다. 주열은 그를 떠올리자 뜨겁게 요동치던 피가 차갑게 얼어붙었다.

"거기서 근무한 지 얼마나 됐지?"

인경은 묻는 말에 대답도 없이 오히려 되묻는 그를 의아하게 바라보며 말했다.

"3년 정도요. 왜 그러시죠?"

"송기철도 같은 회사 사람인가?"

인경은 송기철이란 이름에 눈시울이 뜨거워졌다. 다른 사람도 아닌 그가 그녀를 팔아넘겼다는 것이 아직도 믿어지지가 않았다. 아니, 그를 만나서 확인하기 전까지는 도저히 믿을 수가 없었다.

"아니에요. 그는 제가 사…… 사랑하는 사람이에요. 그러니까 필시 뭔가 잘못됐을 거예요. 그를 만나서 확인하기 전까지 전 받아들일 수가 없어요. 더구나 돈으로 사람을 사고파는 것은 엄연히 불법이에요."

"도덕적 문제일 뿐 불법이라곤 할 수 없지. 미성년자도 아닌 성인이 직접 사인한 증거가 있는 한."

"그건 내가 한 게 아니라니까요!"

"그럼 증거를 가져와."

"무슨 증거요?"

"애인이 대가로 가져간 돈을 고스란히 되돌려 준다면 당신을 놓아주지. 그러기 전에는 여기서 한 발자국도 못 나가."

협박 같은 발언에 덜컥 겁이 났지만 돈을 갚기만 하면 풀어준다니 그나마 한시름 놓을 수가 있었다. 인경은 여기를 벗어날 수 있다는 기대감에 입술이 마르자 살짝 혀끝으로 입술을 적시며 말했다.

"정말 그것만 돌려주면 날 여기서 내보내 줄 건가요?"

"물론이지."

"그게 얼마죠? 계좌번호도 알려줘요. 내일 은행 문이 열리는 즉시 입금하죠."

인경은 가방에서 볼펜과 수첩을 꺼내 들었다. 아버지께서 남겨주신 돈과 그동안 모아둔 돈을 끌어모은다면 1억 정도는 될 것이다. 결코 적은 돈이 아니었다. 그녀에겐 평생을 모아야 할 큰돈이었다. 그러나 돈이야 다시 벌면 되지만 무너진 자존심은 절대 살 수가 없는 것이었기에 아깝지 않았다.

"얼마냐고 물었는데요?"

인경은 대답이 없는 그를 향해 다시 물었다.

"10억."

쿠쿵! 청천벽력 같은 소리에 심장이 발밑으로 툭 떨어졌다. 뒤이어 호흡이란 것이 멈췄다. 그 짧은 한마디가 거짓말처럼 순식간에 그녀를 함락시켰다. 몸이 허공에 둥둥 떠다니는 것처럼 숨을 쉬어야 한다는 것도, 그 말의 의미가 무엇인지도 깨닫지 못할 만큼 인경은 무기력 속으로 빠져들었다. 이러고 있을 시간이 없는데 어떻게 이런 일이 가능할 수 있는지 따져 물어야 하는데 몸과 마음이 제멋대로 놀고 있어 사고 자체가 불가능했다. 그냥 이대로 땅속 깊이 들어가고 싶을 만큼.

"빌어먹을!"

욕설을 내뱉으며 팔을 뻗은 주열은 쓰러지는 그녀의 몸을 가까스로 붙잡았다. 두 눈 멀쩡히 뜨고 기절하는 여자라니, 어이가 없었다.

"이봐, 정신 차려!"

주열이 손바닥으로 그녀의 뺨을 툭툭 쳤다. 그러나 혼이 빠져나간 사람처럼 그녀의 눈동자는 움직임이 없었다.

"하인경!"

이번엔 좀 더 세게 때렸다. 그러나 초점 없는 시선은 여전히 죽은 듯이 조용했다. 주열은 강도를 높여 심하다 싶을 정도로 찰싹 때렸다. 그래도 일어나지 않는다면 물속에 처박아 버릴 작정이었다. 그러면 정신을 차리겠지. 하지만 그런 수고를 덜어주려는 듯 그녀의 눈꺼풀이 파르르 떨리더니 곧이어 눈을 깜빡거렸다.

"정신이 좀 드나?"

"거짓말이죠?"

그녀의 말에 주열은 할 말을 잃고 말았다. 그의 팔을 베개 삼아 누워서 하는 소리가 정말 어이가 없었다. 하기야 충격이 그만큼 컸다는 것으로 해석한다면 그 마음이 이해되지 않는 것도 아니었다.

"거짓말이죠?"

재차 묻는 소리에 주열은 한숨을 삼키며 그녀의 눈동자를 바라보았다. 두려움과 슬픔이 한데 어우러져 사실이 아니라고 말해달라고 애원하고 있었다. 일순간 그렇다고 대답하고 싶을 만큼 아주 간절히. 하지만 10억은 결코 적은 돈이 아니다. 그렇다고 단순한 몸값도 아니었다. 그를 미끼로 한 거래였다.

차라리 단순한 이유였다면 이렇게 화가 나지도 않았다. 그동안에 뿌린 돈도 만만치 않았으니까. 그러나 그를 도마 위에 올린 거래는 절대 용납할 수가 없었다. 주열은 거칠게 몸을 일으켰다. 쿵! 그가 갑작스럽게 일어난 탓에 그녀의 몸이 바닥에 부딪혔다. 그러나 주열은 아랑곳없이 창가로 다가가며 말했다.

"그렇게 믿고 싶겠지만 애석하게도 사실이야."

인경은 거칠게 숨을 들이켜며 가슴을 움켜쥐었다. 냉혹한 말이 비수가 되어 끔찍스러운 현실을 일깨웠다. 사랑하는 사람에 의해 노예처럼 돈에 팔렸다는 것을. 배신보다 더 지독한 역병에 걸렸다는 것을.

"어떻게…… 어떻게 그럴 수가 있어. 어떻게."

무겁게 가라앉은 공기 사이로 울먹대는 소리가 들렸다. 그러나 달리 해줄 말이 없던 주열은 오직 창밖만 바라보았다. 비참하겠지. 비참할 거야. 사랑하는 사람에게 버림받은 것도 모자라 돈에 팔린 노예 신세니 이루 말할 수 없을 만큼 비참하고 참담할 것이다. 그러나 그조차도 모두 본인이 감수해야 할 몫. 어느 누구도 대신할 수 없었다. 이해하는 듯 위로의 말도 한낱 허울 좋은 말일 뿐이니까.

"당신들이 무슨 자격으로 사람을 사고판다는 거야. 누가 그런 자격을 손에 쥐어줬는데. 누가!"

혼잣말처럼 시작된 말은 급기야 그를 향한 고함 소리로 바뀌었다. 맞는 말이었다. 어느 누구에게도 사람을 사고팔 수 있는 권리는 없었다. 그러나 돈이라면 충분히 그러고도 남았다. 세상을 쥐

락펴락할 정도로 무서운 것이 바로 돈이니까. 그걸 아는 이들은 돈 앞에선 죽은 시체도 될 수 있었다.

주열은 천천히 몸을 돌려 그녀와 마주 섰다. 붉게 타들어간 눈동자가 물기를 머금고서 죽일 듯이 그를 향해 이글거리고 있었다. 순간 가슴으로 불쾌감이 밀려들었다. 따지고 보면 그녀가 원망해야 할 상대는 그가 아니었다. 그런데도 그녀의 눈길은 오직 그만이 죄인인 양 바라보고 있었다.

"내게 할 소리는 아닌 것 같은데. 그리고 누군가에게 책임을 전가하기 전에 당신 자신을 먼저 탓해야 하지 않을까? 난 그렇게 생각하는데."

"헛소리 집어치워! 난 아무것도 모른 채 단지 심부름을 온 것뿐이야. 만일 이와 같은 일을 알았다면 이곳에 오지도 않았어. 아니! 경찰서로 바로 달려갔을 거야."

그래, 분명 그랬을 것이다. 인신매매라는 것을 알면서도 누가 제 발로 여길 걸어서 들어오겠는가. 미치지 않고서는 그런 일이 벌어질 리 없었다. 그러나 누가 그녀의 말을 믿어주겠는가. 버젓이 자필 사인이 적힌 계약서가 존재하는 것을. 눈꼬리에 위태롭게 매달려 있던 눈물이 끝내 떨어지고 말았다.

"그럴지도. 하지만 제 발로 온 것은 사실이잖아. 그 빌미를 제공한 것 역시 당신이겠지. 단지 사랑한다는 이유만으로 자신의 모든 것을 그자에게 일임했을 테니까. 남자는 그걸 이용한 거고. 그렇지 않나?"

지독히도 정확하게 꼬집어내는 그로 인해 인경은 할 말이 없었다. 그의 말대로 그녀는 기철에게 자신의 모든 것을 내주었었다.

그와 함께할 수만 있다면 목숨을 주어도 아깝지 않을 만큼 사랑했으니까.

"그, 그럼 난…… 난 이제 어떻게 되는 거죠?"

묻고 있는 목소리가 떨리고 있었다. 체념한 걸까? 물론 그럴 수밖에 없을 것이다. 그 남자를 찾지 않는 이상 꼼짝없이 갇힌 신셀 테니까.

"빌어먹을!"

주열은 거칠게 뒤돌아섰다. 당당하던 모습만큼이나 떨고 있는 모습 또한 눈에 거슬리기는 마찬가지였다. 왜 이런 말도 안 되는 중심에 그가 서 있는지 화가 나서 견딜 수가 없었다.

"3일 주지."

인경은 알 수 없는 의미의 말에 고개를 번쩍 들었다.

"네?"

"3일 안에 그 남자를 찾아와. 그럼 당신은 자유야."

'자유? 자유라고? 정말?'

믿을 수 없는 말이라 사실 확인을 하고 있는 인경의 입술이 파르르 떨렸다.

"나, 날 놓아준다는 건가요. 아무 조건 없이?"

"그 남자를 찾아왔을 때라고 했는데 제대로 듣긴 한 건가?"

"아, 아니, 그러니까 내 말은 단지 기철 씨만 찾아오면 되는 거냐고 묻고 있는 거예요."

"맞아. 당신 역할은 거기까지야."

"정말이죠? 나중에 딴소리하기 없기예요."

주열이 매서운 눈길로 그녀를 쏘아보았다. 고작 그딴 일로 두말

할 사람으로 보다니. 아직도 여자는 자신이 누구를 상대하고 있는지 모르고 있었다.

"명심해. 3일이야. 만일 그 안에 그자를 찾지 못하면 당신의 1년은 없어."

인경은 입술을 지그시 깨물었다. 무서운 말이었다. 두려운 말이었다. 그 1년이란 세월이 어떤 형체로 그려질지 생각도 하기 싫을 만큼 무섭고 떨렸다.

"뭐 하나 물어봐도 될까요? 아주 중요한 건데."

"해봐."

"만일, 만일에 기철 씨를 찾았는데 돈이 없다면 어떻게 되나요. 그, 그럼 이곳으로 난 돌아와야 하나요?"

미처 거기까지는 생각하지 못한 그였다. 단순히 그자만 찾으면 된다고 생각했으니까. 그런데 막상 그 말을 듣고 보니 일리가 있었다. 돈이 없다면 그자를 찾았다고 해도 그녀에겐 아무런 소용이 없었다. 하지만 3일 안에 10억을 모두 탕진하지는 못할 것이다. 그자가 도박꾼이라면 또 모를까.

"그자가 도박꾼이 아닌 이상 10억을 3일 안에 쓰기란 힘들어. 그리고 만일 그런 일이 벌어진다면 당신 자리는 여기가 되겠지."

"그, 그렇군요."

인경은 몸에 힘이 쫙 빠졌다. 실낱같던 희망이 일순간 사라졌다. 기철만 찾으면 돈은 그녀와 별개일지도 모른다고 생각했던 것이다.

"아, 그리고 한 가지 더. 여기로 돌아올 땐 홀가분한 몸으로 오도록."

"네? 그게 무슨……."

"1년 동안이나 휴가 줄 회사가 있을까?"

"아!"

그녀도 모르게 감탄사가 터져 나왔다. 미처 그 생각을 하지 못했던 것이다. 인생이 송두리째 뒤바뀔 운명이니 당연히 직장은 그만두어야 했다. 인경은 이야기가 길어질수록 그녀의 인생이 더욱 더 나락으로 곤두박질치고 있다는 걸 느끼며 나지막이 중얼거렸다.

"저기, 괜찮다면 집에 가고 싶은데요."

"데려다주지."

주열은 성큼 걸음을 옮겼다. 왜 그래야 하는지는 모르겠지만 그녀가 무사히 집으로 들어가는 것을 눈으로 직접 확인하고 싶었다.

"택시면 됩니다."

"10억은 적은 돈이 아니야."

"도망가지 않아요. 걱정하는 게 그거라면."

"나와."

고집을 꺾지 않은 주열이 문을 열고 기다렸다. 하지만 인경은 선뜻 발을 움직일 수가 없었다. 그가 집을 알게 된다는 것이 싫었다.

"뭘 두려워하는 거지?"

인경은 그라는 자체가 두려웠다. 그렇다고 사실대로 말할 수도 없지만.

"그런 거 없어요. 그냥 폐를 끼치기 싫어서 그래요."

"그거라면 이미 끼치고 있다고 생각지 않나?"

주열은 보란 듯이 문을 닫았다가 다시 열었다. 뜻을 알아들었는지 그제야 그녀가 움직이고 있었다. 고집 피울 거 다 부리고 마지못해 응하는 여자라니, 앞으로 어떤 일이 벌어질지 벌써부터 걱정되기 시작했다.

이 길이 이렇게 멀었던가. 숨이 막힐 것 같은 침묵 때문인지 시간은 더디게 흘러갔다. 인경은 곁눈질로 운전에 열중하고 있는 그를 바라보았다. 보면 볼수록 참 이해할 수 없는 남자였다. 족히 180은 훌쩍 넘는 키에 남부러울 것 없는 몸매에다 콧날도 오뚝한 게 뭐 하나 빠지는 것이 없었다. 그런 남자가 왜 돈으로 여자를 사고, 포르노 영상을 틀어놓고서 즐기는지 알 수가 없었다. 그가 손가락만 까딱해도 기꺼이 여자들이 침대로 뛰어들 게 분명한데.

'으아악! 설마 그 짓을 시키는 건 아니겠지.'

인경은 속으로 괴성을 지르며 세차게 머리를 흔들었다. 순간, 그와 침대에서 뒤엉켜 있는 장면이 떠올랐던 것이다. 주열은 흘끔거리던 눈길이 사라지자 그제야 그녀를 향해 고개를 돌렸다. 자학이라도 하는지 그녀는 이제 주먹으로 제 머리를 콩콩 쥐어박고 있었다. 민망할 정도로 그를 뚫어지게 바라보더니 이젠 본인 스스로를 괴롭히고 있었다.

"날 상대로 무슨 상상을 했기에 그러는 거지?"

"뭐, 뭔 상상을 해요. 할 게 뭐 있다고."

인경은 느닷없이 묻는 소리에 놀라서 말까지 더듬거렸다. 머릿속에 들어와 본 것도 아니면서 정곡을 찌르다니, 역시 무서운 인간이었다.

"후훗, 그렇다고 해주지."

"해주지가 아니라 정말 그래요. 안 했어요."

"강한 부정치곤 얼굴은 너무 솔직하군."

"아니라니까요!"

인경은 소리를 꽥 질렀다. 어떻게 된 남자가 적당히 넘어가 주는 법이 없는지 모르겠다. 안 그래도 얼굴에 열꽃이 핀 듯 화끈거려 미치겠는데 사람 속까지 긁어대고 있었다.

"알았으니 어느 길로 가야 하는지나 말해."

"길이요?"

흥분해서 소리치던 인경은 그제야 낯익은 동네란 걸 알았다. 끝날 것 같지 않던 질주가 거의 끝나가고 있었다.

"저기서 우회전해서 쭉 올라가면 돼요. 골목길과 마주 보이는 슈퍼 앞에 세워주세요."

주열은 그녀가 알려준 곳에서 차를 세웠다. 꽤 늦은 시간이라 오가는 사람도 없었다.

"고마워요. 조심히 가세요."

재빨리 안전벨트를 푼 인경은 서둘러 문을 열고 내렸다. 집은 조금 더 올라가야 했지만 그와 함께 갈 수는 없었다.

"어느 집이지?"

고개를 획 돌린 인경은 눈을 질끈 감았다 떴다. 문 열리는 소리도 듣지 못했는데 언제 내렸는지 그가 차체를 돌아서 다가오고 있었다.

"바로 요 앞이니까 그만 가세요. 이제 혼자 가도 돼요."

"앞장서. 그자가 와 있을지도 모르잖아."

설마. 그렇게 엄청난 거금을 손에 쥐고 있는데 이곳에 있을라고. 하지만 틀린 말도 아니었기에 조금은 망설여졌다.

"뭐 해?"

"가요, 가."

인경은 살짝 찡그린 얼굴을 하고서 한 걸음 앞으로 나섰다. 가끔 출몰하는 밤도둑도 있으니 같이 가는 것도 나쁘지 않을 것 같았다. 그녀와 나란히 걸으며 주위를 살피던 주열의 미간에 주름이 잡혔다. 어두운 골목길을 고작 가로등 하나가 밝히고 있었다.

"너무 어둡군."

"좀 그렇죠? 그래도 이젠 익숙하니까 괜찮아요. 처음 이곳에 왔을 때는 밤에 나가기가 좀 무섭더라고요."

"여기서 오래 살았나?"

"3년 정도요."

이곳에서 기철을 만났으니 그 정도 되었다. 터무니없이 집세를 올리는 주인의 횡포를 더는 견디지 못하고 방을 구하러 다니던 중이었다. 막 골목 어귀로 접어드는데 순간 눈앞으로 별들이 쏟아져 내렸다. 이어 들려오는 쌍스러운 소리로 인해 인경은 누군가와 부딪쳤다는 걸 알았다.

황급히 일어나 사과를 하려는데 그가 다짜고짜 입술을 겹쳐 왔다. 뭐 이런 사람이 다 있나 싶기도 하고 무섭기도 해 닥치는 대로 주먹을 휘두르면서 몸부림을 쳤다. 하지만 그는 더욱 거칠게 그녀를 끌어안고서 놓아주지 않았다. 꼼짝없이 변태한테 걸려들었다고 생각하는 순간 고함 소리와 함께 시커먼 옷으로 치장한 남자들이 시선에 들어왔다. 그때 처음으로 기철의 목소리를 또렷이 들을 수 있었다.

"나와 같이 죽을 게 아니라면 가만히 있어."

살 떨리게 살벌한 소리에 입은커녕 몸까지 굳어버려 꼼짝도 할 수가 없었다. 그렇게 얼마나 있었을까. 그들의 모습이 시야에서 사라지자 그제야 그녀는 자유로울 수 있었다. 그리고 어떻게 된 일인지 사정 설명을 듣고서야 그녀는 안심할 수 있었다. 그 보답으로 기철이 지금 살고 있는 집을 소개시켜 준 것이다. 그리고 그것이 그녀의 첫 키스였다. 그때만 해도 세상이 내 것인 양 행복했었는데 지금은 그야말로 불구덩이 속에 떨어진 신세였다.

"조심해!"

고함 소리에 이어 그녀의 몸이 무언가에 감싸인 것과 동시에 우당탕탕 요란한 소리가 밤하늘에 메아리쳤다. 인경은 비명을 지를 새도 없이 순식간에 벌어진 일이라 뭐가 어떻게 된 것인지 알 수가 없었다.

"괜찮아? 다친 데 없어?"

걱정스러운 목소리가 몽롱한 그녀의 정신을 깨웠다. 인경은 그게 무슨 소린가 싶어 천천히 소리가 들려온 곳으로 고개를 돌렸다. 그러자 살짝 미간을 찡그린 얼굴이 바로 눈앞에 있었다. 인경은 멍하니 그의 눈동자를 바라보며 눈을 깜박거렸다. 서로의 숨결이 느껴질 정도로 그의 얼굴이 가까이 있다는 게 이해가 되지 않았다.

"하인경!"

그가 짜증난다는 듯이 그녀의 이름을 소리쳐 불렀다. 그제야 화들짝 정신을 차린 인경은 어찌 된 영문인지는 모르겠지만 그가 그녀의 밑에 깔려 있다는 것을 깨닫고서 몸을 벌떡 일으켰다. 그러자 그의 입에서 억눌린 신음 소리가 흘러나왔다. 인경은 본의 아니게 그를 아프게 한 것 같아 얼른 사과의 말을 중얼거렸다.

"미안해요."

주열은 몸을 짓누르고 있던 무게가 사라지자 천천히 숨을 토해 냈다. 그녀가 몸을 꿈틀거리는 순간 전류가 흐르는 것처럼 짜릿한 감각이 혈관을 타고 내달렸다. 기분 나쁠 정도로 아주 낯선 느낌에 숨을 멈춰야 했다. 결코 그런 일이 일어날 리가 없는데 말이다.

'그래. 결코 일어나서는 안 되는 일이지.'

주열은 과감하게 그 느낌을 떨쳐 내고서 몸을 일으켰다. 그러다 어깨로부터 통증이 전해지자 다시 바닥에 등을 대고 누워 버렸다. 장애물을 피한다고 했는데 아마도 넘어질 때 부딪쳤던 모양이다.

"빌어먹을!"

벌어진 상황들이 마음에 안 들어 저도 모르게 욕이 튀어나왔다.

"괜찮아요?"

많이 다친 것은 아닌지 걱정이 된 인경이 조심스럽게 물었다. 그러자 화가 많이 났는지 노기 가득한 눈동자로 그가 노려보았다.

"도대체 정신을 어디다 팔고 다니는 거야. 막아놓은 거 안 보여!"

질책하는 목소리가 밤의 적막을 깨뜨렸다. 그제야 주위를 둘러본 인경은 널브러져 있는 구조물들을 보고서야 어찌 된 일인지 알았다. 자기 연민에 빠져 허우적거리다 공사 중이란 것을 까맣게 잊고 말았던 것이다.
“미, 미안해요. 많이 아파요?”
“다친 데 없는지 본인 몸이나 살펴봐.”
짜증스러운 말투와 달리 그녀의 대한 걱정이 묻어 있자 인경은 괜스레 코끝이 시큰해졌다.
“난 괜찮아요.”
“그럼 됐어.”
한쪽 팔로 어깨를 감싸며 몸을 일으키는 그를 인경이 얼른 다가가 붙잡아주었다. 고통이 심한지 그는 잔뜩 인상을 찡그리고 있었다.
“병원에 가야 하지 않을까요?”
“내가 알아서 해. 근데 아직 멀었나?”
“아니, 다 왔어요. 저기예요.”
그녀가 손가락으로 아파트를 가리키자 주열은 걸음을 뗐다. 욱신거리는 통증만큼이나 모든 상황이 마음에 들지 않았다. 천만다행으로 그녀가 안 다쳤기 망정이지, 만일 다쳤다면 모든 게 그의 탓이란 생각을 떨쳐 버리지 못했을 것이다.
“여기예요.”
“문 열어.”
주열은 그녀가 고분고분 문을 열어주자 안으로 들어갔다. 센서등이 켜지더니 현관을 환히 비추었다. 주열은 주인의 허락도 받지 않고 성큼 거실로 들어가 집 안을 휙 한 번 둘러본 다음 문을 나섰다.
“숙제는 빨리 풀수록 좋아. 3일 뒤에 보지.”

그 말을 끝으로 인경은 혼자 남겨졌다. 다친 곳에 약이라도 바르고 가라는 말을 하려 했는데 그의 입에서 흘러나온 말이 현실을 깨닫게 해 감히 입을 뗄 수가 없었다.

"뭐라고!"

터무니없는 보고에 그녀가 눈을 부라리며 고함을 질렀다. 하지만 강우는 눈썹 하나 깜빡이지 않고 말을 이었다.

"방금 집으로 들어갔다고 합니다."

"미친! 무슨 그런 말도 안 되는……."

무희는 어이가 없어 말도 나오지 않았다. 자그마치 10억이다. 웬만한 사람들은 평생 만져 보지도 못할 그런 돈이었다. 한데 멀쩡하게 그냥 돌려보내다니, 미치지 않고서야 결코 있을 수 없는 일이었다.

"그 자식, 미친 거 아니야! 어떻게 그냥 돌려보낼 수가 있어. 너라면 제정신으로 그럴 수 있어?"

질문의 화살이 그에게로 날아들었지만 강우는 대답하지 않았다. 주체할 수 없을 정도로 돈이 넘쳐 난다고 해도 그런 데 쓸 돈은 단 한 푼도 없었다. 대신 끝나지 않은 보고를 계속해서 말했다.

"손수 운전까지 했다고 합니다."

"하! 기가 차서 진짜."

화를 참지 못한 그녀가 자리에서 벌떡 일어나 서성거리기 시작했다.

"씨발! 뭐 피하려다가 똥차에 치인다더니 딱 그 꼴이네. 뭐 이런 거짓 같은 일이 다 있어."

그녀의 입에서 거침없는 말들이 쏟아져 나왔다. 화를 참아보려 했지만 도저히 가라앉지가 않았다. 어떻게 만든 기횐데 그걸 그냥 차버리다니, 생각할수록 괘씸하고 분통이 터져 미칠 것 같았다.

똑똑똑.

씩씩거리는 사이로 노크 소리가 들려왔다. 그녀가 매서운 눈초리로 고개를 홱 돌려 문을 노려보자 강우가 성큼성큼 걸어가 문을 열었다.

"무슨 일이야?"

강우가 문 앞에 서 있는 이란을 보고 물었다.

"박 이사님이 사장님 찾으세요."

"없다고 해!"

그가 대답하기도 전에 날카로운 목소리가 날아들었다. 이란이 어깨를 움찔거리자 강우가 고갯짓으로 얼른 가라고 일렀다. 그녀가 냉큼 돌아서자 그는 조용히 문을 닫았다.

"미친 새끼들. 돈지랄 다 했으면 그만 꺼지지 누굴 오라 가라야. 내가 지들 쫄인 줄 알아!"

무희는 이를 갈 듯 내뱉으며 분통을 터뜨렸다. 이놈 저놈 하는 짓거리들이 하나같이 다 마음에 안 들었다.

"박민수 이사님이십니다. 가보셔야 하지 않을까요?"

강우는 일부러 박 이사의 이름을 들먹였다. 그녀가 말은 저렇게 해도 곧 후회할 거란 걸 알고 있기에 다시 한 번 일깨워 주기 위해서였다.

"됐어! 그자 없어도 밥 안 굶어. 넌 그년이나 똑바로 감시해."

"알겠습니다."

강우는 토씨 하나 달지 않고 그대로 사무실을 나갔다. 무희는 나가는 그의 뒤통수를 차갑게 노려보았다. 평소와 다름없는 모습이었지만 오늘따라 그것조차 마음에 안 들었다.

"지랄! 바보 같은 것들 때문에 내가 늙는다, 늙어!"

무희는 미니바에 비치되어 있는 술병을 꺼내 들었다. 악운이라도 끼었는지 하는 일마다 틀어지고 있어 속이 부글부글 끓어올랐다. 그녀는 잔이 넘칠 정도로 술을 따라 단숨에 들이켰다. 속을 태워 버릴 듯한 뜨거운 열기가 몸속으로 내달리자 그제야 막혔던 숨통이 트이는 것 같았다.

"지랄 맞을! 그래, 하인경. 너 참 운 좋다. 어디 그 더럽게 좋은 운으로 얼마나 버틸 수 있나 두고 보자."

무희는 이를 바드득 갈며 술잔이 그녀의 목이라도 되는 것처럼 손아귀로 움켜쥐었다.

5장 조각난 파편은 심장을 찌르고

인경은 숨을 크게 내쉬고 사무실로 들어갔다. 다들 아직 출근 전이라 사무실은 텅 비어 있었다. 가방에서 사직서를 꺼내 든 그녀는 김 팀장의 책상 위에 올려놓았다. 정이 참 많이 든 곳이었는데 이렇게 도둑고양이처럼 몰래 사라지려니 아쉽기도 하고 화가 나기도 했다. 이게 다 송기철 그 자식 때문이라고 생각하니 애써 억눌렀던 화가 다시금 치솟았다.

"송기철! 너, 절대로 용서 안 해. 두고 봐. 내가 널 어떻게 죽이나."

인경은 이를 바드득 갈았다. 밤새 그에게 전화를 걸었지만 조롱이나 하듯 수화기 너머는 침묵으로 일관했다. 하기야 작정하고 팔았다면 그녀의 전화를 받을 리가 없었다. 인경은 착잡한 기분으로 그동안 정들었던 사무실을 천천히 둘러보았다. 웃고 떠들고 즐기면서 참 행복했었는데 다시는 그런 기분을 느끼지 못할 것 같아서 마음이 아팠다.

"에이씨!"

인경은 울컥하고 눈물이 핑 돌자 눈가를 훔치며 서둘러 그곳을 나왔다.

"하인경 씨, 출근이 빠르네요."

인경은 난데없이 들려온 목소리에 화들짝 놀라서 고개를 번쩍 들었다. 이 시간에 누군가가 있을 거라고는 생각도 못했던 것이다.

"이, 이사님."

인경은 상대가 박민수 이사라는 걸 알고서 더욱 당황했다. 무단결근으로 사직 처리가 되는 게 싫어서 몰래 다녀가려 한 건데 엉뚱한 데서 일이 꼬이고 만 것이다.

"왜 울어요?"

"네?"

인경은 무슨 소린가 싶어 의아한 표정으로 그를 바라보았다. 그때 그녀의 얼굴을 타고 눈물이 또르르 흘러내렸다.

"어머!"

당황한 인경은 얼른 손으로 눈물을 훔쳤다.

"무슨 일 있습니까?"

"아, 아니에요."

"근데 왜……."

민수는 말끝을 흐렸다. 실례인 줄은 알지만 이른 시간에 그것도 사무실 앞에서 울고 있다는 것이 그의 입을 열게 했다.

"저기 그게……."

인경은 예상치 못한 그와의 만남에 어떻게 대답을 해야 할지 몰라 머뭇거렸다. 그러자 그가 그녀의 손을 덥석 잡더니 사무실 문을 열었다.

"들어가서 얘기합시다."

"네?"

인경은 얼떨결에 그에게 끌려갔다. 그리고 등 뒤로 문이 닫히자 그가 무슨 말을 한 건지 알았다.

"자, 이제 말해봐요."

"아니, 그게……."

인경은 또다시 말문이 막혔다. 사직서를 냈으니 조금 있으면 그도 이유를 알게 될 터였다. 그러니 솔직하게 얘기하면 그만인데 이상하게 입이 떨어지지가 않았다.

"내가 도울 수 있는 일이라면 기꺼이 도와줄 테니까 말해봐요. 혼자 고민하지 말고."

'그럼 10억만 빌려주실래요?'

인경은 그렇게 말하고 싶었다. 하지만 그런 돈을 빌려줄 리 만무했다. 아니, 설령 빌려준다 한들 그녀에겐 갚을 능력이 없었다.

"저기, 이사님."

"말해요."

"저 출근한 거 아니에요. 몰래 사직서 놓고 도망가는 거예요."

"사직서라뇨?"

그의 눈이 휘둥그레졌다. 당연한 반응이다. 며칠 전만 해도 새로이 오픈될 리조트에 대한 이벤트 건을 그녀가 맡게 되어 신나했으니까. 이렇게 될 줄은 꿈에도 모르고서 말이다. 인경은 자신이 처한 상황이 다시금 생각나자 눈시울이 붉어졌다. 하지만 지금은 감상에 젖어 있을 시간이 없었다. 다른 사람들이 출근하기 전에 어서 여기서 벗어나고 싶었다.

"개인적인 사정으로 회사를 다닐 수 없게 됐거든요. 그래서 갑자기 그만두는 게 죄송해서 몰래 사직서를 놓고 가는 길이었어요. 아까 흘린 눈물은 정이 많이 든 곳인데 도망치듯 가는 게 너무 마음 아파서 저도 모르게 그만……."

인경은 목이 메어오자 다시 입을 닫았다. 좋게 말해 개인적인 사정이지 이건 결코 일어날 수 없는 일이었다.

"그런 거였군요. 근데 좀 서운하네요. 몰래 도망칠 정도라면 아주 큰일이란 소린데 도움도 청하지 않다니. 혹시 회사 기밀이라도 빼가는 겁니까?"

"아, 아니에요! 무슨 그런 말씀을. 절대 그런 거……! 이, 이사님?"

인경은 놀라서 소리치다 멍하니 그를 쳐다보았다. 굳어 있던 그의 표정이 어느새 활짝 웃고 있었던 것이다.

"하하하! 동료들 말마따나 인경 씨는 정말 잘 속는군요."

"우, 웃지 마세요. 정말 간 떨어질 뻔했다고요."

민수는 손바닥으로 가슴을 쓸어내리고 있는 그녀를 바라보며 생긋이 웃었다. 이제 그녀의 눈가에 맺혀 있던 눈물은 보이지 않았다. 그럴 목적으로 한 말이니 성공한 것이다.

"후훗, 미안해요. 인경 씨 표정이 너무 슬퍼 보여서 장난 좀 친 거예요. 이제 눈물은 쏙 들어갔죠?"

"어머! 정말 그러네요."

인경은 순순히 인정했다. 회사 기밀이란 말에 놀라서 정말 눈물이 쏙 들어갔다.

"개인적인 사정이라고 하니 더는 묻지 않을게요. 물론 전 아직도 인경 씨가 도움을 청하길 바라지만요."

"말씀만으로도 감사해요. 하지만 이건 제가 해결해야 할 일이라서요."

"알겠습니다. 사정이 그렇다니 더는 붙잡지 못하겠군요."

"죄송합니다."

"으음, 그런 말 듣자고 한 거 아닙니다. 그래도 송별회는 해야지요."

"아닙니다, 이사님!"

인경은 양손을 휘저으며 사양했다. 그저 조용히 떠나고 싶었다. 특히 미란이가 출근하기 전에 어서 이곳을 나가고만 싶었다.

"그냥…… 그냥 가게 해주세요."

"그래요, 그럼. 대신 인경 씨 사직서는 내가 가지고 있을게요. 개인적인 사정이 해결되면 언제든지 돌아오세요. 그동안은 휴직으로 처리해 놓을 테니까."

"이사님."

인경은 뜻밖의 제안에 그만 눈물이 핑 돌았다. 뒤를 이어 1년 동안 휴가 줄 회사가 있을까, 라고 빈정거리던 주열의 얼굴이 떠올랐다. 주열의 말대로 그녀도 그런 회사는 없을 줄 알았다. 그래서 제일 먼저 시작한 일이 사직서를 내는 거였다. 어디에 있는 줄도 모르는 기철을 3일 안에 찾으려면 몸이 자유로워야 했기에 기꺼이 행동으로 옮겼다. 그런데 그녀 앞에 서 있는 박민수 이사는 기꺼이 기회를 주고 있었다. 아마도 이런 성품을 가진 사람이라 직원들이 모두 그를 좋아하나 보다.

"이런, 눈물은 사양입니다."

"아, 죄송해요. 저도 모르게 그만……. 감사합니다, 이사님. 기회가 된다면 저도 이곳에서 꼭 다시 일하고 싶습니다."

"그래요. 꼭 다시 돌아오세요."

민수가 그녀를 향해 손을 내밀었다. 인경은 기꺼이 그 손을 맞잡았다. 이런 멋진 남자가 있는 곳으로 꼭 다시 돌아오기를 소망하며.

"알아보란 건 어떻게 됐어?"

주열이 결재 서류에 사인을 휘갈기며 서진을 향해 물었다.

"구린 냄새로 밥 벌어 먹고산다는 것 외엔 아직 이렇다 할 성과가 없어. 사람을 더 풀었으니 곧 새로운 소식이 들어올 거야."

"소재 파악조차 안 될 정도로 그자의 능력이 대단한가 보군."

주열이 펜을 던지듯이 내려놓고서 의자 등받이에 몸을 기대고 앉았다. 벌어지는 상황들이 마음에 들지 않았다.

"아버지 쪽은 어때?"

"조용해."

"후훗, 아들의 약점이 세상에 드러날까 봐 몸을 사리고 있는 거겠지. 아니면 당신이 한 짓이 부끄러워서 숨었는지도 모르겠군."

"그런 식으로 말하지 마. 회장님으로선 최선의 선택을 한 거야."

"뭐가 최선인데. 그런 자들이 던진 미끼를 덥석 물었다는 것 자체가 날 더 비참하게 한다는 걸 왜 몰라!"

주열은 애써 담아두고 있던 화를 끝내 쏟아내고 말았다. 그자가 뭘 가지고 협박을 했는지는 모르겠지만 거래가 성립되었다는 것은 곧 그것을 사실로 인정했다는 것을 의미했다. 그러니 이제 그자가 이보다 더한 짓을 한다고 해도 속수무책으로 당할 수밖에 없었다. 그게 싫다면 그것이 무엇인지 세상을 향해 스스로 밝혀야 할 처지였다.

Rrrrr. Rrrrr.

책상 위에 올려놓은 주열의 휴대전화가 울렸다. 거친 손길로 휴대전화를 집어 든 그의 눈이 무섭게 번뜩이더니 던지듯이 전화기를 내려놓았다. 서진은 화가 난 그의 모습에서 전화 건 상대가 민수란 걸 알았다.

"내가 받을까?"

끈질기게 전화벨이 울어대자 서진이 물었다.

"됐어. 받아봤자 속만 시끄러워."

"그렇긴 하지. 아 참, 주열아."

"말해."

"하인경 씨에게 사람을 붙였으면 하는데 네 생각은 어때?"

"그럴 필요 없어. 그자를 못 찾으면 제 발로 올 여자니까."

"그걸 네가 어떻게 알아. 그녀가 송기철을 찾을까도 의문이지만 설령 찾는다고 해도 그자가 순순히 인정하고 따라올까?"

그래, 그럴지도 모른다. 하지만 누군가에게 감시를 당하고 있다는 것만큼 기분을 더럽게 하는 것도 없었다.

"3일이야. 그 시간이 지나면 어떤 식으로든 해결이 나겠지. 그녀를 믿어보자고. 그만 나가봐."

"하아. 그래, 알았다."

서진은 답답한 가슴을 뒤로하고 사무실을 나왔다. 그는 하인경,

그 여자의 말을 믿겠지만 서진은 믿을 수가 없었다. 사람은 둘째 치더라도 돈이 세상을 미치게 하는지라 믿고 싶어도 믿을 수 없는 게 현실이었다.

"넌 반드시 후회하게 될 거야."

그가 한 말의 의미가 이거였을까. 기철이 했던 마지막 말이 시도 때도 없이 그녀를 괴롭혔다. 그럴 때마다 그녀의 입에선 비명소리가 터져 나왔다.

"아악! 받아. 받으란 말이야, 이 빌어먹을 자식아!"

인경은 시뻘게진 눈으로 휴대전화를 노려보며 고함을 질렀다. 3일이란 시간 동안 수십 통, 아니, 수백 통의 전화를 걸었다. 그러나 매번 고객 운운하는 낯선 여자의 목소리만 들어야 했다. 그건 지금도 마찬가지라 이젠 지겹다 못해 악밖에 남아 있지 않았다.

"하아! 나쁜 새끼. 더럽고 추잡한 새끼. 내 죽어서도 너 용서 안 할 거야. 두고 봐!"

한 자 한 자 토해낼 때마다 눈동자가 뜨거워졌다. 인경은 모질게 입술을 깨물며 두 눈을 부릅떴다. 울지 않을 것이다. 아니, 울 수가 없었다. 단 한 방울의 눈물도 쓰레기 같은 인간 따위에겐 줄 수가 없었다. 음흉한 세 치 혀에 놀아난 것만으로도 충분히 고통스러웠다.

단호하게 눈물을 뿌리친 인경은 벌떡 일어나 욕실로 향했다. 파렴치한 인간들을 생각하면 곧장 경찰서로 가야 했다. 하지만 누가 그녀의 말을 믿어주겠는가. 다 부질없는 짓이었다. 부서지고 깨지는 한이 있더라도 이 일은 그녀가 해결해야 했다.

Rrrrr Rrrrr.

욕실로 들어가려는 그녀의 등 뒤로 휴대전화가 울렸다. 몸을 흠칫거린 인경은 제발 기다리던 사람이길 바라며 후다닥 뛰어가 휴대전화를 집어 들고 통화버튼을 눌렀다.

"여보세요?"

[아직도 목소리가 안 좋네. 많이 아파?]

미란의 목소리가 수화기 너머에서 들려오자 인경은 그만 맥이 탁 풀려 버려 소파에 털썩 주저앉고 말았다. 사직서를 낸 것을 아직은 그녀에게 알리고 싶지가 않아서 아프다는 핑계를 댔더니 걱정이 되어 전화를 한 것이다.

"아직도 좀 그러네."

[에휴, 이번 감기 독하다는데 걱정이다. 밥은 잘 챙겨 먹고 있지?]

"걱정 마. 잘 먹고 있으니까."

인경은 밥은커녕 물 한 모금도 목구멍으로 넘기기가 힘들었지만 그녀가 걱정할까 봐 일부러 목소리를 높여 대답했다.

[그래. 귀찮다고 끼니 거르지 말고 챙겨 먹어. 잘 먹어야 빨리 낫지.]

"응. 회사엔 별일 없지?"

[그딴 걸 왜 물어. 쓸데없는 잡생각들 하지 말고 쉴 때는 그냥 푹 쉬어. 너무 아파서 못 견디겠거든 전화하고. 24시간 풀로 대기하고 있을 테니까. 또 미련 곰탱이처럼 참지 말고.]

"고마워."

[고맙긴 무슨. 얼른 낫기나 하셔. 혼자 밥 먹으려니까 입맛도 없어.]

"어."

[그렇다고 무리하진 말고. 기다리다 지치면 내가 가서 보면 되니까.]

미란의 말에 인경은 가슴이 울컥해졌다. 오늘이 지나면 그녀에게 내일은 없었다. 어쩌면 미란과의 통화도 이것이 마지막일지도 모른다. 마지막. 참 서글프면서도 잔인한 말이었다. 끝을 알 수 없는 블랙홀이랄까. 유일하게 속마음을 털어놓을 수 있는 친구였지만 이번만은 그마저도 허락되지 않았다. 인경은 슬픔으로 목이 메어오자 일부러 기침을 하기 시작했다.

"콜록, 콜록. 저기, 미란아. 나중에 다시 통화하자."

[어, 그래 알았어. 약 먹고 푹 쉬어.]

"고마워. 그리고 미안해."

인경은 어느새 흘러내린 눈물을 손등으로 훔치며 혼자만의 이별의 말을 나지막이 중얼거렸다. 시간이 지나서 그녀가 모든 것을 알게 되면 서운함과 배신감으로 치를 떨겠지만 지금으로선 이 방법밖에는 없었다.

[쓸데없는 소리 그만하고 건강이나 잘 챙겨. 끊는다.]

"미안해, 미란아. 정말 미안해. 미안해. 흑흑흑."

인경은 끊어져 버린 휴대전화를 가슴에 꼭 끌어안고 끝내 목 놓아 울고 말았다.

오후로 들어서자 뜨거운 공기를 매달고 있던 하늘에서 비를 뿌리기 시작했다. 세상의 더러운 오물을 씻어내려는 듯이 소리도 요란했다. 모처럼의 휴식이라 소파에 드러누워 느긋하게 그 기분을 즐기고 있던 주열은 천천히 몸을 일으켜 창가로 가 섰다. 시원스럽게 내리는 빗줄기가 푸른 잎들을 흔들어대고 있었다. 내리는 비에 찌든 때를 씻어내고 새 옷으로 갈아입어선지 흔들리는 잎들이 더욱 싱그럽고 파릇파릇했다.

"내 머릿속도 깨끗해지려나."

주열은 문득 밖으로 뛰쳐나가고픈 충동이 일었다. 저 비를 맞고 나면 새벽에 꾼 악몽 따윈 머릿속에서 깨끗이 지워질 것만 같았다. 그러다 이내 피식 웃고 말았다. 그게 가능한 일이었다면 그런 꿈 따윈 애초부터 꾸지 않았을 거란 생각이 들었던 것이다.

"왜 그렇게 실실 쪼개? 뭐 재밌는 일이라도 있어?"

서진이 헤실헤실 웃고 있는 주열에게 커피 잔을 내밀며 물었다.

"아니야, 아무것도. 그자는 아직도 못 찾은 거야?"

"파파라치들이 그렇듯 신분 노출이 없어. 송기철은 더 철저하게 자기 관리를 한 모양이야. 기사를 제공받는 쪽에서도 이름만 알 뿐 얼굴은 본 적이 없다더군. 그리고 제공된 기사는 거의 100프로 신뢰다. 철저한 조사하에 거래가 이루어진다는 거지."

"그럼 얼굴을 알고 있는 사람은 하인경뿐이라는 건가."

"뭐 그런 셈이지. 근데 말이야. 그것도 좀 뭔가 석연치가 않아."

창밖을 바라보고 있던 주열은 공기만큼이나 무거운 목소리에 시선을 돌려 서진을 바라보았다. 깊은 생각에 빠져 있기라도 한 듯 그의 미간에 깊은 주름이 잡혀 있었다.

"뭐 이상한 점이라도 있어?"

"생각해 봐. 그는 철저하게 베일에 가려진 사람이야. 근데 왜 자신의 얼굴을 알고 있는 사람을 이곳으로 보냈을까? 더구나 하인경 씨는 아무것도 모른다고 했어. 그게 더 이상하지 않아?"

듣고 보니 그랬다. 그의 대해서 알고 있다면 굳이 그녀를 이곳으로 보내지 않고도 얼마든지 돈을 챙길 수 있었다. 그런데 왜 위험을 무릅쓰고 그녀를 이곳으로 보냈을까. 왜. 주열이 혼자서 의문을 제기하고 있는 사이에도 서진의 말은 계속되고 있었다.

"그래서 생각해 봤는데 혹시 사실 확인이 필요했던 게 아닐까? 심증은 있으나 물증이 없다면 아무 소용도 없을 테니까."

아니, 그건 아니었다. 진정한 도박꾼은 섣불리 배팅을 하지 않는 법. 철저한 조사하에 움직인다면 이미 결론은 난 것이다.

"아니야, 그건 말이 안 돼. 증거를 위해 1년씩이나 자신의 여자를 다른 남자한테 보낼 미친 자식은 없어."

"그렇지도 않아. 넌 언제나 여자들을 손끝 하나 건드리지 않고 그냥 돌려보냈어. 그걸 송기철이 모를 리가 없어. 이번에도 그렇게 할 거라 예상했겠지."

"하지만 하인경은 금액 자체가 달라. 다른 여자들과는 하늘과 땅 차이라고. 누가 봐도 내가 그 미끼란 걸 아는데 아무런 대책 없이 그냥 돌려보낼 리가 없잖아."

"그래 봤자 며칠일 거라고 생각하면 못할 것도 없어. 거기다 하인경 씨가 공범이라면 더 가능해. 그리고 애석하게도 하인경 씨는 지금 여기에 없다."

그렇다. 그녀는 여기에 없었다. 하지만 비참해하던 그녀의 얼굴이 거짓일 리가 없었다.

"오늘이지? 그녀가 돌아오기로 한 날짜가."

주열은 자신의 믿음에 확신을 갖고 싶은 심정으로 나지막이 중얼거렸다.

"그래. 온다는 가정하에 말이지만."

"올 거야. 꼭 올 거다."

"나도 그렇게 믿고 싶다."

그래야 네가 상처받지 않을 테니까. 라는 말을 서진은 차마 덧붙일 수가 없었다. 대신 제발 그의 믿음이 헛되지 않게 해달라고 쏟아지는 빗물에 대고 빌고 또 빌었다.

무언가가 가슴을 짓누르자 기철이 흠칫 놀라며 눈을 번쩍 떴다. 그러나 시간이 정지된 듯 의식이 몽롱한 게 아무것도 눈에 들어오지 않았다. 여기가 어딘지, 무엇을 해야 하는지도 알지 못한 채 그저 눈만 깜박거렸다. 그렇게 몇 초간의 시간이 흐르고 난 뒤 주위가 어둡다는 것을 시작으로 서서히 의식이 깨어나기 시작했다.

기철은 옆으로 살짝 고개를 돌렸다. 사람의 온기가 느껴지지 않는 것으로 보아 침실엔 아무도 없는 듯했다. 그러는 사이 혼미하던 정신이 온전히 돌아왔다. 이제야 누워 있는 곳이 어딘지 생각난 그는 천천히 숨을 고르기 시작했다. 그러기를 몇 분. 기철은 부스스 몸을 일으켜 앉았다. 물건들의 형태가 흐릿하게 보이는 것으로 보아 해가 신 시 오래인 듯했다.

"몇 시나 된 거야."

기철은 협탁 위에 올려놓은 휴대전화를 집어 들어 시간을 확인했다. 오후 9시 27분. 동틀 무렵쯤 잠자리에 들었으니 거의 하루를 잔 것이다. 요 며칠 잠을 못 자긴 했지만 이토록 오래 잠을 자 보긴 처음이라 믿어지지가 않았다. 그런데도 이상하게 몸은 개운치가 않았다.

"어! 일어났네."

방문을 열고 들어서던 무희는 우두커니 앉아 있는 그를 발견하곤 전기 스위치를 올렸다. 기철은 갑자기 쏟아지는 환한 불빛에 눈이 부시자 얼굴을 찡그렸다.

"잘 잤어?"

무희가 침대에 걸터앉으며 물었다.

"모르겠다. 오래 자긴 했는데 몸이 안 좋네. 머리도 무겁고."

기철이 손바닥으로 마른세수를 하며 대꾸했다.

"약 때문에 그럴 거야. 내가 수면제를 좀 먹였거든."

"뭘 먹여?"

기철의 표정이 무섭게 일그러졌다. 하지만 무희는 하나도 무섭지가 않았다. 그렇게라도 하지 않았으면 그는 수면 부족으로 쓰러졌을 테니까.

"화낼 테면 내. 그래도 난 자기가 잠을 잤다는 것이 중요하니까."

"너 미쳤어!"

어이없는 반응에 기철이 고함을 질렀다. 제멋대로 하는 것도 정도가 있지, 감히 그에게 수면제라니. 죽고 싶어 환장을 한 것이 아니라면 그녀는 지금 제정신이 아니었다.

"맘대로 생각해. 난 후회하지 않으니까. 아니, 또다시 그래야만 한다면 기꺼이 실행할 거야. 그러니까 자기야말로 정신 차려. 그깟 여자 때문에 술독에 빠져 허우적대지 말고."

"너 완전 돌았구나."

"자기가 그렇다고 하면 그런 거겠지. 배고프다, 밥 먹자."

농담을 하듯이 그의 말을 대수롭지 않게 받아치며 그녀가 자리에서 일어났다. 이런 게 바로 멍 때린다는 뜻일까? 심각한 상황임에도 불구하고 그녀의 말이 하도 어처구니가 없어 기철은 그저 눈을 부라리며 노려보고만 있었다.

"안 일어나? 여기로 가져다줘?"

"꺼져."

기철이 끓어오르는 분노를 씹어 삼키며 잇새로 가까스로 한마디 내뱉었다. 이 이상 그녀와 말을 섞게 된다면 그가 어떤 행동을 하게 될지 몰랐다.

"그러지 말고 한술 떠. 자기 속 아플까 봐 죽 끓여놨단 말이야."

그녀의 한마디 한마디는 가까스로 억누르고 있는 불길에 윤활유가 되어 그의 인내심이 바닥나기에 이르렀다.

"꺼지란 말 안 들려!"

"기철 씨."

"나가! 내 눈앞에서 당장 꺼지란 말이야!"

솟아오른 불길이 끝내 이성을 마비시켰다. 기철은 손에 잡히는 물건을 그대로 집어 던졌다.

와장창!

사이드 테이블에 있던 스탠드가 박살이 났다. 무희는 무심히 고개를 돌려 애초에 어떤 물건이었는지조차 가늠하기 힘들 정도로 부서져 있는 잔해를 물끄러미 바라보았다. 그다지 비싼 것은 아니었지만 클래식하면서도 고풍스러운 게 단아한 멋이 풍기는 귀한

제품이라 그녀가 나름 아끼는 거였다.

기철이 그러한 사정을 알 리는 없겠지만 그녀를 향한 분노치곤 애교 수준이라 무희는 그저 어깨를 으쓱거렸다. 그보다 더한 일을 했다 하더라도 그녀는 무시했을 테니까.

"배고프면 불러."

죽일 듯한 시선이 문으로 향하는 그녀의 등으로 꽂혔다. 사람이 악에 받치면 무슨 짓을 할지 모르는데 태연스럽게 걸어가는 모습이 너무나 당당해 속이 끓다 못해 아주 뒤집어졌다.

"저년을 그냥!"

기철은 분한 마음에 몸이 파르르 떨리자 주먹을 불끈 움켜쥐었다.

인경은 거대한 산을 뚫어져라 바라보았다. 여긴 이제부터 그녀가 넘어야 할 산이었다. 이 산에 발을 들여놓으면 어떤 일이 벌어질지 모른다. 그러나 도망가고 싶지 않았다. 달아나고 싶지 않았다. 스스로 선택한 길은 아니었지만 약속은 그녀가 했다. 그런 만큼 그녀의 몫은 다할 것이다. 어떤 고통이 따르더라도 이겨낼 것이다. 어떠한 슬픔이 따르더라도 울지 않을 것이다. 기꺼이 모든 것을 참아낼 것이다. 그러기 위해서 여기 왔으니까. 지옥인 줄 알면서도 이렇게 서 있으니까.

저 문을 열고 들어가면 이제 하인경은 없다. 과감히 자신을 버리고 갈 것이다. 그래야만 살아남을 수 있었다. 그렇지 않으면 이 악몽 같은 현실을 견디지 못할 테니까.

"하인경, 잘 있어라. 내가 돌아올 때까지 건강해야 해! 아자!"

인경은 하늘을 우러러보며 목소리에 힘을 실었다. 얼굴 위로 빗줄기가 쏟아져 내렸지만 개의치 않았다. 오히려 들고 있던 우산을 바닥에 떨어뜨리고 온몸으로 비를 맞으며 중얼거렸다.

"참, 징그럽게도 쏟아진다. 그렇게 슬프냐? 아니면 내가 울까 봐 네가 대신 울어주는 거야? 그러지 마라. 그러다 홍수 날까 겁난다."

한참을 그렇게 서 있던 인경은 바닥에 뒹굴고 있는 우산을 집어 들었다. 그리고 그녀의 모든 것이 담겨 있는 가방을 힘주어 잡았다. 이제 그만 들어가야 할 시간이었다. 인경은 다시 한 번 어둠에 휩싸인 거대한 산을 올려다본 후 빠르게 다가가 초인종을 눌렀다.

딩동!

초인종 소리에 주열의 심장이 쿵쾅거리는 소리를 내며 세차게 뛰기 시작했다. 그리고 어느새 눈동자는 시계를 보고 있었다. 오후 10시 50분. 이 시간에 초인종을 누를 사람은 단 한 사람밖에 없었다.

"왔구나."

짧지만 결코 가볍지 않은 한마디가 주열의 입에서 튀어나왔다. 자리에서 일어난 서진은 주열의 어깨를 살짝 잡았다 놓으며 걸음을 옮겼다. 애써 태연한 척하고 있었지만 그만큼 더 초조했을 것이다. 그걸 모르지 않았기에 서진은 안도하고 있었다. 강압이 아닌 제 발로 돌아왔기에.

"휴우."

서진의 모습이 보이지 않자 주열은 숨을 크게 몰아 내쉬며 안도했다. 꼭 돌아올 거라고 큰소리는 쳤지만 시간이 흐를수록 자신이 없었다. 오히려 서진의 말이 맞을지도 모른다고 생각하기에 이르렀다. 지옥으로 끌고 갈 저승사자와의 약속을 누가 지키고 싶겠는가. 바보 천치에 등신이라며 믿을 걸 믿어야지 하고 온갖 말로 비웃으며 도망쳤을 것이다.

그런데 그녀가 돌아왔다. 송기철을 찾았을 거란 생각은 들지 않았다. 만일 그랬다면 좀 더 일찍 왔을 테니까. 오직 그녀 스스로가 약속을 지키기 위해서 용감하게 제 발로 온 것이다. 주열은 그 사실이 마음에 들었다.

"안녕하세요."

등 뒤로 기다리던 목소리가 들려왔다. 주열은 크게 심호흡을 한 다음 자리에서 일어나 몸을 틀었다. 그리고 쑥스러운 듯 옅은 미소를 짓고 있는 그녀와 마주했다. 순간, 주열의 가슴으로 더운 바람이 휘몰아쳤다. 도대체 저 꼴이 뭐란 말인가. 그를 상대로 시위라도 하는 것일까? 아니면 동정심 유발? 흠뻑 젖은 채로 생명줄인 양 작은 가방 하나를 손에 꽉 쥐고 있는 모습이 처량하기 그지없었다. 만일, 후자를 노린 거라면 이 여자는 성공한 것이다. 당장 쫓아내고 싶은 기분이 드니 말이다.

"빈손인가?"

주열은 부글거리는 속마음을 애써 숨기며 퉁명스럽게 물었다.

"네. 홀가분하게 오라고 하셔서요. 근데 너무 가볍나요?"

인경이 생긋이 웃으며 장난스럽게 대꾸했다. 그가 한 말의 의미가 무엇인지 모르지 않았다. 그러나 기철에 대한 어떠한 이야기도 해줄 말이 없었다.

"그다지 똑똑한 여자가 아니란 건 알았지만 생각보다 심하군."

"어머, 그러는 분은 정말 똑똑하시구나. 난 여기 와서야 내가 바보란 거 알았는데. 뭐 그래도 이젠 어쩔 수 없잖아요. 이렇게 살다 죽어야지. 안 그래요?"

주열이 차가운 눈빛으로 그녀를 바라보았다. 벌써 두 번째 송기철에 대한 언급을 피했다. 마치 작정이나 한 것처럼 그 수법이 교묘했다. 도대체 저 머릿속에 무슨 생각을 담고 있는 걸까. 그가 한 말의 의미를 모르지 않을 텐데 말끝마다 생글생글거리는 게 영 기분 나빴다.

"하기야 때론 바보가 된 채로 사는 게 편하기도 하겠지. 이것저것 생각하지 않아도 되니까. 지금의 당신처럼 말이야."

그녀의 눈동자가 번쩍했다. 그리고 입꼬리에 매달려 있던 미소가 사라졌다. 순식간에 그녀의 표정이 바뀐 것이다. 그리고 눈 깜짝할 사이에 무엇인가가 주열을 후려쳤다. 툭! 그녀가 들고 있던 가방이 주열의 발치에 떨어졌다. 간담이 서늘한 소리가 인경은 물론 서진까지 발목을 붙잡았다. 그러나 정작 맞은 당사자인 주열은 아무 일도 없었다는 듯이 몸을 숙였다.

"헉!"

인경은 주열이 태연스럽게 가방을 집어 들자 저도 모르게 날카롭게 숨을 들이켰다. 숨을 죽인 채 처벌이 내려지기만을 기다리고 있던 그녀로서는 너무 뜻밖의 행동이라 놀라지 않을 수가 없었다.

"황 실장."

"네, 사장님."

서진의 짧은 대답에 또다시 인경은 숨을 참아야 했다. 잊고 있었다. 그에게 팔린 노예라는 것을. 그리고 생각났다. 이제부터 그가 그녀의 주인이란 것을. 순간 두려움이 봇물 터지듯이 그녀를 휩쓸었다. 또 어떤 기함할 일이 그녀를 기다리고 있을지 벌써부터 겁이 났다.

"방으로 데려가."

주열이 가방을 내밀자 서진이 성큼 다가가 가방을 건네받았다.

"가요, 하인경 씨."

서진이 불안에 떨고 있는 그녀의 팔을 슬쩍 잡아당겼다. 인경은 머뭇머뭇거리다 마지못해 걸음을 옮겼다. 꼭 죽음터로 끌려가는 송장마냥 그녀의 얼굴에 핏기라곤 찾아볼 수가 없었다. 그녀의 뒷모습을 눈으로 좇으며 주열은 한숨 소리와 함께 고개를 가로저었다.

그깟 가방 하나 던져 놓고 새파랗게 질린 꼴이라니. 첫인상은 악바리더니 지금은 겁쟁이가 따로 없었다. 상황이야 어찌 되었던지 간에 좀 더 당당했으면 했다. 그런데 돈에 팔린 신세란 것이 그녀의 자존심마저 짓밟아 버렸는지 도도하던 모습은 그 어디에서도 찾아볼 수 없었다. 주열은 그게 안타까웠다.

그녀가 안으로 들어간 지 10분이 지나자 강우는 휴대전화를 집어 들고서 1번 키를 꾹 눌렀다. 그러자 한 번의 신호음이 울리자마자 상대방의 목소리가 들려왔다.

[어떻게 됐어.]

"들어갔습니다."

[다시 돌아올 일 따윈 없겠지?]

"네."

강우는 짧게 대답했다. 가방을 챙겨서 들어갔으니 당분간은 돌아오지 않을 것이다. 하지만 앞으로의 일은 어떻게 될지 그도 알 수가 없었다.

[미친놈! 그럴 거면서 왜 돌려보냈대. 사람 혈압 오르게. 곧장 들어와.]

"알겠습니다."

강우는 끊어진 휴대전화를 보조석으로 휙 던졌다. 그리고 등받이에 머리를 기대고서 눈을 감았다. 투두둑. 투두둑. 차체의 지붕으로 빗물이 떨어지고 있었다. 누군가가 울부짖는 것처럼 그 소리가 참으로 처량하게 들렸다.

"사랑이란 거, 참 대단하구나. 아니, 무섭다. 무색무취에다가 만질 수도 없는 존재이면서도 이처럼 사람을 조정할 수 있다니. 정말 무서운 것이야."

강우는 온몸으로 비를 맞으며 하늘을 향해 고함을 지르던 인경의 모습이 떠오르자 마음이 착잡했다.

서진이 안내한 방으로 들어선 인경은 중압감에 명치끝이 조여들었다. 이곳은 일자무식이 보아도 한눈에 알아볼 수 있을 정도로 돈 냄새가 물씬 풍기는 고가품들로 장식된 방이었다. 왕가의 여인들이나 사용할 듯한, 아니, 정부에게나 세공될 법한 화려한 방이었다. 그러나 결코 천박하지 않았으며 오히려 기품이 느껴졌다.

인경은 문득 어떤 여인이 이곳에 묵었을까, 궁금해졌다. 가구들이 딱 여인의 취향인 걸로 봐서 남자는 결코 아니었다. 혹시 그 사람의 아내였을까? 그러고 보니 이 집에 여자가 보이지 않았다. 아니, 두 사람 외엔 어느 누구도 본 적이 없었다. 처음 온 날도 그랬지만 오늘도 마찬가지로 두 사람뿐이었다. 너무 늦은 시간이라 그럴 수도 있겠지만 꺼림칙한 마음만큼은 어쩔 수가 없었다.

"그만 쉬도록 해요. 비까지 맞아서 춥고 피곤할 텐데."

체념의 한숨을 삼키고 있던 인경은 서진의 말에 그저 고개를 끄덕거렸다. 안 그래도 너무 지친 상태라 서 있기도 힘들었다.

"아! 그리고 하인경 씨."

나가려다 문득 생각나는 것이 있자 서진이 다시 그녀를 바라보았다. 인경은 또 무슨 말을 하려고 그러는 걸까, 잔뜩 긴장한 채로 그의 입술이 열리길 기다렸다. 서진은 어둡게 변해가는 표정에서 그녀가 긴장하고 있다는 것을 알았다. 하지만 이 말은 꼭 해야 했다.

"고마워요."

그녀의 눈이 휘둥그레졌다. 영문을 모르니 놀랄 만도 했다. 그러나 서진의 마음은 진심이었다. 아직 그녀의 대한 의문이 풀린 것은 아니었지만 약속을 지켜준 것이 너무 감사하고 고마웠다. 만일 그녀가 약속을 지키지 않았다면 주열이 받았을 상처 못지않게 서진도 분노했을 것이다. 사실 서진은 돌다리도 두들겨 보고 건너라고 주열의 만류에도 불구하고 그녀에게 감시인을 붙여둔 상태였다. 그런 관계로 3일 동안 그녀의 행적들이 고스란히 그의 손안에 들려 있었다.

"그게 무슨 말씀이신지……."

인경이 의아한 표정으로 물었다. 하지만 서진은 그저 어깨를 으쓱거릴 뿐 더 이상의 말은 하지 않았다.

"편히 쉬어요."

서진이 문을 닫고 나가자 인경이 멍한 표정으로 문을 바라보았다. 고맙다니, 뭐가 고맙다는 것일까. 도무지 알 수 없는 말이라 쉽사리 문에서 시선을 뗄 수가 없었다. 그러다 가방이 눈에 들어오자 고개를 푹 숙이고 말았다. 벌어진 현실의 무게감이 가슴을 짓눌렀다. 어쩌자고 그런 엄청난 짓을 저질렀는지 모르겠다. 상처받지 않게 인형이 되고자 했는데, 아프지 않게 투명인간이 되고자 했는데, 단 몇 분 만에 인간으로 돌아가 있었다.

"휴우, 바보. 그놈에 욱하는 성질머리를 버리지 못하고 또다시 사고라니. 하인경, 너도 참 대책 없다. 이제 그 남자 얼굴을 어찌 볼 거냐. 1년 동안 이 방에 처박혀 있을 수도 없고. 암튼 앞길이 캄캄하다, 캄캄해."

인경은 벌써 내일이 걱정이었다. 한순간만 참았다면 부질없는 일로 머리가 지끈거리지는 않았을 텐데 지금은 너무 골치가 아파 현기증마저 느꼈다.

다음날 아침. 식탁에 앉아서 그녀가 오길 기다리고 있던 주열은 서진이 혼자 들어서자 눈썹을 치켜떴다. 왜 혼자냐는 무언의 뜻이었다. 그의 표정만으로도 뜻을 헤아릴 수 있는 게 바로 서진이었다.

"몸이 안 좋은가 봐. 나중에 먹겠대."

서진의 말이 끝남과 동시에 의자 끄는 소리가 나더니 주열이 걸음을 뗐다. 못마땅한 기색이 완연한 표정이라 서진이 얼른 그를 붙잡았다. 난데없이 붙잡힌 게 이상했던지 그가 의아한 표정으로 바라보았다.

"오늘은 그냥 두는 게 좋겠다. 적응할 시간이 필요할 거야."

"어."

그의 짧은 대답에 서진은 붙잡고 있던 손을 살며시 놓았다. 손바닥으로 서진의 어깨를 가볍게 툭툭 쳐주고서 주방을 나온 주열은 매서운 눈길로 그녀의 방문을 노려보았다. 하루다. 하루만 참을 것이다. 만일 내일 아침에도 모습을 드러내지 않는다면 강제로 끌어낼 것이다. 이미 3일이란 시간을 할애했다. 그 결과 그녀가 이곳에 있는 것이다. 적응할 시간은 그것만으로도 충분했기에 더는 봐줄 필요가 없었다.

생각도 너무 깊으면 병이 된다. 어차피 헤어날 수 없는 길이라면 깨지고 부서지는 한이 있더라도 부딪쳐야 옳았다. 도망치는 것은 비겁한 겁쟁이니까. 그걸 누구보다 잘 알고 있는 사람이 바로 그가 아닌가. 그녀가 그와 똑같은 모습으로 비쳐지는 것이 싫어서라도 모른 척 내버려 둘 수가 없었다.

"배고프면 나오겠지. 설마 종일 틀어박혀 있을라고."

노려보던 시선을 거둬들이고 방으로 향하던 주열은 문득 어떤 생각이 떠오르자 미간을 좁히며 다시 주방으로 향했다.

"이제 밥 생각이 난 거야?"

주열이 안으로 들어서자 젓가락으로 나물 반찬을 집어 들던 서진이 생긋이 웃으며 물었다.

"출근해야겠다."

"쓸데없는 소리 하지 말고 밥 먹기 싫으면 가서 자. 편히 자보는 게 소원이라며."

"편히 쉬기는 글렀어. 일이나 할래."

서진이 숟가락을 내려놓고 그를 올려다보았다. 모처럼의 휴식이라고 좋아하던 게 불과 어제였는데 출근을 한다고 나서는 걸 보

니 원인은 아마도 그녀인 듯했다

“하인경 씨 때문이라면 그냥 집에 있어. 방 밖으로 나올 것 같지도 않으니까.”

그래서 나가려는 거였지만 주열은 사실대로 말을 할 수가 없었다.

“그런 거 아니야.”

“아니면?”

“그냥 가슴이 답답해서 그래.”

주열은 호기심을 가득 담은 시선이 불편해지자 톡 쏘아붙였다. 그러자 그의 눈동자에 웃음이 서렸다.

“밖에 비 온다.”

“그래서?”

“한바탕 뛰고 와. 너 그거 좋아하잖아. 속 시원할 거다.”

서진의 말에 주열은 고개를 절레절레 흔들고 말았다. 눈치 없는 녀석이 아닌데 오늘따라 유별나게 굴고 있었다.

“됐으니까 밥이나 먹어.”

주열이 잔뜩 찡그린 얼굴로 주방을 나가자 서진의 환한 미소가 뒤를 따랐다. 그가 어떤 마음으로 그런 말을 꺼냈는지 모르지 않았다. 그러나 일부러 자리를 피해주기보다는 서로가 대면하기 껄끄럽겠지만 부딪쳐서 익숙해지길 바라는 게 더 나았다. 그들처럼 계약으로 엮인 관계는 시간보다는 서로의 대한 이해관계가 더 약이 될 테니까.

6장 예상치 못한 여자의 흔적

지겹지도 않은지 어제부터 내리기 시작한 비는 아침까지 계속 이어지고 있었다. 창틀에 기대어선 인경은 떨어지는 빗물에 흔들리는 나뭇가지를 물끄러미 바라보았다. 제대로 옷을 갖춰 입은 듯 선명한 색을 띠고 있는 그들에게선 자연의 싱그러움이 물씬 묻어났다.

완연한 봄의 기운을 받아서일까. 살아 움직이고 있다는 생동감을 그 어느 때보다 가깝게 느낄 수 있었다. 기다란 나뭇가지가 쏟아지는 빗물에 출렁거렸다. 가랑비가 내리더니 이젠 제법 굵은 빗줄기로 바뀌어 있었다. 오후쯤 그칠 줄 알았는데 아마도 종일 내릴 모양이었다.

"봄장마가 오려나."

똑똑!

혼잣말로 중얼거리고 있던 인경은 노크 소리가 들리자 몸을 긴장시켰다. 일요일이라 그들이 집에 있을 거란 예상은 하고 있었지만 그녀의 방문을 두드릴 줄은 몰랐던 것이다.

똑똑!

그녀에게서 반응이 없자 이내 노크 소리가 다시 들렸다. 인경은 입술을 지그시 깨물며 무거운 걸음으로 문으로 향했다. 방문 앞에서 있는 사람이 누군지는 모르겠지만 그대로 돌아가지는 않을 듯 싶었다. 인경은 제발 주열이 아니기를 바라며 숨을 크게 내쉬고 난 후 천천히 문을 열었다. 조금씩 열리는 문 사이로 쟁반을 든 서진의 모습이 눈에 들어왔다. 천만다행으로 주열은 아니었다.

"잠깐 들어가도 될까요?"

그녀가 말없이 옆으로 비켜서자 서진이 빙그레 웃으며 안으로 들어갔다. 그가 지나가자 인경의 코끝으로 향긋한 커피 향이 스며들었다. 마음이 어지러운 탓에 배가 고픈 줄도 몰랐는데 커피 향을 맡고 나니 금세 허기가 느껴졌다.

"배고프죠?"

"이제 막 느껴지네요."

"그랬군요. 샌드위치를 좀 만들어왔는데 입맛에 맞을지 모르겠네요."

살짝 구운 빵으로 만들어진 샌드위치는 입안에 군침이 돌 만큼 맛있게 보였다. 인경은 슬그머니 의자에 앉았다. 한번 느낀 허기는 레이스 경주처럼 급속도로 내달리고 있었다.

"맛있어 보이네요."

"어서 드세요."

"네. 잘 먹겠습니다."

인경은 샌드위치를 집어 들고 한입 크게 베어 물고서 입을 오물거렸다. 씹을수록 상큼함과 고소한 맛이 함께 어우러진 것이 모양만큼이나 맛 또한 좋았다.

"음…… 오이 피클도 넣었나 봐요. 아삭거리며 씹히는 게 입안이 다 상큼하네요."

"입에 맞다니 다행입니다. 커피 마시면서 천천히 드세요."

서진이 커피 잔을 앞에 놓아주자 그녀가 샌드위치를 베어 물며 살짝 고개를 숙였다. 배가 많이 고팠는지 샌드위치 하나가 금세 입안으로 사라지고 없었다.

"같이 좀 드세요. 저만 먹으려니 죄송하네요."

오빠가 여동생을 챙기듯 서진의 세심한 배려에 인경은 미안함과 고마움을 동시에 느끼며 입가에 묻어 있을 소스를 슬그머니 손가락으로 훔치며 말했다. 그런 그녀의 마음을 눈치라도 챈 듯이 서진이 빙그레 웃으며 커피 잔을 들어 보였다.

"전 이거면 되니까 신경 쓰지 말고 천천히 드세요. 체하면 고생합니다."

말 한마디 한마디가 사람의 마음을 포근하게 감싸는 게 주열과 다르게 그는 참 따듯한 사람이었다.

"네. 근데 정말 맛있네요."

인경이 샌드위치를 집어 들며 생긋이 웃었다. 입술 라인이 보기 좋게 치켜 올라가는 아주 예쁜 미소였다. 서진은 문득 이 일에 대해서 아무것도 모른다며 비참하게 일그러지던 그녀의 모습이 떠올랐다. 당시엔 연극일지도 모른다고 생각했는데 지금은 어쩌면 그녀의 말이 사실일지도 모른다는 기분이 들었다. 서진은 제발 그녀의 말이 사실이길 바라지만 속단은 금물이기에 좀 더 지켜보기로 했다.

"저기…… 물어볼 게 있는데요."

두 번째 샌드위치까지 말끔히 먹어치운 인경이 조심스럽게 말을 꺼냈다. 다른 건 다 제쳐 두고라도 돌덩어리처럼 가슴 정중앙에 자리 잡고 앉아 숨통을 조이고 있는 일만은 사실 확인이 필요했다.

"뭔데요?"

"정말 제 몸값이…… 10억인가요?"

스스로가 묻고 있으면서도 도저히 믿어지지가 않는 말이라 인경은 목소리를 쥐어짜야 했다.

"애석하게도 사실입니다."

진실의 칼날은 이런 건가 싶을 정도로 그의 대답은 순간의 망설임도 없었다. 인경은 우려하던 일이 사실로 드러나자 망연자실하고 말았다. 그것만은 사실이 아니길 바라고 또 바랐건만 무심하게도 하늘은 그녀의 애원을 저버린 것이다.

"방에만 있지 말고 나와요. 서로가 빨리 익숙해지는 게 더 나을 테니까."

서진은 침울해지는 그녀를 바라보면서 자리에서 일어났다. 몇 가지 물어볼 게 있어서 들어왔는데 오늘은 그만두는 것이 좋을 듯했다.

"잠깐만요!"

인경은 서진이 쟁반을 들고 돌아서자 황급히 불러 세웠다. 하지만 막상 그가 바라보자 선뜻 말을 꺼내지 못하고 애꿎은 손가락만 만지작거려야 했다.

"뭐 필요한 거라도 있어요?"

"아니, 그게 아니라…… 그러니까…… 그게."

말을 꺼내기가 쉽지 않은 듯 그녀는 좀처럼 말을 잇지 못하고 있었다. 서진은 쟁반을 테이블에 내려놓고서 다시 자리에 앉았다.

"하고 싶은 말 있으면 편히 해요. 부담 갖지 말고."

"저기 그게…… 있잖아요?"

"네."

"그러니까 그게…… 여기서 제…… 제가 할 여, 역할이 뭔가 싶어서요."

무슨 말을 하려는 것일까. 귀를 쫑긋 세우고 듣고 있던 서진은 뜻밖의 물음에 잠시 당황했지만 이내 정신을 수습하며 자리에서 일어났다. 그녀가 어떤 역할을 해줄지는 오히려 그가 더 궁금했다.

"그런 거라면 대답해 줄 말이 없군요. 직접 알아보라는 말밖에는."

서진은 그대로 쟁반을 들고 방을 나갔다.

"아 씨. 미치겠네, 진짜."

인경은 양팔로 뒤통수를 감싸고서 테이블에 머리를 쿵 박았다. 이때다 싶었는지 생각하기도 싫은 장면이 빠르게 뇌를 잠식하며 그녀를 고통의 늪에 빠져들게 했다.

"정말 모를 여자네."

서진은 방금 나온 문을 흘끗 바라보며 고개를 갸웃거렸다. 굳이 누가 알려주지 않아도 그녀가 이곳으로 온 이유는 딱 하나였다. 그러니 역할 또한 정해져 있는 것이다. 단, 주열이 원할 경우였지만. 한데도 아무것도 모른다는 듯 순진한 표정을 하고서 묻고 있었다. 서진은 아무리 생각해 봐도 그녀의 의도가 무엇인지 알 수가 없었다.

"정말 뭐가 잘못되기라도 한 건가."

서진은 복잡하게 엉켜드는 생각들로 미간이 절로 찡그려졌다. 그때, 주머니 속에 넣어둔 휴대전화가 징, 하고 몸을 흔들어댔다. 무심코 휴대전화를 꺼내 들었던 그는 저도 모르게 흠칫 몸을 떨었다. 이어 쿵쾅쿵쾅! 심장이 발작이라도 일으켰는지 제멋대로 날뛰기 시작했다. 무슨 일이라도 있는 걸까. 연락은커녕 우연히 마주친다고 해도 눈길조차 안 줄 사람이 그를 찾고 있었다. 서진은 불안감이 엄습해 오자 황급히 통화버튼을 눌렀다.

"여보세요?"

[전화…… 받는구나. 무시할 줄 알았더니.]

세차게 뛰던 심장이 일순간 멈추는가 싶더니 번지점프를 하듯 아래로 쿵 떨어졌다. 서진은 파도가 휘몰아치듯 밀려오는 아픔에 지그시 눈을 감았다. 그녀가 어떤 의미로 한 말인 줄 너무나 잘 알기에.

[잘…… 지냈어?]

그가 대답을 하지 않자 그녀의 목소리가 다시 들렸다. 서진은 감았던 눈을 천천히 뜨고서 가까스로 입을 열었다.

"응. 너도…… 잘 지내지?"

'빌어먹을!'

말을 내뱉은 순간 서진은 어리석은 자신을 탓하며 입술을 지그시 깨물었다. 그녀가 결코 잘 지냈을 리가 없다는 것을 알면서도 바보같이 그렇게 묻고 만 것이다.

[후훗, 너답다.]

"미안해."

[괜찮아. 너 무신경한 거 아니까. 주열 씨는 어때?]

"잘 지내고 있어."

[다행이네. 다들 잘 지낸다니.]

그녀의 목소리가 먼 곳에서 들려오는 듯 나지막하게 전해져 왔다. 순간 그녀의 목소리에서 묻어나는 뭔지 모를 불안감이 그를 에워쌌다. 정말 무슨 일이라도 있는 걸까. 그게 아니라면 그녀가 그에게 전화할 이유가 없었다.

"재희야, 무슨 일 있어?"

[왜 그렇게 생각해?]

"너랑 통화하고 있으니까."

[후훗, 그런가.]

"재희야."

[나 멀쩡해. 그걸 묻는 거라면.]

그녀의 목소리는 한참이나 지나서야 들려왔다. 숨을 참고 있던 서진은 그제야 입술 사이로 숨을 밀어냈다. 빈말이라도 거짓말을 하지 않는 그녀였으니 최소한 신변에는 이상이 없는 것이다.

"건강하다니 마음이 놓인다."

[그게 다야?]

그게 다가 아니었지만 서진은 대답하지 않았다. 아니, 말할 자격이 없었다. 3년 전, 그들은 결혼을 며칠 앞둔 사이였다. 하지만 서진은 일방적으로 그 결혼을 파기했다. 그로서는 그럴 수밖에 없었지만 그녀는 이유도 모른 채 버려져야 했다. 그런데 이제 와서 무슨 자격으로 하고 싶은 말을 다 한단 말인가. 이렇게 그녀와 통화하고 있는 것만으로도 감사하고 고마울 따름인데.

[황서진.]

“어, 그래. 말해.”

옛 추억에 빠져 있던 서진은 그녀의 목소리가 다시 들려오자 얼른 대답했다.

[나, 안 괜찮아.]

“뭐?”

[나, 안 괜찮다고 이 바보 멍청아! 안 괜찮아! 괜찮을 리가 없잖아!]

울음 섞인 그녀의 고함 소리에 그의 심장이 덜컥 내려앉았다. 서진은 떨어지려는 쟁반을 가까스로 움켜잡으며 말했다.

“지금 어디야?”

[어디면? 당신이 올 수나 있어?]

“말해.”

[내가 있는 곳이 어딜 것 같아?]

와장창!

그의 손에서 가까스로 매달려 있던 쟁반이 바닥으로 곤두박질쳤다. 서진은 어금니를 꽉 깨물고서 깨어져 나뒹구는 파편들을 노려보았다. 설마 그곳에 있을 리가 없었다. 아니, 없어야 했다. 만일 그녀가 그곳에 있는 거라면 그는 정말이지 나쁜 놈이었다.

[서진아, 황서진!]

휴대전화 너머로 그녀의 목소리가 다시 들려왔다. 서진은 주먹을 꽉 움켜쥐며 말했다.

"지금 갈 테니까 거기서 꼼짝 말고 기다려."

서진은 그대로 전화를 끊어버렸다.

"무슨 일 있으세요?"

서진은 등 뒤에서 들려오는 소리에 어깨를 흠칫거렸다. 아마도 쟁반이 떨어질 때 난 요란한 소리가 그녀의 방문을 열게 한 모양이다. 서진은 황급히 주저앉아 깨어진 파편들을 쟁반에다 주워 담으며 말했다.

"아무것도 아닙니다."

"바쁜 일이 있으신 것 같은데 어서 가보세요. 제가 치울게요."

그녀가 쟁반을 향해 손을 뻗었다. 서진이 얼른 고개를 가로저었다. 유리 조각보다는 다른 부탁이 있었다. 썩 마음이 내키는 것은 아니었지만 지금으로선 그녀밖엔 없었다.

"아닙니다. 이건 제가 하죠. 대신 부탁이 있습니다."

"말씀하세요."

"지금 나가면 언제 들어올지 모르겠습니다. 제가 없으면……."

"걱정 마세요. 알아서 할게요."

인경이 그의 말을 중간에서 가로챘다. 그가 걱정하는 것이 무엇이고 또 누구를 염두에 두고 하는 말인지 알 것 같았다.

"부탁드립니다."

"네."

인경은 그가 고개까지 숙이면서 인사를 하자 멋쩍은 표정으로 대답했다. 아직은 그 남자를 보기가 껄끄러웠지만 그의 마음을 조금이라도 편하게 해주고 싶었다.

똑똑!

주열의 방문을 노크한 서진은 곧장 문을 열고 안으로 들어갔다. 침대에 기대어 앉아 책을 보고 있던 주열은 그가 들어서자 고개를 들었다.

"어디 가?"

주열이 외출 준비를 한 그를 보고 물었다.

"응. 볼일이 있어서 나가려고. 뭐 필요한 거 있어?"

"내가 애야. 신경 쓰지 말고 다녀와."

"그래. 늦을지도 모르겠다."

"내 걱정 말라니까."

주열이 침대에서 내려서며 말했다. 그가 세 살 먹은 어린아이도 아닌데 서진은 걱정이 너무 많았다.

"알았어. 다녀올게."

서진이 문을 열고 나가자 주열이 그 뒤를 따르며 말했다.

"안 들어와도 신경 안 쓴다."

"후훗."

서진은 그저 피식 웃고 말았다. 그때 그녀의 방문이 열렸다.

"지금…… 가시는 거예요?"

인경이 그의 옆에 서 있는 주열을 흘끗 바라보며 물었다.

"네."

"다녀오세요."

"그럼."

그가 살짝 고개를 숙여 보이자 인경은 알았다는 뜻으로 고개를 끄덕거렸다.

"안 가?"

"어, 그래."

주열이 퉁명스런 목소리로 말하자 서진은 서둘러 걸음을 뗐다. 곧이어 문이 닫히는 소리가 들렸고 그곳엔 주열과 인경만이 남겨졌다. 그러자 이내 어색한 침묵이 흘렀다.

"어디 가던 길 아닌가?"

어색한 침묵이 흐르던 공간에 그의 목소리가 울려 퍼졌다. 인경은 순간적으로 방에서 나온 이유를 까먹고 말았다. 그러다 문득 생각나는 것이 있자 그를 바라보며 입을 열었다.

"얘기 좀 했으면 하는데요."

"그러지."

"저기 앉아서 얘기하면 안 될까요?"

그녀가 커다란 소파를 턱짓으로 가리켰다. 주열은 아무 말 없이 그곳으로 자리를 옮겼다. 마주 앉아서 얘기하지 못할 이유가 없었다. 그녀가 마주 보고 앉자 주열이 곧장 입을 열었다.

"해봐."

짧은 대답에 인경은 마른침을 꿀꺽 삼켰다. 이유야 어찌 됐던지 간에 그녀가 이곳에 있게 된 이상 꼭 필요한 시간이었기에 무겁게 입술을 달싹였다.

"상황이 이렇게 된 이상 짚고 넘어가야 할 것 같아서 대화를 신

청했습니다."

"알았으니까 본론만 말해."

그의 대답에 인경은 마음을 다잡고 서둘러 말하기 시작했다.

"혼자서는 답을 찾지 못할 것 같아서 그러는데요. 제가 여기서 해야 할 일이 뭔가요?"

"뭘 해야 할지는 알아서 찾아야겠지."

서진과 같은 대답이 돌아왔다. 이들은 대체 그녀에게 어떤 일을 시키려는 것일까. 설마 그 짓거리를 시키려는 것은 아니겠지. 인경은 처음 이곳에 왔을 때의 장면이 떠오르자 피가 차갑게 얼어붙었다.

"무슨 뜻이죠?"

"당신에게 달렸다는 뜻이야."

"무엇에 대해서요?"

"글쎄."

주열은 대답을 회피했다. 아니, 대답할 말이 없었다. 그녀가 그를 위해서 해줄 것은 아무것도 없었기에.

"10억이라면서요."

"그래서?"

"원하는 것도 없으면서 왜 절 붙잡아두는 거죠?"

"원하는 것이 없다고는 말하지 않은 것 같은데."

그 말은 원하는 것이 있다는 소리였다. 그리면 그렇지. 그렇게 큰 거금을 주고 샀는데 원하는 것이 없다면 그 또한 미친 거였다.

"하아. 대체 당신들 뭐죠?"

"무슨 뜻이지?"

"당신들이 뭐 하는 사람들인지 알아야 제가 할 일도 알 것 같아서요."

"그게 이유라면 우리와 상관없이 당신 할 일을 찾으면 되겠군."

"그게 말이 돼요!"

말도 안 되는 억지소리에 그녀가 고함을 질렀다. 하지만 그는 눈썹 하나 깜박하지 않고 그녀를 바라볼 뿐이었다. 인경은 가슴이 터질 것처럼 답답해 오자 숨을 크게 내쉬었다. 벽 보고 얘기하는 것이 낫지 도무지 그들과는 대화가 되지 않았다. 그래서 가장 현실적인 질문을 꺼내기로 했다.

"좋아요. 그럼 다시 물을게요. 난 노예인가요?"

"아니."

한순간의 망설임도 없이 대답이 돌아왔다. 최소한 노예 취급을 하진 않을 모양이다.

"그럼 기죽어 있을 필요는 없겠군요."

하! 기가 막혀서 진짜. 주열은 당돌하게 말하는 그녀가 너무 어이가 없어 멍하니 바라보았다. 지금도 눈을 똑바로 뜨고서 제 할 말 다 하고 있으면서 저런 말을 아무렇지도 않게 할 수 있다니. 정말 심장 하나는 타고난 여자였다. 그러니 제 발로 이곳으로 들어왔겠지만.

"당신이 언제는 그랬나?"

인경은 냉정한 목소리로 묻는 그에게 대답할 말이 없었다. 그의 말대로 벙어리 냉가슴 앓듯 할 말을 안 한 것은 아니니까.

'아우, 얄미운 놈.'

인경은 슬쩍 그를 흘겨본 뒤 헛기침으로 목을 가다듬었다. 이럴 경우는 도망치는 것도 한 방법이었다.

"어쨌든! 그렇게 말해줘서 감사하네요. 만일 그렇다고 대답했다면 가만있지 않을 생각이었는데."

"아하, 그런 거였군. 이거 왠지 그 말을 들으니까 갑자기 마음을 바꾸고 싶어지는데."

"뭐라고요!"

"내 대답이 마음에 들지 않았을 때 당신이 어떻게 할 생각이었는지가 궁금해졌거든."

"말장난하지 말아요. 만일 그렇게 대답했다면 난 당장 이곳을 박차고 나갔을 테니까. 내가 제 발로 이곳에 들어온 것은 내 이름 자를 더럽히고 싶지 않았기 때문이지, 당신들이 한 짓거리들을 인정해서가 아니에요! 그러니까 성질 건들지 말아요. 여차하면 경찰서로 달려갈 테니까."

"후훗, 그럼 그러던가. 그럴 용기도 없겠지만."

"그렇게 단정 짓지 말아요. 난 얼마든지 그럴 수 있으니까."

"아니. 그럴 용기가 있었다면 당신은 지금 내 앞에 없겠지."

"그……!"

인경은 막상 입을 열었지만 대꾸할 말이 생각나지 않았다. 그의 말이 틀리지 않았기에. 하지만 순순히 인정하고 싶지는 않았다.

"하아, 그만하죠. 용건은 그게 아니니까. 본인 입으로 노예가 아니라고 하니까 하나만 물을게요. 그럼 내가 당신을 뭐라고 불러야 하나요? 강 사장님? 아니면 강주열 씨? 것도 아니면 생각해 둔 호칭이라도 있나요?"

"하인경, 이름은 부르라고 있는 거야."

뜻밖에도 대답은 쉽게 돌아왔다.

"그 말은 이름으로 불러달라는 건가요?"

재차 확인하는 그녀가 못마땅한지 그의 미간에 주름이 잡혔다. 하지만 인경은 비꼬는 말을 멈추지 않았다.

"다행이네요. 그나마 상식이란 놈이 있어서. 난 또 거금에 팔린 몸이라 주인님이라고 불러야 하는 줄 알았더니. 아! 노예는 아니라고 했으니 그건 아닌가. 좋아요. 강주열 씨라고 부르도록 하죠. 그럼 강주열 씨, 마지막으로 다시 물을게요. 혹시 내가 해줬으면 하는 것이 있나요?"

말끝마다 비꼬는 게 이 여자 은근히 사람 열 받게 하는 재주가 있었다. 주열은 싸늘한 눈초리로 그녀를 바라보며 입을 열었다.

"아무것도 하지 마."

"무슨 뜻이에요?"

인경이 황당한 표정으로 물었다.

"무언가를 하려고 하지 말란 말이야."

"당신! 살아 움직이는 마네킹이 필요해요. 그래서 그 많은 돈을 주고 여자들을 사는 거예요. 19금 딱지 붙이고서, 아니, 24금 빨간 딱지 붙여놓고서 당신이 리모컨을 누르는 대로 움직여 줄 살아 있는 마네킹. 그게 필요한 거예요?"

주열의 눈빛이 위험하게 반짝거렸다. 하지만 인경은 두렵지 않았다. 아니, 솔직히 말해서 두렵고 무서웠다. 그러나 이런 인간 같지 않은 자식 따위에게 주눅 든 모습은 보이고 싶지 않았다.

"시키면 할 텐가?"

'미친, 그걸 말이라고. 어디 시키기만 해봐. 가만있나.'

"미쳤어! 내가 그따위 짓을 하게!"

그녀가 거실이 울릴 정도로 커다랗게 소리쳤다. 그런데 웬걸. 그녀가 이내 히죽 웃고 있었다. 주열은 천천히 팔짱을 끼고서 카멜레온처럼 여러 가지 표정을 보여주는 그녀를 흥미롭게 지켜보았다.

"라고 이 대목에선 해야겠지만 그러면 너무 식상한 설정이겠죠. 그래서 말인데요, 시킬 건가요?"

주열은 역으로 치고 들어오는 그녀를 보며 피식 웃었다. 제 남자에게 버림받고 돈에 팔려온 여자치곤 너무 당돌했다. 아니, 솔직히 재미있는 여자였다. 그래서 호기심이 생긴다. 그녀가 얼마나 더 그를 즐겁게 해줄 수 있을지 기대까지 하면서.

"글쎄."

긍정도 부정도 아닌 말. 인경은 야릇한 미소를 짓고 있는 그를 뚫어지게 바라보았다. 지금 저 머릿속은 대체 어떤 계산을 하고 있을까. 물었던 것이 오히려 독이 된 것은 아닐까. 인경은 왠지 모를 불안감이 엄습해 오자 자리에서 벌떡 일어나며 말했다.

"대답이 뭐 그래요. 진짜 상대 못하겠네!"

그녀가 발을 쿵쾅거리며 주방 쪽으로 향했다. 그 모습에 주열은 피식 소리 내어 웃고 말았다. 그녀가 말끝마다 시비를 걸고 있어야을 조금 올려주기 위해서 던진 말인데 빨게진 얼굴로 도망가는 것을 보니 약발이 세내로 먹힌 모양이다.

서진은 눈으로 보고 있으면서도 도저히 믿을 수가 없었다. 하나도 변하지 않은 그녀가 이곳에 있을 거라고는 꿈에도 생각지 못했다.

"재…… 재희야."

서진은 목이 잠겨 나올 것 같지 않은 목소리를 억지로 쥐어짜서 그녀의 이름을 불렀다.

"왔네. 정말 황서진이 온 거 맞네."

그녀의 눈동자에 눈물이 맺히기 시작했다. 서진은 그 모습이 너무 아프게 다가와 목구멍이 따가웠다. 이곳은 그들의 신혼집이 될 보금자리였다. 하지만 결혼을 파기하는 대가로 그녀에게 이 집을 주었다. 그리고 어느 날인가. 그녀가 너무 보고 싶어서 이 집을 찾아온 적이 있었다. 하지만 다른 사람이 살고 있는 것을 보곤 그대로 돌아서야 했다. 그런데 이 집에서 그녀가 살고 있었다니. 서진은 또 한 번 그녀에게 상처를 준 것 같아 가슴이 찢어졌다.

"많이 야위었구나."

"당신도."

그의 말에 그녀가 나지막이 대답했다. 서진은 그 말을 끝으로 움직이면 그녀가 사라질까 봐서 문을 사이에 두고 감히 움직이지도 못하고 그렇게 한동안 서 있었다. 그건 재희도 마찬가지인 듯했다.

"들어…… 올래?"

얼마간의 시간이 지나서야 재희가 한 발 뒤로 물러나며 물었다. 서진은 대답 대신 한 걸음 앞으로 나섰다. 그러자 그녀가 또 한 걸음 뒤로 물러났다. 그가 또 한 걸음 앞으로 나갔고, 그녀가 한 걸음 또 물러났다. 그러는 사이 탁! 소리를 내며 문이 닫혔다. 그리고 어느새 그의 품 안에 그녀가 안겨 있었다.

“재희야, 서재희!”

애절한 목소리가 그녀를 부르고 있었다. 재희는 두 눈 가득 눈물을 흘리며 그를 꼭 끌어안았다. 꿈만 같다. 그가 눈앞에, 아니, 그녀를 꽉 끌어안고 있다는 것이. 다시는 느끼지 못할 줄 알았던 온기를 이렇게 온몸으로 느끼고 있다는 것이. 이게 만일 꿈이라면 차라리 이대로 잠들고 싶었다. 다시는 그가 없는 하늘 아래에서 살기 싫었다.

“서진아, 다시는…… 다시는 나 혼자 두지 마. 더는 너 없는…… 내가 싫어.”

재희는 그동안 혼자서 수도 없이 외쳤던 말을 눈물과 함께 나지막이 쏟아냈다. 그러자 숨이 막힐 정도로 그가 꽉 끌어안았다. 그도 그녀와 같은 마음이었다는 듯이.

“미안해. 미안해, 재희야. 정말, 정말 미안하다.”

서진은 계속해서 같은 말을 되풀이했다. 그 말 외에는 그가 할 수 있는 말이 없었다. 그날 그런 끔찍한 일이 벌어지지 않았다면 그들은 이곳에서 행복한 결혼 생활을 하고 있었을 테니까. 하지만 예상치 못한 비극은 벌어졌고, 그는 사랑하는 재희를 버렸다. 아니, 버려야 했다. 주열을 살리기 위해서는 그가 옆에 있어야 했으니까. 그래도 후회는 없었다. 만일, 그날의 일이 또다시 되풀이된다고 해도 그는 같은 선택을 할 것이다. 지금의 목숨은 그의 것이 아니었으므로.

오후 6시가 되자 인경은 슬그머니 방문을 열고 밖으로 나왔다. 그와 마주치기 싫었지만 서진이 부탁했던 임무를 수행하기 위해서였다.

"방에 있나."

인경은 거실이 텅 비어 있자 그의 방문을 흘끗 바라본 후, 서둘러 주방으로 갔다. 얼른 그가 먹을 밥상을 차려놓은 다음 허기진 배를 달래줄 음식을 조금 챙겨서 그나마 안전하다고 생각되는 방으로 돌아갈 생각에서였다.

"자, 이제 뭐가 있나 봅시다."

인경은 가스레인지 위에 올려져 있는 냄비 뚜껑을 열었다. 이내 얼큰하고 맛있는 냄새가 코를 자극했다. 그녀는 냄비 가까이에 코를 가져다 대고 숨을 들이켰다.

"으음, 냄새 좋다. 근데 언제 이런 걸 해놓은 거지. 황서진 씨, 진짜 대단하네."

인경은 맛깔스럽게 보이는 버섯전골을 보며 침을 꼴깍 삼켰다. 그 바람에 허기져 있던 뱃속이 더욱 요동을 쳤다.

"어허, 진정 좀 하셔. 아직은 네 차례가 아니란다."

인경은 꼬르륵거리는 배를 손으로 쓱쓱 문지르면서 가스레인지를 켰다. 그리고 밥솥에 밥이 있는지 확인하기 위해 뚜껑을 열었다. 이내 고소한 냄새와 함께 윤기가 자르르 흐르는 밥이 그녀를 유혹했다. 김이 모락모락 피어오르는 것으로 보아 이 시간에 맞춰서 타임을 설정해 놓은 듯했다.

"와아, 진짜 할 말 없다."

인경은 그에게 졌다는 듯이 고개를 절레절레 흔들었다. 남자나 여자나 너무 완벽해도 피곤한 법인데 황서진이란 사람은 그녀가 아는 사람들 중에서 가장 으뜸이었다. 알게 된 시간은 비록 얼마

되지 않았지만 주방만 보더라도 그가 어떤 성격의 소유자인지 잘 알 수 있었다.

“황서진 씨. 조금은 모난 구석도 있어야 사랑받는답니다. 후훗, 이미 사랑받고 있겠지만요.”

인경은 밥솥 뚜껑을 닫으며 나지막이 중얼거렸다. 훤칠한 키에 또렷한 이목구비까지 갖춘 그를 여자들이 가만뒀을 리가 없을 테니까.

비가 온 뒤라서 그런지 어둠이 순식간에 내려앉았다. 할 일 없이 집 주위를 돌아다니던 주열은 공기가 차가워진 것을 느끼고서야 집으로 향했다. 집 안에 그녀와 단둘이 있다고 생각하니 마음이 불편해져 무작정 집을 나왔다. 하지만 딱히 갈 곳도 없고 가고 싶은 곳도 없어 벌써 3시간째 산책로를 따라 걷고 있었던 것이다.

“자식. 벌써 왔나 보네.”

현관문을 열고 들어가던 주열은 음식 냄새가 코끝으로 스며들자 반가운 마음에 황급히 주방으로 들어가며 소리쳤다.

“언제 왔어. 왔으면 전화하지!”

“무슨?”

하지만 그를 반긴 것은 무슨 일이냐는 듯이 눈을 깜박거리고 서 있는 하인경이였다.

“여기서 뭐 하는 거지?”

인경은 환하게 웃고 있던 얼굴이 순식간에 싸늘하게 변하는 표정을 덤덤히 바라보며 입을 열었다.

“보시다시피 지시받은 임무 수행 중입니다.”

그 말은 즉 서진에게 지시를 받았다는 뜻이었다.

'녀석이 쓸데없는 짓을 했군.'

차가운 시선으로 식탁 위에 차려져 있는 음식들을 훑어보던 주열은 그대로 등을 돌렸다. 밥맛도 없었지만 괜스레 짜증이 솟구쳐서 그 자리에 있을 수가 없었다.

"빨리 와요. 밥만 뜨면 되니까."

"난 됐으니까 당신이나 먹어."

태연스럽게 말하는 그녀에게 톡 쏘아붙인 주열은 곧장 걸음을 뗐다. 제집에서 여자가 차려주는 밥상은 처음이었다. 이모조차도 그의 밥상을 차린 적이 없었다. 그런데 최초의 상대가 하필이면 그녀라니. 참 웃지 못할 일이 벌어지고 있었다.

"내가 아니라 강주열 씨, 밥상이에요. 그러니 먹든 말든 알아서 해요."

인경은 앞치마를 벗어서 의자에 걸쳤다. 먹든 안 먹든 그건 자유였다. 그녀의 임무는 밥상을 차려주는 것까지니까.

"삼십 분 후에 오죠."

인경은 우두커니 서 있는 그를 지나쳐 가며 한마디 덧붙였다. 하지만 붙잡는 손길로 인해 걸음을 멈춰야 했다.

"왜요?"

턱을 꼿꼿이 세운 인경이 그를 올려다보며 물었다.

"같이 먹어."

"됐거든요. 같이 먹자는 말만 들어도 체할 것 같은데 무슨."

인경은 그의 팔을 뿌리치고 다시 걸음을 뗐다. 배가 몹시 고프긴 했다. 하지만 그와 마주 앉아서 밥을 먹는다는 상상만으로도 목구멍에 이물질이 걸려 있는 것처럼 가슴이 답답해 빨리 벗어나고 싶었다.

"이젠 이곳도 편하긴 글렀군."

주열은 사라지는 그녀를 바라보며 나지막이 중얼거렸다. 집은 그에게 유일한 피난처였고 편히 쉴 수 있는 안식처였다. 그런데 문득 이젠 그런 자유를 느낄 수가 없을 것 같다는 생각이 들어 기분이 씁쓸했다. 전혀 예상치 않았던 그녀의 흔적들이 곳곳에 스며들고 있었던 것이다.

창가에 서 있던 그녀의 시야로 마당을 가로질러 가고 있는 그들의 모습이 보였다. 인경은 옆으로 고개를 돌려 벽에 걸려 있는 시계를 흘끗 바라보았다. 오전 7시. 그들은 꽤 이른 시간에 출근을 했다. 평상시 그녀라면 마지못해 일어나 욕실로 향할 시간이었다. 이젠 그럴 필요도 없었는데 의식은 벌써 두 시간 전에 완전히 깨어 있었다. 그 사실이 그녀를 서글프게 했다. 온전히 그녀를 중심으로 돌아가던 세상이 하루아침에 뒤바뀐 것이다.

"하아, 출근하는 모습이 이렇게 부러울 줄 누가 알았을까."

정말 그걸 알지 못했다. 직장이란 그저 먹고살기 위해서 피 터지게 싸우는 전쟁디인 줄로만 알았다. 그녀가 못하면 밟혀 죽는 세상이라 여겼으니까. 그러나 지금 생각해 보니 직장이란 단순히 먹고살기 위해서만 존재하는 것이 아니었다. '나' 라는 주체성이 살아 숨 쉬는 곳이었다. 자유롭게 자신의 꿈을 펼칠 수 있는 활력소가 되는 곳. 아침에 눈을 떴을 때 갈 곳이 있다는 것에서 오는 행복감을 인경은 지금에야 깨닫고 있었다. 그렇게 시간 가는 줄 모르고 서 있는데 마당에 사람의 그림자가 나타났다. 순간 아침에 서진이 한 말이 생각났다.

“9시쯤 집안일을 관리해 주시는 조 여사님이 오실 겁니다. 그러니 달리 하실 일은 없습니다. 그냥 편안하게 쉬고 계시면 됩니다.”

오늘 아침 서진이 방문했을 때 그녀가 뭘 하면 되겠냐고 묻자 그가 한 말이었다. 단지 쉬면 된다고. 그 외엔 아무것도 할 것이 없다고. 그저 멍하니 하루해가 지길 기다리면 된다는 듯 그의 표정에선 아무것도 읽을 수가 없었다.

“쳇! 누가 친구 아니랄까 봐 같은 말을 하냐.”

인경은 어제 주열이 했던 말이 떠오르자 괜히 신경질이 났다.

똑똑!

마당에 사람의 그림자가 보인 후 얼마 지나지 않아 노크 소리가 들려왔다. 우두커니 창밖을 바라보고 있던 인경은 걸음을 옮겨 문을 열었다. 중년 정도 되어 보이는 여인이 온화한 미소를 짓고 서 있었다. 서진이 말한 조 여사란 분인 것이다.

“안녕하세요?”

인경이 먼저 인사를 건넸다.

“네, 안녕하세요.”

경쾌한 목소리로 인사를 되돌리며 안으로 들어선 조 여사는 곧장 커튼을 젖히곤 테라스와 연결된 커다란 유리문을 활짝 열었다. 때마침 불어온 바람이 그녀의 머리카락을 흔들며 콧속으로 상큼한 공기를 불어넣었다. 인경은 열려진 문에 좀 더 가까이 다가가 살며시 눈을 감았다. 따스한 햇살이 포근하게 얼굴 위로 쏟아져 내렸다.

"날씨가 너무 좋아요. 비가 왔다는 것이 믿기지 않을 만큼."

조 여사의 말에 인경은 숨을 깊게 들이마셨다. 향긋한 풀 냄새와 함께 시원한 바람이 폐 속 깊이 파고들었다. 조 여사의 말처럼 이틀이나 내린 비 때문인지 바람은 한껏 더 시원했다. 어제와 다르지 않은 그러나 그녀에겐 확실히 다른 느낌의 바람이었다.

"아침 준비할 동안 산책하고 오세요. 우울한 기분이 한결 좋아질 거예요."

인경이 눈을 번쩍 떴다. 자신이 누군지 알고 있다는 투의 말이 그녀를 놀라게 했던 것이다.

"저기, 아주머니."

인경이 조심스럽게 조 여사를 불렀다. 혹시라도 인경일 알고 있다면 그녀가 여기 있는 이유도 알고 있을지 몰랐다.

"조 여사라고 부르세요."

"아, 네. 조 여사님."

인경이 선생님에게 지적당한 학생처럼 재빨리 정정했다. 그녀의 모습에 인자하신 어머니마냥 조 여사의 입매가 한껏 부드러워졌다.

"네, 말씀하세요."

"혹시 제, 제가 누군지…… 아세요?"

묻고 있는 인경의 입술이 듣게 될 말이 두려워 바들거렸다. 하지만 조 여사의 표정은 너무나 태연했다.

"잠시 이곳에 머물게 되신 손님이라 알고 있어요. 계시는 동안 불편하지 않도록 모시라 하셨지요."

"누가요?"

"사장님이 직접 전화하셨어요. 일어나시면 아침 꼭 챙기시라 당부까지 하셨는걸요."

한 자 한 자 예의를 갖춰 말하는 것이 부담스러웠지만 지금은 그게 문제가 아니라 인경은 서둘러 덧붙였다.

"이곳에 오래 계셨나요?"

"사장님이 홀로서기 하실 때부터 관리했으니까 제법 오래되었지요."

"그렇군요. 그럼 조 여사님 외엔 또 누가 계신가요?"

"일주일에 한 번 정원관리사와 대청소를 하는 분들이 오시는 것 외엔 아무도 없어요. 특별한 경우가 아니면 집 안에 사람을 들이지 않으니까."

그 말은 즉, 인경은 특별한 사람이란 소리였다. 하기야 특별하긴 했다. 10억짜리 몸값이니.

"그럼 이 집에는 황 실장님과 사장님뿐이란 말씀인가요?"

이미 답을 알고 있으면서도 다시 확인하고 있는 인경의 마음은 천 길 낭떠러지로 떠밀리는 기분이었다.

"그래요."

"그렇군요. 알겠습니다. 귀찮게 해드려서 죄송합니다."

"별말씀을. 그럼 아침 준비할게요."

조 여사가 돌아서자 인경이 서둘러 말했다.

"아니, 그러지 마세요. 밥 생각이 없네요. 배고프면 제가 나중에 챙겨 먹을게요. 그리고 말씀 편하게 하세요. 있는 동안 딸처럼 여겨주시면 더 좋고요."

부모를 일찍 여의고 외롭게 자란 그녀라 왠지 조 여사가 엄마처럼 편안하게 느껴졌다. 그런 마음이 느껴진 탓일까. 조 여사가 금세 말을 놓았다.

"딸이라면 나도 환영이지만 밥은 지금 먹어야 돼. 안 그럼 내가 혼나."

"혼이 나요?"

인경이 의아한 표정으로 물었다. 고작 밥 한 끼 안 먹는다고 해서 죽는 것도 아닌데 야단까지 맞는다는 게 믿어지지가 않았다. 더구나 어머니뻘 되시는 분을. 그러나 시무룩해지는 조 여사의 표정은 정말 심각해 보였다.

"말도 마. 시키는 거 제대로 안 해놓으면 금방 불화살이 날아온다고. 그럼 나 밥줄 끊겨. 다른 곳보다 여긴 보수도 좋은데 쫓겨나면 곤란해."

"그, 그래요? 몰랐어요. 그럼 바, 밥…… 주세요."

인경이 떨어지지 않는 입술을 겨우 움직여 말하자 조 여사가 빙그레 웃었다.

"진작 그럴 것이지. 10분 있다가 나와."

말이 끝남과 동시에 그녀는 이미 문밖을 나서고 있었다. 쾌활한 목소리만큼이나 행동 또한 재빨랐다. 한차례 회오리바람이 지나간 듯 멍하니 문밖을 바라보고 있던 인경은 그제야 조 여사의 페이스에 말려들었다는 것을 알았다. 말 몇 마디로 순식간에 그녀를 식탁 앞으로 끌어낸 것이다.

"후아, 하인경. 너 호강 통에 빠졌구나. 시중드는 사람도 다 있고."

인경은 이런 경우를 기뻐해야 할지 아니면 슬퍼해야 할지 갈피를 잡을 수가 없었다. 지금까지는 줄곧 스스로 모든 것을 해결해 왔다. 이런 과잉 친절은 생각해 보지도 않았고 받아본 적도 없었다. 그런데 노예처럼 팔려온 곳에서 여왕 대접을 받다니, 정말 아이러니하지 않을 수가 없었다.

"자, 다들 여기 주목."

김 팀장의 목소리에 바쁘게 움직이던 몸들이 일시에 정지했다. 인경에게 전화를 걸어보기 위해서 휴대전화를 만지작거리고 있던 미란은 무슨 일인가 싶어 고개를 들었다.

"함께 일하던 하인경 씨가 개인적인 사정으로 인하여 휴직을 하게 되었습니다. 갑작스러운 일이라 당황되겠지만 인경 씨가 맡아서 하고 있던 일들을 분산하여 업무토록 할 터이니 다들 협조 바랍니다."

"휴직이라니, 이게 다 무슨 소리야. 저기, 팀장님!"

미란은 혹시나 잘못 들었나 싶어서 김 팀장을 불렀다.

"네, 고미란 씨."

"방금 하신 말씀이 정말인가요?"

"네. 이사님께서 직접 말씀하신 겁니다. 무슨 문제라도 있습니까?"

"아, 아니요. 그런 게 아니라……."

미란은 말을 잇지 못했다. 그녀와 통화를 할 때까지만 해도 전혀 그런 말이 없었다. 그런데 난데없이 휴직이라니. 둘도 없는 친구라 여겼던 그녀에 대한 일을 다른 사람의 입을 통해서 듣고 나니 그다지 기분이 좋지 않았다. 아니, 솔직히 화가 치밀어 올랐다.

"자, 새로운 한 주가 시작된 월요일입니다. 어제까지 못다 푼 회포는 잠시 묻어두시고 맡은 바 업무에 충실해 주시길 당부드립니다. 이상."

김 팀장의 말이 끝나기가 무섭게 미란은 휴대전화를 들고 사무실을 나왔다. 본인에게 직접 듣지 않고서는 도저히 믿을 수가 없었다.

"인경아, 커피 마시자."

테라스에 있던 인경은 조 여사의 목소리가 들려오자 얼른 안으로 들어갔다. 갓 뽑아낸 달콤한 커피의 향기가 거실을 가득 채우고 있었다.

"으음…… 향기 좋은데요?"

인경이 김이 모락모락 피어오르는 커피 잔을 들며 말했다.

"호호호, 그래? 그럼 후각은 통과네. 그럼 미각은?"

"네?"

인경은 조 여사가 한 말의 뜻을 이해하지 못하고 되물었다.

"하하하, 맛은 어떠냐고."

"아, 네. 잠시만이요."

인경은 뜨거운 커피를 호 하고 불고서 한 모금을 입안에 머금었다. 이내 커피 향이 입안을 가득 채우자 혀를 달싹여 맛을 음미했다. 첫맛은 약간 씁쓸하더니 이내 달콤한 맛이 혀끝에 착 감겼다.

"와아, 입안을 부드럽게 휘감는 게 정말 맛있어요."

"그렇지?"

그녀의 대답이 만족스러웠는지 조 여사가 환하게 웃었다. 나이에 맞지 않는 어린아이 같은 미소에 그녀의 입꼬리도 씩 치켜 올라갔다. 그러다 어떤 생각이 뇌리를 스치자 인경은 조심스럽게 입을 열었다.

"저기, 조 여사님."

"응?"

"여기 사장님 말인데요. 어떤…… 분이세요?"

"좋은 사람."

순간의 망설임도 없이 똑 부러지는 대답에 인경은 어안이 벙벙해졌다. 그런 그녀의 반응이 재미있다는 듯이 조 여사가 다시 말을 이었다.

"사랑스러운 사람. 그리고 아주, 아주 소중한 사람. 그래서 난 이 집 주인을 너무나 사랑해."

"아, 네."

인경은 달리 대꾸할 말이 없어 그저 고개를 끄덕거렸다. 이런 말을 듣게 될 줄은 몰랐기에 좀 놀랐다.

"상처가 많은 사람이야. 아니, 아픈 사람이라고 해야겠지."

"그게 무슨……."

인경은 뜻밖의 말이 호기심을 자극하자 조심스럽게 물었다.

"치유되지 않은 상처가 곪아서 병이 됐다고나 할까. 그래서 안타까워. 하루빨리 그 상처에서 벗어나야 행복할 수 있을 텐데 말이야. 난 우리 주인이 제발 행복해졌으면 좋겠어."

그 말을 하고 있는 조 여사의 얼굴이 슬픔으로 얼룩졌다. 인경은 갑자기 분위기가 숙연해지자 괜한 것을 물은 것 같아 후회가 됐다. 그때 분위기를 깨트리려는 듯 그녀의 휴대전화가 요란하게 울렸다. 인경은 다행이다 싶어 얼른 통화버튼을 눌렀다.

"여보세요?"

[야! 어떻게 네가 나한테 이럴 수가 있어.]

인경은 다짜고짜 고함 소리가 들려오자 눈을 질끈 감았다 떴다. 발신자를 확인했어야 했는데 그러지 못한 게 못내 아쉬웠다.

"저기, 미란아."

인경은 앞에 앉아 있는 조 여사가 신경 쓰이자 살짝 몸을 비틀며 말했다. 그녀의 의도를 눈치챘는지 조 여사가 슬그머니 자리를 비켜주고 있었다. 그러는 사이에도 미란의 고함 소리는 계속해서 들려왔다.

[이거 완전 배신이야!]

"미란아, 흥분하지 말고 내 얘기 좀 들어줘."

[이미 다 들었는데 뭘 더 들어. 나 이제 너 안 봐. 안 볼 거야! 이 말 하려고 전화했어. 잘 먹고 잘살아!]

그리고 전화는 일방적으로 끊어졌다. 인경은 땅이 꺼져라 한숨을 푹 내쉬었다. 이렇게 화가 난 그녀를 보는 게 처음이라 어떻게 해야 할지 막막했다.

"하아. 미치겠다, 정말."

인경은 짜증이 밀려오자 몸을 벌떡 일으켰다. 그녀를 속이려던 게 아니었다. 단지 시간이 필요했었다. 그런데 막상 일이 이렇게 되고 보니 솔직하지 못했던 것이 못내 아쉬웠다.

"친구야?"

조 여사가 다가오며 물었다.

"네."

인경은 튀어나오려는 한숨을 꿀꺽 삼키며 대답했다.

"오해는 풀면 되고 이해는 그 사람의 인격에 맡겨봐."

"네?"

인경은 무슨 말인가 싶어 조 여사를 바라보았다. 그러자 조 여사가 빙그레 웃으며 말했다.

"본의 아니게 듣게 됐거든."

"아, 네."

인경은 풀 죽은 목소리로 자그맣게 대꾸했다. 귀가 아플 정도로 목소리가 쩌렁쩌렁하게 울렸으니 조 여사가 듣게 된 것은 당연했다.

"말하지 않아도 상대방이 내 마음을 다 알아줄 거라고 생각하지 마. 그런 착각이 오해를 사는 거니까."

인경은 조용히 조 여사의 말에 귀를 기우렸다. 연륜이 있어서 그런지 이상하게 조 여사의 말을 듣고 있으면 머릿속이 맑아지고 마음이 편안해졌다.

"사람은 누구나가 다 하찮은 말이라도 직접 듣길 원해. 그게 오래된 친구라면 더 말할 것도 없지. 그만큼 믿음 또한 클 테니까. 인경이 역시도 그 친구를 믿었기에 말을 아낀 거 아니야?"

"네. 사실 그랬어요. 마음이 혼란스럽기도 했지만 그게 친구를 위하는 거라고 생각했거든요. 하지만 조 여사님의 말씀을 듣고 나니 제가 뭘 잘못했는지 이제 확실하게 알겠어요."

"역시 이해가 빠르네. 믿음이 강할수록 상처도 커지기 마련이니까 만나서 솔직하게 얘기해 봐. 그러다 보면 어느샌가 서운한 마음도 풀려 있을 거야. 그게 친구거든."

"네. 그래야겠어요. 감사합니다."

"감사는 무슨. 내가 인경이보다 여기다가 나잇살을 쬐끔 더 쩌둔 덕에 해줄 수 있는 말인데."

"네에? 하하하."

인경은 개구쟁이처럼 눈을 찡끗거리며 손바닥으로 자신의 배를 툭툭 두드리는 조 여사를 보고 그만 큰 소리로 웃고 말았다. 그녀는 자신의 처지가 맹수에게 내던져진 먹잇감이라 생각했다. 제아무리 발버둥을 쳐도 벗어날 수 없는 덫에 걸린 먹잇감. 그래서 삶의 대한 의욕도 잃어버린 채 처지만 비난하고 있었다. 그런데 조 여사 덕분에 삶의 대한 열정이 다시 꼬물거리기 시작했다.

'그래. 맹수에게 던져져도 정신만 차리면 산다잖아. 그러니까 우선 미란이 건부터 해결하자. 지금은 화가 나서 전화도 안 받겠지만 문자라도 남겨놓자. 화가 가라앉으면 틀림없이 연락 줄 거야.'

인경은 곧장 휴대전화를 열었다. 화가 나면 쉽게 풀리는 성격이 아니었지만 이번만큼은 제발 오래 걸리지 않기를 바랐다.

정 부장의 보고를 듣고 있는 주열의 얼굴에 회심의 미소가 번졌다. 그동안 밤잠 안 자며 일한 보람이 곧 눈앞에 나타난다고 생각하니 마음이 흐뭇해 절로 표정이 살아 움직였다. 3년이다. 이 순간을 위해 3년이란 시간을 견뎠다. 이제 그의 손에 쥐어진 칼날로 마지막 연결 고리만 잘라내면 고통과도 같던 그 세월을 조금이라도 보상받을 수 있었다. 그래서인지 긴 시간 싸워온 만큼 느끼는 희열도 컸다.

"공사는 얼마나 진행됐나?"

주열이 흡족한 표정으로 묻자, 이내 정 부장이 대답했다.

"9월이 완공 예정이니 이 상태라면 순조롭게 진행될 듯합니다. 벌써 대규모 이벤트도 기획 중이라는 소문입니다."

정 부장의 말에 주열이 고개를 주억거렸다. 물론 그럴 것이다. 그가 관여하지만 않는다면. 하지만 그들의 뜻대로 되는 일은 결단코 없을 것이다.

"그렇게 둘 수야 없지."

주열이 등받이에 기대고 있던 몸을 바로 세우며 말했다.

"좋아. 이제 우리 쪽에서 움직이자고. 황 실장."

"네, 사장님."

그들의 대화를 묵묵히 듣고 있던 서진이 냉큼 대답했다.

"1차 어음 돌릴 준비해. 지시를 내리면 곧장 진행할 수 있도록. 나머지 어음들도 3일 간격으로 돌릴 준비들 하라고 일러두고. 그리고 이 사실을 김인광이 귀에 자연스럽게 들어가도록 마 사장한테 알려. 살짝 소스를 뿌리면 곧 반응이 나타날 거야. 노출 안 되게 조심하고. 아직 노출은 시기상조야. 태화 주식 나오면 무조건 사들이는 거 잊지 말고."

"알겠습니다."

"정 부장은 박 회장 쪽 움직임 놓치지 말고 계속 따라붙어. 특히 박민수를 놓치지 마. 그가 어디를 가는지 누구를 만나는지 하나도 빼놓지 말고 보고해. 오늘부터 태화 자금줄 닫는다고 신손에게 알리고."

"알겠습니다."

"참, 김인광에 대한 조사는 어떻게 됐나?"

"사생활까지 낱낱이 뒤져 봤지만 아무것도 찾아낸 게 없습니다. 장사꾼치곤 너무 깨끗합니다."

주열은 너무 깨끗하다는 말이 귀에 거슬렸다. 어쩌면 그게 함정일지도 모른다. 이 바닥에서 살아남기 위해서는 제 피도 기꺼이 토해낼 정도로 냉정한 인간들이 사는 세상이니까. 그런 흙탕물 속에서 나뒹구는 사람이 깨끗하다는 것은 어불성설이었다.

"계속 찾아봐. 하얀 눈일수록 뒤에가 더러운 법이니까."

"알겠습니다."

"다들 나가봐."

주열은 그들이 나가자 등받이에 편안하게 등을 기대고서 눈을 감았다. 이제 조금만 기다리면 그를 옭아매고 있던 사슬이 끊어질 것이다. 그렇게 되면 뜨겁게 휘몰아치던 격정도 제자리를 찾아가겠지. 그럼 조금은 마음 편히 잠을 잘 수 있을 것이다. 주열은 제발 그렇게 되길 간절히 바랐다.

"이런."

상념에 빠져 있던 주열은 문득 떠오르는 것이 있자 눈을 뜨고 수화기를 들었다. 그리고 한참 동안이나 신호음이 울리고서야 상대방이 전화를 받았다.

[여보세요?]

수화기를 타고 젊은 여자의 목소리가 들려왔다. 주열은 상대가 인경이란 것을 알고 숨을 골랐다. 그녀에게 용건이 있어서 전화를 걸기는 했지만 막상 바로 연결이 되자 마음의 준비가 필요했다. 그답지 않은 행동이었지만 왠지 그녀를 마주하면 긴장되었다.

[여보세요? 말씀하세요?]

잠깐의 지체에 다시 그녀의 목소리가 들려왔다. 주열은 수화기를 다른 손으로 옮겨 잡고서 말문을 열었다.

"점심은 먹었나?"

[……네.]

그의 목소리에 당황했는지 한참이 지나서야 대답이 돌아왔다. 주열은 뭐 하던 중이었냐고 묻고 싶었지만 이내 단념했다.

"여사님은?"

[장 보러 가시고 안 계세요.]

"심심할 텐데 같이 가지 그랬나?"

[그래도…… 돼요?]

안 될 게 뭐 있단 말인가. 가둬둔 것도 아닌데. 안 그래도 그녀에게 비밀번호를 알려주지 않았던 게 생각나서 전화를 걸었던 주열은 되돌아오는 대답이 영 마음에 들지가 않았다.

"당신 방에 자물쇠라도 달렸나?"

[아니요.]

"당신 다리에 족쇄라도 채워졌어?"

[그건 아니지만.]

"그럼 안 될 이유가 뭐지? 당신 발로 나가겠다는데 누가 붙잡는다고. 아니면 당신 자신이 두렵나?"

[말도 안 돼. 왜 내가 날 두려워한다는 거죠?]

어이없다는 듯 날카로운 목소리가 수화기를 타고 날아들었다.

그러나 주열은 충분히 그럴 수 있다 여겼다. 약속이란 올가미로 스스로를 가뒀다면 그녀의 입장에서는 별의별 생각이 다 들 것이다. 그중에서도 가장 쉽게 생각할 수 있는 것이 바로 도망치고 싶다는 기분일 테니까.

“나가게 되면 감옥이라 생각하는 그곳으로 돌아오고 싶지 않을 테니까. 그래서 아예 못 나가는 것 같아서 말이야.”

[하! 기가 차서 말도 안 나오네. 이봐요, 강주열 씨. 대체 사람을 어떻게 보고 그런 말을 하는 거죠? 눈곱만큼이라도 그런 생각을 했다면 애당초 여기에 들어오지도 않았어요. 지금 뭔가 착각하나 본데 여기 제 발로 들어왔거든요? 더 이상의 용건이 없다면 그만 끊죠. 조 여사님 오시면 전화 왔었다 전해 드릴게요.]

그리고 전화가 툭 끊어졌다. 정작 하고 싶었던 말은 꺼내지도 못한 채 주열은 천천히 수화기를 제자리에 돌려놓았다. 말투로 보아 이모와는 잘 지내고 있는 것 같아서 그나마 다행이었다. 자괴감에 빠져 방 안에 틀어박혀 있을 줄 알았는데 최소한 겁쟁이는 아닌 것이다.

“하아! 진짜 재수 없어. 지금 누굴 겁쟁이 취급이야.”

인경은 전화기를 노려보며 씩씩거렸다. 전화를 받지 않는 송기철 때문에 안 그래도 기분이 엉망이라 울리는 벨 소리를 무시하려 했었다. 하지만 너무 끈질기게 울어대서 할 수 없이 받았더니 이 남자는 아예 기름을 통째로 들이붓고 있었다.

“칫. 그래도 감금할 건 아닌가 보네.”

인경은 자유롭게 다닐 수 있다는 말에서 작은 위안을 느꼈다.

"나 왔어."

그녀가 분을 삭이며 소파에 앉으려는데 조 여사의 목소리가 들려왔다. 인경은 크게 심호흡을 하고 나서야 뒤돌아보았다. 뭘 그렇게 많이 샀는지 시장바구니가 그득했다.

"뭘 이렇게 많이 사셨어요?"

인경이 냉큼 그녀에게 다가가 시장바구니를 받아 들었다.

"얼큰한 해물탕 먹고 싶다며. 마침 싱싱한 해물들이 나 잡수셔 하고 입을 쫙 벌리고 있기에 끓여주려고 사왔지."

"어머, 안 그러셔도 되는데."

"사장님 지시야. 먹고 싶은 거 있으면 다 해주라고 했거든."

"에이, 또 그러신다."

자꾸만 그를 들먹이는 것이 마음을 불편하게 하자 인경은 바구니에 든 물건들을 하나둘 꺼내기 시작했다. 그럴 필요가 없는데 정말 이 집에 손님으로 와 있다는 착각이 들 정도로 조 여사는 모든 것으로부터 그녀를 배려하고 있었다.

"안 믿나 본데 정말이야. 용건이 있으면 대부분 황 실장이 전화를 하는데 오늘 아침엔 사장님이 직접 하셨더라고. 나도 깜짝 놀랐다니까."

"그러셨구나. 아, 근데 조 여사님."

"응?"

"뭐 하나 여쭤봐도 될까요?"

"안 될 게 뭐 있어. 물어봐."

인경은 해물을 다듬으며 건성으로 대답하는 조 여사를 물끄러미 바라보았다. 정말 궁금하긴 했지만 사생활 침해란 생각이 들어서 쉽사리 입이 떨어지지가 않았다.

"뭔데 그렇게 저울질해. 혹시 꺼내기 곤란한 질문이야?"

"헤헤헤. 그게, 그만 까먹어 버려서."

인경은 머리를 긁적거리며 말끝을 얼버무렸다. 물어보면 대답해 줄 것도 같은데 도저히 입이 떨어지지가 않았다.

"하하하, 실없기는. 그럼 나중에 생각나면 말해."

"네, 그럴게요. 근데 혼자서 일하시기 힘들지 않으세요?"

인경이 야채를 다듬으며 물었다. 불과 3시밖에 안 됐는데 벌써 저녁 준비를 하고 있었다. 조 여사는 이곳에 발을 들여놓은 이후로 잠시의 쉴 틈도 없이 집 안 곳곳을 돌아다니며 일을 했다. 그런데도 지친 기색이라곤 조금도 보이지 않았고 오히려 즐거워 보였다. 오랜 시간 숙련된 몸짓이란 건 알고 있지만 그래도 힘들기는 할 터인데 말이다.

"괜찮아. 그전엔 이보다 큰 집도 했는데 뭘. 오히려 여긴 편해. 귀찮게 하는 사람 없이 일만 하면 되니까. 퇴근 시간도 좋고."

"그럼 전에 있던 집은?"

"하하하, 거긴 말도 마. 툭하면 호출하는 바람에 일도 제대로 할 수가 없었어. 그 바람에 제시간에 퇴근해 본 적이 없었지 뭐."

"아아, 그러셨구나. 근데 몇 시에 퇴근하세요?"

인경은 문득 퇴근 시간이 궁금해졌다. 그녀가 없으면 이 큰 집에 덩그러니 혼자 있어야 했기 때문이다.

"5시야. 아, 그리고 주말은 쉰다. 이 집 주인이 워낙에 까다로워서 주말은 휴가야. 자기가 있을 때 낯선 사람이 얼씬거리는 게 싫다나 뭐라나."

"그렇군요."

대답하는 인경의 목소리가 개미 소리만 해졌다. 주말은 말 그대로 창살 없는 감옥신세란 소리였다. 그런 인경의 등을 조 여사가 달래듯 톡톡 두드렸다.

"뭘 걱정하는 거야. 주인 성질이 괴팍하면 외출하면 그만이지. 주말에 심심하면 전화해. 내가 놀아줄 테니까. 물론 인경이만 좋다면."

"저야 물론 좋죠! 그런데, 그런데……."

인경은 선뜻 말을 잇지 못했다. 철부지처럼 좋아할 일이 아니었던 것이다. 나가도 붙잡는 사람 없다고는 했지만 그가 버젓이 있는데 감히 집 밖으로 나갈 엄두가 날까 싶었다.

"왜? 뭐 안 되는 일이라도 있어?"

"아, 아니에요. 나가고 싶을 때 말씀드릴게요."

"꼭 그렇게 해."

"네."

인경은 마음이 울적해지자 슬그머니 주방을 나와 테라스로 향했다. 나가고 싶은 마음은 지금도 굴뚝같았다. 누구의 눈치도 볼 필요 없이 발길 닿는 곳으로 자유롭게 걸어가고 싶었다. 그러나 지금은 허황된 꿈을 꾸고 있을 때가 아니었다. 어떻게 해서든지 이곳을 나가려면 송기철 그자를 찾아야 했다. 이대로 주저앉아 있을 수는 없었다.

늦은 퇴근으로 인해 간단하게 샤워만 하고 나오는데 휴대전화가 울렸다. 발신자를 확인한 주열의 표정이 살짝 일그러졌다. 이제야 집으로 돌아와 쉬려는 그에겐 결코 반갑지 않은 상대였다. 그렇다고 무시할 수 있는 존재도 아니었다.

"여보세요?"

[나다.]

"주무시지 않고 어쩐 일이십니까?"

[잘 때 되면 지겹도록 잘 텐데 뭘. 그보다 그 여자를 집에 들였다고.]

"아버지가 원하시던 거 아니었습니까?"

대답하는 주열의 목소리에 날이 섰다. 그 일로 인해 휴식을 방해한 거라면 가만히 있지 않을 생각에서였다.

[까칠하게 나올 거 없어. 탓할 생각 없으니까. 어차피 내 뜻대로 할 너도 아니잖아.]

"아신다면 다시는, 다시는 이런 일 만들지 마세요. 부탁이라 말씀드리고 싶지만 경고쯤으로 들어주십시오."

[협박이 아니고?]

"그렇게 들으셔도 무방할 것 같습니다. 벌써 몇 차례 부탁을 드렸으니 그 선은 넘었다고 봐야겠지요."

주열은 가차 없이 말했다. 제아무리 부모 자식 간이라 해도 지켜야 할 선은 있는 것이다. 하지만 아버지인 강 회장은 이미 그 선을 넘어선 지 오래였다.

[애비를 협박하는 아들이라…… 뭐 좋아. 네가 반응을 했다는 것이 중요하니까 한발 물러나도록 하지. 오늘 용건은 그게 아니니까. 강주열.]

갑자기 그의 이름을 부르자 주열은 긴장하기 시작했다. 성을 붙여서 이름을 부른다는 것은 철저히 사무적으로 대한다는 뜻이었다.

"네, 말씀하세요."

[바깥에 이상한 소문이 돌던데 혹시 그거 네 짓이냐?]

'빌어먹을!'

아버지의 말에 주열은 질끈 눈을 감았다. 그만큼 조심하라고 일렀는데 그새 아버지의 귀에까지 들어가다니, 역시 세상에 비밀은 없었다. 그러나 일이 마무리될 때까지는 어떤 말도 할 수가 없었다.

"소문이라니, 무슨 말씀이십니까?"

주열이 시치미를 뚝 떼며 물었다.

[정녕 네가 모른다고 하려는 것이야?]

"네, 모릅니다."

주열이 딱 잘라 대답하자 침묵이 맴돌았다. 마치 상대방의 기를 꺾으려는 듯 두 사람은 숨소리조차 내지 않았다. 1초, 2초, 3초. 심리전에 돌입한 그들의 마음과는 달리 시간은 평온하게 흘러가고 있었다. 얼마나 그렇게 있었을까. 째깍거리는 시계 소리가 귀에 거슬리기 시작할 때서야 졌다는 듯이 아버지의 목소리가 들려왔다.

[네가 그렇게 말한다면 좋아. 믿어주지. 그만 쉬어라.]

그리고 전화는 끊어졌다.

"젠장!"

주열은 거친 손길로 휴대전화를 침대 위로 내던졌다. 지금부터가 신중에 신중을 기해야 할 터였다. 그런데 지시를 내린 지 하루도 채 되지 않아서 신분이 노출될 위기에 처했다는 것이 화가 났다. 김인광이 가지고 있는 9%가 아직 손에 들어오지도 않았는데 만일 박 회장이 눈치라도 챈다면 다된 밥에 코 빠뜨리는 것이었다. 주열은 갑자기 목이 타자 방을 나섰다. 한잔하지 않고서는 쉽게 잠이 올 것 같지가 않았다.

"혼자서 뭐 해?"

주방으로 가려던 서진은 소파에 앉아 있는 주열을 발견하고 그곳으로 방향을 틀었다. 자고 있는 줄 알았는데 이렇게 나와 있는 것을 보니 무언가가 또 그의 잠을 방해하고 있는 모양이다.

"아직 안 잤어?"

서진이 자리에 앉자 주열이 빈 잔을 내려놓으며 물었다.

"자려다가 목이 말라서 나왔어."

대답을 하면서도 서진의 눈길은 반병이나 비워져 있는 술병에 꽂혔다. 제법 오래 앉아 있었다는 뜻이었다.

"날 부르지 그랬어. 안주도 없이 혼자서 뭔 청승이야."

"피곤한 사람 부를 만큼 나 염치없는 사람 아니다."

주열이 그에게 술잔을 내밀었다. 서진은 잔을 받아 들어 단숨에 비웠다. 그리고 그에게 잔을 돌려주며 말했다.

"이러고 있는 너보다야 피곤하겠냐."

"후훗. 그 말 참 의미 있게 들린다?"

"그런 뜻으로 해석했다면 그만 풀어놔. 왜 이러고 있어?"

"잠들기 위해서."

간결한 대답에 서진은 오히려 긴장했다.

"잠이 안 와?"

"잠자리에 들지를 않았으니 모르겠다. 이제 누우면 잠이 올지도."

"그럼 가서 자. 내일부터 힘든 싸움이 될 텐데."

"그래야지. 아! 그리고 관련된 사람들 입단속시켜. 벌써 아버지가 아시고 전화했다. 모른다고 잡아뗐으니 혹시라도 네게 물으면 금시초문이라고 해."

"그랬구나. 알았어. 여기까지 와서 망칠 수야 없지."

"그만 자라."

알코올이 제 역할을 하려는지 살짝 눈이 감기자 주열이 자리에서 일어났다. 그러다 문득 생각나는 것이 있자 다시 서진을 바라보며 입을 뗐다.

"하인경 씨 봤어?"

"아니. 왜?"

"아니야, 아무것도."

주열은 그녀의 방문을 흘끗 바라본 후 그대로 방으로 향했다. 낮에 나누었던 대화가 신경 쓰였지만 노크를 하기엔 너무 늦은 시간이었다.

7장 고목나무에 꽃이 피다

"헉! 이게 무슨 소리야."

꿈나라에 빠져 있던 인경은 끔찍한 소리에 놀라 화들짝 잠에서 깨어났다. 처음엔 그저 꿈자리가 사납다고 생각해서 눈을 뜨지 않았다. 그런데 선명하게 들려오는 비명 소리가 꿈이 아니라 말해주었던 것이다.

"아악!"

또다시 들려오는 비명 소리에 인경은 후다닥 밖으로 뛰쳐나갔다. 비명 소리는 바로 주열의 방에서 흘러나왔다. 이게 다 무슨 일일까. 혹시 아프기라도 한 걸까. 막상 뛰쳐나오긴 했는데 감히 들어갈 엄두는 나지 않아 걱정스런 표정으로 문 앞에 서 있었다. 그렇게 한참을 서성거리고 있다 보니 비명 소리가 서서히 잦아들었다. 그제야 두근거리던 심장이 천천히 제자리로 찾아들었다. 그때 주열의 방문이 열리더니 서진이 나왔다.

"무슨 일이에요?"

인경이 그에게 한 걸음 다가가며 물었다. 그도 놀라서 뛰쳐나왔는지 바지만 걸친 채였다.

"아무것도 아닙니다. 가서 주무세요."

"그 사람 어디가 아픈가요?"

인경은 끔찍했던 비명 소리가 떠오르자 다시 물었다.

"악몽을 꾼 겁니다. 지금은 괜찮습니다."

"하아, 다행이다. 비명 소리가 너무 섬뜩해서 깜짝 놀랐어요."

인경이 가슴을 쓸어내리며 안도했다. 서진은 방금 나온 침실 문을 흘끗 바라보았다. 그녀가 여기 있었다는 걸 주열이 알게 되면 좋을 게 없다는 생각이 들었다.

"인경 씨, 부탁 하나 해도 될까요?"

"네? 부탁이라뇨?"

"인경 씨가 여기 있었다는 것을 사장님이 모르셨으면 합니다. 되겠습니까?"

'이 사람 왜 이래? 안 들어주면 협박이라도 할 것처럼.'

부탁이라고 말을 하고 있었지만 눈에 잔뜩 힘이 들어간 게 거의 강압에 가까웠다. 모른 척하는 것도 어렵지 않았거니와 굳이 아는 척도 하고 싶지 않았던 인경은 고개를 끄덕거렸다.

"그러죠. 안녕히 주무세요."

인경은 그대로 등을 돌렸다. 그깟 꿈 하나 꾼 걸 가지고 되게 유별스럽게 굴고 있었다. 남들도 다 꾸는 게 꿈인 것을.

신문을 읽고 있던 주열은 서진이 주방으로 들어서자 미간을 찡그렸다. 오늘도 그는 혼자였다. 마치 시위라도 하는 것처럼 그녀는 3일째 모습을 나타내지 않고 있었다. 하루만 참기로 했던 스스로의 약속을 깨고 이틀을 참아주었는데 이제 더 이상은 두고 볼 수가 없었다.

"더는 안 돼!"

주열이 보고 있던 신문을 거칠게 식탁 위에 내려놓고 주방을 나갔다. 쿵쿵! 바닥을 울리는 발걸음이 그가 화가 났음을 알려주었다. 서진은 그를 붙잡을 생각도 하지 않고 묵묵히 숟가락을 들었다. 그가 행동으로 옮겼다면 붙잡아도 소용없는 짓이었다. 그리고 솔직히 궁금하기도 했다. 그들 중에 누가 이 싸움의 승리자가 될는지.

"주열아, 부디 너이기를 바란다. 그래야 상처받지 않을 테니까."

서진이 나지막이 중얼거렸다. 그를 피하려고만 하는 그녀와 달리 주열은 하인경이란 존재에게 아주 민감하게 반응하고 있었다. 그건 비단 오늘뿐만이 아니었다. 철저히 베일에 가려졌던 존재를 그녀 앞에 드러낼 때부터 시작된 것이었다.

처음 그 사실을 깨달았을 때는 설마 했었다. 하지만 지금은 확실히 느낄 수 있었다. 그의 심경에 변화가 왔다는 것을. 그리고 지금 쳐들어가듯 그녀에게 가고 있는 것이 그의 첫 번째 반응임을. 이제 그 흐름이 어디로 어떻게 흘러들어 갈지 몹시도 궁금해졌다.

"부디 제자리로 흘러들어 가길 바란다."

서진은 진심으로 그렇게 되길 바랐다. 지금 그의 행동이 시발점이 되기를.

"아우, 머리야. 머리가 깨질 것 같아."

극심한 두통이 찾아오자 인경은 지압하듯 양손으로 머리를 감쌌다. 며칠 잠을 설친데다가 신경이 극도로 예민해져 있는 탓인지 새벽부터 머리가 지끈거리더니 이젠 속까지 울렁거렸다. 약을 싫어하는 탓에 웬만하면 참아보려 했지만 머리가 반으로 쪼개지는 것 같아 더는 견딜 수가 없었다.

"약에 의존하긴 진짜 싫은데."

인경이 나지막이 중얼거리며 약을 삼켰다. 하지만 목구멍으로 약을 넘기자마자 욕지기가 치밀어 올랐다. 인경은 얼른 손으로 입을 틀어막고서 욕실로 달려갔다. 그 바람에 손에 들고 있던 약통이 떨어지면서 안에 있던 내용물이 쏟아져 나왔다.

"우웩! 에켁."

인경은 변기에다 고개를 처박고 속을 게우기 시작했다. 무엇인가가 속을 할퀴듯이 잡아 뜯는 것 같더니 입 밖으로 이물질이 쏟아져 나왔다.

"우웩. 켁켁켁."

입에서 불쾌한 것들이 쏟아져 나올 때마다 명치끝이 조이고 목구멍이 찢어지는 것처럼 아팠다. 얼마나 고통스러운지 눈물이 핑 돌았다. 이어 원망도 뒤따랐다.

"그래, 송기철. 이 나쁜 자식아. 꼭꼭 숨어라. 머리카락 한 올 보이지 않게 꼭꼭 숨어. 그러다 돈 떨어지면 나타나라. 내 기꺼이 네 숨통을 끊어줄 테니까. 우웩!"

인경은 이를 바드득 갈았다. 그렇게 변기통을 붙잡고 한참이나 씨름한 후에서야 속을 모두 게워낸 그녀는 변기 물을 내리고서 바닥에 털썩 주저앉았다. 기운도 하나도 없거니와 그녀의 신세가 너무 처량해서 서글픔이 밀려왔다.

"이대로 잠들고 싶다. 근심 따윈 다 잊어버리게."

인경은 속절없는 말이 입 밖으로 새어 나오자 그대로 눈꺼풀을 내려 눈을 감았다.

그녀의 방으로 향하고 있는 주열의 심기는 이루 말할 수 없을 만큼 언짢았다. 서진은 시중드는 사람이 아니었다. 그런데도 세 번씩이나 퇴짜를 놓고 돌려보냈다. 어린애가 투정 부리는 것도 아니고 다 차려놓은 밥상에다 일부러 모시러 가기까지 했다. 그런데 뭐가 그렇게 잘났다고 방구석에 처박혀서 고개만 흔들어대는지. 안 먹는다고 고집을 부리면 강제로라도 끌고 나와서 먹게 할 참이었다.

"지금 뭐 하자는 거야!"

주열은 노크도 없이 벌컥 문을 열고서 고함을 질렀다. 그러나 고함 소리가 무안할 정도로 방 안은 텅 비어 있었다. 그는 천천히 안으로 들어가 주인 없는 방을 훑어보았다. 이부자리가 어지럽게 흩어져 있는 것 외엔 모든 것이 깔끔하게 정리되어 있었다.

"도대체 어딜 간 거야."

고집불통 같은 여자의 기를 꺾기 위해서 잔뜩 벼르고 와서일까. 왠지 모를 허탈함이 그의 가슴을 휑하니 지나갔다. 단지, 그녀의 모습이 보이지 않는다는 이유로 화가 났던 마음이 언제 그랬냐는 듯이 스르르 꼬리를 내리다니, 참 알 수 없는 일이었다. 그때 침대 반대쪽으로부터 시선을 붙잡는 무엇이 있었다. 순간 심장이 발밑으로 내려앉으며 눈앞이 아찔해졌다.

"서, 설마……."

주열은 쿵쾅거리는 심장만큼이나 후들거리는 다리를 천천히 움직였다. 지금 보고 있는 것이 그가 생각하는 것이 아니길 바라며. 그러나 바닥에 흩어져 있는 것은 틀림없는 약이었다. 그리고 이내 쓰러져 있는 그녀의 모습이 눈동자 안에 가득 들어찼다. 이어 또 다른 모습이 슬라이드처럼 겹쳤다.

"이, 이럴…… 헉! 으윽!"

심장이 파열하듯 갑작스럽게 찾아온 극심한 통증에 주열은 가슴을 움켜잡고 비틀거렸다. 마치 혼이 이탈할 것처럼 몸이 반으로 갈라지는 것 같았다.

"맙소사!"

그의 입에서 나온 소리가 아니었다. 그건 인경의 입에서 튀어나온 비명 소리였다. 그가 새파랗게 질린 얼굴로 가슴을 움켜잡고서 쓰러지고 있었다.

"가, 강주열 씨! 왜 그래요?"

인경은 두통이 있다는 것도 잊어버린 채 허겁지겁 그에게로 달려갔다. 헛것을 보고 있기라도 하는 것처럼 그의 눈동자엔 초점이 없었다.

"어디 아파요? 가슴이 아픈 거예요?"

"허헉, 허윽!"

그녀가 물었지만 그는 가쁘게 숨만 몰아쉴 뿐 대답하지 않았다.

인경은 새벽녘에 있었던 소동이 떠오르자 덜컥 겁이 났다. 이대로 그에게 무슨 일이라도 생긴다면 큰일이었다.

"강주열 씨, 조금만 참아요. 서진 씨, 불러 올게요."

만일 그에게 무슨 병이라도 있다면 서진은 알고 있을 터였다. 그러니 어서 빨리 그를 데려와야 했다. 인경이 서진을 불러오기 위해서 일어나려 할 때였다. 억센 손길이 그녀의 팔을 움켜잡더니 그대로 품 안으로 끌어당겼다. 얼떨결에 끌려간 인경은 꼼짝없이 그의 품에 갇히고 말았다.

"저, 저기, 강주열 씨. 왜…… 이래요. 수, 숨 막혀 죽겠어요!"

인경은 그가 너무 꽉 끌어안은 탓에 심장이 터질 것만 같아서 몸부림을 치기 시작했다. 하지만 그녀가 그러면 그럴수록 그는 더욱더 꽉 끌어안았다. 더구나 이젠 황당하게도 무슨 말인가를 중얼거리면서 흐느끼기까지 하고 있었다.

"흑흑. 아, 안 돼. 죽지 마. 죽으면…… 흑흑흑, 죽으면 안 돼. 안 돼, 서인아. 서인아…… 흑흑흑."

그가 무슨 말을 하는지 귀를 쫑긋 세우고 듣고 있던 인경은 서인이란 이름을 듣고서야 깨달았다. 그가 그녀를 누군가로 착각하고 있다는 것을.

"이 씨. 근데 왜 내 가슴이 뜨거워지는 거야."

인경은 가슴이 저릿저릿해 오자 눈을 질끈 감았다. 그는 아주 소중한 사람인 듯 그녀의 이름을 속삭이며 아주 고통스럽게 흐느끼고 있었다. 인경은 괜스레 마음이 착잡해지자 그를 깨우기 위해서 목소리를 높였다.

"강주열 씨, 정신 차려요. 난 서인이가 아니에요!"

하지만 그녀의 목소리가 들리지 않는 듯, 그는 '안 돼!' 라는 말만 되풀이하고 있었다. 더는 그냥 두고 볼 수 없다 판단한 인경은 그의 머리카락 속으로 손가락을 찔러 넣은 뒤, 가차 없는 손길로 확 끌어당기며 소리쳤다.

"난 서인이가 아니야!"

그 한마디에 거짓말처럼 모든 동작이 멈추었다. 중얼거리던 말도, 억세게 끌어당기던 손길도 마치 전원이 꺼져 버린 로봇처럼 일순간에 정지했다.

"난 하인경이야. 하. 인. 경."

그녀는 쐐기를 박듯 다시 이름을 한 자 한 자 소리쳐 말했다. 그제야 정신이 들었는지 그의 팔이 맥없이 아래로 툭 떨어져 나갔다. 이제 그녀는 자유였다. 그러나 웃기게도 마음 한구석이 허전했다. 아마도 절절하던 그의 마음이 누군가와 비교가 되었기 때문일 것이다.

'송기철 이 나쁜 자식아. 잡히면 내 손에 죽는다.'

인경은 눈앞에 기철이 있기라도 하는 것처럼 속으로 이를 바드득 갈며 그의 머리카락에서 손가락을 뺐다. 얼마나 세게 잡아당겼는지 손바닥에 머리카락이 한 줌이었다.

"에이씨, 짜증나!"

인경은 벌떡 몸을 일으켰다. 기분이 더러워서 그런지 욕이 제멋대로 튀어나왔다. 더불어 샤워도 하고 싶어졌다. 정신이 번쩍 들 정도로 아주 차가운 물로.

쾅!

요란하게 문이 닫혔다. 이제 그녀의 모습은 보이지 않았다. 주열은 그대로 눈을 감아버렸다. 멈춰 있던 눈물이 방울이 되어 또르르 흘러내렸다. 다행이었다. 천만다행이었다. 허상이 실제로 벌어진 일인 것처럼 생생하게 다가올 때는 정말 심장이 멈추는 줄 알았다. 때마침 들려온 그녀의 외침 소리가 아니었다면 그는 아마도 정신을 잃고 말았을 것이다. 그때, 그날처럼.

"강주열 씨, 괜찮아요?"

욕실에서 나온 인경은 한 팔로 눈을 가린 채 누워 있는 그를 발견하곤 나지막이 물었다. 나간 줄 알았던 그가 그대로 누워 있자 다시금 걱정이 되었다. 하지만 그는 부르는 소리에도 꼼짝도 하지 않고 있었다. 인경은 불안한 생각에 황급히 그에게 다가갔다. 그러나 그의 가슴은 편안한 듯 규칙적으로 오르락내리락거렸다. 아까는 죽을 것처럼 보이더니 사람의 목숨이 질기긴 한 모양이다.

"휴우. 간 떨어지는 줄 알았네."

인경은 그제야 놀란 가슴을 가만히 쓸어내렸다. 아침 소동치곤 너무나 살벌해서 심장이 다 오그라들었다. 꼭 귀신에 홀린 사람 같던 표정이라 아직도 그녀의 가슴에 두려움이 도사리고 있었다.

"서진 씨에게 알리는 것이 좋겠다."

인경은 그가 깨지 않도록 조용히 방을 나와 곧장 주방으로 향했다. 이 집에 있는 사람이라곤 그녀를 제외한 두 사람뿐이니 아침 담당도 그가 할 게 분명했다. 아니나 다를까. 그는 팔을 동동 걷어붙이고 뒷정리를 하고 있었다.

"저기, 서진 씨."

막 수건에 손을 닦고 있던 서진은 그녀의 목소리가 들려오자 배시시 웃으며 몸을 돌렸다. 그녀가 여기 있다는 것은 주열이 승리했다는 뜻이었다.

"이제야 밥 생각이 나는 모양이군요. 앉아요. 국 새로 데워줄 테니까."

"아니, 그게 아니에요!"

가스레인지로 향하던 서진은 다급하게 외치는 소리에 다시 그녀를 바라보았다. 말하기가 곤란한지 그녀의 표정이 심상치 않았다.

"무슨 일 있어요?"

"저기…… 주열 씨가 지금 제 방에 누워 있어요. 핼쑥한 표정이 꼭 어디가 아픈 사람……!"

"젠장!"

그녀의 말이 채 끝나기도 전에 짧은 욕설을 내뱉으며 서진이 주방을 뛰쳐나갔다. 인경은 물끄러미 그가 나간 입구를 바라보았다. 아무래도 주열이 어디가 안 좋긴 한가 보다. 냉정함을 잃지 않던 그가 저렇듯 허둥대며 뛰어가는 것을 보니.

"주열아, 강주열."

서진이 그를 흔들어 깨웠다. 안색이 파리하긴 하지만 맥박이 정상적으로 뛰고 있어 그다지 걱정할 건 없어 보였다. 부르는 소리를 들었는지 눈꺼풀이 파르르 떨리더니 곧 눈을 떴다.

"괜찮아?"

주열이 살짝 고개를 끄덕였다. 옆에서 그들을 지켜보고 있던 인경이 안도의 숨을 내쉬었다. 아까보다는 훨씬 혈기가 느껴졌다.

"정말 다행이에요. 아까는 얼마나 놀랐던지 십년감수했어요."

주열은 눈에 띄게 안도하는 그녀를 멍하니 바라보았다. 눈, 코, 입. 어느 것 하나 빠지는 곳 없이 시원스러울 정도로 이목구비가 뚜렷한 서인에 반해 저기 서 있는 여자는 오목조목 앙증맞게 생긴 모양이 미인이라기보다는 귀여운 쪽에 가까웠다. 더구나 칠흑 같은 기다란 머리카락을 자랑하던 서인과 반대로 그녀는 고작 어깨 정도 내려오는 짧은 머리였다. 이렇듯 판이하게 다른 얼굴인데 왜 그 순간 서인과 겹쳐 보였는지 알 수가 없었다. 아마도 바닥에 흩어져 있던 약 때문인 듯했다.

'맞다, 약!'

주열은 까맣게 잊고 있던 것이 불현듯 떠오르자 벌떡 몸을 일으키며 소리쳤다.

"하인경, 약 가져와!"

"네?"

뜬금없는 소리에 인경은 물론 서진까지 의아한 표정을 지었다.

"약 가져오란 말이야!"

"무, 무슨 약이요."

갑작스러운 고함 소리에 놀란 인경은 말까지 더듬거렸다. 하지만 주열의 눈동자는 더욱 불길에 휩싸일 뿐이었다.

"황서진, 이 방에 있는 약들 모조리 찾아내서 없애 버려."

서진은 갑자기 그가 이름을 부르자 미처 대답을 하지 못했다. 그때 인경의 목소리가 다시 들려왔다.

"혹시 이거 말하는 거예요?"

주열은 그녀가 내민 약통을 확 빼앗았다. 그리고 곧장 욕실로

가 변기에 쏟아부은 뒤 물을 내렸다.

"뭐 하는 짓이에요!"

황당하기 짝이 없는 그의 행동에 인경이 고함을 질렀다. 그러자 주열이 매서운 눈길로 그녀를 노려보며 맞받아쳤다.

"죽고 싶거든 내 돈 갚아. 그전엔 당신 목숨은 내 거야."

"무슨 뚱딴지같은 소리예요! 당신보다 오래 살 테니까 걱정 말아요. 저승 문턱에 갔다 온 사람이 누군데 그래요, 지금."

그녀의 말이 비수가 되어 심장을 관통했다. 주열은 몸을 휘청거리며 가슴을 움켜쥐었다. 비꼬는 말이란 걸 알고 있었지만 아직도 생생하게 다가오는 고통은 그를 무너지게 했다.

"주열아!"

서진이 놀라서 다가가려 하자 주열이 손을 들어 제지시켰다. 그녀 앞에서의 추태는 한 번이면 족했다.

"괜찮아. 잠시 현기증이 났을 뿐이야."

"정말 괜찮은 거야?"

그를 걱정하는 서진의 눈빛이 깊어지고 있었다. 주열은 통증으로 뻐근해진 가슴을 똑바로 폈다. 많이 좋아졌다고 생각했다. 이제 곧 서인에게서 벗어날 수 있을 거라 생각했기에. 그런데 아직도 서인의 그림자가 그를 집어삼킬 수 있다는 것에 스스로도 놀라워서 사실 괜찮지가 않았다. 그러나 두 눈을 부릅뜬 채 그들을 지켜보고 있는 그녀 앞에서만큼은 괜찮아야 했다.

"그렇다니까. 그나저나 몇 시나 됐어?"

"조금 전에 8시 알람 울렸어."

벌써 1시간이나 넘게 누워 있었다는 소리였다. 주열은 눈을 감고 호흡을 가다듬었다. 이미 출근해서 아침 업무를 보고 있을 시간이라 더 이상은 지체할 수가 없었다.

"정 부장에게 연락해서 1시간 뒤에 보자고 해."

말도 안 되는 소리에 서진은 스쳐 지나가는 그를 얼른 붙잡으며 소리쳤다.

"미쳤어! 이런 몸으로 어딜 가겠다는 거야. 급한 업무는 집으로 가져오라고 할 테니까 그냥 있어."

"중요한 시기라 자리 비울 수 없다는 거 알잖아."

"알아. 아는데 그러다 또 쓰러지면 어쩌려고 그래. 안 그래도 요즘 무리를 해서 컨디션도 엉망이면서."

"그런 거 아니야."

주열이 걱정하지 말라는 듯 서진의 어깨를 살짝 잡았다 놓았다. 서진의 말처럼 몸 상태가 좋은 것은 아니었지만 원인을 알고 있는 그로서는 사실을 말할 수가 없었다. 그럼 또 다른 걱정거리를 서진에게 안겨주게 될 테니까.

"시키는 대로 하면 될 것을 무슨 똥고집이래. 금방이라도 죽을 것처럼 보이는구만."

보다 못한 인경이 슬쩍 끼어들었다. 걱정되어 하는 소리를 제 고집대로 밀고 나가는 주열이 영 못마땅했다.

"그거 내게 한 소린가?"

막 걸음을 떼고 있던 주열은 건방지기 싹이 없는 말에 그녀를 휙 돌아보며 날카로운 목소리로 물었다. 이게 다 누구 때문에 벌어진 일인데 가당치 않게 입을 함부로 놀린단 말인가. 서진이 데리러 갔을 때 순순히 따라만 왔더라도 이런 상황에 빠지지는 않았을 것이다.

"강주열 씨 말고 그런 사람이 여기 또 있나요? 알면서 뭘 묻고 그래요, 입 아프게."

인경이 그의 눈을 똑바로 바라보며 대꾸했다. 십년감수란 말은 농담이 아니었건만 그는 아무 일도 없었다는 듯이 행동하고 있었다.

"하인경."

갑자기 돌변한 그녀의 태도에 화가 난 주열이 목에 잔뜩 힘을 실었다. 하지만 그런 것에 기죽을 인경이 아니었다.

"목소리 깔지 말아요. 하나도 안 무서우니까."

"겁이 없군."

"겁낼 이유가 없으니까요."

그녀는 한마디도 지지 않고 맞받아쳤다. 이왕 이렇게 된 거 속이라도 시원해야 했다. 한편, 두 사람의 실랑이를 지켜보고 있는 서진의 입가에 남모를 미소가 피어올랐다. 저 태도는 그녀가 처음 이곳으로 왔을 때의 모습을 연상케 했다. 팔려온 줄도 모르고 전혀 기죽지 않은 당당한 자세로 그녀의 생각을 이야기하며 주열에게 대들던 딱 그 모습이었다.

왠지 보기 싫지 않았다. 아니, 오늘만큼은 그녀가 승리하길 바랐다. 늦은 시간까지의 과중한 업무로 현재 주열의 몸은 포화상태였다. 거기다 잦은 술자리로 인해 많이 괴로워하고 있던 중이라 사실 무지 걱정하고 있던 참이었다. 그런데 오늘 아침 이런 일이 벌어졌던 것이다.

"후훗, 과연 그럴까."

서진이 혼자만의 상념에 빠져 있을 때 주열의 목소리가 들려왔다. 서진은 귀를 쫑긋 세워 그녀의 대답을 기다렸다. 집어삼킬 듯이 서로를 노려보는 두 사람의 모습이 서진의 호기심을 자극했다.

"빈정거리지 말아요. 나도 여차하면 강주열은 겁쟁이라고 소문낼지도 모르니까."

"뭐라고?"

어처구니없는 말에 주열의 눈이 휘둥그레졌다. 그건 서진도 마찬가지였다. 도대체 무슨 근거로 그런 말을 하는지 궁금하기까지 했다.

"뭘 그렇게 놀라요. 다 알면서."

인경은 슬쩍 미끼를 던졌다. 그가 뭘 보고 그런 반응을 한 것인지는 정확히 모르겠지만 심혈이 약하다는 것쯤은 알 수 있었다.

"서진 씨, 붙잡아야 하지 않을까요? 아까도 지금처럼 딱 저 표정이었거든요."

조금 전과 달리 그는 금방이라도 불을 뿜어낼 듯이 활활 타오르고 있었지만 인경은 도발하듯 일부러 그렇게 말했다. 그러자 놀란 서진이 한 발짝 다가섰다. 주열은 죽일 듯이 그를 노려보았다. 움직이면 가만있지 않겠다는 무언의 경고였다. 서진은 이러지도 저러지도 못한 채 그저 두 사람을 지켜봐야 했다. 그때 또다시 그녀의 목소리가 들려왔다.

"용건 끝났으면 다들 나가요. 누구 때문에 씻지를 못했더니 온몸이 근질거려서 미치겠으니까."

이미 목욕을 하고 난 후였지만 인경은 보란 듯이 머리를 긁적거리기 시작했다. 주열은 기가 차서 말도 나오지 않았다. 주제넘게 명령이라니, 어이가 없었다. 그녀를 노려보고 있던 주열은 그대로 등을 돌려 방을 나왔다. 그 뒤를 서진이 조용히 따르고 있었다.

"마 사장에게 김인광이 연락해 오면 즉시 알리라고 하고 오늘 잡혀 있는 미팅들 내일로 미뤄둬. 급하게 처리해야 할 일은 집으로 오라고들 해. 아! 그리고 이모한테 적당히 둘러대서 오지 못하게 해라. 나 집에 있는 거 알면 괜히 걱정할 거야."

"알았어."

짧게 대답한 서진은 쾌재의 미소를 지었다. 그녀가 보기 좋게 승리한 것이다. 어서 이 사실을 그녀에게 알려주고 싶었다. 고맙다는 말과 함께.

"빌어먹을!"

방으로 들어서자마자 주열의 입에서 욕설이 튀어나왔다. 혼쭐을 내려고 찾았다가 오히려 된통 당하고 온 꼴이라니, 한심하기 그지없었다.

똑똑!

노크 소리가 들려왔다. 우두커니 창밖을 바라보고 있던 인경이 다가가 문을 열었다. 김이 모락모락 나는 쟁반을 들고 서진이 서 있었다.

"커피 한잔 어때요?"

"좋죠."

인경이 빙그레 웃으며 옆으로 비켜서자 서진이 안으로 들어가 테이블에 쟁반을 내려놓았다. 자리에 앉은 인경은 커피와 함께 먹음직스러운 샐러드가 있자 안 그래도 허기져 있던 뱃속이 요란하게 꿈틀거렸다.

"맛있겠네요."

"들어요. 배고플 텐데."

서진이 포크를 건네주자 인경이 수줍은 미소를 지으며 받아 들었다. 그리고 샐러드를 수북이 떠서 입안에 넣었다. 아삭거리는 소리를 따라 레몬 향이 어우러진 상큼한 소스가 입안을 개운하게 했다.

"와아, 정말 맛있어요. 샌드위치도 그렇고 정말 음식 솜씨가 좋으시네요."

"후훗, 감사합니다. 근데 인경 씨."

"네?"

샐러드를 입에 넣으며 무심코 대답하던 인경은 심각해지는 그의 표정을 보곤 슬며시 포크를 내려놓았다. 그에게 어떤 말을 듣게 될지 살짝 겁이 났다.

"약…… 말인데요. 정말 먹으려던 것은 아니죠?"

"미쳤어요! 그딴 걸 먹게."

"근데 주열이가 왜……."

"나도 모르죠 뭐. 하도 머리가 아파서 약을 먹으려다 구토증이 나는 바람에 욕실로 간 게 다니까."

"아파요?"

눈앞에 불쑥 손이 다가왔다. 깜짝 놀란 인경이 황급히 몸을 뒤로 빼며 말했다.

"아, 아니. 지금은 괜찮아요. 강주열 씨 때문에 얼마나 놀랐던지 아픈 것도 다 잊었어요. 그보다 서진 씨, 뭐 하나 물어봐도 될까요?”

“뭔데요?”

“혹시 서인이란 여자가 강주열 씨 애인이에요?”

서진은 흠칫 놀랐다. 그녀에게서 금기시된 이름을 듣게 될 줄은 꿈에도 몰랐던 것이다.

“인경 씨가 어떻게 그 이름을…….”

“강주열 씨가 날 그 여자로 착각하더라고요.”

“네? 언제요? 아니, 그래서요?”

‘에휴, 눈알 튀어나오겠네. 왜 이렇게 당황하지?’

인경은 눈에 띄게 당황하는 그를 보면서 서인이란 여자에 대해서 흥미가 생겼다. 남자를 하나도 아니고 둘씩이나 흔들어놓을 수 있다는 것은 그녀의 존재가 그들에게 상당한 영향력을 끼치고 있다는 의미였다. 인경은 그녀에 대해서 조금 더 알아보기로 결정을 하고 일부러 짜증스런 말투로 입을 열었다.

“하도 기분 나쁜 소리를 하기에 난 그녀가 아니라고 소리쳤죠, 뭐.”

“기분 나쁜 소리요? 그게 뭔데요?”

“혹시 그 여자 죽었어요?”

서진은 또 한 번 가슴이 철렁 내려앉았다. 도대체 그녀가 어떻게, 얼마나 알고 있단 말인가. 거침없이 말하는 것으로 보아 꽤 많은 이야기를 알고 있는 듯했다. 하지만 주열이 얘기했을 리가 없었다. 누구보다 그 이름을 입에 올리는 것을 싫어했으니까. 그렇다면 다른 누군가를 통해 알고 있다는 말이 된다.

‘설마?’

서진은 어렵지 않게 송기철을 떠올렸다. 조사한 바에 따르면 그녀와 관계된 사람은 오직 그자뿐이었다. 더구나 그녀를 이곳으로 보낸 사람 또한 그였다. 아직 그녀가 이 일에 관련되어 있다는 증거를 찾진 못했지만 만일 서진의 예상대로 그와 한패라면 더 이상의 대화는 금물이었다.

Rrrrr. Rrrrr.

때마침 그의 휴대전화가 울렸다. 그녀에게 해줄 말이 없었던 서진은 황급히 자리에서 일어났다.

"실례할게요."

인경은 허둥지둥 밖으로 나가 버리는 그를 보면서 직감으로 무엇이 있다는 것을 알았다.

"으음, 이거 뭔가 냄새가 나는데 말이지. 뭐, 시간이 지나면 차츰 알게 되겠지. 그보다 이거 진짜 군침 돈다."

먹음직스러운 샐러드가 어서 잡수셔 하고 입을 벌리고 있자 인경은 빙그레 웃으며 포크를 집어 들었다.

무희는 팔짱을 끼고서 고개를 절레절레 흔들었다. 작정하고 잡아당기면 끌려올 정도로 시커멓게 자란 수염이 얼굴을 반이나 덮고 있었고, 기름기가 덕지덕지 흘러내린 머리카락은 언제 감았는지도 모를 만큼 뒤엉켜 있었다. 입고 있는 옷 꼬락서니는 또 어떻고, 잡아 뜯기라도 한 것처럼 후줄근했다.

저런 몰골로 집밖을 나간다면 정신병원에 처박히기 딱 좋았다. 한심했다. 아니, 측은했다. 세 치 혀로 여자들을 호리던 천하의 송기철이 여자 때문에 폐인이 될 줄은 꿈에서도 상상하지 못했다.

"혼자 보기 참 아깝다. 쯧쯧쯧."

무희가 혀를 차며 천천히 그에게로 다가갔다. 하지만 그에게선 미동도 없었다. 무슨 말을 듣고자 한 건 아니었다. 하지만 역시 침묵은 기분 나빴다.

"깡통 하나 구해다 줄까? 그러고 나가면 제법 수입이 쏠쏠할 것 같은데. 아니지, 얼굴이 반반한 게 누가 주워다가 애완견으로 키우려나."

빈정거림이 계속해서 들려왔다. 하지만 기철은 신경 쓰지 않았다. 그녀의 의도가 무엇인지 알기에 반응하는 것조차 귀찮았다.

"그년……. 아니, 하인경의 어떤 모습이 당신을 이렇게 만드는 거야?"

미동조차 없던 그의 손가락이 꿈틀거렸다. 반응을 이끌어내기엔 그 이름밖에 없다는 듯. 무희는 주먹을 꽉 틀어쥐었다. 죽기보다 싫었지만 그동안 부정했던 그 여자의 존재를 인정할 수밖에 없었다.

"말해봐. 당신에게 하인경은 어떤 존재야?"

쓰윽. 그가 고개를 움직였다. 무희는 무의식적으로 마른침을 꿀꺽 삼켰다. 그와 시선을 마주하는 게 얼마 만인지 모르겠다. 수면제를 먹인 날 이후로 그는 눈과 귀를 닫아버렸다. 그리고 침대가 공간의 전부인 듯 벗어나지 않았다. 지금처럼 초점 없는 시선으로 멍하니 앉아 있지 않으면 죽은 시체처럼 잠만 잤다.

처음엔 그냥 내버려 두었다. 저러다 말겠지 했으니까. 그러나 사태의 심각성을 깨달은 것은 밥은커녕 술조차 입에 대지 않는다는 도우미 아줌마의 말을 들은 뒤였다. 그리고 급기야 어젯밤에 쓰러지고 말았다. 우습게도 병명은 영양실조였다.

"반갑다, 송기철."

드디어 그와 눈이 마주쳤다. 반가운 마음에 그녀가 생긋이 웃으며 인사를 건넸다. 아픈 사람답지 않게 눈동자는 여전히 맑았다. 저런 눈동자를 가진 사람이 그녀가 아닌 다른 여자를 바라보고 있다는 것이 더없이 슬펐다.

"벌써 점심땐데 배 안고파? 먹을 것 좀 가져다줄까?"

아침도 안 먹은 상태라 뭐라도 먹이고 싶어서 물었다. 그러나 돌아오는 대답은 없었다.

"그럼 얘기나 하자. 하인경 씨 얘기가 좋겠지?"

그의 눈동자가 촉촉이 젖어들었다. 몹시 그립다는 표정을 하고서.

'그렇게 보고 싶어? 이름만 들어도 아플 만큼? 근데 어쩌나 이제 그녀은 당신에게 돌아올 수 없는데. 후훗, 그러게 적당히 좀 하지 그랬어. 내 성질 건드려 봤자 당신만 손핸데.'

무희는 속으로 고소해하며 겉으로는 안타까운 척 입을 열었다.

"당신 표정을 보니 하인경 씨를 정말 좋아했구나. 근데 왜 헤어진 거야?"

"……이야."

그가 입술을 달싹였다. 하지만 소리가 너무 작아서 들리지가 않았다.

"못 들었어. 다시 말해봐."

무희가 그에게 가까이 다가가며 말했다.

"너…… 때문이라고."

"나? 내가 왜?"

무희가 깜짝 놀라서 외쳤다. 원인이 그녀일 줄은 생각지도 못했다.

"네가 내 여잔 줄 알아."

"뭐어? 푸하하하!"

그녀가 입을 크게 벌리고서 박장대소를 했다. 밉다, 밉다 하니까 아주 가지가지 하고 있었다. 기철이 인상을 확 구기고서 말했다.

"입 다물어. 확 찢어버리기 전에."

"하하하. 미안, 미안."

말은 그렇게 하고 있었지만 무희는 쉽사리 웃음을 멈출 수가 없었다. 그 말은 즉, 그 여자가 그렇게 믿고 있는데도 그가 변명을 하지 않았다는 말이었다. 참으로 송기철다운 행동이었다. 그래서 기뻤다. 이유야 어찌 되었던 간에 최소한 그 여자에게 그녀는 특별한 존재로 기억될 테니까.

"그게 그렇게 우스워?"

"알았어, 그만할게."

그러면서도 그녀의 입꼬리는 양 끝으로 씩 올라가 있었다. 차라리 말을 말자, 저런 여자를 상대로 무슨 얘기를 한다고. 기철은 눈을 감고서 고개를 돌려 버렸다.

"근데 말이야. 왜 아니라고 말하지 않았어?"

들떠 있는 그녀의 목소리가 신경을 건드렸다. 기철은 천천히 눈을 뜨고서 그녀를 바라보았다. 눈동자가 반짝반짝 빛이 나는 게 기대감으로 가득 차 있었다. 하지만 기대가 크면 실망도 큰 법. 제멋대로 상상하며 기고만장하는 꼴은 보기 싫었다.

"아무 존재도 아닌 여자를 상대로 변명하는 게 자존심 상해서."

찬물을 뒤집어쓴 듯 그녀의 얼굴이 싸늘해졌다. 그러나 기철은 개의치 않았다. 그걸 바라고 한 말이었으니까. 그리고 거짓말도 아니었다. 사업 파트너 외엔 정말 아무 존재도 아니었으니까.

"정말 그렇게 생각하는 건 아니지?"

"아니면? 우리 사이에 돈 말고 다른 게 또 있어?"

'갈기갈기 찢어 죽일 놈. 열린 입이라고 잘도 씨불이기는.'

무희는 불덩어리가 속에 들어찬 것처럼 열이 확 뻗쳤다. 하지만 이를 악물고 참았다. 여자가 한을 품으면 오뉴월에도 서리가 내린다고, 그가 이렇게 나올수록 더 오기가 생겼다.

'두고 봐. 반드시 내 발밑에 무릎 꿇게 될 테니까!'

분을 참지 못한 손톱이 살을 파고들었지만 무희는 활짝 웃는 얼굴로 졌다는 듯이 말문을 열었다.

"뭐 당신이 그렇다고 하면 그런 거겠지. 내 말 따위가 무슨 소용이야. 아니라고 한들 싸움밖에 안 할 텐데."

기철의 눈이 가늘어졌다. 무슨 꿍꿍인지 그녀가 너무 쉽게 꼬리를 내리고 있었다. 입에 게거품 물고 덤벼들 줄 알았더니.

"무슨 수작이야?"

"수작이라니, 뭐가?"

이제 그녀는 싱글거리기까지 하고 있었다. 그 모습이 오히려 등골이 오싹한 게 기분이 섬뜩했다.

"내가 알던 최무희가 아니잖아."

그의 목소리가 살짝 치켜 올라갔다. 당연한 반응이었다. 그녀가 생각해도 얌전히 물러날 성격은 아니니까. 사실 확 던져 버리고 싶은 폭탄을 끌어안고 있으려니 죽을 맛이었다. 그런데도 참고 있는 것은 단 하나. 언젠가 찾아올 더 큰 행복을 위해서였다. 무희는 별일 아니란 듯 어깨를 으쓱거리며 말했다.

"철드나 보지."

"후훗, 죽을 때가 됐단 거네. 때 되면 말해. 가는 길에 기꺼이 국화꽃 한 송이는 던져 줄 테니까."

부릅뜬 눈동자가 핏빛으로 변했다. 기철의 입가에 미소가 걸렸다. 뭐니 뭐니 해도 죽일 듯이 노려보는 저 모습이 가장 그녀다웠다. 깨지고 부서지는 게 낫지, 가식적인 행동은 그녀에게 전혀 어울리지 않았다.

"송기철, 네 무덤가에 필 꽃은 내가 심어줄게. 죽어서도 고통에서 벗어나지 못하게 커다란 가시가 박힌 것들로만 골라서."

"아으! 심심하진 않겠네. 꼭 그렇게 해줘."

그가 나른한 듯 기지개를 켜며 이불 속으로 파고들었다. 무희는 이를 바드득 갈았다. 얄미운 놈. 오독오독 씹어서 고기밥으로 던져 줘도 성에 안 찰 나쁜 놈. 저놈을 잿더미가 될 때까지 불기둥에 묶어놓을 수만 있다면 기꺼이 영혼이라도 팔 텐데 그러지 못하는 것이 천추의 한이었다.

Rrrr. Rrrr.

무겁게 내려앉은 공기 사이로 전화벨이 울렸다. 표독스러운 표정으로 그를 노려보고 있던 무희는 몸을 휙 돌려 방을 나왔다. 언젠가는 저놈의 목을 꼭 그녀의 손으로 조를 날이 오기를 바라며.

"어머나, 회장님. 어쩐 일이세요?"

상대가 강 회장인 걸 알게 된 그녀의 목소리가 금세 상냥해졌다.

[잘 지냈는가, 최 사장.]

"네. 회장님 덕분에 잘 지내고 있습니다."

거짓말은 아니었다. 눈엣가시 같은 존재인 하인경을 처리해 준 덕에 한결 마음이 편안했다.

[그렇다니 다행이군. 한데 최 사장?]

"네. 말씀하세요."

[증거물은 어찌 됐나. 하도 소식이 없어서 전화했네.]

무희는 바늘로 찔린 것처럼 가슴이 뜨끔했다. 강 회장에게 했던 말을 그동안 잊고 있었던 것이다. 그녀의 시선이 자동으로 기철이 있는 방으로 향했다.

증거물은 그가 직접 관리를 해온 터라 사실 어디에 있는지 그녀도 모른다. 그걸 알아내려면 그의 동태를 살펴야 하는데 죽은 시체처럼 집에만 틀어박혀 있으니 알아낼 방법이 없었다. 그렇다고 대놓고 물어볼 수도 없는 일. 어쨌든 지금은 그가 움직이기를 기다릴 수밖에 없었다.

"그러셨군요. 안 그래도 그자를 찾기 위해서 백방으로 알아보고는 있는데 아직 이렇다 할 성과가 없습니다. 조금만 더 기다려 주세요. 곧 좋은 소식이 있을 겁니다."

[그런가. 알았네. 소식 듣는 대로 곧바로 알려주게.]

"알겠습니다."

[끊음세.]

"네. 들어가세요."

무희는 천천히 전화기를 내려놓으며 생각에 잠겼다. 어디에 숨겨놓았을까. 그가 갈 만한 곳은 여기가 아니면 하인경의 집이 다였다. 더구나 그는 본격적으로 일을 시작하면서 그 여자의 집을 찾지 않았다. 그 여자가 위험에 빠질 수 있다는 게 이유였다. 그러니 그런 곳에 숨겨뒀을 리는 없었다. 그렇다면?

무희는 천천히 집 안을 둘러보았다. 등잔 밑이 어둡다고 어쩌면 이 집 어딘가에 숨겨놓았을지도 모른다. 그림자놀이를 즐기는 그라면 충분히 그러고도 남았다.

"그를 어떻게 움직인다."

무희는 증거를 찾을 방법을 모색하기 시작했다. 그것만 손에 넣으면 걱정할 게 없었다. 그러니 이 집에 있든 아니면 다른 곳에 있든지 간에 일단 그를 집 밖으로 불러내는 게 먼저였다.

"아, 배고파."

인경은 꼬르륵 소리가 나자 양팔로 배를 움켜쥐고 주열의 방문을 바라보았다. 점심 먹을 시간이 한참이나 지났지만 그의 방문은 열릴 기미가 보이지 않았다. 아침에 그 난리를 겪고 난 후 서진이 가져다준 샐러드가 먹은 게 전부라 그녀의 눈동자에 원망의 빛이 어렸다. 서진이 나갈 때 그를 부탁하지 않았다면 벌써 허기진 배를 채우고도 남았을 것이다.

"좀 일어나라 일어나. 출근한다고 고집깨나 피우더니 잠 못 잔 귀신이 붙었나, 왜 안 일어나고 사람 고문하는 건데."

투덜거림으로도 성이 안 찬 인경은 미간을 찡그린 채 그의 방문을 노려보았다. 배가 고프니 모든 게 짜증스럽기만 했다.

"그냥 혼자 먹어버려? 에이, 아서라. 그러다 괜히 미운털 박힐라. 아침에 있었던 일만으로도 눈엣가실 텐데 더는…… 가만! 헉! 설마?"

불현듯 스치고 지나가는 영상에 인경은 후다닥 뛰어가 그의 방문을 벌컥 열었다. 긴급한 상황이니만큼 노크 따윈 생각조차 하지 않았다.

"강주열 씨!"

자라 보고 놀란 가슴 솥뚜껑 보고 놀란다고 아침과 똑같은 상황이 벌어지지 말란 법은 없었다. 하지만 침대는 잠을 잔 흔적만 남아 있을 뿐 텅 비어 있었다.

"어디 갔지? 나가는 거 못 봤는데."

그가 보이지 않는다는 것에 덜컥 겁이 난 인경은 방 안 여기저기를 기웃거리며 큰 소리로 부르기 시작했다. 어딘가에 쓰러져 있다면 그녀의 목소리를 듣고 대답해 주길 바라서였다.

"강주열 씨! 어디 있어요? 강주열 씨!"

대답은커녕 모습조차 보이지 않자 인경의 얼굴빛이 사색이 되었다. 그녀가 보지 못한 사이 그가 밖에라도 나간 거라면 서진을 어떻게 봐야 할지 몰랐다. 혼자 두지 말라고 신신당부하고 갔었는데 불과 두어 시간 만에 그를 놓치고 만 것이다.

"아 씨, 나 몰라. 이제 어쩌지."

난감해진 인경은 양 손바닥으로 거칠게 얼굴을 쓸어내렸다. 간단한 부탁조차 들어주지 못하고 일을 그르쳤다고 생각하니 스스로가 한심해서 견딜 수가 없었다. 이게 다 그 남자 때문이라고 생각하니 가슴으로부터 뜨거운 불길이 치솟았다. 인경은 화를 참지 못하고 주먹을 불끈 쥔 채 허공을 향해 고함을 질렀다.

"야! 강주열. 너 잡히면 죽어!"

"그 손으로 말인가."

그녀의 등 뒤로 섬뜩한 목소리가 울려 퍼졌다. 화들짝 놀란 인경은 아직도 주먹을 쥐고 있다는 것도 인식하지 못한 채 천천히 몸을 틀었다. 가슴으로 번져 가는 불길한 기운을 고스란히 눈동자에 담은 채. 그리고 보았다. 제멋대로 흘러내린 머리카락에 매달려 있는 물방울을 뚝뚝 흘리고서 허리춤에 수건 하나만 달랑 걸치고 서 있는 그를.

그리고 어찌할 사이도 없이 결코 허약하다 할 수 없는 몸에 시선이 꽂혔다. 매끈하면서도 선명하게 새겨진 탄탄한 복근은 그녀의 숨결을 앗아가기에 충분했다. 섹시하다. 그녀의 머릿속에 떠오른 첫 느낌이었다. 거대한 물살을 가르고 솟아오른 상어마냥 위험하리만치 섹시한 모습이었다. 손으로 만져 보고 입술로 느껴보고 싶을 만큼.

'헉! 미쳤어. 지금 무슨 생각을.'

그를 상대로 위험한 불장난에 빠져 있던 인경은 황급히 늪에서 빠져나왔다. 제아무리 그녀가 좋아하는 이상형의 복근이라고 해도 다가갈 수 없는 그림의 떡이었다. 그런데 남자에게 굶주려 환장한 여자도 아니고 그를 상대로 그런 터무니없는 생각을 하다니. 한심하기 짝이 없었다.

'뭐야, 저 눈빛은.'

주열은 그녀의 노골적인 시선에 기가 찼다. 팔자에도 없는 잠을 오래 자서 그런지 오히려 몸이 찌뿌듯이 저려오자 느긋하게 목욕이나 할 요량으로 욕조에 몸을 담갔다. 그렇게 한 20여 분쯤 있을 때였다. 피로가 풀리는 듯 노곤한 게 몸이 한결 가벼워지는 걸 느끼며 스르르 눈을 감는데 다급하게 부르는 소리가 들려왔다.

처음엔 그저 환청인가 싶어 무시했다. 그녀가 그의 방에 들어왔을 거란 걸 상상도 못했으니까. 그런데 앙칼진 목소리가 점점 더 가까이에서 들려오자 그제야 정신을 차리고 무슨 일인가 싶어 허둥지둥 수건만 걸치고 나오는 길이었다. 그런데 죽인다고 소리친 것으로도 모자라 대놓고 바라보는 시선이라니. 어이가 하늘을 찔렀다.

"이 몸에 관심 있나?"

비웃는 듯한 목소리가 들려왔다. 혐오스러움에 스스로를 자책하고 있던 인경은 그제야 아직까지도 그를 빤히 바라보고 있었다는 것을 깨닫고 황급히 고개를 돌렸다. 남자의 벗은 몸을 처음 보는 것도 아닌데 그가 느낄 정도로 넋을 빼놓고 있었다는 것이 몹시도 부끄러웠다. 그때 또다시 빈정거리는 말투가 들려왔다.

"잡아먹을 듯이 소리치더니 왜 그러고 있지? 막상 나타나니 겁나나?"

가소롭기 짝이 없는 질문이었지만 맞는 말이기도 했다. 거의 나체인 상태로 마주할 거라곤 상상도 못했으니까. 아니, 위험한 남자란 걸 알면서도 한순간에 그에게 시선을 빼앗겼다는 것이 그녀를 열 받게 했다. 그러니 화를 참을 필요가 없었다. 이건 모두 그로 인해 벌어진 일이니까. 더구나 이대로 물러선다면 그가 얕잡아 볼 수도 있었다. 그렇게 되길 바라지 않았다.

인경은 뜨겁게 달궈진 마음을 애써 다잡으며 아무렇지 않은 듯이 한 발을 앞으로 내밀었다. 그에게 그녀의 존재감을 알리기 위해서였다. 돌이켜 보면 지금 난처한 입장에 놓인 사람은 그녀가 아니라 바로 그인 것이다. 그걸 알려주기 위해서 인경은 슬쩍 눈동자를 아래로 내렸다 치켜올리며 유혹하듯 그의 몸을 훑어 내렸다.

"겁날 게 뭐가 있겠어요. 강주열 씨라면 또 모를까."

정말 두렵지 않다는 듯 그녀가 생긋이 웃으며 한 발 더 앞으로 다가왔다. 재미있는 그녀의 반응에 주열이 팔짱을 끼고서 오른쪽 어깨를 문설주에 기댔다. 뭘 믿고 저러는지는 모르겠지만 꽤나 여유로운 모습이었다. 오히려 그가 긴장할 만큼.

"내가 왜?"

"음…… 그야 저도 모르죠. 내 기분이 그런 거니까."

"후훗, 어지간히 심심한가 보군."

"그러게요. 집 지키는 멍멍이처럼 종일 문 앞에서 서성거렸더니 심심하긴 하네요. 배도 고프고."

때마침 그녀의 배에서 꼬르륵 소리가 났다. 그만큼 두 사람의 거리가 좁혀진 것이다.

"점심 안 먹었나?"

주열이 못마땅한 눈초리로 물었다. 욕실에 들어갈 때 시간을 확인한 후라 점심시간이 훌쩍 지났다는 것을 알고 있었다.

"안 먹은 게 아니라 못 먹었죠. 그게 누구 때문일까요?"

"나 때문이라곤 하지 마. 기다려 달라 한 적 없어."

"물론이죠. 꼭! 꼭 기다렸다가 같이 먹으라고 말한 사람은 강주열 씨가 아니니까 탓하지 않아요."

그녀는 일부러 꼭이란 말을 반복해서 사용했다. 주열이 그걸 모를 리가 없었다. 인경은 그를 도발하듯 일부러 슬쩍 눈을 감았다 뜨며 계속해서 말을 이었다.

"근데 말이죠. 비록 한순간이긴 하지만 제 심장을 폭풍 속에 내던진 책임은 지셔야겠어요."

"책임이라니, 무슨 소리야?"

얼토당토않은 말에 주열이 기대고 있던 어깨를 뗐다. 그녀와 달리 그는 어떠한 행동도 하지 않았기에 책임 운운하는 말이 귀에 거슬렸다.

"뭘 그렇게 긴장해요. 그저 가슴 한번 만져 보잔 건데."

날벼락 같은 소리에 그의 몸이 굳어졌다. 하지만 그보다 더 놀란 사람은 바로 인경이었다. 그녀가 뱉어낸 말이 귓속으로 파고들기도 전에 심장이 쩍 소리를 내며 갈라졌다. 어떻게 이런 황당하고 어이없는 짓을 저질렀는지 온몸으로 번져 가는 수치심에 심장이 아프도록 조였다.

아마도 그녀 안에 있는 또 다른 자아는 아주 음탕한 여자인 모양이다. 그렇지 않고서는 그를 상대로 성적인 욕구를 느낄 리가 없었다. 아니, 뼛속까지 그렇게 믿고 싶었다. 조금 전의 그 여자는 하인경, 그녀가 아니었다고.

"저기, 강주열 씨."

숨이 막힐 듯 조여오는 압박감을 견디지 못한 그녀가 조심스럽게 입을 열었다.

"그러니까 그게……!"

"입 다물어."

얼음보다 차가운 목소리가 그녀의 입을 막았다. 인경은 입술을 꽉 깨물었다. 그의 목소리가 너무나 섬뜩해서 뼛속까지 시렸다.

'저 목을 비틀어 버리고 싶군.'

주열은 미친 듯이 혈관 속을 휘몰아치고 있는 분노를 억누르기 위해 어금니를 꽉 깨물었다. 장난이라고 하기엔 죽여 버리고 싶을 만큼 그녀의 눈동자는 정직했다. 그래서 화가 났다. 분통이 터질 만큼 화가 나 견딜 수가 없었다. 차라리 웃고 있었더라면 그도 농담처럼 받아칠 수 있었다. 기분이 조금 더럽기는 하겠지만 그저 뭐 밟았다 생각하고 웃어버리면 그만이니까. 그러나 농담이 아니었기에 피가 끓어올랐다. 진실이었기에 소리 높여 울부짖고 싶었다.

그의 처지를 알 리가 없는 그녀였지만 몸속으로 번져 가는 불쾌감은 이미 이성을 압도하고 있었다. 가질 수 없는 자와 가질 수 있는 자와는 하늘과 땅 차이니까. 그런데 감히 그를 상대로 성적 욕망을 채우려 하다니. 주열은 그녀의 자존심을 철저히 짓밟아 버리고 싶어졌다. 그녀가 얼마나 무모한 짓을 저질렀는지 몸소 처절하게 깨우칠 수 있도록. 그리고 두 번 다시는 그를 기만하지 않게 하기 위해서.

"당신이 선택한 일이 그건가 보군. 그렇다면 사양할 수 없지. 벗어."

"네?"

몸에 경련이 일어날 정도로 긴장한 채 처벌이 내려지기를 기다리고 있던 인경은 그의 말을 그만 놓치고 말았다. 그런 인경을 매서운 눈길로 주열이 노려보았다. 그는 시뻘건 불길 속에서 허우적거리고 있는데 말간 눈으로 바라보는 그녀는 너무나 평온했던 것이다. 주열은 이런 상황에서도 저런 눈동자를 할 수 있는 그녀가 가소롭기만 했다. 이제 곧 흔적도 없이 사라지겠지만.

"걸치고 있는 거 모두 벗으라고."

"미쳤어요!"

입에 거품 물고 쓰러질 말에 그녀의 목소리가 하늘 높은 줄 모르고 올라갔다. 옷을 벗으라니, 말도 안 되는 소리였다. 주열은 씩씩거리고 있는 그녀의 반응이 참으로 재미있었다. 만져 보고 싶다고 할 때는 언제고 막상 행동으로 옮기려니 핏대까지 올리며 팔짝 뛰는 꼴이라니. 정말 알 수 없는 여자였다. 그럼에도 불구하고 주열은 그녀를 용서할 수가 없었다.

"당신이 원한 거야. 난 기꺼이 응할 뿐이고."

"그건!"

고함을 지르려던 인경은 그의 말이 틀리지 않았기에 애써 마음을 가라앉히고 차분하게 설명을 하기 시작했다.

"그건 정말 미안하게 생각해요. 나도 모르게 말이 튀어나온 거라 나 역시 무척 당황했어요. 마음 상했겠지만 용서해 줘요."

가소로운 말에 주열이 입가에 냉소를 머금었다. 용서? 웃기는 소리였다. 상대의 기분 따윈 아랑곳없이 제 기분에 맞춰 나불거린 말에 용서란 말은 어울리지 않았다. 그러기엔 그가 느끼고 있는 감정은 훨씬 강한 것이었다.

"말했을 텐데 기꺼이 응한다고. 난 한 입 갖고 두말 안 해. 벗어."

"가, 강주열 씨."

그의 고집스러운 태도가 그녀를 두려움에 떨게 했다. 난처한 상황에 빠진 인경은 이 일을 어떻게 수습해야 할지 몰라 그저 입술만 잘근잘근 깨물었다. 머릿속에 담고 있던 말이 제멋대로 튀어나온 거라 이런 사태가 벌어질 줄은 꿈에도 몰랐다.

"내가 움직이면 그따위 천 조각들 갈기갈기 찢겨질 거야. 그러길 원해?"

서슴없이 내뱉는 말에 그녀의 피가 얼어붙었다. 인경은 설마 하는 마음으로 그를 바라보았다. 하지만 흔들림 없는 눈동자는 그의 말이 진실이라고 경고하고 있었다. 순간 이곳에 처음 왔을 때의 광경이 빠른 속도로 뇌리를 스쳐 지나갔다. 감금에 포르노 영상물까지. 다시 생각해도 몸서리가 쳐지자 그녀는 양팔로 몸을 감쌌다.

두려웠다. 무서웠다. 온몸에 소름이 돋고 살갗이 뜯겨져 나갈 것처럼 커다란 공포가 그녀를 집어삼켰다. 거금을 받고 팔려온 신세란 걸 이제야 깨닫다니. 입 한번 잘못 놀린 대가치곤 너무나 가혹했다.

"원한다는 말이군."

그녀에게서 아무런 대답이 없자 주열이 혼잣말로 중얼거리며 한 발을 앞으로 내디뎠다. 여자를 상대로 위해를 가한 적은 단 한 번도 없었지만 지금 이 순간만큼은 그도 자신을 믿을 수가 없었다.

"지, 지금 완력을 쓰겠다는 거예요?"

그가 움직이는 것을 보며 인경은 후들거리는 다리로 뒷걸음질을 쳤다. 그저 하는 위협이 아니었다. 정말로 그녀를 범할 태세였다. 검붉게 타오르고 있는 눈빛이 그렇게 말하고 있었다. 인경은 그의 손이 몸에 닿는다는 생각만으로도 숨이 막히고 손발이 오그라들었다.

“후훗, 날 원한다기에 기꺼이 주려는데 완력이라니. 우습군.”

“그건! 시, 실수였단 말이에요.”

“진실이기도 하지. 안 그래?”

“지, 지금은 아니에요.”

“그럴 테지. 이미 늦었지만.”

냉소적인 눈빛이 날카롭게 빛나더니 한순간에 거리가 좁혀졌다. 깜짝 놀란 인경이 양손으로 가슴 부위의 옷자락을 움켜쥐며 고함을 질렀다.

“내가!”

그녀의 고함 소리에 손만 뻗으면 닿을 거리에서 주열이 멈춰 섰다. 인경은 끔찍한 영상이 떠오르자 오히려 눈을 부릅뜨고 그를 똑바로 응시했다. 어차피 이런 용도로 팔려온 신세. 언젠가는 겪어야 할 일이었다. 그렇다면 이깟 몸뚱어리는 줘버리면 그만이었다. 하지만 한 자락 남은 자존심까지 짓밟힐 수는 없었다. 만일 이대로 무너진다면 그녀의 세상은 존재하지 않았다.

“내, 내가…… 해요.”

말을 끝낸 그녀가 그와 거리를 두려는 듯 뒤로 몇 걸음 물러나더니 이윽고 부들거리는 손을 단추에 가져다 댔다. 주열은 단추를 풀어내는 그녀를 오롯이 눈동자에 담았다. 사실 그가 담은 것이 아니라 그녀가 주열을 뚫어져라 바라보고 있었다. 마치 이 순간을 절대 잊지 않겠다는 오기 같은 눈빛이었다. 그건 그도 마찬가지였기에 시선을 피하지 않았다.

이윽고 단추를 모두 풀어낸 그녀의 옷이 바닥으로 미끄러져 내렸다. 단순하기 그지없는 하얀 브래지어가 봉긋하게 솟은 가슴을 가리고 있었다. 겉보기엔 마른 듯한 몸매였는데 눈앞에 드러난 가슴은 손안에 꽉 들어찰 정도로 풍만했다. 그러나 주열의 눈동자엔 경멸 외엔 아무것도 담고 있지 않았다.

'저 오만한 눈동자를 깨부수고 싶어.'

인경은 벌레를 보듯 비웃음을 담고 있는 눈동자를 흔들어놓고 싶다는 갈망에 사로잡혔다. 잘못은 그녀가 했지만 시작은 그가 했기에 치욕스런 감정까지 함께 느껴야 옳았다. 그래야만 상처받은 자존심을 조금이나마 위로받을 수 있었다. 그녀의 눈빛이 뜨겁게 타올랐다. 욕망은 사람의 뇌를 지배한다고 한다. 아무렇지 않은 듯 바라보고 있는 그였지만 작심하고 유혹하는 여자에겐 흔들리기 마련이었다. 제아무리 강심장을 가진 자라고 해도 욕정 앞에선 허약한 남자일 수밖에 없을 테니까.

인경은 미소를 지으며 바지의 호크를 풀어낸 다음 천천히 지퍼를 내렸다. 바스락거리는 소리가 소름 끼치게 다가왔다. 그러나 마음먹은 이상 물러서고 싶지는 않았다. 그가 어떤 모습으로 흐트러지는지 꼭 봐야 했다. 잃는 게 있다면 얻는 것도 있을 테니까. 인경은 이제 살짝 눈웃음까지 지었다. 속마음은 이가 덜덜거릴 정도로 두렵고 떨렸지만 겉으로 내색해서 그의 사욕을 충족시켜 줄 수는 없었다.

인경은 바닥에 떨어진 바지에서 살그머니 발을 빼냈다. 이제 입고 있는 거라곤 은밀한 곳을 가리고 있는 팬티와 브래지어뿐이었다. 수치심은 물론 모멸감으로 치가 떨렸지만 애써 이를 악물고 살짝 눈을 내리깔아 도발하듯 그의 중심부에 시선을 고정시켰다. 수건으로 가리기엔 턱없이 모자란 몸이었기에 그의 반응을 보고자 한 행동이었다. 뜨거운 피를 가진 남자라면 지금쯤 어떤 반응이 나타났을 테니까. 그러나 그녀의 바람은 한순간에 흩어진 연기가 되고 말았다.

'하! 말도 안 돼.'

차마 뱉어낼 수 없는 말이 그녀의 목구멍에서 걸렸다. 거짓말처럼 그에게선 아무런 반응이 나타나지 않았다. 믿을 수가 없었다. 남자라면 누구나 반나체인 여자를 보면 흥분할 거라 생각했는데, 아니, 최소한의 동요라도 일으킬 줄 알았는데 그는 남자가 아닌 듯 처음 그 모습 그대로였다. 그게 인경을 당황하게 했다.

"흥미롭던 참인데 왜 그러고 있지? 계속해."

혼란스러워하고 있는 그녀를 향해 주열이 가차 없이 내뱉었다. 어리석은 여자 같으니라고. 반성은 고사하고 또다시 그를 상대로 게임을 하려 하다니. 절대 그녀는 그의 상대가 될 수 없었다. 겁을 잔뜩 머금고 있던 눈동자가 빛을 발하는 순간 이미 그녀의 의도를 알아챘다. 여느 여자들처럼 그녀도 몸을 이용해 남자를 휘어잡을 생각이란 것을. 제아무리 발버둥을 친다고 해도 그를 무릎 꿇게 할 수는 없겠지만 그 의도가 불손하고 치졸해 화가 치밀었다.

"꼭 그렇게까지…… 해야겠어요?"

묻고 있는 그녀의 입술이 파르르 떨렸다. 계획이 물거품이 된 것을 확인한 순간 인경은 공포에 휩싸이고 말았다. 손끝 하나 움직이지 않고도 상대방의 영혼까지 짓밟을 수 있다는 것을 처음 알게 된 것이다.

"날 원망하기보단 당신을 탓해야 하지 않을까?"

"이미 죽고 싶을 만큼 후회하고 있어요."

"그래도 내 대답은 하나야."

"잔인하군요."

"후훗!"

그도 모르게 코웃음이 터졌다. 정말 잔인한 사람은 그가 아닌 바로 그녀였다. 손만 뻗으면 닿을 거리에 여자가 있음에도 불구하고 죽은 심장으로 바라봐야 하는 그로서는 이루 말할 수 없을 만큼 비통하고 참담했다. 그런데 요희라 할 수 있는 당사자의 입에서 그런 말이 튀어나오다니. 그녀에게 잔인하단 말이 어떤 의미인지 똑똑히 알려줄 필요가 있었다.

"요부가 되기로 한 사람이 할 소리는 아닌 것 같은데."

인경은 흠칫 놀랐다. 언제부터인지 모르겠지만 그는 정확하게 그녀의 의도를 간파하고 있었다. 인경의 치기 어린 행동에 그가 아닌 그녀가 낚인 것이다.

"내가 모를 줄 알았나?"

그녀는 속내를 들킨 것이 부끄러운지 눈을 질끈 감고서 입술을 지그시 깨물고 있었다. 여린 속살을 드러낸 무화과처럼 그녀의 살갗이 온통 붉은 빛깔로 물들어갔다. 자업자득이다, 싶으면서도 조금은 측은한 생각이 들었다. 주열은 한 걸음 앞으로 나아갔다. 그가 갑자기 움직인 것에 놀랐는지 그녀가 불안한 눈동자로 바라보며 주춤 뒤로 물러났다. 한순간에 겁쟁이로 전락한 모습은 혼자 보기 아까울 정도로 안쓰러웠다.

"실패했다고 해서 너무 자책하진 마."

주열이 느릿한 동작으로 그녀와의 거리를 좁히며 말했다.

"날 유혹한다는 것 자체가 어리석은 짓이었으니까."

"오, 오지…… 말아요."

인경은 그가 다가오자 양팔로 몸을 감쌌다. 거대한 먹구름이 금방이라도 그녀를 집어삼킬 것 같아 두려웠다.

"후훗. 그깟 말로 날 멈추게 할 수 있다고 생각하다니 바보로군."

주열은 망설이지 않고 팔을 뻗어 그녀의 허리를 휘감아 가슴으로 끌어당겼다.

"아악!"

뜨거운 것이 몸에 닿자 저절로 비명이 터져 나온 인경은 그에게서 벗어나기 위해 몸을 비틀며 애원하기 시작했다.

"이, 이러지 말아요! 내가 잘못했어요. 다시는, 다시는 장난치지 않을 테니까 한 번만, 한 번만 봐줘요. 네?"

용서를 빌고 있는 눈동자가 두려움에 떨고 있었다. 장난친 것에 대한 벌을 톡톡히 치르게 하려던 주열의 마음이 떨어진 빗방울에 낙엽이 파르르거리듯 흔들렸다. 모르고 던진 돌멩이란 걸 알고 있기 때문일 것이다. 그래도 경고쯤은 해둘 필요가 있었다.

"원하는 것을 주겠다는데 너무 시끄럽군."

그의 입술이 곧장 그녀의 입술을 덮었다. 이내 뜨거운 덩어리가 얽혀들 듯 두 사람의 숨결이 섞여들었다. 순식간에 혀를 빼앗긴 그녀는 무언가가 뒤통수를 내려친 것 같은 아찔한 감각에 눈을 휘둥그레 떴다.

무언가가 이상했다. 아니, 세상이 미쳐 돌아가고 있었다. 보통 이럴 경우 심장이 갈기갈기 찢긴 듯 아파야 했다. 자존심이 상하고 더러운 오물을 뒤집어쓴 듯 불쾌감에 치를 떨어야 했다. 그런데 짜릿하다. 아니, 짜릿하다 못해 온몸이 녹아들고 있었다. 대체 달콤한 이 감각은 무엇이란 말인가. 마치 그의 키스를 갈망이라도 한 것처럼 거칠게 휘감아오는 뜨거운 열기가 그녀의 심장을 두드려 대며 전신을 흔들어댔다.

'미쳤구나, 하인경. 드디어 네가 미쳤어. 어서 뿌리치지 못해!'

등짝으로 채찍이 날아든 것처럼 화들짝 정신을 차린 인경은 호되게 자신을 꾸짖으며 그에게서 벗어나기 위해 몸부림을 쳤다. 하지만 주열의 입술은 더 많은 것을 빼앗으려는 듯 더욱 깊게 그녀의 입속을 헤집고 다녔다. 그러나 애초에 주기로 한 벌 때문이 아니었다. 그녀의 입술을 머금은 순간 벌 따윈 잊어버렸다. 그보다는 믿을 수 없는 그의 몸 때문이었다. 마치 간질병에라도 걸린 듯 몸속에서 무엇인가가 꿈틀거리며 기어 다녔던 것이다.

'뭐지, 이 느낌은?'

그녀의 입술을 탐하면 탐할수록 내부에서 일어나는 낯선 감각은 더욱 그의 몸을 뜨겁게 했다. 그게 무엇인지 알기 전에는 결코 그녀를 놓아줄 수가 없었다. 주열은 다급한 손길로 버둥거리는 그녀의 엉덩이를 끌어당겨 몸을 밀착시켰다. 그리고 입술과 손을 바쁘게 움직이며 변하는 몸의 움직임에 집중했다.

이윽고 잔잔한 호수 위에 던져진 돌멩이가 물수제비를 타듯 그 느낌이 점점 더 몸속으로 번져 가더니 급기야 심장을 후려치면서 온몸의 피가 혈관을 타고 내달렸다. 그걸 시작으로 수면 위로 떠오르길 거부하던 뜨거운 덩어리가 서서히 고개를 내밀기 시작했다. 주열은 믿을 수 없는 사실에 몸을 휘청거리며 황급히 그녀를 밀쳐 냈다.

"말도 안 돼."

주열은 세차게 고개를 저으며 부정했다. 그러나 부정하면 할수록 꿈틀거리기 시작한 세포들이 이젠 톡톡 터지는 알갱이처럼 모든 감각들을 뒤흔들었다. 순간, 그는 당황하기 시작했다. 분명 무엇인가가 잘못되었다. 고작 키스 한 번이었다. 그 한 번이 그를 움직인다는 것은 있을 수 없었다. 그러나 시간이 흐를수록 더욱더 선명하게 살아 움직이는 덩어리가 사실이라 말해주고 있었다.

이럴 수도 있는 것일까. 이렇게 갑자기 다가올 수도 있는 것일까. 3년이란 세월을 덧없이 흘려보냈다. 그리고 1년이란 시간은 비참하리만치 치욕스런 날들이었다. 그런데 그러한 시간들이 무의미해질 정도로 한순간에 깨어나다니. 너무 순식간에 일어난 일이라 도저히 믿어지지가 않았다. 아니, 믿고 싶었지만 그만큼 두려웠다. 꿈속에서의 그는 모든 감각들이 깨어나 폭발했다. 그런데 만일 지금 꿈을 꾸고 있는 거라면.

그는 이내 고개를 세차게 흔들었다. 그녀가 눈앞에 있다는 것은 결코 꿈이 아니란 소리였다. 꿈속에 나타나던 여인은 그녀가 아니니까. 순간 그의 몸이 휘청거렸다.

"왜 그래요, 강주열 씨?"

뜨겁던 열기만큼이나 순식간에 내몰린 탓에 멍하니 서 있던 인경은 그가 하얗게 질린 얼굴로 휘청거리자 황급히 다가가며 물었다.

"나가."

화가 난 듯 억눌린 목소리가 전해져 왔다. 그러나 표정만큼은 변함없었기에 인경은 쉽사리 자리를 뜰 수가 없어 그저 못 들은 척 외면했다.

"나가라는 말 못 들었나?"

"옷을 입어야 나가죠."

이번에도 대답하지 않으면 내쫓길 것 같은 말투라 인경은 그의 동태를 살피며 바닥에 떨어져 있는 블라우스를 주워 들었다.

"들고 나가."

"입고 나갈 거예요."

인경은 곁눈질로 그의 눈치를 살피며 태연스레 단추를 채웠다. 못마땅하다는 것을 여실히 드러낸 눈동자가 죽일 듯이 그녀를 노려보았다. 그런데 이상하게도 겁이 나야 했지만 무섭지가 않았다. 조금 전이었다면 후다닥 옷을 챙겨 들고 뛰쳐나갔을 것이다. 하지만 발걸음이 쉽게 움직여지지가 않았다. 왜일까. 화를 내고 있는 모습이 안쓰럽게 보여서. 아니면 금방이라도 태워 버릴 듯 타오르는 눈동자와는 달리 낯빛이 너무 창백해서. 키스를 하고 난 후에 그는 어딘가 모르게 불안정해 보였다.

"나가서 입어."

"다 입어가니까 기다려요."

이제 그녀는 바지를 입고 있었다. 주열은 한마디도 지지 않는 그녀를 노려보며 주먹을 꽉 움켜쥐었다. 꿈틀거리기 시작한 덩어리가 애를 태우듯 느릿하게 움직이는 그녀 때문에 걷잡을 수 없이 부풀어 오르고 있었다. 고개 숙인 남자가 깨어났다는 사실만으로도 감당하기 벅찬데 만일 그녀 앞에서 또다시 추태를 보인다면 심장이 견디지 못하고 파열하고 말 것이다. 주열은 생각만으로 등골이 오싹해지자 지퍼를 올리고 있는 그녀의 팔을 거칠게 틀어잡고서 그대로 문 쪽으로 밀쳐 버렸다.

"당장 나가란 말이야!"

"앗! 왜 이래…… 아악!"

그녀가 비명을 지르며 황급히 고개를 돌렸다. 이상한 낌새를 느낀 주열은 주먹을 꽉 움켜쥐고서 천천히 아래로 고개를 숙였다. 몸을 가리고 있던 수건이 발치에 떨어진 채 마치 자랑이라도 하듯이 꼿꼿이 고개를 든 남자가 하늘을 향해 있었다. 우려하던 일이 기어코 일어난 것이다. 그것도 최악의 모습으로.

"나가!"

무시무시한 고함 소리가 입술을 비집고 튀어나왔다. 안 나가고 버틸 것 같던 그녀가 도망치듯 후다닥 방을 나가자 주열은 사정없이 문을 닫았다.

쾅!

얼마나 힘껏 닫았던지 벼락이라도 내리친 듯 집이 흔들거렸다. 주열은 그래도 화가 삭지 않자 그대로 주먹을 날렸다.

"아악! 빌어먹을. 젠장!"

주열은 그녀와 실랑이를 할 때부터 입안에서 맴돌고 있던 욕설을 거침없이 토해냈다. 고복나무에 꽃이 핀다는 건 세상이 뒤바뀜을 뜻했다. 그건 곧 그의 세상이 변한다는 의미인 것이다. 그러니 죽은 심장이 살아난 것은 분명 기뻐해야 할 일이었다. 그 일로 인해 그동안 겪어야 했던 모멸감과 수치심은 이루 말할 수 없을 정도로 치욕스러웠으니까.

그런데 기뻐할 사이도 없이 화가 치밀었다. 그동안 여러 여자들이 이 집을 찾았다. 그리고 비록 몸은 섞지 않았지만 혹시라도 모를 기적을 바라며 구역질 나는 행위들을 모니터로 지켜보았다. 이제 두 번 다시는 그런 경험을 하지 않아도 되었지만 그 시간들이 얼마나 비참하고 치욕스러웠는지 겪어보지 않은 사람은 알 수가 없었다.

그런 노력에도 불구하고 그 누구도 그를 깨우지 못했고 앞으로도 깨어날 수 없을 거라 여겼다. 그래서 도발하는 그녀를 상대로 기꺼이 게임에 임했다. 검은 심장에 대고 유혹한다고 해도 대답할 리가 없으니까. 그런데 비웃기라도 하듯 한 번의 키스로 그를 깨워 버린 것이다.

"제기랄! 악연이 따로 없군."

주열은 거친 손길로 머리를 쓸어 넘겼다. 애인에 의해 돈에 팔려온 여자에게서 느끼는 욕망이야말로 최악의 시나리오였다.

"이거…… 어떻게 된 거야?"

서진이 부서진 문을 손가락으로 가리키며 물었다. 주열은 보고 있던 책을 탁 덮으며 자리에서 일어났다. 그에게 진실을 말해줘야 했지만 지금은 마음이 너무 혼란스러워 입이 떨어지지가 않았다.

"별거 아니야. 그보다 다들 어떻게 된 거야. 처리할 거 가지고 집으로 오라고들 했는데 왜 코빼기도 안 비쳐. 그 정도로 다들 바빴던 거야?"

주열이 못마땅한 듯 이맛살을 찌푸리며 말했다. 묻는 말엔 대충 얼버무리고서 다른 것으로 치고 들어오는 것을 보니 그가 없는 사이 무슨 일이 있긴 있었나 보다.

"급하게 처리할 일은 없었고 김인광이는 역시 조용해."

그가 거실로 나가자 서진이 뒤를 따르며 말했다.

"태화 쪽 움직임은?"

"그 역시 조용하다. 그래서 사실 좀 불안해. 지금쯤이면 그들이 알고도 남았을 텐데 전혀 움직이지 않고 있어."

주열도 그게 신경이 쓰이고 있던 참이었다. 아무리 개미군단들을 이용해 비밀리에 움직였다고 해도 그 정도의 주식이 움직였다면 그들이 모를 리가 없었다. 한데도 기분 나쁠 만큼 조용했다.

"박민수는?"

"여전히 술독에 빠져 산다."

"다른 특이 사항은?"

"없어. 거의 매일 소울에 들러서 고주망태가 될 때까지 마시는 게 다야."

가끔 널 찾는 것 외에는 이란 말은 차마 보태지 못했다. 그가 들어서 좋을 것이 없었기에. 대신 서진은 실질적인 이야기로 말꼬리를 이었다.

"그리고 송기철은 여전히 오리무중이다. 살아 있는 사람이 맞나 싶을 정도로 그자에 대해서 아는 인간들이 없어."

"놈이 작정하고 숨있다면 칮는 게 쉽진 않을 거야."

주열은 그녀와 있었던 일이 떠오르자 다시금 기분이 씁쓸해져 이를 갈 듯 내뱉었다.

"그렇긴 해. 주열아, 그래서 말인데, 인경 씨를 집으로 돌려보내는 게 어떨까? 어차피 우리는 그를 잡는 게 목적이니까 그녀를 돌려보내면 오히려 일이 쉽게 풀릴 수도 있을 것 같은데 말이야."

"그건 안 돼!"

주열은 저도 모르게 고함을 질렀다. 그러다 황망한 표정으로 바라보는 서진을 보고서야 아차 싶어서 얼른 말을 이었다.

"지금 그녀를 미끼로 쓰자는 거잖아."

"그를 잡기엔 제일 좋은 방법이야. 그리고 자기 여자를 내세워서까지 널 제물로 삼았다면 필시 다른 뜻이 있을 거야."

"넌 여전히 그녀가 그와 한패라고 생각하는 거야?"

"솔직히 나도 잘 모르겠다. 아닌 것 같다가도 뭔가가 자꾸만 뒷목을 잡거든."

"그럼 좀 더 지켜봐. 설령 그에게 다른 뜻이 있다고 해도 그녀가 우리와 함께 있는 한 섣불리 행동하진 못할 테니까."

"그렇긴 하지. 대신 너도 다시 한 번 생각해 봐. 하인경 씨가 열쇠일지도 모른다는 내 생각엔 변함없으니까."

주열은 열쇠라는 말이 가슴을 짓누르자 테라스로 가 문을 활짝 열었다. 서진의 말대로 어쩌면 그녀가 관여된 것인지도 모른다. 사람의 속은 어느 누구도 알 수 없는 거니까. 그리고 그런 그녀에게 그는 욕망을 느꼈다. 영원히 풀리지 않을 줄 알았던 족쇄가 너무나 쉽게 풀린 것이다. 그 같은 일이 무엇을 의미하는지 결코 떠올리고 싶지 않은 치명적인 오류였다.

8장 진실은 아프다

"오셨어요."

마당에서 서성거리고 있던 인경은 조 여사가 나타나자 얼른 다가가며 인사했다. 이 집에서 유일하게 마음을 터놓고 대화할 수 있는 상대가 그녀라 자라목처럼 길게 내빼고서 기다리고 있던 참이었다.

"인경, 좋은 아침."

조 여사가 활짝 웃으며 그녀의 어깨를 톡톡 두드렸다.

"네. 날씨가 너무 화창하네요."

"그렇지? 이런 날에는 커다란 통에 이불을 담가놓고 지근지근 밟아야 하는데 말이야. 스트레스 확 풀리게."

"그럼 오늘 날 잡을까요? 찌든 때 좀 확 벗겨내게."

인경이 그녀의 말에 장단을 맞췄다. 머릿속이 복잡할 때마다 많이 했던 일이라 조 여사의 말이 무엇을 뜻하는지 잘 알았다.

"에휴, 그러면 얼마나 좋겠어. 하지만 이 집엔 그럴 만한 이불 같은 건 없어. 세탁물은 모두 전문 업체에서 수거해 가거든. 요즘 이불들이 좀 잘 나와야 말이지."

"아아……. 그래서 세탁물이 보이지 않았구나."

인경은 이제야 궁금증이 풀렸다. 이곳으로 온 지도 시간이 꽤 지났지만 수건이나 양말 같은 것들 외에는 빨랫감이 널려 있는 것을 보지 못했던 것이다. 그런 연유로 잘 갖춰진 세탁실이 있음에도 불구하고 처음엔 빨래하기가 참 민망했었다. 겉옷은 그렇다 치더라도 남자들만 있는 곳에 여자 속옷을 넌다는 게 영 기분이 이상해서. 지금도 그들이 없는 틈을 타 빨래를 하고 있는 실정이었다.

"아침은 먹었어?"

"네."

인경은 시무룩하게 대답했다. 그와 전쟁 아닌 전쟁을 치른 다음 날로부터 그들과 식탁에 마주앉아 꼬박꼬박 아침을 먹고 있었다. 아침 밥상에 얼굴을 내비치지 않으면 그에 따른 처벌이 있을 거라는 주열의 엄포 때문이었다.

하지만 그의 눈치를 보느라 밥이 코로 들어가는지 입으로 들어가는지, 아니, 사실 맛도 느끼지 못하고 꾸역꾸역 입안에다 밥만 넣고 있었다. 그리고 한 그릇이 다 비워지면 냉큼 자리에서 일어나 도망가듯 방으로 갔다. 그리고 그들이 나갈 때까지 방 안에서 꼼짝도 하지 않았다. 그러기를 며칠째인지 모른다. 그러니 당연히 소화도 되지 않았다. 지금도 속이 더부룩한 게 신물이 넘어올 지경이었다.

"커피는?"

조 여사가 주방으로 들어가며 물었다.

"헤헤헤, 여사님과 마시려고 참았어요."

"그랬어. 에이그, 기특한 것. 앉아, 커피 마시자."

"네."

인경이 자리에 앉자, 조 여사가 커피를 따르며 말했다.

"친구한테서는 아직 연락 없어?"

"네. 생각했던 것보다 화가 많이 났나 봐요. 어제도 문자를 남겼는데 답이 없어요."

"상처가 꽤나 깊었나 보네."

"그런 것 같아요."

그녀의 표정이 시무룩해졌다. 은숙은 어깨가 축 처져 있는 그녀에게 기운을 불어넣어 주려고 일부러 목소리에 힘을 실었다.

"뭐 무소식이 희소식이라고 하니까 좀 더 기다려 봐. 인경이가 애쓰는 만큼 그 친구도 마음이 편치는 않을 거야."

"네."

"그나저나 지내기는 좀 편해졌어?"

"처음보다는 괜찮아요. 다 조 여사님 덕분이에요."

사실 그런 일이 있고 난 후 그와 눈만 마주쳐도 얼굴이 화끈 달아오르고 심장이 철렁 내려앉는 탓에 마주하기가 훨씬 더 껄끄러웠다. 하지만 그런 내색은 하고 싶지가 않아서 일부러 아무 일도 없었던 것처럼 고개를 빳빳이 치켜들고 다녔다. 그리고 방에 들어와서야 숨을 크게 내쉬면서 움츠리고 있던 심장에 산소를 불어넣고 있는 실정이었다.

“그런 소리 마. 나야말로 인경이가 있어서 정말 즐거우니까.”

“헤헤헤. 그렇게 말씀해 주셔서 감사해요.”

“공치사 아니야. 자식이 없어서 그런가, 인경이랑 있으면 정말 즐거워.”

“자녀분이 안…… 계세요?”

뜻밖의 말에 인경이 조심스럽게 물었다.

“후훗, 응. 어쩌다 보니 혼자 남았네.”

살짝 미소 짓는 조 여사의 표정엔 슬픔이 가득했다. 인경은 말 속에 깃들어 있는 아픔을 느끼고서야 실수했다는 것을 깨닫고 서둘러 사과했다.

“죄송해요. 제가 쓸데없는 말을 했네요.”

“아니야. 내가 말을 안 했는데 인경이가 어찌 알겠어. 자, 커피 마셔.”

“네.”

인경은 짧은 대답과 함께 커피 잔을 들었다. 칼날보다 무서운 게 사람의 세 치 혀라는 말이 새삼 떠오르자 가슴이 먹먹해졌다.

“집주인과는 좀 친해졌고?”

“전혀요.”

“전혀?”

“네.

더 이상 그의 대한 이야기는 하고 싶지 않다는 듯 그녀의 대답은 무심할 정도로 단조로웠다. 은숙은 마시던 커피 잔을 살며시 내려놓았다. 선천적으로 밝은 성격이었던 주열은 누구보다 사람을 좋아했다. 아니, 좋아했었다. 그러나 가장 행복해야 했었던 시간에 너무나 끔찍한 경험을 해야 했다. 감히 입에 올리기도 싫은 그 일이 그의 모든 것을 빼앗아간 것이다.

그래서 사실 인경이 이곳에 있다는 말을 전해 들었을 때, 놀라움과 동시에 어쩌면 주열을 세상 밖으로 이끌어줄 수도 있겠다는 작은 기대감을 품게 되었다. 그리고 꾸밈없는 밝은 성격의 그녀를 만나고서는 더욱 확신이 들었다. 그런데 주열을 대하는 그녀의 태도가 이렇듯 적대적일 줄이야. 아무래도 은숙이 바라는 일이 일어나기에는 좀 더 시간이 필요한 듯했다.

"저기, 조 여사님."

"응?"

"혹시 서인이란 여자를 아세요?"

"인경이가 어떻게 그 이름을 알아?"

총알같이 튀어나오는 목소리만큼이나 되묻는 그녀의 눈동자가 놀라움으로 커졌다. 역시 그들에게 서인이란 여자는 예사로운 인물이 아닌 것이다.

"말해봐. 인경이가 서인이를 어떻게 알고 있는 거야?"

그녀가 대답을 하지 않자, 다시금 은숙이 되물었다.

"저기, 그게…… 그러니까 가, 강주열 씨가 절 그 여자로 착각해서 그래서……."

"주열이가 착각을 했다고! 말도 안 돼. 어떻게 그럴 수가 있어. 이렇듯 확연히 다른 사람인데."

"그러니까요."

"하! 말도 안 돼."

은숙은 도저히 믿을 수가 없었다. 달라도 너무나 다른 두 사람인데 주열이가 착각을 하다니. 그녀의 말대로 어디가 아픈 게 아닌가 싶었다.

"필시 뭔가가 잘못됐어. 그렇지 않고서야 주열이가 그럴 리가 없어."

"저기…… 조 여사님."

인경이 조심스럽게 그녀를 불렀다. 하지만 그녀는 혼잣말로 중얼거릴 뿐 돌아오는 대답은 없었다. 인경은 살며시 한숨을 내쉬었다. 이로써 세 사람째다. 서인이란 이름에 놀라 혼미해진 사람이. 대체 그 여자는 누굴까. 그와 어떤 관계였을까. 왜 그 여자의 이름이 그들을 당황하게 만드는 것일까. 인경은 제 일이 아님에도 불구하고 이상하게 그 이름자가 신경 쓰였다.

Rrrr. Rrrr.

책상 위에 올려놓은 휴대전화가 몸을 흔들며 울어대기 시작했다. 모니터로 주식 동향을 살피고 있던 민수는 무심한 손길로 휴대전화를 집어 들었다. 그러나 상대를 확인하는 순간 저도 모르게 표정이 확 굳어졌다.

"네, 회장님."

민수는 못 본 척 무시하고 싶은 마음을 뒤로하고 통화키를 눌러 대답했다.

[지금 어디야?]

"사무실입니다."

[당장 올라와!]

호통 소리를 끝으로 전화가 끊어졌다. 민수는 한숨을 푹 내쉬고서 의자 깊숙이 몸을 묻었다. 들려오는 목소리로 봐서 아마도 주식에 관한 걸 알게 된 모양이다.

"이제 어쩐다."

똑똑!

혼잣말 사이로 노크 소리가 들렸다. 그리고 들어오라는 말도 하기 전에 문이 열리고 서 비서가 들어섰다. 심각한 표정으로 보아 그의 예감이 맞는 듯했다.

"회장실에 가야 해. 할 말 있으면 빨리해."

민수가 자리에서 일어나며 말했다. 호통이 떨어진 만큼 조금이라도 지체한다면 더 큰 불호령이 내려질 터였다.

"회장님께서 모든 걸 알게 되셨습니다. 죄송합니다."

걸음을 떼던 민수는 마지막 말에 몸을 휙 돌려 그를 노려보았다. 그는 처벌이 내려지길 기다리는 사람처럼 고개를 푹 숙인 채였다. 민수는 불길한 기운이 가슴으로 스며들자 차가운 목소리로 입을 열었다.

"무슨 뜻이야?"

"더는 강 대표님에 대한 이사님의 바보 같은 믿음을 지켜볼 수가 없었습니다. 죄송합니다."

"너, 설마! 아니지. 아니지!"

민수는 한날음에 나가가 그의 멱살을 붙잡고 소리쳤다. 제발 아니라고 그것만은 아니라고 대답해 주길 바랐다.

"죄송합니다."

"아니라고 말해!"

"죄송합니다."

"그딴 말 말고 아니라고 하란 말이야!"

민수는 그대로 주먹을 날렸다. 절대로 있을 수 없는 일이었다. 그가 감히 누구를 입에 올렸단 말인가. 누구를! 민수는 쓰러져 있는 그에게 다시 주먹을 휘두르며 소리쳤다.

"아니라고 말해. 안 그러면 내 손에 죽어! 아니라고, 아니라고 빨리 말하란 말이야!"

"차라리! 그냥 죽이십시오."

또다시 주먹을 날리려던 민수는 들려오는 고함 소리에 우뚝 동작을 멈추고서 말했다.

"뭐?"

"차라리 죽여달라고 했습니다. 한데 그럴 용기는 있으십니까?"

그 한마디에 허공에 멈춰 있던 주먹이 부들부들 떨기 시작했다. 차라리 조금 전처럼 내려치기라도 할 것이지, 추락하는 어린 새처럼 파닥거리고만 있는 것이 참으로 안타까웠다. 하지만 지금은 동정 따위나 하고 있을 때가 아니었기에 경석은 다시 입을 열었다.

"없다는 것에 보잘것없는 목숨 걸겠습니다. 그래서 제가 나섰습니다. 회사가 넘어가더라도 이사님은 결코 움직이지 않을 테니까요."

"너, 이 자식!"

반쯤 내려온 손이 얼굴 바로 앞에서 멈췄다. 역시나 보기 싫은 모습이었다. 경석은 살짝 눈을 감았다 뜨고서 담담한 목소리로 다시 입을 열었다.

"후려칠 거 아니라면 그만 가보세요. 회장님 기다리십니다."

"너! 너! 으아악!"

고함 소리와 함께 주먹이 움직였다. 경석은 어딘가 한곳 부러지겠구나, 생각하며 눈을 감았다. 그런데 이상했다. 당연히 느껴져야 할 고통도 무겁게 몸을 짓누르고 있던 기운도 사라지고 없었다. 경석은 안으로 숨을 크게 삼키며 살며시 눈을 떴다. 순간 고통에 찬 민수의 얼굴이 시야를 가득 채웠다. 그에 따라 살짝 시선을 내리자 움켜쥐고 있는 주먹에 살갗이 벗겨진 채로 피가 고여 있었다.

"이사……!"

벌떡 몸을 일으키던 경석은 매섭게 노려보는 그 때문에 입을 다물어야 했다.

"네 행동이 모두 옳다는 생각 따위 하지 마. 누군가에겐 오히려 치명적인 독이 될 수도 있으니까."

민수는 그대로 등을 돌렸다. 세상 살아갈 맛 안 나게 이놈이고 저놈이고 뜻대로 움직여 주는 놈이 하나도 없었다.

"인경아, 장 보러 가자!"

은숙은 그녀가 보이지 않자 큰 소리로 불렀다. 바람도 쐴 겸 같이 장 보러 가기로 했는데 아까부터 보이지가 않았다.

"어딜 갔지."

이리저리 찾아다니던 은숙은 문득 생각나는 것이 있자 가방에서 휴대전화를 꺼냈다. 종일 신경 쓰이게 하던 것을 알아볼 생각에서였다.

[이모님, 어쩐 일이세요?]

벨이 몇 번 울리지도 않았는데 상대방의 목소리가 들려왔다. 은숙은 마른침을 꿀꺽 삼키고서 입을 열었다.

"서진아, 물어볼 게 있는데."

[네, 말씀하세요.]

"주열이가 인경일 서인으로 착각했다던데 사실이니?"

전화기 너머로 무거운 침묵이 흘렀다. 설마 했는데 그녀의 말이 사실인가 보다. 지끈지끈. 누군가가 가슴을 후벼 파는 것처럼 아픔이 밀려왔다. 은숙은 손바닥으로 지그시 가슴을 누르고서 숨을 크게 들이켰다. 그리고 정말 묻고 싶은 것을 꺼내기 위해서 입술을 달싹였다.

"서진아, 아직도 주열이가 서인이의 망령에 사로잡혀 있는 거야?"

[이, 이모님.]

이번엔 머뭇거리는 대답이 돌아왔다. 그녀의 짐작이 맞는 것이다. 순간 눈동자가 불에 덴 것처럼 뜨거워졌다. 그런 게 아니길 바랐는데, 아니, 하루에도 몇 번씩 주열일 놓아달라고 빌고 빌었는데 모든 게 헛된 일이었다니. 그동안의 시간들이 정말 허무하기 짝이 없었다.

[괜찮으세요? 이모님! 이모님!]

다급한 목소리가 그녀의 의식을 깨웠다. 그리고 이내 뜨거운 물방울이 볼을 타고 주르륵 흘러내렸다. 누구를 향한 것인지도 모를 화가 눈물과 함께 스멀스멀 가슴으로 치고 올라왔다. 은숙은 단호한 손길로 눈물을 닦아내며 말했다.

"난 괜찮으니까 걱정 마. 그보다 벌써 3년이나 지났는데 주열인 어쩌자고 아직도 그러고 있는 거야, 바보같이. 죽은 사람을 붙잡아서 뭐 하겠다고. 그런다고 살아서 돌아오는 것도 아닌데 왜 그렇게 자기를 못 괴롭혀서 난리래 난리가. 그만큼 고통받았으면 그만 보내줄 때도 됐잖아. 대체 얼마나 더 끌어안고 살아야 직성이 풀린대!"

말을 하다 보니 마지막엔 고함처럼 쏟아져 나왔다. 그래도 끓어오른 화가 삭지 않았다. 그녀에게 있어서 주열은 목숨보다 소중한 아이였다. 언니가 세상을 등지고 떠난 이후로 주열은 오롯이 그녀의 손에서 자랐다. 그리고 사고로 남편과 하나뿐인 딸을 잃어버렸을 때, 주열은 그녀가 살아갈 수 있는 유일한 희망이었다.

그런 녀석이 사랑하는 사람을 잃고 사경을 헤맬 때, 칼로 온몸이 난도질당하는 것처럼 아프고 괴로웠다. 그런데 겨우 멈춘 줄 알았던 고통이 계속되고 있었다니, 참으로 통탄할 노릇이었다.

"그럼 인경인 어떻게 된 거야. 왜 인경이가 여기 있어?"

[그건 말씀드릴 수가 없습니다. 죄송합니다, 이모님.]

"그 일 때문에 주열이가 인경일 집에 들인 게 아니었어?"

[주열이가 들인 건 맞습니다. 하지만 이모님이 생각하시는 그런 이유는 아닙니다.]

"그게 이유가 아니면 대체 인경이가 여기 있어야 할 이유가 뭔데."

은숙이 듣기론 그녀가 여기 있는 이유는 단 하나였다. 서인이가 걸어놓은 마수에서 주열일 해방시켜 주는 것. 그래서 그녀가 이곳에 있다는 말을 전해 들었을 때 내심 기뻤다. 그러나 한편으론 무척이나 가슴 아프고 괴로웠다. 돈으로 사람을 산다는 것은 결코 인간으로서는 해서는 안 되는 일이었기에. 한데 그게 아니라고 한다면 그녀가 이곳에 있을 이유가 없는 것이다.

[죄송합니다.]

역시 이유 같은 것은 설명하지 않겠다는 뜻이었다. 그렇다면 방법은 하나였다. 그녀가 옆에 있으니 직접 물어보면 될 터였다.

"알았어. 그만 일 봐."

은숙은 제 말만 하고는 전화를 끊어버렸다. 더 붙잡고 있어봐야 입을 열 그가 아니었다.

"하아! 말도 안 돼. 정말 죽은 거였어."

현관문을 살며시 닫은 인경은 놀란 가슴을 움켜쥐고서 참았던 숨을 토해냈다. 본의 아니게 엿듣게 된 말은 꽤나 충격이었다. 주열이 그녀를 붙잡고 울부짖을 때 막연히 그런 게 아닐까 생각은 했었지만 막상 사실로 드러나자 마음이 너무 혼란스러웠다.

더구나 그들의 대화 속에 그녀의 이름도 거론되었다. 그건 뭘 의미하는 걸까. 그녀가 그 일과 무슨 상관이 있다고. 인경은 불현듯 처음 이곳으로 왔을 때가 떠올랐다. 포르노 영상. 감금. 그리고 10억이란 몸값 대신 볼모로 있게 된 처지까지.

"혹시 이 모든 게 그 일과 연관이 있는 걸까? 송기철이 그 일에 관련된 거야! 그래서 나를 붙잡아둔 거였어? 그를 붙잡기 위해서? 아니, 아니야. 난 송기철이 가져간 돈 때문에 여기 있는 거잖아. 그러니까 그 일과는 상관없어. 그럼 대체 조 여사님이 말한 그 일이란 건 뭐지? 아아, 진짜 모르겠다. 대체 뭐가 어떻게 돌아가는 거야!"

인경은 생각하면 할수록 머릿속이 복잡해지자 양팔로 머리를 감싸고서 그대로 주저앉아 버렸다. 머릿속이 터져 버릴 것처럼 의문점들로 가득한데 누구를 붙잡고 물어봐야 할지를 모르겠다.

"인경아, 거기서 뭐 해?"

인경은 정수리 위에서 들려오는 목소리에 몸을 흠칫거렸다. 정신을 딴 데 두고 있다 보니 문이 열리는 소리도 듣지 못했던 것이다. 인경은 주섬주섬 몸을 일으켰다.

"어디 아파?"

"아, 아니에요. 아 참! 시장 가기로 했었죠. 얼른 가서 장바구니 가져올게요."

인경은 잠시만이라도 그녀를 피하고 싶었기에 서둘러 말하고서 문고리를 향해 손을 뻗었다. 그러나 손목을 붙잡는 손길이 더 빨랐다.

"아니야. 오늘은 컨디션이 별로라서 쉬어야겠어. 다음에 가자."

"그, 그러세요, 그럼. 다음에 같이 가세요."

"들어가자."

"네."

조 여사가 문을 열고 안으로 들어갔다. 인경은 떨리는 가슴을 손바닥으로 지그시 누르고서 그녀의 뒤를 따랐다. 조금 전까지 아무렇지도 않게 드나들던 문이었는데 지금은 꼭 마귀의 입구처럼 심장이 쿵쾅거리고 다리가 후들거리기까지 했다.

"차, 마실까?"

"제가 가져올게요."

"그래. 모과차 마시자."

"네."

은숙은 인경이 주방으로 가자 살며시 눈을 감았다. 그녀에게 궁금한 것을 물어보기 전에 혼란스러운 마음부터 정리해야 했다.

"드세요."

은숙은 달그락거리는 찻잔 소리와 함께 들려온 목소리에 눈을 떴다. 그리고 인경이 맞은편 자리에 앉자 찻잔으로 손을 뻗었다. 그다지 마시고 싶은 건 아니었지만 차분한 대화를 이끌어내기 위해선 필요한 시간이었다. 은숙은 반쯤 비워진 찻잔을 내려놓은 뒤, 조용한 목소리로 그녀를 불렀다.

"저기…… 인경아."

"네?"

인경은 살짝 긴장한 목소리로 대답했다. 그런 이야기를 들은 탓인지 차분한 목소린데도 불구하고 왠지 무섭게 들렸다.

"묻고 싶은 것이 있는데 대답해 줄 수 있겠어?"

"네."

얼마간의 시간이 흐르고서야 인경이 대답과 함께 살짝 고개를 끄덕였다. 은숙은 천천히 심호흡을 했다. 원하는 대답을 얻기 위해선 차분해질 필요가 있었다. 그리고 어느 정도 마음이 안정되자 천천히 입을 열었다.

"인경이가 여기 있게 된 이유가 뭐야?"

"네? 그게 무슨……."

인경은 슬쩍 말꼬리를 흐렸다. 아까 엿들은 대화 속에는 분명 이유를 알고 있는 듯했다. 그런데 왜 그녀에게 이유를 묻고 있는지 알 수가 없었다.

"솔직하게 말할게. 나 인경이가 여기에 있는 이유 알고 있어. 아니, 알고 있다고 생각했어. 그런데 그게 아닌 것 같아서 말이야."

"처음부터 제가 누군지 알고 계셨군요."

"그래, 맞아. 하지만 하나밖에 없는 조카를 위해서 모른 척할 수밖에 없었어."

"조, 조카라니요. 누, 누가요?"

그녀의 말을 들을 때마다 인경의 목소리와 몸은 추운 날씨에 찬물을 뒤집어쓴 것처럼 덜덜거렸다.

"주열이가 내 조카야. 언니가 남기고 간 유일한 핏줄이지."

"마, 말도 안 돼."

이제 인경의 낯빛은 새파랗게 질려 있었다. 무리도 아니었다. 사람에게 기만당하는 것만큼 충격적인 일도 없을 테니까.

"미안해. 어떤 말로도 용서받을 수 없다는 거 알아. 하지만 그럴 수밖에 없었던 날 조금은 이해해 줬으면 좋겠어. 이런 말 소용없겠지만 인경이를 볼 때마다 참 많이 괴로웠어. 딸아이에게 몹쓸 짓 하는 것만 같아서. 그래서 매일같이 기도했어. 인경이가 하루 빨리 죽어버린 주열이의 심장에 새 생명을 불어넣어 주기를. 그래서 모두가 행복해지기를. 그런데 오늘 서인이의 이야기를 듣고 나서 깨달았어. 어쩌면 주열인 서인이의 망령에서 영원히 깨어나지 못할지도 모른다는 것을."

인경은 세차게 고개를 내저었다. 새 생명이니, 망령이니 하는 것들은 그녀와 아무런 상관이 없었다.

"저, 전…… 무, 무슨 말인지 하나도 못 알아듣겠어요."

"내가 전에 말했지. 주열이가 좀 아프다고. 그 치료를 위해서 인경이가 여기 있게 된 거야. 그게 아니라면 인경이가 여기 있을 필요가 없거든."

인경은 알 수 없는 말들 사이로 치료라는 단어가 귀에 들어오자 떨리는 입술을 가까스로 달싹였다.

"치, 치료라니 그, 그게 뭔데요?"

"형부는, 아니, 주열이 아버진 당신이 그랬던 것처럼 주열이가 제 자식을 품에 안고 행복하게 웃길 바라셔. 하지만 지금의 주열인 그럴 수가 없어. 고개 숙인 남자라고 하면 이해가 빠를까?"

"마, 말도 안 돼요. 그는……!"

인경은 저도 모르게 말이 튀어나오자 얼른 손으로 입을 틀어막았다. 여기서 그가 그런 사람이 아니라고 말한다면 다른 질문들이 쏟아져 나올 것이다. 그렇게 되면 그와 있었던 일들을 말해줘야 할 텐데 도저히 그럴 자신이 없었다.

"그래, 믿어지지 않을 거야. 우리도 그랬으니까. 그래서 형부는 본의 아니게 돈을 주고 여자를 사는 일까지 하게 된 거야. 주열인 그런 아버지의 바람을 저버릴 수가 없어서 마지못해 지켜보고만 있는 거고. 그런 와중에 인경이를 집에 들였다는 말을 들은 터라 솔직히 깜짝 놀랐어. 그동안 주열인 단 한 번도 여자를 가까이하지 않았거든. 아니, 곧바로 돌려보내 버렸지. 그래서 내심 기대했어. 이번에야말로 임자를 만났구나 하고 말이야."

인경은 이제야 이곳에 처음 왔을 때의 상황이 이해가 되기 시작했다. 더불어 송기철이 돈을 받고 그녀를 팔았다는 것 또한 인정해야만 했다. 순간, 슬금슬금 온몸으로 화가 치밀어 오르기 시작했다.

'빌어먹을 자식들! 제 실속 차리기 위해서 돈으로 사람을 사고 팔다니. 뜨거운 용광로 속에 집어 던져 버려도 성이 안 찰 인간들!'

인경은 차마 입 밖으로 내뱉을 수 없는 말들을 속으로 삼키며 이를 바드득 갈았다. 그러는 사이에도 조 여사의 목소리는 계속해서 들려왔다.

"세상 부러울 것 없는 녀석이 그런 병에 걸릴 줄 누가 알았겠어. 이런 사실을 주변 사람들이 알게 되기라도 한다면 아마 주열인 견디지 못할 거야. 형부는 그게 더 걱정되었던 거야. 혹시라도 잘못된 선택을 할까 봐서."

"파렴치한 일을 저질러 놓고서 몇 마디 말로 정당화시키려 하지 마세요. 이건 인간으로서는 도저히 할 수 없는 범죄예요."

"그래. 인간으로서는 해서는 안 되는 일이지. 하지만 자식에게 있어서 부모는 인간이 아니야. 그저 공기고 물이고 햇빛일 뿐이야."

"정말 그렇게 생각하시는 건 아니죠?"

"아니. 천 번, 만 번을 물어도 내 대답은 같아."

"믿을 수가 없어요. 어떻게 그런 생각을……. 그게 과연 자식을 위한 올바른 생각일까요?"

"그건 인경이가 자식을 낳아보면 알게 될 거야. 지금은 아무리 설명을 해줘도 모를 테니까."

"아니요! 자식이 있다고 해도 이해 못해요. 올바른 생각을 가지고 있는 부모라면 제 자식에게 범죄를 가르칠 리가 없으니까요. 실례가 안 된다면 그만 일어나야겠어요. 머리가 터질 것 같아서 더는 앉아 있을 수가 없네요."

인경은 단호히 자리에서 일어났다. 그녀의 말을 듣고 있으려니 인경의 역할이 무엇인지 또렷이 떠올라서 앉아 있기가 무척이나 괴로웠다.

주머니 속에서 지갑을 꺼내 든 주열은 안쪽 깊숙한 곳에 고이 접어 넣어둔 종이를 천천히 꺼내 들었다. 그리고 조심스러운 손길로 그것을 펼치기 시작했다. 한 겹, 한 겹 펼칠 때마다 손때가 잔뜩 묻어 있는 종이는 금방이라도 찢어질 것처럼 너덜너덜했다.

"이것도 많이 낡았구나."

주열은 나지막이 속삭이며 사랑하는 여인의 얼굴을 어루만지듯 손끝으로 종이를 부드럽게 쓰다듬었다. 틈만 나면 지갑을 열어 꺼내봤으니 당연했다. 그런데도 흐릿해진 글씨를 보고 있으려니 속이 상했다. 주열은 글을 따라 천천히 손가락을 움직이면서 눈으로 내용을 읽어 내려가기 시작했다.

—더렵혀진 몸으로 당신 곁에 있을 수가 없어서 떠나요. 비록 몸은 떠나지만 영혼으로나마 늘 당신과 함께할게요. 부디 내 몫까지 행복하세요. 그리고 마지막으로 부탁이 있어요.

글을 읽어 내려갈수록 심장이 욱신욱신거렸다. 그녀가 떠나고 제법 긴 시간이 흘렀지만 눈물자국으로 얼룩진 낡은 종이는 아직도 그의 가슴을 갈기갈기 도려내는 칼날이었다. 주열은 가슴이 먹먹해 오자 크게 심호흡을 하고서 다시 읽기 시작했다.

—날 이렇게 만든 박민수를 용서하지 말아요. 당신에겐 소중한 친구겠지만 내겐 당신을 빼앗아간 악마예요. 그래서 절대 용서할 수가 없어요. 저 대신 당신이 복수해 줘요. 그래야 편히 눈을 감을 수 있을 것 같아요. 사랑해요. 사랑해요, 주열 씨.

마지막 구절까지 읽어 내려간 그의 눈이 아픔으로 젖어들었다. 애가 탈 정도로 간절히 듣고 싶었던 말. 사랑해. 그러나 그녀 생전에는 결코 들을 수 없었던 말이었다. 그런데 기가 막히게도 그녀의 입술이 아닌 유언으로 남겨졌다.

사랑하는 사람에게서 받은 처음이자 마지막 편지. 그날 이후로 그의 인생은 없었다. 오직 한 가지. 떠나간 그녀를 그리워하며 그녀가 남기고 간 유언을 실현하는 것뿐이었다. 그리고 지금까지 단 한순간도 그 사실을 망각한 적이 없었고, 영원히 그녀만을 그리워하며 살 거라 믿어 의심치 않았다. 그런데 예상치 못한 복병을 만났다. 그리고 그 복병은 치명적인 독이 되어 그를 집어삼키려 하고 있었다.

"서인아. 서인아. 서인아."

주열이 물기 어린 목소리로 그녀의 이름을 불렀다. 그녀의 이름이 입술 끝을 타고 흘러나올 때마다 죄책감이 가슴을 짓눌렀다. 왜 그런지 이유를 알기에 마음이 무겁고 가슴이 아팠다.

"이 세상에 영원한 것은 없어. 내가 죽으면 모든 게 끝이야."

언젠가 서인이 화를 내면서 했던 말이다. 그 당시엔 말도 안 되는 소리라고 여겨 외면해 버렸다. 한데 그 말이 맞았다. 영원이란 말은 상대가 존재하고 있을 때야 비로소 유효했다.

"미안해. 미안해, 서인아. 미안해."

주열은 연신 미안하다고 속삭였다. 그녀를 잊으려는 게 아니었다. 지우려는 게 아니었다. 이 세상에 없는 그녀였지만 다른 여자에게서 욕망을 느끼고 있다는 것이 배신이었기에 미안하고 또 미안했다.

똑똑.

아련한 추억 너머로 노크 소리가 들렸다. 주열은 손바닥으로 얼굴을 쓸어내려 아픈 흔적을 지웠다. 이미 직원들이 퇴근한 후였기에 상대는 서진일 것이다. 그에게 이런 나약한 모습을 더는 보여주고 싶지가 않았다. 아니나 다를까. 문이 열리더니 서진이 들어왔다.

"퇴근해야지."

"그래."

주열은 곱게 접은 종이를 지갑 안에 넣으며 대답했다.

"그리고 주열아."

"응?"

"밖에 서 비서 있어."

퇴근을 하기 위해서 엉덩이를 일으키던 주열은 그대로 다시 앉았다. 이 늦은 시간에 그가 여기 있다는 것은 결코 반갑지 않은 말이었다.

"어떻게 할까?"

그가 잠자코 있자, 서진이 다시 물었다. 주열은 지그시 눈을 감았다. 서 비서를 만나고 싶지 않았다. 만나봤자 서로 좋을 것이 없으니까. 서 비서 역시 그걸 모르지 않을 터, 그럼에도 그를 찾아왔다는 것이 심기를 매우 불편하게 했다.

"내키지 않으면 만나지 마. 속만 시끄러워."

그의 속내를 읽은 듯 서진이 말했다. 그 말 때문이었을까. 주열은 오히려 서 비서를 만나보기로 결정했다.

"들여보내고 넌 밖에 있어."

"알았다."

서진은 내키지 않은 걸음으로 가 문을 열었다. 소파에 앉아 있던 서 비서가 자리에서 벌떡 일어났다. 서진은 문을 열어둔 채 그에게로 다가갔다.

"들어가 보십시오."

"감사합니다."

경석은 그에게 살짝 고개를 숙여 보이고서 걸음을 뗐다. 문전에서 쫓겨날 줄 알았는데 만나준다니 천만다행이었다. 경석이 안으로 들어가자 주열이 소파로 자리를 옮기고 있었다.

"안녕하십니까."

주열이 자리에 앉자 경석이 허리를 굽혀 인사를 했다.

"앉지."

주열이 손짓으로 자리를 권했다. 경석은 긴장감으로 신경이 곤두서자 숨을 크게 한번 들이켜고서 자리로 가 앉았다.

"찾아온 용건은?"

앉기가 무섭게 곧장 본론으로 들어갔다. 경석은 이곳에 찾아올 수밖에 없었던 심정을 새삼 떠올리며 무거운 입술을 달싹였다.

"외람된다는 것을 알면서도 찾아올 수밖에 없었습니다. 부디 용서해 주십시오."

그가 다시 한 번 주열을 향해 깊숙이 고개를 숙였다. 싸움이라도 한 건가. 그의 입술 주위에 상처가 나 있었다. 주열은 그의 얼굴을 유심히 살피며 처음 만났던 날을 떠올렸다. 박민수가 이사로 취임하는 날 그도 함께였다. 그러니 그를 본 것은 꽤나 오래되었다.

반듯한 외모에 신사다운 성품은 물론, 업무 처리 능력까지 고루 갖춘 그는 누구라도 탐낼 정도로 인재 중에 인재였다. 그래서 한 번은 진심을 교묘히 숨긴 채 장난스럽게 러브콜을 했었다. 보기 좋게 퇴짜를 맞은 뒤, 지금은 적으로 남았지만 그의 대한 욕심은 아직도 남아 있었다. 그런 그가 싸움이라니, 왠지 어울리지가 않았다.

"용서하지 않았다면 이렇게 마주앉아 있지는 않겠지. 혹시 박민수가 보냈나?"

주열이 살피던 시선을 거둬들이며 물었다.

"아닙니다. 이사님께서는 제가 이곳에 온 것을 모르십니다."

똑바로 바라보는 시선으로 보아 거짓은 아니었다. 그렇다면 이유를 들어볼 수밖에. 주열은 느긋한 동작으로 다리를 꼬고 앉으며 입을 열었다.

"그렇다면 우리가 따로 만날 이유는 없는 걸로 아는데. 아니면 월권행위라도 하려는 것인가."

잘 다듬어진 그의 눈썹이 일순간 꿈틀거렸다. 주열은 그의 반응에 미간을 찡그렸다. 저런 행동은 상대방의 말에 기분이 상했다는 것을 의미한다고 박민수가 알려준 것이 기억났던 것이다.

'빌어먹을!'

주열은 차마 입 밖으로 내뱉을 수 없어 속으로 외쳤다. 별걸 다 기억하고 있는 그가 한심했다.

"그럴 자격도 생각도 없습니다. 다만 두 분 사이에 있는 오해의 진실이 무엇인지 알고 있기에 대표님께서 듣고자 원하신다면 알려는 줘야 할 것 같아서 찾아뵈었습니다. 이것을 월권행위라고 하신다면 네, 한번만 그 권한 사용하기로 하겠습니다. 되겠습니까?"

눈을 똑바로 마주하고서 당돌하게 말하는 것이 여간 얄미운 게 아니었다. 비록 찰나였지만 그렇다고 대답해 버릴 정도로 마음에 들지 않았다. 하지만 주열은 그가 알고 있는 진실이 무엇이던지 간에 듣고 싶지가 않았다. 이미 싸움은 시작되었고, 승리는 주열의 몫이었다. 그러니 들어서 골치 아픈 이야기라면 애초에 끊어버리는 것이 상책이었다.

"괜히 시간만 낭비했군. 그만 가보는 게 좋겠어."

주열이 자리에서 일어났다. 경석은 이대로 돌아갈 수가 없었기에 서둘러 말을 꺼냈다.

"절 그냥 보내시면 틀림없이 후회하실 겁니다."

"후훗, 후회라……. 그다지 설득력 있는 단어는 아니군."

주열이 책상 쪽으로 걸음을 옮기며 말했다. 듣지 않겠다는 의미인 것이다. 경석은 무거운 마음으로 자리에서 일어났다. 깊어진 골인 만큼 쉽게 마음을 열 거라 생각하지 않았다. 그런데도 이렇게 찾아온 것은 마지막에는 두 사람 모두 상처만 입을 뿐, 웃는 사람이 없기 때문이었다.

"오해란 것은 한쪽 눈만 가려도 악행을 저지를 만큼 사람의 마음을 가볍게 희롱하죠. 그에 반면 진실은 두 눈을 멀쩡히 뜨고서도 눈먼 자가 되어 스스로 벼랑 끝을 향해 달려갑니다. 왜 그런 줄 아십니까?"

"지금 나랑 말장난하려는 건가."

"아닙니다. 전 대표님께서 현명한 판단을 하길 바라서 드리는 말입니다."

"그 말은 내 판단이 틀렸다는 거군."

"그렇습니다."

딱 부러지는 성격답게 한순간의 망설임도 없이 대답이 돌아왔다. 이런 태도가 그의 매력이었지만 지금은 상당히 눈에 거슬렸다.

"건방지군."

"죄송합니다."

즉각적인 사과와 함께 그가 살짝 고개를 숙였다. 표정까지 근엄한 게 거짓은 아닌 듯했다. 그래서 더 얄미웠다.

"정확히 1분 주지."

주열이 시계를 힐끔 보며 말했다.

"대표님."

경석은 전혀 예상치 못한 말이라 무심코 그를 불렀다.

"시간을 낭비하고 있군."

부름에 대답하듯 그가 중얼거렸다. 경석은 마른침을 꿀꺽 삼켰다. 허락된 시간은 단 1분. 그 안에 어떤 결과가 있을 거란 기대는 하지 않는다. 그래도 최소한 돌덩이처럼 굳어 있는 그의 마음에 균열을 일으킬 수는 있었다. 그것만으로도 그를 찾아온 보람은 있는 것이다. 경석은 크게 심호흡을 하고 난 다음 머릿속에 떠오르는 말을 재빨리 내뱉기 시작했다.

"타인에 의해서 생긴 오해는 가슴이 하는 말에 귀 기울여 듣다 보면 진실에 대한 실마리가 보이지만 스스로가 외면한 진실은 제아무리 답을 알려줘도 듣지를 못하는 법이죠. 부탁드립니다. 눈에 보이는 것이 모두 진실은 아닙니다. 그러니 이사님과의 옛정을 생각해서 한 번만, 딱 한 번만 마음이 하는 소리에 귀를 기울여 주십시오. 다시 한 번 부탁드립니다."

"약속한 시간이 다 됐군."

주열이 자리에서 벌떡 일어났다. 그만 나가라는 뜻이었다. 경석은 튀어나오려는 한숨을 안으로 삼켰다. 이제는 그의 인격을 믿고 기다려 볼 수밖에 없었다. 돌이킬 수 없는 일이 벌어지기 전에 제발 이쯤에서 멈춰주길 간절히 바라며.

"시간 내주셔서 감사합니다. 안녕히 계십시오."

경석이 깊숙이 허리를 굽혀 인사를 하고서 사무실을 나갔다. 주열은 손바닥으로 얼굴을 쓸어내리며 털썩 주저앉았다. 만나지 말걸 그랬다. 만나기로 마음먹는 순간 이미 후회하고 있었지만 생각했던 것보다 그 여파가 훨씬 컸다.

"무슨 얘기들 한 거야?"

서진이 사무실로 들어서며 물었다.

"내가 놓친 것이 뭘까?"

뜬금없이 돌아온 질문에 서진이 의아한 표정으로 말했다.

"무슨 소리야?"

"내 눈이 멀어서 진실을 볼 수가 없대."

"저 자식이 뭔 소리를 지껄이고 간 거야!"

서진이 서 비서가 나간 문을 노려보며 소리쳤다.

"흥분하지 마. 그로서는 모시는 주인이 걱정돼서 한 소리니까. 그만 가자. 피곤하다."

자리에서 일어난 주열은 옷걸이에 걸려 있는 슈트를 집어 들었다. 안 그래도 힘들었던 하루가 경석과의 만남으로 인해 피로감이 절정에 다다랐다.

똑똑.

퇴근을 하고 돌아온 서진은 주열이가 방으로 들어가자 곧장 인경의 방문을 노크했다. 낮에 이모와 통화했던 내용이 종일 신경이 쓰여 일이 손에 잡히지가 않았던 것이다. 그러나 안에서는 아무런 인기척이 없었다.

"안에 없나."

서진이 혼잣말을 하며 다시 노크를 했다. 그러나 들려오는 목소리는 없었다.

"어딜 간 거지."

"거기서 뭐 해?"

서진은 갑작스럽게 들려온 목소리에 놀라서 몸을 움찔거렸다. 지은 죄도 없는데 왜 순간 나쁜 짓을 하다가 들킨 사람 같은 기분이 드는지 모르겠다. 서진은 소리 나지 않게 숨을 크게 들이쉬고 난 다음 천천히 그를 향해 돌아서며 말했다.

"아니, 그게…… 인경 씨가 보이지 않아서 말이야."

"방에 없어?"

묻고 있는 주열의 눈동자가 자연스럽게 벽에 걸려 있는 시계로 향했다. 밤 9시 25분. 다른 때 같으면 방 안에 있어야 할 시간이었다. 그들이 퇴근하고 집으로 돌아오면 방으로 쏙 들어가 일부러 부르지 않는 이상 결코 방 밖으로 나오지 않았으니까.

"응, 대답이 없네. 뭐 외출이라도 한 모양이지. 뭐 필요한 거 있어?"

"아니."

"그럼 난 좀 씻어야겠다. 몸이 뻐근한 게 물속에라도 좀 담가야겠어."

서진이 자신의 방으로 걸어가며 말했다. 주열은 천천히 걸음을 옮겨 그녀의 방문 앞에 섰다. 서진은 그녀가 외출한 것 같다고 말했지만 왠지 그건 아니란 생각이 들었다. 올곧은 그녀의 성격으로 미루어 짐작하건대 만일 밖에 나갔다 하더라도 그들이 퇴근하기 전까진 돌아와 있었을 테니까. 그렇다면 어디에 있는 것일까. 무심코 고개를 돌리던 주열은 현관문이 시야로 들어오자 천천히 그곳으로 걸음을 뗐다. 집 안에 없다면 밖을 찾아보면 될 터였다.

"아악! 미치겠다, 진짜!"

인경은 양팔로 머리를 감싸고서 고개를 푹 숙였다. 아무리 생각해 보고 또 생각을 해봐도 이해가 되지 않았다. 그는 분명 정상적인 몸이었다. 그녀가 헛것을 본 게 아니라면 말이다. 그리고 그녀는 결코 헛것을 본 게 아니었다는 것을 돌아가신 부모님을 걸고

맹세할 수 있었다. 짜증나게도 지금 이 순간조차 그때의 장면이 생생하게 떠오르면서 짜릿한 감각이 온몸을 훑고 지나가고 있었으니까.

그런데도 조 여사는 그가 고개 숙인 남자라고 운운하면서 아프다고까지 했다. 그것도 서인이란 여자로 인하여. 그 말이 거짓일 것 같지는 않았다. 만일 그랬다면 그런 슬픈 표정을, 아니, 아픈 표정을 짓지는 못할 테니까. 그렇다면 이유는 하나였다. 그가 모두를 속이고 있다는 것. 한데 그는 왜 그런 연극을 하는 걸까. 모든 걸 다 가진 그가 뭐가 아쉽고 모자라서. 그 정도의 남자라면 얼마든지 여자를 안을 수 있을 텐데 말이다.

"혹시 진짜 변태가? 만일 그런 거라면 어떻게 하지?"

이미 그녀의 머릿속에선 온갖 난잡한 상상들이 어지럽게 휘젓고 다녔다. 그리고 어느 한 장면이 머릿속에 박힌 듯이 계속해서 떠오르자 고개를 세차게 흔들었다.

"여기 있었군."

"아아악!"

인경은 불쑥 끼어든 목소리에 놀라서 그만 비명을 지르고 말았다.

"놀랐나 보군. 그럴 생각은 아니었는데."

주열이 태연스럽게 말하며 그녀에게 다가갔다. 정적이 흐를 만큼 고요한 밤이었기에 발자국 소리를 들었을 거라 생각했는데 그게 아니었나 보다.

"뭐 하는 짓이에요!"

인경은 떨리는 가슴을 부여잡고 자리에서 벌떡 일어났다. 지금이 순간 누군가를 피해야 한다면 당연 그가 최고였다. 그런데 제 발로 찾아와 눈앞에 나타나다니, 짜증이 솟구치다 못해 화가 치밀었다.

"아무것도. 그저 당신이 보이지 않기에 찾아 나선 것뿐이야."

주열이 그녀가 앉아 있던 자리에 앉으며 말했다. 인경은 몸을 획 돌려 싸늘한 시선으로 그를 노려보았다. 하지만 그는 재미난 구경거리라도 보듯이 그녀를 향해 생긋이 미소 짓고 있었다. 망할 놈의 남자 같으니라고. 남은 풀리지 않는 의문들로 속이 타서 미치겠는데 원인 제공자인 저 인간은 웃고 있다니. 참 지랄 맞은 세상이었다.

"왜요? 시키실 일이라도 있나요? 아니면 집 지키는 개가 주인님이 퇴근을 했는데도 냉큼 달려나와 꼬리 치지 않아서 화라도 나셨어요?"

"말했잖아. 보이지 않는다는 단순한 이유 때문이라고. 근데 왜 날을 세우지. 눈에 힘 빼. 보기 안 좋아."

"그런가요? 그럼 냉큼 내려야지요. 주인님 말씀인데."

말은 그렇게 하고 있었지만 그녀의 표정은 더욱 살벌하게 일그러졌다. 주열은 가만히 그녀를 응시했다. 그녀도 노려보는 시선을 거두지 않았다. 뭐가 불만인 거지. 아니면 무슨 일이라도 있었던 것일까. 그의 얼굴에 구멍이라도 뚫을 듯이 노려보는 눈동자엔 적개심이 가득했나. 실마 그 일 때문일까. 주열은 문득 며칠 전에 있었던 일이 생각났다. 본의 아니게 그녀를 안았던 그날 이후로 그와 마주하기를 꺼려했다.

하지만 그는 강제로 그녀를 식탁 앞으로 불러내 마주하게 했고,

그녀는 못마땅하다는 것을 여실히 드러내며 앉아 있었다. 그 일 외에는 그녀와 부딪친 일이 없었기에 다른 이유는 떠오르지 않았다. 그리고 만일 그 일이 불만이라면 그녀의 투정은 힘을 잃은 지 오래다. 싸우기를 바랐다면 바로 실천에 옮겨야지만 그나마 협상이란 걸 시도해 볼 수 있었을 테니까.

그리고 사실 그날 이후로 불편하기는 그도 마찬가지였다. 솔직히 지금 이 순간도 그녀와 함께 있는 것이 편치 않았다. 아니, 많이 불편했다. 그녀가 앞에 있다는 이유만으로 두근두근! 뱃멀미를 하듯 심장이 울렁거리고, 간질간질! 상처 난 부위가 아물어가듯 온몸이 근질거렸다. 이 여자를 보고 있으면 나타나는 증상들. 아니, 그녀를 떠올리기만 해도 열병에 걸린 사람처럼 몸이 뜨거워졌다. 그래서 내버려 둘 수가 없다. 손끝으로 만져야 했고, 품 안에 안고 온몸으로 느껴야 했다. 정말 고목나무에 꽃이 핀 것인지를 다시 한 번 확인해야 했다. 그렇지 않으면 내일도 오늘처럼 낯선 느낌에 시달리느라 아무 일도 못할 테니까.

하지만 그건 어디까지나 마음속 소리일 뿐, 행동으로 옮기기엔 양심이 허락지 않았다. 휘리릭! 불편하게 흐르는 시간들 사이로 서늘한 바람이 훑고 지나갔다. 주열은 그 속에 깃든 어떤 향기가 후각을 자극하자 살며시 눈을 감았다. 낯설면서도 결코 낯설지 않은 향내. 달콤한 유혹을 견디지 못하고 금단의 사과를 베어 문 아담과 이브처럼 한번 빠져들면 쉽게 헤어날 수 없는 마법 같은 향기였다. 그리고 애석하게도 그 향기는 이제 집 안 여기저기에서 떠돌아다니고 있었다.

'젠장!'

눈을 번쩍 뜬 주열은 튀어나오려는 욕설을 삼키며 자리에서 벌떡 일어났다. 그 작은 행동으로 인해 애써 억누르고 있던 욕망이 다시 꿈틀거리기 시작했다. 아니, 빌어먹게도 너무 빨리 깨어나고 있었다.

"바람이 차군. 그만 들어가는 게 좋겠어."

주열은 성큼 걸음을 뗐다. 가까스로 붙잡고 있는 이성의 끈이 끊어지기 전에 여기에서 벗어나야 했다.

"잠깐만요!"

인경이 그의 팔을 붙잡았다. 순간 몸속에 전류가 흐르는 것처럼 짜릿함이 휘몰아쳤다. 이어 심장이 제멋대로 날뛰기 시작하더니 급기야 맥박이 요동치기 시작했다. 주열은 이를 악물고서 눈을 질끈 감았다. 위험하다. 지독히도 위험한 순간이다. 실로 오랜만에 느껴보는 이 기분이 실낱같이 붙들고 있던 이성을 날려 버리고 있었다. 하지만 참아야 했다. 견뎌야 했다. 지금은 그도 그녀에게도 때가 아니었다. 주열은 팔을 비틀어 매몰차게 그녀를 떼어내고서 곧장 걸음을 옮겼다.

"거기 좀 서봐요!"

그녀의 외침 소리를 들었지만 그는 걸음을 멈추지 않았다. 멈추게 되면 그녀를 품에 안고 말 것이다.

"아, 진짜. 물어볼 게 있단 말이, 아악!"

그를 붙잡기 위해서 뛰다시피 걷던 인경은 무언가에 발이 걸려 그만 넘어지고 말았다.

"아우씨! 아파 죽겠네."

인경은 신경질적으로 아픈 부위를 손으로 문질렀다. 넘어진 것만도 창피한데 눈물까지 핑 돌자 괜스레 짜증이 솟구쳤다.

"괜찮아?"

어느새 다가왔는지 그가 묻고 있었다. 인경은 고개를 홱 치켜들고서 그를 노려보았다. 부를 때 그냥 곱게 섰으면 이런 일도 안 생겼다는 무언의 책망이었다.

"일어나."

주열이 한숨을 삼키며 손을 내밀었다. 이 순간 그녀의 체온을 느껴야 하는 것이 무척이나 위험하다는 것을 안다. 하지만 가만히 보고 있을 수도 없는 노릇이었다.

"필요 없으니까 치워요!"

인경은 그가 내민 손을 외면하고 자리에서 벌떡 일어났다. 그러나 발목에서 전해져 오는 찌릿한 통증 때문에 다시 주저앉았다.

"아이씨, 쪽팔려서 진짜."

그의 시선이 느껴지자 인경은 고개를 푹 숙이고서 혼잣말을 했다. 딱 잘라 거절했는데 다시 주저앉아 버렸으니 얼마나 비웃을까, 생각하니 부끄럽기 짝이 없었다. 그때 불쑥 튀어나온 손이 그녀의 발목을 붙잡았다.

"뭐, 뭐 하는 거예요. 놔요! 내 몸에 손대지 말아요!"

인경이 깜짝 놀라서 외쳤다. 하지만 그는 묵묵히 발목을 살피고 있을 뿐이었다. 그리고 그의 손이 움직일 때마다 통증이 뒤따랐다. 인경은 몸을 움찔거리며 아픔을 참기 위해 이를 악물었다. 더 이상은 그에게 추한 꼴을 보여주기 싫었다.

"안을 거야."

"뭐라고요?"

나지막이 들려오는 소리에 인경이 눈을 휘둥그레 뜨고서 물었다. 환청이 들려오는 것을 보니 아픈 곳은 다리가 아닌 귄가 보다.

"안을 거라고."

똑같은 대답이 돌아왔다. 순간 그녀의 정신줄 하나가 뚝 끊어지고 말았다. 이런 상황에서도 태연스럽게 엉큼한 속내를 드러내다니, 인간 망종이 따로 없었다. 인경은 멀쩡하게 있는 반대쪽 다리에 힘을 실어 그의 가슴팍을 향해 힘껏 찼다.

"허윽!"

주열은 가슴을 움켜쥐고서 신음을 내뱉었다. 무방비 상태에서 갑작스럽게 당한 터라 충격이 꽤나 컸다. 그나마 다행인 건 꼴사납게 뒤로 나자빠지지 않았다는 거였다.

"내 몸에 손가락 하나라도 대기만 해봐. 죽여 버릴 거야!"

쩌렁거리는 그녀의 목소리가 밤하늘을 뒤흔들었다. 주열은 온몸에서 뿜어져 나오는 살기를 느끼면서 한숨을 푹 내쉬었다. 그런 의미로 한 말이 아니었는데 오해의 소지가 있었나 보다.

"그런 뜻이 아니었어. 하지만 그 말을 듣고 보니 이 말은 꼭 해둬야 할 것 같군."

"하지 마! 헛소리 따위 듣고 싶지 않아!"

인경이 눈을 부라리며 소리쳤다. 그의 말속에 깃든 어떤 느낌이 등골을 오싹하게 했다.

"들어. 그래야 서로가 편해."

"싫어!"

한마디 쏘아붙인 인경은 그에게서 벗어나기 위해 몸을 일으켰다. 발이 땅에 닿자마자 욱신거리는 통증과 함께 등골을 타고 식은땀이 흘렀다. 하지만 이를 악물고서 걸음을 뗐다. 그의 말을 듣고 있느니 차라리 다리가 부러지는 게 더 나았다.

"정말 귀찮은 여자군."

주열은 짜증이 치밀자 성큼성큼 그녀에게 다가갔다. 고분고분 말 좀 들어주면 좋을 텐데 이 여자는 꼭 완력을 쓰게 했다. 주열은 예고도 없이 그녀를 번쩍 안아 들었다.

"아악! 뭐 하는 짓이야. 내려놔! 내려놓으란 말이야."

그녀가 몸부림을 치며 주먹을 휘둘렀다. 마음 같아서는 그대로 내동댕이치고 싶었다. 하지만 그는 오히려 안은 팔에 힘을 주며 잇새로 내뱉듯이 말했다.

"가만히 있어. 던져 버리기 전에."

그 한마디에 거짓말처럼 그녀가 동작을 멈추었다. 그래도 떨어지긴 싫은가 보다. 입까지 다문 것을 보니. 주열은 살짝 시선을 내려 그녀를 쳐다보았다. 눈을 질끈 감은 채 입술을 꽉 깨물고 있는 것으로 보아 화를 참고 있는 듯했다.

"버릴 것은 그냥 버려. 갖고 있어봐야 당신만 아파."

주열이 걸음을 옮기며 말했다.

"시끄러워."

"다행이네. 입은 살아서."

"과연 입만 살았을까?"

그의 눈앞으로 주먹이 불쑥 올라왔다. 주열은 피식 웃고 말았다. 참으로 그녀다운 협박이었다.

"겁나는군."

"퍽이나 그러시겠어."

"알면 까불지 마. 당신만 손해야."

"날 건들지 마. 그럼 부딪칠 일 없어."

"근데 어쩌나. 우린 부딪쳐야 할 운명인데."

"헛소리 마. 그따위 운명 내가 버려."

"아니. 나만이 버릴 수 있어."

"또 헛소리 작렬하네. 아프면 약이나 쳐 드셔."

그가 걸음을 우뚝 멈추었다. 인경은 덜컥 겁이 나자 숨을 들이켰다. 화가 나서 맞받아치긴 했지만 그럴 만한 힘이 없다는 것을 잘 알고 있었다.

"하인경."

인경은 흠칫 몸을 떨었다. 단지 이름을 부른 것뿐인데 무언가가 심장을 내려친 것처럼 뜨끔거렸다.

"경고하는데 날 자극하지 마. 뼛속까지 후회하게 될 테니까."

느릿느릿 내뱉는 목소리에서 섬뜩함이 느껴지자 인경은 저도 모르게 몸을 움츠리고 말았다. 죽인다는 말보다 더 무섭게 다가왔다.

"알아들은 걸로 알지."

주열은 다시 걷기 시작했다. 단순한 협박이 아니었다. 진심에서 우러러 나온 말이었다. 그녀의 체온을 온몸으로 느끼고 있는 지금도 그는 충분히 괴로웠다. 그러니 더 이상의 자극은 독약이었다.

9장 남자, 여자의 마음을 흔들다

찰랑거리는 물결이 피곤한 몸을 에워싸자 노곤함이 몰려왔다. 서진은 지그시 눈을 감고서 그 느낌에 빠져들었다. 참으로 오랜만에 가져 보는 여유였다. 늘 바쁜 일정에 쫓기다 보니 아주 작은 것에서 오는 행복감을 그동안 잊고 지냈다. 그래선지 지금은 이곳이 천국이었다.

"곧 끝날 거야. 그러니까 조금만 참자."

서진은 스스로를 위로하며 스르르 몸에서 힘을 뺐다. 감겨진 눈꺼풀이 천근처럼 느껴지는 게 금방이라도 잠이 들 것만 같았다.

Rrrr. Rrrr.

살포시 잠이 들려는데 전화벨 소리가 들렸다. 순간 잠이 확 달아났다. 벨소리가 무시할 수 없는 상대라고 알려주고 있었다. 몸을 벌떡 일으킨 그는 물이 뚝뚝 떨어지는 것도 아랑곳없이 방으로 들어가 전화기를 들었다.

“어, 재희야.”

[뭐 해?]

“목욕.”

[그럼 지금 욕조 안?]

“아니. 어느 분 전화 받느라 그대로 뛰쳐나왔지. 덕분에 바닥이 온통 물바다다.”

서진은 흥건하게 젖어 있는 바닥을 물끄러미 바라보며 장난스럽게 대답했다. 그러다 거품 목욕을 하던 중이었다는 게 생각나자 절로 눈살이 찌푸려졌다. 미끄러운 바닥을 처리하려면 꽤나 시간이 걸릴 것이다.

[오호, 아주 근사한 모습이겠는걸.]

“해결해 줄 거 아니면 자극하지 마. 바늘로 허벅지 찌르기 싫어.”

[하하하. 찌를 바늘은 있고?]

“없으면 다른 방법을 찾아야지. 밤새 애태울 수는 없잖아.”

장난스럽게 대답한 서진은 바닥의 물기를 닦아야겠다고 생각하면서 욕실로 향했다. 조금이라도 일찍 잠자리에 들려면 서둘러 처리하는 게 좋았다.

[다른 방법이라면 어떤 거?]

그녀가 은밀한 말이라도 하는 것처럼 그윽한 목소리로 나지막이 속삭였다. 수납장에서 물기를 닦을 마른걸레를 꺼내던 그는 뒷목을 타고 흐르는 짜릿한 느낌 때문에 몸을 흠칫했다. 그냥 들으면 아무렇지도 않을 말이었다. 일상생활에서 흔히 들을 수 있는 말이니까.

하지만 실오라기 하나 걸치지 않은 젖은 몸에, 유혹하듯 들려오는 그녀의 목소리는 성적 감각을 자극하기에 충분했다. 그걸 증명이라도 하듯 중심부로 힘이 쏠렸다.

[말해봐. 어떤 방법을 쓸 거야?]

재촉하는 목소리가 다시 들려왔다. 서진은 천천히 몸을 틀어 벽에다 등을 대고 섰다. 방법 같은 건 없었다. 오직 그녀뿐. 그녀가 옆에 있었다면 이미 그의 몸 안에 있을 것이다. 하지만 그녀는 곁에 없었고, 솔직히 지금 이런 시간도 나쁘지 않았다.

서진은 흥분된 기분을 달래기 위해서 숨을 크게 들이쉰 다음 천천히 내뱉었다. 설레는 이 기분을 조금만 더 느껴보는 것도 나쁘지 않을 듯했다. 서진은 어떤 말로 그녀를 놀려줄까 생각하기 시작했다. 그를 흔들어놓았으니 그녀도 같은 기분을 느끼게 해주고 싶었다. 이윽고 좋은 방법이 떠오르자 그는 빙그레 미소를 지었다. 듣고 난 후의 그녀의 반응이 벌써부터 기대가 됐다.

"음…… 글쎄. 뭐가 좋을까."

서진은 생각하는 척 일부러 말꼬리를 길게 늘어뜨렸다. 그리고 시간이 흐르길 잠시 기다렸다가 다시 말을 이었다.

"이거 고르기가 상당히 어려운데. 재희야, 너라면 어떤 방법을 쓸 거야?"

그는 생각해 둔 대로 슬쩍 그녀에게 대답을 돌렸다. 솔직히 그녀의 대답이 무척이나 궁금했다.

[방법 같은 게 어디 있어. 당신뿐인데!]

화가 난 목소리가 이내 뒤따랐다. 개구쟁이 아이처럼 입가에 미소를 매달고 있던 그의 표정이 순식간에 굳어버렸다. 장난으로 시작된 일이었기에 농담으로 받아칠 줄 알았다. 연인 사이에서는 흔히 있는 일이었기에. 그런데 뜻밖에도 그와 같은 마음이 되돌아왔다. 서진은 가슴에 저릿저릿한 전율이 흐르자 눈을 질끈 감았다. 아팠다. 누군가가 심장을 쥐고 비트는 것처럼 지독히도 아팠다. 하지만 오늘뿐이다. 다시는, 다시는 이런 아픔 따위 겪지 않을 것이다. 서진은 지금 이 순간 그녀가 너무나 보고 싶었다.

"사랑해."

서진은 마음속에 담아둔 말을 조심스럽게 꺼냈다. 헤어진 이후에도 그녀를 향한 사랑은 변함이 없었다. 아니, 오래 묵힐수록 맛과 향이 진해지는 와인처럼 그녀를 떠나보냈던 시간만큼 더 깊고 더 짙어졌다. 그러나 그녀를 다시 만난 이후로 한 번도 마음을 표현한 적이 없었다. 그에겐 그럴 자격이 없었기에. 하지만 그녀의 마음을 알게 된 이상 더는 숨기고 싶지 않았다. 잃어버린 시간이 아까워서라도 이제부터는 마음껏 표현하고 마음껏 사랑하면서 살고 싶었다.

[지, 지금 뭐라고 한 거야?]

갑작스러운 고백에 당황했는지 그녀의 목소리가 떨리고 있었다. 그 마음 충분히 이해한다. 떨고 있기는 그도 마찬가지니까. 서진은 내려놓았던 눈꺼풀을 천천히 들어 올렸다. 그러자 이내 은은한 불빛이 시야를 가득 채웠다. 따뜻했다. 몸 안에 햇살이 들어찬 것처럼 가슴 가득 따뜻함이 밀려들었다. 그래서 이 기분을 놓을 수가 없었다.

"사랑한다, 서재희."

그는 한 자 한 자에 힘을 주어 다시 말했다. 아직 때가 아닌지도 모른다. 그러나 지금 용기를 내지 않으면 다시는 말할 기회가 없을 것만 같았다. 전화기 너머로 무거운 침묵이 흘렀다. 그리고 침묵의 시간이 길어질수록 그의 심장은 비틀어 짠 빨랫감마냥 오그라들었다. 상처가 컸던 만큼 받아들이기가 힘들 거라는 것을 알기에 그만큼 두려움도 컸다.

[이번에도 첫 번째는 내가 아니겠지?]

이러다 피가 다 말라 버리겠다는 생각이 들 때서야 그녀의 목소리가 들려왔다. 서진은 아픔이 파도처럼 밀려오자 지그시 눈을 감았다. 말속에 깃든 고통이 고스란히 그에게로 전해져 와 견디기 힘들었다. 그러나 아니라고 말할 수는 없었다.

[선뜻 대답을 못하는 걸 보니 그런가 보네. 후훗. 바보 같은 사람이라는 걸 알고는 있었지만 역시나 기분은 별로다.]

"재희야, 난……."

[잘 들어, 황서진. 사랑은 원래 거짓말로 시작하는 거야. 정말 그 사람을 사랑한다면, 그 사람과 함께하고 싶다면, 아니어도 그런 척, 틀려도 맞는 척, 알아도 모른 척, 보고도 못 본 척! 이렇게 척이 따라붙어야 사랑이 유지될 수 있어. 그 모든 척들을 견뎌내야만 비로소 함께할 수 있다고, 이 멍청아!]

그녀의 목소리가 커질수록 그의 심장에 작은 구멍들이 생겼다. 몰랐다. 그녀가 왜 그토록 아파하고 힘들어했는지를. 아니, 안다고 생각했다. 그가 그녀를 버렸으니까. 그런데 어리석게도 그가 알고 있는 진실은 거짓이었다. 서진은 순간 울고 싶었다. 그가 너무 바보 같아서, 그녀에게 너무 미안하고 부끄러워서 어린아이처럼 엉엉 소리 내어 울고만 싶었다.

[내가 전에 말했지. 사랑은 유치한 장난과도 같아서 변덕이 심하다고. 그때 당신은 말도 안 된다며 일축해 버렸지만 난 그렇게라도 해서 당신을 붙잡고 싶었어. 내가 첫 번째가 아니어도 괜찮았어. 당신만 곁에 있다면, 당신이 날 바라봐 주기만 한다면 그깟 아픔 따윈 얼마든지 견뎌낼 수 있었어. 당신이 날 사랑한다는 걸 아니까. 그런데 당신은 끝내 날 떠났어. 난 그게 더 고통스러웠어. 사랑하는 당신을 미워해야 하는 내가 더 싫었으니까.]

서진은 입이 열 개라도 할 말이 없었다. 그때는 그렇게 하는 것이 그녀를 위하는 길이라고 여겼다. 사랑한다는 이유만으로 행복해야 할 그녀의 인생을 먹구름 속에 가둬둘 수가 없었기에. 그래서 울부짖는 그녀를 뿌리칠 수밖에 없었다. 하지만 이제는 알 것 같았다. 때로는 이기적인 사랑이 더 절실히 필요할 때도 있다는 것을. 그리고 지금이 바로 그 기회라는 것도.

[하아! 이제 와서 이런 대화가 다 무슨 소용이야. 이미 답은 나왔는데.]

체념의 한숨 소리가 들려오자 그는 정신이 번쩍 들었다. 어떻게 낸 용긴데 그녀를 놓친단 말인가. 그럴 수 없었다. 다시는, 두 번 다시는 그녀를 보내줄 수가 없었다.

"아니야! 아니야, 재희야!"

서진은 전화가 끊어질까 봐 고함을 질렀다. 이대로 통화가 끝나면 그녀와 마지막일 것만 같아서 두려웠다.

[뭐가 아니라는 거야?]

"내가 바보였어. 당신을 떠나는 게 아니었는데, 미안해. 정말 미안해."

[사과하지 마. 용서하기 싫어.]

"그래, 용서하지 마. 용서해 달라고 안 해. 기회만 줘. 기회만 주라, 재희야."

서진은 간절하게 말했다. 그녀가 기회만 준다면 잘못된 사랑에 대한 벌을 달게 받을 것이다.

[그럴 필요가 뭐 있어. 지금처럼 지내면 되는데. 좋잖아. 몸이 동하면 아무런 구속 없이 마음껏 즐길 수도 있고. 안 그래도 지금 홀딱 벗고 있는 당신을 상상하니까 몸이 뜨거워지면서 흥분된다. 당신은 어때? 우리 폰 섹스나 할까?]

"그렇게 말하지 마! 여자가 필요했다면 굳이 네가 아니라도 넘쳐!"

화가 난 서진이 고함을 질렀다. 그녀가 일부러 그를 자극하고 있다는 것을 안다. 그래도 싫었다. 말은 그렇게 해도 누구보다 그녀가 괴로워하고 있다는 것을 알기에.

[알아. 황서진 잘난 놈이니까.]

이내 슬픈 목소리가 뒤따랐다. 서진은 주먹을 불끈 틀어쥐었다. 이대로는 더 이상 대화를 할 수가 없었다.

"기다려. 지금 갈게."

[오지 마! 오면 당신 보내지 않을 거야. 그러니까 나와 함께할 생각이 아니라면 오지 않는 게 좋아.]

"가서 얘기해. 끊어."

서진은 그대로 전화를 끊었다. 그리고 성큼성큼 걸어가 샤워기를 틀어 몸을 씻기 시작했다. 보내지 않겠다는 그녀의 말은 진심일 것이다. 그래도 가야 했다. 가서 상처받은 그녀의 마음을 달래 줘야 했다. 대충 몸을 씻은 그는 수건으로 물기를 닦은 다음 서둘러 옷을 입고 방을 나왔다. 주열을 혼자 두고 가는 것이 내키지 않았지만 그녀를 두 번 버릴 수는 없었다. 그래도 천만다행인 건 부탁할 사람이 있다는 거였다. 인경의 방문 앞에 선 서진은 망설이지 않고 노크를 했다. 하지만 그녀의 목소리는 들려오지 않았다.

"대체 어딜 간 거지."

그가 혼잣말을 하고 있을 때 쾅! 하고 현관문 여는 소리가 들렸다. 서진은 깜짝 놀라서 황급히 그곳으로 향했다.

"어떻게 된 거야?"

주열의 팔에 안겨 있는 그녀를 보고서 서진이 눈을 휘둥그레 뜬 채 물었다.

"넘어졌어."

"많이 다친 거야?"

"몰라. 본인한테 직접 물어봐."

주열이 짜증스럽게 말하며 그녀를 소파에 털썩 내려놓았다. 인경은 서진의 시선이 느껴지자 부끄러움에 얼굴이 확 달아올랐다.

"인경 씨, 많이 다쳤어요?"

"아, 아니에요. 조금 삐끗한 건데 강주열 씨가 안고 온 거예요."

"그랬군요. 어디 한번 봐요."

인경은 그가 발목을 살피자 슬쩍 고개를 돌렸다. 그러다 못마땅한 눈초리로 보고 있는 주열과 눈이 마주쳤다. 그녀를 안고 오느라 힘들었는지 그의 가슴이 살짝 들썩이고 있었다. 인경은 왜 그렇게 쳐다보냐고 쏘아붙이고 싶은 것을 간신히 참으며 고개를 휙 돌렸다. 괜한 고생을 시켜서 미안하긴 했지만 사과를 하고 싶지는 않았다.

"아얏!"

인경은 찌릿한 통증이 전해지자 앓는 소리를 냈다.

"아, 미안해요. 많이 아팠어요?"

"조금요."

"다행히 붓기도 없고 열도 나지 않네요. 냉찜질을 하면 통증이 덜할 거예요. 그래도 모르니까 발을 좀 올리고 있는 게 좋겠어요."

서진이 쿠션을 가져다 그 위에 다리를 올려놓으며 다시 말했다.

"무리하게 걷지 말아요. 가벼운 증상이라도 오래갈 수 있으니까. 혹시나 시간이 지날수록 통증이 심해지면 압박붕대로 감아준 다음 지금처럼 다리를 올리도록 해요."

"네, 그렇게 할게요. 고마워요, 서진 씨."

"뭘요. 기다려요, 얼음주머니 가져올 테니까."

인경은 서진이 자리를 비우자 한숨을 푹 내쉬었다. 늘 서진에게 신세만 지는 것 같아서 마음이 편치 않았다.

"난 안 되고 서진이는 괜찮다는 건가."

비꼬는 말투가 신경을 거슬렸다. 인경은 왜 또 시비냐는 듯이 고개를 홱 치켜들었다. 몸도 마음도 너무 피곤한 상태라 상대조차 하기 싫은데 왜 자꾸 성질을 건드리는지 모르겠다.

"싸울 기운 없거든요. 그러니까 제발 눈앞에서 좀 꺼져 줄래요."

"이유가 뭘까?"

그녀의 말을 무시하며 그가 다시 물었다. 인경은 꼴도 보기 싫으니까 제발 꺼지라고! 소리치고 싶은 것을 꾹 눌러 참으며 한숨을 크게 내쉬었다. 이 남자와 대화를 하려면 인내심이 참 많이 필요했다.

"멀뚱히 서서 뭐 해."

서진의 목소리가 무거운 공기를 갈랐다. 순간 어둡기만 했던 그녀의 표정이 꽃처럼 활짝 피어났다. 인경은 때마침 나타나 준 그가 여간 반갑지 않았다.

"받아."

서진이 얼음주머니를 내밀었다. 주열은 무표정한 얼굴로 무슨 뜻이냐는 듯 그를 바라보았다.

"네가 인경 씨 찜질 좀 해줘."

"아, 아니에요, 서진 씨! 그냥 저 주세요. 제, 제가 할게요."

그녀가 당황한 목소리로 소리쳤다. 주열은 얼음주머니를 물끄러미 바라보다 그녀에게로 시선을 돌렸다. 잔뜩 굳어진 얼굴로 눈을 부라리며 바라보는 것이 꼭 새끼를 빼앗긴 어미 새 같았다. 주열은 슬그머니 미소를 지으며 손을 뻗었다. 그의 손에 들려 있는 얼음주머니를 보고 짓게 될 그녀의 표정이 너무 궁금해서.

'이렇게 될 줄은 몰랐겠지.'

주열이 무언의 눈빛으로 속삭였다.

'내 몸에 손대기만 해봐. 가만 안 둘 거야.'

인경이 이를 바득 갈며 응수했다. 그가 몸에 손을 댄다는 생각만으로도 얼굴에 열이 확 뻗쳐 올랐다.

'기대하지, 후훗.'

주열이 천천히 얼음주머니를 들어 올리며 생긋이 웃었다. 하지 말라고 하면 더 하고 싶은 것이 사람 심리였다.

'저 자식이 진짜!'

인경은 목구멍까지 욕이 차올랐다. 싸우지 말자, 말자 하면서도 그가 하는 짓을 보고 있으면 싸우지 않고서는 배길 수가 없었다.

"자. 붕대도 좀 감아주고."

두 사람이 눈빛으로 싸우고 있다는 것을 모르는 서진이 주열에게 붕대를 건네주었다.

"알았어. 근데 너 어디 가?"

붕대를 받아 들던 주열은 그제야 외출복을 입고 있는 그가 눈에 들어왔다.

"응. 오늘 못 들어올 거야."

"알았어, 다녀와."

주열은 더 이상 묻지 않았다. 그가 나가는 이유를 말하지 않는다는 것은 말하기가 곤란하다는 것을 의미했다.

"인경 씨, 그럼 쉬어요."

"네. 잘 다녀오세요."

그녀의 말이 떨어지기가 무섭게 서진이 등을 보이며 걸음을 재촉했다. 주열은 물끄러미 서서 그의 뒷모습을 바라보았다. 무슨 급한 일이라도 있는 걸까. 성급히 움직이는 모습 탓인지 스멀스멀 가슴으로 걱정이 밀려들었다.

"어!"

멍하니 있던 주열은 손안에 있던 무언가가 쏙 빠져나가자 깜짝 놀라서 외쳤다.

"도움 따윈 필요 없으니까 눈앞에서 사라져 주시면 감사하겠네요. 강주열 씨."

그녀의 빈정거림이 다시 시작되었다. 주열은 빼앗은 주머니를 아픈 부위에 올려놓는 그녀를 바라보면서 천천히 엉덩이를 내려 테이블 끝에 걸터앉았다. 도움 따윈 필요 없다고 하니 굳이 도와주고 싶지 않았다. 찜질 정도는 혼자서도 충분히 할 수 있으니까. 하지만 계속해서 그에게 날을 세우고 덤벼드는 이유는 알아야 했다.

"이, 이게 무슨 짓이에요!"

인경은 그의 무릎이 소파 끝에 닿자 날카롭게 외쳤다. 그 바람에 꼼짝없이 갇히고 만 것이다.

"짓이라…… 글쎄. 당신이 보기엔 내가 무슨 짓을 할 것 같은데?"

"날 마음대로 가지고 놀고 싶겠죠."

인경이 그의 눈을 똑바로 바라보며 목소리에 힘을 실어 말했다. 그가 무엇을 원하던 결코 뜻대로 되지는 않을 거라는 것을 보여주기 위해서. 그런데 실실거리던 그의 표정이 순식간에 어두워졌다. 아니, 화가 난 듯 딱딱하게 굳어졌다. 순간 그녀는 그의 심기를 잘못 건드렸다는 것을 알았다.

"잘 알고 있는 것 같으니까 실망시키면 안 되겠군."

그녀가 말뜻의 의미를 채 깨닫기도 전에 불쑥 튀어나온 손이 양다리를 잡고 앞으로 쑤욱 끌어당겼다.

"아악!"

그녀가 비명을 질렀지만 그는 잡아당기는 손길을 멈추지 않았다. 겁도 없이 그를 자극했으니 그에 대한 대가를 치러야 공평했다.

"자, 잘못했어요. 미안해요!"

인경은 그의 무릎 위에 걸터앉고서야 사태의 심각성을 깨닫고 황급히 사과했다.

“늦었어.”

잇새로 짧게 내뱉은 주열은 그대로 그녀의 입술을 덮쳤다. 참으려고 했다. 견뎌내려고 했다. 유혹의 속삭임에 지지 않기 위해서 이를 악물었다. 하지만 그렇게 애를 썼음에도 불구하고 도발한다면 물러날 이유가 없었다.

“으읍!”

그녀가 몸을 비틀며 주먹으로 때리기 시작했다. 하지만 주열은 더 바짝 끌어당겨 안고서 술을 마시듯 그녀의 입술을 음미하며 입안 깊숙이 혀를 밀어 넣었다. 그러자 허를 찔린 것처럼 그녀의 몸이 경직되었다. 그건 주열도 마찬가지였다. 그녀의 입술은 그가 상상했던 것보다 훨씬 더 달콤하고 뜨거웠다. 누군가와 함께한다는 것이 이토록 짜릿할 줄이야. 그동안 잊고 지낸 시간만큼 그 느낌은 배가되어 그를 집어삼켰다.

이제 입술에서 시작된 열기는 순식간에 명치끝을 죄이며 온몸으로 번져 갔다. 수만 가지의 언어로도 표현하지 못할 이 기분. 주열은 희열을 감추지 못하고 더욱더 그녀의 몸을 옥죄었다. 꿈일까. 아니, 결코 꿈은 아니었다. 틀림없이 살아 움직이는 현실이었다. 꿈틀거리며 빠져나가려는 그녀의 몸이 현실이라 일깨워 주고 있었다.

‘정말 내 몸이 반응하고 있어. 충동적인 행동에서 비롯된 찌꺼기가 남아 있는 거라고 생각했는데 아니었어.’

주열은 순간 미친 듯이 웃고 싶었다. 아니, 소리 내어 울고 싶었다. 가랑비에 옷 젖는다고 더 이상은 이런 감정을 느끼지 못할 거라 여겼다. 죽었으니까. 흐르는 세월 속에 그 역시 묻혀진 지 오래였으니까. 아무리 노력해도 안 되는 거라고 오래전에 단념하고 살았으니까.

그런데 아니었나 보다. 당장이라도 이 자리에서 그녀 안에 몸을 묻고 싶을 정도로 살아 움직이는 것을 보니 죽은 것은 그가 아닌 마음이었나 보다. 그래서 놓을 수가 없다. 그의 품에서 버둥거리는 그녀를 감히 놓아줄 수가 없다. 신기루처럼 사라질까 봐서, 한 줌 모래처럼 흩어질까 봐서 감히 입술을 놓아줄 수가 없었다. 그녀는 모를 것이다.

지금 그의 마음이 어떤지. 어떤 기분으로 그녀를 끌어안고 있는지. 주열은 미친 듯이 그녀의 입안을 헤집고 다녔다. 자꾸만 도망치려는 혀를 강제로 끌어당겨 이로 꽉 깨물고서 놓아주지 않았다. 그러자 비명 같은 신음 소리가 입술을 비집고 흘러나왔다. 그 소리가 양심의 문을 두드렸다. 이제 그만 그녀를 놓아주라고. 더 이상 그녀를 괴롭히지 말라고. 그런데도 더 많은 것을 갈망하며 그의 손은 이제 그녀의 젖가슴을 향해 움직였다. 때리면 맞을 것이다. 죽인다면 기꺼이 심장을 내어줄 것이다. 그러나 아직은, 아직은 좀 더 이 느낌을 맛보고 싶다.

"하아……. 조금만…… 조금만 더 내게 시간을 줘."

살짝 입술을 떼어낸 주열이 가쁘게 숨을 몰아쉬며 말했다.

"헛소리 그만하고 내려놔. 더는 용서 안…… 헉!"

그의 손이 가슴을 움켜쥐자 그녀는 거칠게 숨을 들이켰다. 시간을 달라는 말이 이런 뜻일 줄이야. 걷잡을 수 없는 불길이 가슴으로 휘몰아쳤다.

'나쁜 새끼. 절대 용서 안 해. 아니, 용서 못해! 어디 두고 봐. 내

가 너 같은 쓰레기를 어떻게 처리하나.'

순간 살인이란 끔찍한 단어가 그녀의 뇌 속을 잠식했다. 죽이고 싶었다. 인간이길 거부한 그를 죽여 버리고 싶었다. 욕정에 눈이 멀어 물건을 사듯 사람을 사고파는 이런 쓰레기는 살 가치가 없었다. 분노에 휩싸인 인경은 입속에서 헤매고 있는 그의 혀를 힘껏 끌어당겼다. 그리고선 인정사정없이 꽉 깨물어 버렸다.

"으윽!"

그의 입에서 고통에 찬 신음 소리가 흘러나왔다. 그리고 이내 비릿한 맛이 입안을 맴돌았다. 인경은 곧 그에게서 벗어날 거라 생각하며 정신을 바짝 차렸다. 이런 상황에서 뒤로 벌러덩 넘어진다면 그보다 꼴사나운 것도 없었기에. 그런데 이상했다. 그녀의 예상대로라면 이미 그들은 떨어졌어야 했다. 그런데 떨어지기는 커녕 오히려 더 엉켜 있는 꼴이 되고 말았다.

'이 남자 대체 뭘 하려는 거지. 왜 놔주지 않는 거야! 왜!'

인경은 상황이 이상하게 꼬이자 슬슬 겁이 나기 시작했다. 그저 입술을 겹친 채 끌어안고만 있을 뿐, 그가 어떤 행동을 한 것도 아닌데 말이다. 그렇게 얼마나 시간이 흘렀을까. 간헐적으로 흘러나오는 신음 소리를 따라 비릿한 맛은 더욱 짙어졌고, 그녀를 끌어안고 있는 손길은 더욱 단단해졌다. 이어 역겨움까지 밀려와 이젠 속까지 울렁거렸다. 더는 이 기분을 견딜 수가 없었다.

인경은 어떻게 해야 그에게서 벗어날지 궁리하기 시작했다. 제일 효과적이라고 생각해서 혀까지 깨물었지만 상황만 악화됐을 뿐, 달라진 것은 없었다. 그러니 다른 방법을 찾아야 했다. 하지만 좀처럼 벗어날 방법이 떠오르지 않았다. 그때였다. 올가미에 걸린 것처럼 꼼짝도 할 수 없었던 몸이 돌연 자유로워졌다.

"어?"

인경은 갑자기 뒤로 밀쳐지자 저도 모르게 입을 헤벌쭉 벌리고서 그를 바라보았다. 깨문 곳의 상처가 꽤나 깊었는지 그의 입술 주위로 붉은 선혈이 배어 있었다.

'젠장! 내 입술도 저렇듯 붉을 거 아냐.'

인경은 문득 그의 피가 그녀의 입술에도 묻어 있을 거라는 생각이 들자 혀를 내밀어 쓰윽 핥았다. 그의 흔적을 지우고픈 아주 단순한 행동이었다. 그런데 그 순간 먹잇감을 앞에 둔 짐승처럼 그의 눈동자에 불꽃이 일렁거렸다. 무심코 행했던 작은 행동이 간신히 붙잡아둔 그의 이성을 다시 흔들어놓은 꼴이 되고 만 것이다.

'이런 미친! 이제 어쩔 거야!'

인경은 자신의 어리석음을 탓하며 냉큼 소파에서 내려섰다. 그런 다음 힘껏 그의 뺨을 후려쳤다. 짝! 하고 매몰찬 소리가 나는 게 그녀가 듣기에도 섬뜩했다. 하지만 조금도 성이 풀리지 않았다. 그도 맞은 곳이 아프지 않은 듯 오롯이 그녀만 바라볼 뿐, 어떠한 행동도 하지 않았다. 그래서 더 화가 났다.

"네 눈엔 내가 우습게 보여! 네 멋대로 가지고 놀아도 될 만큼?"

매서운 손만큼이나 낮게 깔린 목소리는 음산한 기운을 담고 있었다. 주열은 천천히 자리에서 일어났다. 그리고 주머니 깊숙이 양손을 찔러 넣었다. 가지고 논 것은 아니었지만 이렇게라도 하지 않으면 또다시 그녀를 품에 안을 것은 자명한 일. 이 이상 그녀를 자극한다면 돌이킬 수 없는 일이 벌어질 것만 같아서 참기로 한 것이다. 대신 가장 현실적인 일을 해결하기 위해서 입을 열었다.

"아니. 그랬다면 내 품에 안지 않았어. 그리고…… 이번이 마지막도 아니야."

"뭐, 뭐?"

휘둥그레 치켜뜬 눈동자가 이리저리 흔들리고 있었다. 가엾다. 주열은 뜬금없이 그 말이 생각났다. 이유는 모른다. 그냥 눈에 그렇게 비쳐졌다. 어쩌면 불안정하게 흔들리고 있는 눈동자가 그 사람의 마음을 대변하고 있기 때문인지도 모르겠다. 그런데도 놓아줄 수가 없다. 주열은 주머니 속에 들어 있는 손을 꽉 움켜쥐며 천천히 하지만 단호한 목소리로 입을 열었다.

"다음엔 이대로 놓아주지 않을 거야. 내가 확실하게 알아버렸거든."

"무, 무슨 헛소리야. 지금 날 강제로 안겠다는 거야!"

"아니. 당신을 안게 되는 날, 내가 줄 수 있는 가장 소중한 걸 갖게 될 거야. 그러니까 이건 거래지."

고함을 지르는 그녀와 달리 그의 목소리는 너무나 차분했다. 그게 더 화가 나자 인경은 더욱 목소리를 높였다.

"거래 같은 소리 하고 자빠졌네. 내가 순순히 네 뜻에 따를 것 같아?"

"그렇게 될 거야. 내가 하고자 마음먹었으니까."

주열은 스스로에게 다짐이라도 하듯 한 자, 한 자 힘을 주어 말했다. 지금 그가 하는 말과 행동이 이율배반적이라는 것을 안다. 서인을 생각하면 결코 있을 수 없는 일이었기에. 그래서 남자란 족속들을 도둑과 늑대에 비유하는 것일지도 모르겠다.

"미친 개소리 집어치워! 넌 아무것도 가질 수 없어."

"두고 보면 알겠지."

자신만만한 소리에 인경은 덜컥 목구멍에서 숨이 멎었다. 그가 작정하고 덤벼들면 막을 수 없다는 것을 알기에.

"미, 미쳤어."

두려움 때문인지 목소리가 갈라져서 나왔다. 하지만 인경은 개의치 않고 다시 소리쳤다.

"당신은 미친 거야!"

"아마, 그럴지도. 당신을 내 집에 들이기로 한 것 자체가 미친 짓이었으니까. 한데 말이야. 그다지 기분 나쁘지가 않아. 왜일까?"

"지금 내게 묻는 거야?"

"물론."

"그렇다면 대답해 줘야겠네. 잘 들어. 그건 당신이 사이코기 때문이야!"

인경은 머릿속에 떠오른 말을 그대로 내뱉었다. 그가 화를 낸다고 해도 상관없었다. 그를 보고 있는 지금 이 순간에도 그 말밖에는 생각나지 않았으니까.

"사이코라……. 하하하! 그렇군. 그런 거였어. 하하하."

주열은 큰 소리로 웃었다. 그녀의 입장에서는 충분히 할 수 있는 말이었다. 그런데 그 말을 듣는 순간 그도 은연중에 같은 생각을 하고 있었다는 것을 깨달았다. 그도 이 모든 상황들이 비정상적이라 느끼고 있었으니까.

"저, 저 인간 진짜 미친 거 아니야. 왜 갑자기 웃고 난리야! 열라 기분 이상하게."

인경은 잇새로 나지막이 중얼거리며 그의 표정을 살폈다. 활짝 웃는 모습으로 보아 화가 난 것 같지는 않았다. 아니, 화는 오히려 그녀가 났다. 왠지 저 웃음이 그녀를 놀리고 있는 것만 같아서. 그때 돌연 웃음소리가 딱 그쳤다. 인경은 갑자기 찾아든 정적에 순간 긴장하며 그를 뚫어져라 쳐다보았다. 그러자 그가 한 발 앞으로 다가왔다. 그녀는 무의식적으로 몸을 뒤로 빼며 소리쳤다.

"오, 오지 마!"

그 한마디에 그가 걸음을 멈추었다.

'이 인간 또 뭔 수작이야.'

인경은 다행이라 생각하면서도 불신의 눈초리를 거두지 않았다. 그도 그녀를 바라만 볼 뿐, 움직이지 않았다. 그렇게 얼마나 있었을까.

"다리…… 괜찮아?"

그가 고갯짓을 하며 물었다. 인경은 그제야 아픈 다리로 서 있다는 것을 알았다.

"걱정하는 척하지 마. 역겨워."

"척이 아니라 걱정돼. 내 품에 안기는 날, 당신의 컨디션이 최고이길 원하거든."

"이런 미친! 기어이 날 안겠다고?"

"아주, 기꺼이."

인경은 그대로 몸을 틀어 걷기 시작했다. 당장 여기서 나가야 했다. 악마가 살고 있는 이 집에선 한순간도 더 있기가 싫었다.

"방으로 가는 게 좋을 거야. 내가 움직이면 당신만 괴로워질 테니까."

"마음대로 해. 난 이 집에서 나갈 거야."

인경은 될 대로 되라는 심정으로 그렇게 쏘아붙였다. 어차피 자기 마음대로 할 거 그런 협박 따윈 하나도 무섭지 않았다.

"거기서 멈춰. 후회하고 싶지 않다면."

"하! 후회? 이미 뼈저리게 하고 있거든! 그러니까 더 이상 날 자극하지 마. 여차하면 같이 죽는 수가 있어."

"그것도 나쁘지 않군. 지옥 문턱에 같이 갈 친구가 있다면 적어도 외롭진 않을 테니까. 그래도 오늘 밤은 아니야. 난 아직 누구에게도 작별 인사를 안 했거든. 당신도 어느 한 사람에겐 작별 인사를 하고 싶겠지?"

문고리를 잡은 그녀의 손이 바들바들 떨렸다. 그가 누구를 겨냥해서 한 말인지 가슴이 먼저 알고서 파닥거렸다. 인경은 주먹을 불끈 쥐고서 획 돌아섰다. 그럴 줄 알았다는 듯이 그의 입가에 미소가 피어올랐다.

인경은 끓어오르는 분노를 삼키기 위해서 이를 악물었다. 저 주둥아리를 갈기갈기 찢어발길 수만 있다면 이깟 목숨 따윈 얼마든지 버릴 수 있었다. 그러나 현실은 그녀의 편이 아니었다. 치가 떨리게 분하고 원통하지만 그의 말이 맞는 것이다.

"한 가지만 물을게."

"얼마든지."

"날 여기에 잡아둔 이유가 뭐야?"

"제 발로 왔으니 그 표현은 맞지 않아."

"그럼 다시 물을게. 난 송기철을 잡기 위한 미낀 거야, 아니면 멋대로 가지고 놀 이 몸뚱이가 필요한 거야. 말해봐, 어느 쪽인지."

그의 눈빛이 무섭게 번뜩였다. 그런데 하나도 무섭지가 않았다.

사람이 죽기 살기로 덤빈다면 세상에 무서울 것이 없다는 말처럼 지금 그녀의 눈에는 아무것도 겁낼 게 없었다.

"아니면 둘 단가. 대답해. 당신이 원하는 게 뭔지."

그녀가 다시 채근했다. 주열은 당신에게 원하는 것 따윈 없다고 소리치고 싶었다. 그러나 애석하게도 처음 의도했던 것에서 한 가지 이유가 더 생겨 버렸다. 그러니 지금은 그녀가 말한 대로 두 가지 다인 것이다.

"이미 말한 걸로 아는데."

주열이 그들의 대화 내용을 상기시켰다. 인경은 굳어지려는 얼굴을 가까스로 움직여 생긋이 미소 지었다. 지고 싶지 않았다. 물러서고 싶지 않았다. 기꺼이 안겠다고 했으니 반항해 봤자 소용없었다. 하지만 호락호락 당하고만 있지는 않을 것이다. 그가 상처 준 만큼 몇 곱절로 되갚아주고 말 것이다.

"후훗, 그럼 둘 다란 소리네. 하기야 10억이나 줬으니 그럴 만도 하겠지. 그럼 여기서 질문 하나 더."

주열은 질문이라는 소리에 살짝 미간을 찌푸렸다. 그녀와 말을 섞으면 섞을수록 죄인 같은 기분이라 달갑지가 않았다.

"계약 기간이 1년이라고 했으니 그때까지만 견디면 이곳에서 벗어날 수 있다는 것은 알겠어. 그런데 말이야. 만일 당신이 이 몸뚱이에 싫증이 났을 경우는 어떻게 되는 거야. 아니지. 아직 몸뚱아리를 섞어보지 않았으니 속궁합이 어떤지도 모르겠구나. 그럼 지금 여기서 넣어볼래? 그런 다음 대답해도 괜찮은데 난."

그녀가 내뱉는 한마디 한마디가 뜨거운 용암이 되어 부글부글 끓어올랐다. 주열은 뼈가 으스러지도록 주먹을 움켜쥐었다. 그렇게라도 하지 않으면 그녀의 목을 비틀어 버릴지도 몰랐다.

"최고의 컨디션일 때라고 말했는데 기억력이 나쁘군. 그 꼴로 안기려 들다니. 그만 꺼져. 더는 상대하고 싶지 않아."

주열은 터져 나가려는 고함 소리를 애써 억누르며 나지막이 읊조렸다. 시한폭탄이 작동한 것처럼 심장이 제멋대로 날뛰고 있어 숨쉬기조차 괴로웠다.

"아, 그랬나. 그럼 어쩔 수 없지 뭐. 준비되면 알려줘. 나 역시 기꺼이 안겨줄 테니까. 그래야 여기서 빨리 벗어날 것 같거든."

인경은 다리를 절뚝이며 방으로 향했다. 마음 같아서는 흡혈귀가 되어 그의 몸속에 흐르고 있는 피를 모조리 뽑아내 버리고 싶었다. 하지만 그에게서 뿜어져 나오는 심상치 않은 열기가 이쯤에서 그만두라고 경고하고 있었기에 한발 물러난 것이다. 그래도 속은 한결 후련했다.

"제길!"

주열은 그녀가 보이지 않자, 끓어오른 화를 토해내며 소파에 털썩 주저앉았다. 온몸이 칼로 난도질을 당한 것처럼 쓰리고 아렸다. 아니, 비단 몸만이 아니었다. 마음은 이미 만신창이가 되어 너덜너덜했다. 태어나서 이런 모욕적이고 수치스러움을 느껴보긴 처음이었다. 더러운 오물을 뒤집어썼다 한들 이 기분에 비길 수는 없었다. 그런데도 견딜 수밖에 없었던 이유는 단 하나. 미끼였던 사람이 안고 싶은 여인이 되어버렸기에.

"오지 말라고 했잖아!"

거실로 들어서자마자 책망하는 목소리가 날아들었다. 서진은 테이블 위에 놓여 있는 술병이 눈에 띄자, 곧장 주방으로 향했다. 그리고 얼음물을 한 잔 가져와 그녀에게 내밀었다.

"마셔."

"필요 없어."

그녀가 손을 탁 쳐내더니 잔에 담긴 술을 단숨에 마셨다. 나지막이 한숨을 내쉰 서진은 물 잔을 내려놓은 뒤 술병을 집어 들었다. 안주도 없이 독한 술은 이미 반이나 비워져 있었다. 서진은 술병을 치워 버리기 위해 몸을 틀었다. 대화가 필요한 시점에서의 술은 전혀 도움이 되지 않았다.

"이리 줘!"

그녀가 고함을 지르며 술병을 낚아챘다. 그 바람에 손이 미끄러져 술병을 놓치고 말았다. 쨍그랑! 깨어진 술병에서 튀어나온 액체와 파편들이 이리저리 흩어졌다. 서진은 황급히 몸을 숙여 그녀를 덮쳤다. 튀어 오른 파편에 슬립만 걸치고 있는 그녀가 다칠까 봐 걱정되었다.

"괜찮아? 다친 데 없어?"

그가 걱정스러운 표정으로 몸 여기저기를 살피며 물었다. 순간 재희는 피식 웃음이 났다. 심장을 갈기갈기 찢어놓은 당사자가 고작 깨어진 파편에 호들갑을 떠는 게 우스웠다.

"당연하지. 더 큰 고통이 덮친 탓에 이깟 것들은 아무런 위해도 되지 못하거든. 여기가, 여기가 너무 아파서 이 독한 술로도 진통이 가라앉질 않아. 알아!"

그녀가 손바닥으로 제 가슴을 때리며 말했다. 욱신욱신. 그녀의 외침 소리가 가시가 되어 그의 심장을 찔렀다. 하지만 그를 더 아프게 하는 것은 원망하는 그녀를 그저 바라볼 수밖에 없다는 거였다.

"침대로 가는 게 좋겠어."

서진이 그녀를 안아 들며 말했다. 다치기 전에 깨어진 조각들도 치워야 했지만, 무엇보다 그녀를 재우는 게 좋을 듯했다.

"오호, 침대 좋지. 이거 벌써부터 아랫도리가 화끈거리는데. 기대해, 아주 끝내주게 해줄게. 오럴 섹스 어때? 생각만으로도 짜릿하지."

그녀가 은밀한 부위를 손으로 쓰다듬으며 말했다. 서진은 못 들은 척 묵묵히 걸음을 옮겼다. 스스로를 괴롭히는 그녀를 보는 게 무척이나 괴로웠다. 그녀를 이렇게 만든 장본인이 그라는 것이 죽고 싶을 만큼 싫었다.

"한숨 자. 그러고 나서 얘기하자."

서진이 그녀를 침대 위에 내려놓으며 말했다.

"무슨 소리야. 흥분한 젖꼭지가 아프게 죄여와 빨아달라고 아우성치는데. 봐봐. 꼿꼿이 섰잖아. 여기도 흥건하게 젖어서 자기가 들어오길 기다리고 있어."

그녀가 어깨에 걸려 있는 끈을 내리자 톡 붉어진 젖가슴이 드러났다. 이어 기다란 손가락으로 슬립 자락을 치켜올리자 농밀한 음부가 드러났다. 배꼽 주위에 걸려 있는 슬립을 제외하면 알몸인 것이다. 잘 때 슬립 외에는 아무것도 입지 않는 그녀였기에 당연한 모습이었다.

"날 괴롭히고 싶어서 그런 거라면 이제 그만해. 죽고 싶을 만큼 충분히 고통스러우니까."

"말도 안 돼. 내가 왜 자길 괴롭혀. 그러지 말고 이리 와. 당신이 필요해.”

그녀가 그의 손을 잡고서 촉촉이 젖어 있는 은밀한 곳에 올려놓았다. 그리고선 그를 빤히 바라보며 유혹하듯 혀끝으로 살짝 입술을 핥고서 천천히 손을 움직였다. 그러자 이내 따뜻한 기운을 담은 끈적거림이 손바닥에 느껴졌다.

서진은 싸늘해진 표정으로 손바닥에 느껴지는 열기를 그대로 움켜쥐었다. 다른 때였다면 그녀 안에 몸을 묻고 싶은 열망으로 허겁지겁 옷을 벗어 던졌을 것이다. 사랑하는 사람과 하나가 된다는 것은 영혼을 나누는 일이었기에 행복했다. 그러나 지금은 이 모든 상황에 화가 났다.

“나가 있을게. 얘기할 준비가 되면 불러.”

서진이 그녀의 손을 뿌리쳤다. 재희는 수명이 다한 인형처럼 툭 떨어지는 손을 슬픈 눈빛으로 바라보았다. 천박하게 굴었으니 정나미가 떨어졌을 것이다. 그걸 바라고 한 짓이었으니까.

그런데도 심장이 반으로 갈라진 것처럼 아프고, 뼈마디가 으스러진 것처럼 고통스러웠다. 그래도 어쩔 수 없었기에 선택했다. 그를 온전히 가질 수 없다면 버려야 했기에. 두 번 다시는 3년 전에 느껴야 했던 처절한 고독에 빠져들고 싶지 않아서. 하지만 또 다시 버려진 듯한 기분이 드는 건 어쩔 수 없었다. 스르르 눈가에 눈물이 스며들었다. 재희는 고인 눈물이 떨어지는 게 싫어서 황급히 손으로 닦아내며 소리쳤다.

“필요 없어. 돌아가!”

앙칼진 목소리가 뒤따랐다. 서진은 문고리를 잡은 채 휙 돌아섰다. 그와 눈이 마주치자 꼴 보기 싫다는 듯 그녀가 이불을 끌어당겨 머리까지 푹 뒤집어썼다. 심통이 났다는 것을 여실히 보여주고 있는 것이다. 서진은 어떻게 할까 잠시 망설이다가 문을 열었다. 이런 기분으로 계속해서 대화를 나눈다면 서로에게 더 깊은 상처만 줄 뿐이란 결론을 내린 것이다.

"나쁜 자식. 빈말이라도 내가 먼저라고 해주면 안 돼!"

재희는 문이 닫히자 이불을 확 걷어내고서 소리쳤다. 많은 걸 바라지 않았다. 그저 친구보다 그녀를 먼저 생각해 달라는 것뿐이었다. 그들은 연인이니까. 사랑하는 사이기에 바랄 수 있는 가장 기본적인 마음이니까. 그런데 저 남자는 그게 안 된다. 속 터지게 너무 올곧았다. 그런 성격이라는 것을 알고는 있었지만 이럴 때 보면 정말 야속하고 얄미웠다. 왜 저런 남자를 사랑하게 됐을까, 스스로가 원망스러웠다.

"정말 미련하다. 저런 자식에게 또 뭔가를 기대하다니. 정말 미련하고 한심하다, 서재희. 이러는 네가 정말 밉다. 미워 죽겠다. 흑흑흑."

꾹꾹 눌러 참았던 눈물이 끝내 흘러내리고 있었다. 재희는 소리가 새어 나가지 못하게 이불을 끌어당겨 입을 틀어막았다.

깊은 밤이었지만 그녀의 눈동자는 반딧불이가 반짝반짝 빛을 내는 것처럼 말똥말똥했다. 세상 모든 근심이 그녀 안에 있는 듯 마음이 너무 어지럽고 복잡해서 좀처럼 잠이 오지 않았다.

"아 씨, 미치겠다, 진짜!"

이리저리 몸을 뒤척이던 인경은 덮고 있던 이불을 확 거둬내고서 몸을 일으켜 앉았다. 아마도 이 방 어딘가에 녹음기가 있나 보다. 그렇지 않고서는 아주 기꺼이 안겠다고 말하던 그의 목소리가 계속해서 들려올 리가 없었다. 아니, 목소리뿐만이 아니었다. 엉켜 있던 입술의 감촉까지 고스란히 되살아나 도저히 잠을 이룰 수가 없었다.

"하아. 소주 생각난다."

인경은 오늘처럼 술이 생각나기도 처음이었다. 이럴 때 술이라도 한잔 마시면 그 힘을 빌려서라도 잠들 수 있을 텐데 그마저도 못하니 미칠 것 같았다. 소주 생각에 입맛을 다시고 있던 그녀는 문득 생각나는 것이 있자, 손뼉을 탁 쳤다.

"아, 맞다! 그러고 보니 여기 온 이후로 술은 입에도 안 댔구나. 아니, 생각도 안 났어. 전엔 매일같이 술병을 끼고 살았는데."

기철과 헤어지고 난 이후로 늘어난 게 있다면 그건 바로 술이었다. 외로움을 달래기 위해서 한 잔. 괴로움을 떨쳐 내기 위해서 한 잔. 그리고 보고 싶은 마음을 견뎌내기 위해서 한 잔. 그렇게 수많은 꼬리들을 매달고 술잔을 기울였다. 그런데 우습게도 이곳에선 까맣게 잊고 살았다. 처해진 상황으로 보자면 더 많이 찾았어야 했는데도 말이다. 한데 가만히 생각해 보니 잊고 산 건 그것만이 아니었다. 외로움도 괴로움도 그리고 보고 싶다는 그리움도 모두 잊은 채 살고 있었다.

"대신 화병이 생겼지. 어디 그뿐이야. 악마에게 살아남기 위해서 싸움닭처럼 매일같이 싸우고 있잖아. 그것도 아주 치열하게."

인경은 누가 듣고 있기라도 하는 것처럼 언성을 높였다. 잃은 게 있는 만큼 얻는 것도 있다고, 결코 지금 상황이 좋은 건 아니었다. 아니, 아주 최악이었다.

"아 씨, 안 되겠다. 한잔 마신다고 해서 죽이기야 하겠어."

인경은 잠자리를 털고 일어났다. 생각할수록 더욱 간절하게 술이 생각나 더는 참을 수가 없었다. 비록 소주는 아니었지만 조 여사님을 따라다니며 청소한 덕분에 이 집 어디에 술이 있는지는 잘 알고 있었다.

"아 씨, 아파."

서둘러 갈 생각으로 침대에서 폴짝 뛰어내렸던 그녀는 발목으로부터 전해져 오는 찌릿한 통증에 인상을 찡그렸다. 누구 때문에 발목을 다쳤다는 것을 까맣게 잊고 있었던 것이다.

"암튼 밉상이라니까."

인경은 절뚝절뚝 걷기 시작했다. 그래도 찜질도 하고 붕대도 감아서 그런지 통증이 한결 덜했다.

"가만! 이게 무슨 소리지."

주열의 방 앞을 지나가던 그녀는 이상한 소리가 들려오자 걸음을 멈추었다. 그리고 문에 바짝 몸을 기대고서 안에서 들려오는 소리에 귀를 기울였다. 하지만 앓는 소린지 잠꼬대하는 소린지 분간할 수가 없었다.

"가지 마!"

"어우, 깜짝이야!"

인경은 갑자기 들려온 고함 소리에 놀라서 화들짝 몸을 뗐다. 그때 또다시 고함 소리가 들려왔다. 안에 누가 있기라도 한 건지 그는 가지 말라는 말만 되풀이하고 있었다.

"안에 누가 있나 보네."

인경은 대수롭지 않게 생각하며 걸음을 뗐다. 그러다 이상한 기분이 들어서 다시 멈춰 섰다. 이 집에 있는 사람은 그와 그녀뿐이었다. 그리고 그녀가 아는 한 방문한 손님은 없었다.

"아 씨!"

몸을 휙 돌린 그녀는 다리가 아프다는 것도 잊은 채 황급히 걸음을 옮겼다. 그녀의 예상이 틀리지 않다면 그는 지금 악몽을 꾸고 있는 것이다. 서진도 없는데 그에게 무슨 일이라도 생긴다면 큰일이었다.

"아니지. 내가 왜?"

바쁘게 움직이던 그녀는 돌연 문 앞에서 멈춰 섰다. 순간, 그에게 무슨 일이 있다 한들 그녀와 상관없다는 생각이 들었다. 그녀가 여기에 있는 진짜 이유를 알게 된 이상 그와는 가까이하지 않는 게 좋았다.

"그래, 신경 끄자. 그가 죽든 말든 내 알 바 아니잖아. 내게 한 짓을 생각해."

말은 그렇게 하고 있었지만 그녀의 신경은 온통 안에서 들려오는 소리에 쏠려 있었다. 그리고 마음 한편에선 너무 고통스러워하니까 도와줘야 한다고 속삭이기까지 했다.

"에이씨!"

인경은 벌컥 문을 열었다. 한 짓이 얄밉긴 하지만 그녀의 마음이 편하려면 이러는 게 옳았다.

"안 돼! 가지 마. 가지 마, 서인아. 가면 안 돼!"

아니나 다를까. 그는 허공을 향해 손을 뻗고서 흐느끼기까지 하고 있었다. 인경은 곧장 그에게로 가 허공을 휘젓고 있는 손을 덥석 잡았다. 다른 생각 따윈 나지 않았다. 무언가를 향해 허망하게 흔들리고 있는 손을 붙잡아야 한다는 것뿐.

"강주열 씨, 일어나요. 꿈이에요, 꿈. 제발 눈을 떠…… 헉!"

그를 깨우기 위해서 고함을 치던 인경은 끌어당기는 힘에 의해 그대로 엎어지고 말았다.

"아얏! 아아."

어찌나 세게 끌어당겼던지 그의 가슴팍에 부딪쳤는데도 돌덩이에 부딪친 것처럼 얼굴이 얼얼했다. 하지만 문제는 그것만이 아니었다. 그는 잘 때 옷을 입지 않는지 맨살인데다가 너무 꽉 끌어안은 탓에 숨이 막힐 지경이었다.

"허윽! 저, 저기 가, 강주열 씨. 이, 이거…… 하아, 이것 좀 풀어요. 수, 숨이 마…… 하아, 막힌다고요."

그녀가 숨을 몰아쉬며 힘겹게 말했다. 하지만 꿈속을 헤매고 있는 그는 더욱 힘을 주어 끌어당길 뿐이었다. 이렇게 있다가는 정말 숨이 넘어갈 것만 같았다.

"강주……!"

인경은 점점 더 숨쉬기가 괴로워지자 몸을 버둥거리며 그를 부르기 위해서 입을 열었다. 그러나 불현듯 떠오른 생각이 그녀의 입을 막아버렸다. 얄궂게도 왜 지금 이 순간에 이런 생각이 드는 건지 모르겠다. 하지만 그럴 수 있다면 정말 행복할 것 같았다. 마지막 숨을 거둘 때 사랑하는 사람의 품에 꼭 안겨서 눈을 감고 싶다는 열망은 누구나가 가지고 있는 욕심일 테니까. 그래서 얼굴도 모르는 서인이란 여자가 이 순간 부러웠다. 살아서는 물론이고 꿈에서조차 그리워할 정도로 사랑받고 있으니까.

"하아. 점점 내가…… 하아, 미쳐 가는구나. 후훗."

인경은 숨이 가쁜 상황에서도 웃음이 났다. 아마도 그가 누군가와 비교가 됐기 때문일 것이다. 그때였다. 갑자기 몸이 휙 돌려지더니 그와 위치가 바뀌었다. 그 바람에 한결 편안하게 숨을 쉴 수가 있었다. 하지만 더 큰 문제가 그녀를 괴롭히기 시작했다.

"빌어먹을! 이게 더 나빠."

인경은 몸이 겹쳐진 부위로 뜨거운 열기가 느껴지자 나지막이 중얼거렸다. 그나마 다행인 건 상체와 달리 그가 바지를 입고 있다는 거였다. 그러나 안도의 한숨도 잠시, 그가 서인이라 부르면서 입술을 겹쳐 오더니 이어 부드러운 손길로 얼굴을 더듬기 시작했다. 그녀가 아닌 죽은 여자를 향한 갈망의 손길. 정말 최악의 순간이었다.

하지만 그녀는 그런 그를 뿌리칠 수도 반항할 수도 없었다. 입술을 맞대고 속삭이는 목소리가 너무 간절해서. 도자기를 어루만지듯 움직이는 손끝이 눈물 나게 부드러워서. 괴롭지만 견디기 힘들 만큼 고통스럽지만 잠시만 이대로 그를 놓아두고 싶었다. 아니, 위로해 주고 싶었다. 꿈에서라도 용서를 빌 만큼 고통스러워하는 마음이 너무 가엾고 안타까워서.

"미안해. 지켜주지 못해서. 함께해 주지 못해서. 정말, 정말 미안해."

그는 미안하다는 말에 주술이라도 걸린 것처럼 되풀이해서 말했다. 이 남자는 왜 이렇게 아픈 모습일까. 보는 사람 가슴 시리게. 인경은 가슴속으로부터 스멀스멀 올라오는 뜨거운 덩어리를 꿀꺽 삼켰다. 그때였다. 차가운 물방울이 그녀의 얼굴 위로 뚝 떨어졌다.

순간, 인경은 흠칫 놀라고 말았다. 이 나이가 되도록 남자가 흘리는 눈물을 본 적이 단 한 번도 없었다. 그런데 한 남자에게서 두 번째 눈물을 보았다. 그것도 죽은 여자를 상대로 흘리는 눈물을. 그래서일까. 가슴이 불에 덴 듯 뜨거워졌다. 손이 제멋대로 움직여질 만큼. 그녀는 양팔로 그의 등을 꼭 감쌌다. 그리고 어린아이를 달래듯 다정하게 등을 쓰다듬으며 나지막이 중얼거렸다.

"당신 잘못이 아니에요. 그러니까 그만 아파해요. 행복이 영원하지 않듯이 이별 또한 영원한 건 아닐 거예요. 세월 따라가다 보면 어떤 모습으로든 다시 만날 수도 있을 테니까."

주열은 따뜻한 열기와 함께 소곤소곤 들려오는 목소리에 흠칫 몸이 굳어졌다. 꿈이라고 생각했다. 아니, 꿈이어야 했다. 그래야만 지금 벌어지고 있는 상황을 이해할 수 있었다. 이제야 겨우 도망가는 그녀를 붙잡아 몸 안에 가둔 뒤, 무사한지 안위를 살피고 있는 중이었으니까.

그런데 지금 들려오는 목소리는 그녀의 것이 아니었다. 꿈속에서의 그녀는 도망가기만 할 뿐, 단 한 번도 목소리를 들려주지 않았다. 그렇다면 지금 들려오는 목소리는? 주열은 뒤통수를 얻어맞은 것처럼 정신이 번쩍 들자 황급히 눈을 떴다. 그의 예감대로 낯익은 얼굴이 바로 코앞에 있었다.

"여기서 뭐 하는 거지?"

날카로운 목소리가 그녀의 손을 붙들었다. 인경은 찬물을 뒤집어쓴 것처럼 흠칫 몸을 떨면서 감은 눈에 더욱 힘을 주었다. 지은 죄도 없는데 그의 얼굴을 보기가 왠지 두려웠다.

"여기서 뭐 하는 거냐고 물었어."

다시금 그의 목소리가 들려왔다. 인경은 터져 나오려는 한숨을 애써 삼킨 뒤, 천천히 눈꺼풀을 들어 올렸다. 적반하장이라더니 이런 상황을 만든 사람은 그녀가 아닌데 왜 그가 화를 내고 있는지 모르겠다. 그러니 대답하는 목소리가 곱게 나갈 리가 없었다.

"그만 비켜주기나 하시죠."

그녀가 톡 쏘아붙였다. 주열은 무슨 말인가 싶어 멍하니 있다가 눈을 깜빡거리는 그녀를 보고서야 황급히 떨어져졌다.

"아 씨, 깔려 죽는 줄 알았네. 남자라서 그런가. 힘이라면 누구한테도 안 지는데 한 방에 끝장나다니. 아우, 성질나."

인경은 몸이 자유로워지자 잠시 숨을 고른 뒤 너스레를 떨며 일어나 앉았다. 허둥대면 서로가 민망할 것 같아서 일부러 그렇게 한 거였다. 그런데 그는 못마땅한 듯 얼굴이 일그러져 있었다.

"인상 좀 펴시죠. 보기 흉하니까."

"당신이 왜 여기에 있는 거야?"

그녀의 말에는 아랑곳없이 그는 제 말만 하고 있었다. 대체 그게 왜 그렇게 궁금한 걸까. 설명하기도 귀찮은데 그냥 넘어가 주면 될 것을. 하지만 그의 눈빛에는 답을 꼭 듣고야 말겠다는 아집이 깃들어 있었다. 그러니 대답해 줄 수밖에. 인경은 침대에서 내려서며 별것 아니란 듯 입을 열었다.

"내 발로 왔으니까 여기 있겠죠."

"무슨 이유로?"

인경은 그걸 몰라서 묻나. 당신 때문이잖아! 라고 소리치고 싶었다. 그러나 꾹 참았다. 말이 많아질수록 피곤해질 테니까.

"몽유병이 도졌는지 눈을 뜨니까 여기더라고요. 잠결에 벌어진 일이니까 이해해 줘요. 그만 나가볼게요."

그녀가 머리를 긁적거리며 걸음을 떼고 있었다. 주열은 화가 난 눈빛으로 그 뒤를 쫓았다. 그녀가 거짓말을 하고 있다는 것을 안다. 아마도 그를 위한답시고 한 말이겠지. 하지만 하나도 반갑지가 않았다. 그것보다는 그녀가 꿈에 대해서 얼마나 알고 있는지가 더 궁금했다.

"거기 서."

무겁게 날아든 목소리에 손잡이를 잡으려던 그녀의 손이 딱 멈췄다. 이쯤에서 그만 넘어가 주기를 바랐지만 그는 그럴 마음이 없는가 보다. 인경은 못 들은 척 그냥 나가 버리고 싶은 마음을 한쪽으로 밀쳐 두고 휙 돌아서서 퉁명스럽게 말했다.

"또 왜요?"

"언제부터야."

"뭐가요?"

"시치미 떼지 말고 대답해. 언제부터 알고 있었던 거야."

노려보는 시선에는 거짓말은 용납하지 않겠다는 의지가 고스란히 담겨 있었다. 인경은 그가 저런 눈빛을 할 때마다 최면에 걸린 것 같은 기분이 들어 순순히 입을 열 수밖에 없었다.

"그게 그렇게 궁금해요?"

"말해."

"날 그 여자로 착각한 날 새벽에요."

처음부터 알고 있었다는 말이었다. 주열은 저도 모르게 손에 힘이 들어갔다. 이제야 기고만장하던 그녀의 행동이 이해가 됐다. 지금도 속으로는 꿈속에 빠져 허우적대는 못나빠진 놈이라고 비웃으면서 고소해하고 있겠지. 남의 약점을 가지고 놀아나는 재미가 쏠쏠할 테니까. 주열은 처음으로 그녀를 이곳에 들인 것을 후회했다.

"나가."

"바라던 바네요."

인경은 냉큼 뒤돌아섰다. 이곳에서 빨리 벗어나고 싶은 마음은 그보다 그녀가 더 컸으니까. 그러다 문득 생각나는 것이 있자, 다시 그를 돌아보며 입을 열었다.

"저기, 근데요. 늘 그런 식인가요?"

"뭐가?"

"꿈…… 말이에요. 혹시 도움이 필요해요?"

"무슨 뜻이지?"

주열이 못마땅한 표정으로 물었다.

"자주 악몽에 시달린다는 건 심리적으로 불안하기 때문이잖아요. 그래서 묻는 거예요. 그걸 떨쳐 내기 위해선 도움이 필요할 테니까."

"그래서 당신이 도와주겠다고?"

"뭐 필요하다면요."

주열은 피식 웃음이 났다. 불과 몇 시간 전만 해도 독사가 혀를 날름거리는 것처럼 세 치 혀로 신랄하게 쏘아붙인 그녀였다. 그런데 그사이 어떤 심경의 변화가 있었기에 이러는 걸까. 그녀는 마치 상황에 따라 자유자재로 색깔을 변화시키는 카멜레온 같았다. 그래서 궁금했다. 그녀가 어떤 방법으로 그를 도와줄지를.

"어떻게?"

"그야……."

무심코 입을 떼던 인경은 멈칫했다. 마음만 있을 뿐, 구체적으로 어떻게 도와줄지에 대해서는 생각해 보지 않았던 것이다.

"내가 너무 어려운 질문을 했나 보군. 그렇다면 다시 묻지. 왜 그런 생각을 하게 된 거지. 당신이 나에 대해서 뭘 안다고."

"물론 아는 건 없어요. 알 필요도 없고요. 난 단지 악몽에 시달리는 당신이 너무 슬퍼 보여서 마음이 아팠어요. 그래서……."

"됐으니까 나가."

그가 조용한 목소리로 그녀의 말을 자르더니 몸을 휙 틀었다. 한데 그 모습이 오히려 더 그녀의 심장을 서늘하게 했다.

"잘…… 자요."

인경이 나지막한 목소리로 인사를 건넨 다음 조용히 문을 열고 나갔다. 주열은 그녀가 나간 문을 휙 돌아본 다음 성큼성큼 테라스로 걸음을 옮겼다. 그리고 문을 활짝 열고서 밖으로 나갔다. 몸에 와 닿는 싸늘한 밤공기에 오싹 한기가 느껴졌다. 그러나 가슴 속에 불어온 뜨거운 열기만큼은 식혀주지 못했다.

"바보 멍청이 같은 놈. 그 말이 뭐라고 울컥해서는. 미친놈!"

그는 스스로를 책망하며 비웃었다. 너무 슬퍼 보여서 마음이 아팠다는 그 한마디에 하마터면 그녀에게 달려가 끌어안을 뻔했다. 이상하게도 그 말을 듣는 순간 치료제를 맞은 것처럼 위로가 되었던 것이다. 하지만 보이고 싶지 않았던 치부까지 그녀가 다 알고 있었다는 것이 그의 행동을 저지시켰다. 이제는 정말 몸속에 있는 알맹이는 다 녹아내리고 빈껍데기만 남은 것이다. 그것이 그를 무척이나 슬프게 했다.

재희는 어스름한 새벽빛이 창으로 스며들자 여행 가방을 들고 방을 나섰다. 이렇게 떠나면 그가 많이 힘들어할 거라는 것을 안다. 하지만 이 방법밖에는 떠오르지 않았다. 그와 얼굴을 마주하면 떠나고 싶은 마음이 달아날 테니까. 그녀가 거실로 나오자 소파 위에 잠들어 있는 그가 보였다. 재희는 마지막 작별 인사를 하기 위해서 조용히 다가가 그의 앞에 쪼그리고 앉았다. 그리고 그의 모습을 하나하나 눈동자에 담으며 입을 열었다.

"여자의 마음이 갈대라지만 그래도 갈대는 흔들리는 게 보이기라도 하지. 당신 마음은 심해보다도 깊어서 눈으로는 도저히 확인할 수가 없어. 그래서 듣고 싶었어. 설령 그 말이 거짓일지라도 사랑하니까 믿고 싶었거든. 그런데 당신은 늘 나를 아프게 해. 그게 싫어."

말하는 사이 눈가가 촉촉이 젖어들었다. 재희는 눈물이 떨어지지 않게 지그시 입술을 깨물었다. 이 남자를 참 많이 사랑했다. 아니, 사랑한다. 그러나 평생을 함께할 자신은 없었다.

"잘 있어. 이번엔 내가 먼저 떠날 거야. 내 눈 속에 박힌 당신 뒷모습 더는 보고 싶지 않아. 기억하고 싶지 않아. 당신은 모르겠지만 그거 뼈가 녹아내리는 것처럼 고통스러워. 그래서 이렇게 떠나는 거야. 당신에게 그 아픔 남겨주기 싫거든. 그리고 다른 여자에겐 나처럼 그러지 마. 빈말이라도 꼭 그 여자가 웃을 수 있게 대답해 줘. 이건 충고이자, 부탁이야. 그리고……. 꼭 행복해야 돼. 내가 부러워할 만큼 아주…… 많이."

또르르. 눈물이 제멋대로 볼을 타고 흘러내렸다. 재희는 황급히 자리에서 일어났다. 눈물에 가려 흐릿해 보이는 그의 모습이 싫어서. 마지막인 만큼 온전한 모습의 그만 담고 싶어서. 재희는 손등으로 고인 눈물을 닦으며 뒤돌아섰다. 이것으로 그와는 정말 끝이었다. 다시는 그를 찾지 않을 것이다. 그때였다. 그녀의 손목이 잡힌 것은.

"헉!"

그녀는 손목을 타고 전해져 오는 온기에 저도 모르게 숨을 들이켰다. 자는 줄 알았는데 그게 아니었던 모양이다. 떨리는 마음으로 천천히 고개를 돌리자 어둠보다 더 짙은 눈동자가 그녀를 노려보고 있었다. 순간, 심장이 쿵 하고 아래로 곤두박질쳤다. 그가 저런 눈빛을 하고 있다는 건 마지막 선택이 남아 있다는 것을 의미했다. 그리고 만일 그 선택이 그와 같지 않다면 이것으로 끝이었다. 두 번 다시는 그를 볼 수 없었다. 이미 한 번의 경험으로 그가 얼마나 냉혹한 사람인지를 알고 있기에. 재희는 두려운 마음을 애써 삼키며 입술을 달싹였다.

"안…… 잤어?"

서진은 대답도 하지 않고 오롯이 그녀만 바라보았다. 자고 싶었다. 너무 피곤했으니까. 그런데 잠들 수가 없었다. 아파하던 그녀의 모습이 자꾸만 눈에 밟혀서. 그런데 믿을 수 없게도 그녀가 몰래 떠나려 했다. 주절주절 제 마음 다 흘려놓고서. 한데 그녀의 말을 가만히 듣고 있자니 안타까움보다는 오히려 화가 났다. 그를 믿지 못하는 그녀가 너무 야속해서. 다른 여자를 입에 올리는 그녀가 너무 미워서.

"내가 다른 여자를 만날 수 있을 거라고 생각해?"

묻고 싶었던 말이 제멋대로 흘러나왔다. 그녀가 뭐라고 대답할지 궁금해서.

"무, 물론이지."

다행히 진심은 아닌가 보다. 대답하는 목소리가 떨리고 있는 것을 보니.

"물론이라……. 너무 쉽게 말하는군."

나지막이 중얼거린 서진은 그녀에게 시선을 고정시킨 채 잡은 손목에 힘을 주며 천천히 몸을 일으켜 앉았다. 잡힌 부위가 아픈지 그녀가 눈살을 찌푸렸다. 그럴 의도는 아니었지만 미안한 마음은 들지 않았다. 그녀가 하려 했던 행동은 몇 배로 그를 아프게 했으니까. 그리고 그 아픔은 아직 끝나지 않았다.

"한데 어쩌나. 네 대답은 틀렸는데."

"뭐?"

그녀의 눈동자가 놀라움으로 커졌다. 서진은 그런 그녀의 모습을 온전히 눈동자에 담았다. 그리고 한 자 한 자에 마음을 담아 입을 열었다.

"네가 아니면 내 인생에 여자는 없어. 널 그리워하며 살아도 모자랄 시간이야. 그러니까 선택해. 너야? 아니면 나와 함께인 너야. 물론 난……."

그가 말을 멈추었다. 그에 따라 그녀의 심장도 덜컥 제동이 걸렸다. 재희는 후들거리는 다리로 간신히 버티고 서서 그의 다음 말을 기다렸다. 그렇게 얼마나 있었을까. 그녀의 심장이 고통을 견디지 못하고 다시 뛰기 시작할 때서야 그의 입술이 움직이기 시작했다.

"너와 함께인 나야. 서재희."

이름을 듣는 순간 심장에서부터 솟아오른 눈물이 왈칵 쏟아져 내렸다. 재희는 흘러내리는 눈물 사이로 그를 바라보았다. 그리고 그의 눈동자 속에 비친 그녀의 모습을 보고서야 깨달았다. 죽어서도 그를 떠날 수 없다는 것을. 이 남자가 아니면 내뱉는 숨소리조차 아무런 의미가 없다는 것을.

“나, 나쁜 놈. 그렇게 말하면 내가 대답할 말이 없잖아.”

“그럼 그냥 안겨. 그것으로 대답은 충분하니까.”

재희는 주르륵 눈물을 흘리며 그대로 그의 품 안으로 쓰러졌다. 그의 말대로 답은 필요 없었다. 이 남자와 함께할 수만 있다면 이젠 아무래도 좋았으니까.

“다시는 날 떠나지 마.”

“응.”

“생각도 하지 마.”

“응.”

“또다시 이런 일이 있을 시엔 우리 둘 다 이 세상에 없는 거야.”

“응.”

그녀는 또박또박 잘도 대답하고 있었다. 서진은 그녀를 안은 팔에 힘을 꽉 주었다. 너무나 쉽게 대답하고 있었지만 마음만은 진심이란 걸 알기에 한없이 기쁘고 감사했다.

“고마워. 내 곁에 남아줘서.”

“응.”

“기다려 줘. 오래 걸리지 않을게.”

“응.”

그녀의 대답은 모두 한 글자였다. 다른 말은 필요 없다는 듯. 서진이 살짝 그녀를 품에서 떼어냈다. 지금 하려는 말만큼은 그녀의 눈동자와 하나가 되어서 들려주고 싶었다. 그를 선택한 그녀의 마음속에 후회가 남지 않도록 하기 위해서.

서진은 이마 위로 흘러내린 그녀의 머리카락을 살며시 거둬 올렸다. 그의 손길을 따라 그녀의 눈꺼풀이 파르르 떨리고 있었다. 서진은 양 손바닥으로 부드럽게 그녀의 얼굴을 감싸고서 눈꺼풀 위에 살며시 입을 맞춘 후, 가슴속에 담아두었던 말을 조심스럽게 꺼냈다.

"내게 당신은 숫자로 표현할 수 있는 사람이 아니야. 내 자신보다 더 간절하게 원하는 사람이라서 감히 그런 걸로 대신할 수는 없어. 그러니까 다시는 그런 말로 당신을 괴롭히지 마. 그냥 보고 싶다고 말해. 그럼 어디에 있든 무엇을 하던 간에 당신에게 달려올 테니까."

"서, 서진 씨."

"사랑한다는 말로 내 빈자리를 채워줄 수 없다는 거 알아. 그 말이 가져다주는 고독이 얼마나 고통스러운지도 잘 알고. 하지만 조금만 참아줘. 당신에게 오는 날, 황서진이 아닌 오직 당신의 남자가 되어 있을게."

"으허헝! 서진 씨!"

재희는 울음을 터드리며 그를 와락 끌어안았다. 어떻게 이런 남자를 떠날 생각을 했을까. 평생을 살아도 만나지 못할 사람인데.

"미안해. 속상하게 해서. 정말, 정말 미안해."

울음 섞인 목소리가 그의 가슴을 적셨다. 정작 미안하다고 해야 할 사람은 그녀가 아닌 그였다. 하지만 그는 아무런 말도 하지 않았다. 그저 손을 올려 그녀의 머리를 쓰다듬었다. 지금 이 순간만큼은 어떤 말도 필요치 않았다. 두 개의 심장이 이제야 온전한 하나로 이루어졌기에.

10장 무너져 내린 성벽

"으으윽!"

알람 소리에 눈을 뜬 인경은 양팔을 머리 위로 쭉 뻗어서 기지개를 켰다. 밤새 잠을 설쳤더니 온몸이 찌뿌둥한 게 절로 비명이 튀어나왔다. 하기야 고작 두 시간 정도 눈을 붙였으니 당연했다. 친구들과 날밤 까며 놀던 시절은 애초에 끝났으니까.

"그래. 가는 세월을 누가 막을쏘냐. 몸이 적응할 수밖에. 으윽, 하아!"

다시 한 번 늘어지게 기지개를 켠 그녀는 발목을 살살 돌려보았다. 약간 뜨끔거리기는 했지만 훨씬 아픔은 덜했다.

"병원엔 안 가도 되겠다."

발목 상태를 확인한 그녀는 냉큼 일어나 욕실로 향했다. 지금 시간이 5시 30분. 최소한 1시간 안에 아침 식사를 차려야 했다. 서진이 없을 때는 그녀가 아침 식사를 준비하겠노라고 말해놓은 터라 꾸물거리고 있을 시간이 없었다. 인경은 서둘러 양치질을 한 다음 세수를 했다. 머릿속으로는 어떤 국을 끓일까 생각하면서.

Rrrr. Rrrr.

막 방을 나가려는데 휴대전화가 울렸다. 인경은 어렵지 않게 상대가 서진이란 걸 알았다. 그가 아니면 이 시간에 전화할 사람이 없으니까. 아니나 다를까. 상대는 서진이었다.

"네, 서진 씨."

[인경 씨, 잘 잤어요?]

잘 자기는커녕 컨디션도 엉망이었다. 하지만 그렇다고 대답할 수는 없었다.

"그럼요."

[아픈 곳은 좀 어때요?]

역시나 자상한 남자다. 전화 건 용건은 그게 아닐 텐데 그녀의 안위부터 먼저 묻다니. 그래서 솔직히 주열보다는 서진일 대하기가 훨씬 편했다.

"서진 씨가 일러준 대로 했더니 많이 좋아졌어요. 고마워요."

[고맙긴요, 내가 한 게 뭐 있다고. 저기 인경 씨. 주열이가 전화를 안 받아서 그러는데 방에 좀 가봐줄래요? 연락이 안 되니 걱정이 좀 돼서요.]

"방엘……! 요?"

뜻밖의 말에 당황한 나머지 목소리가 너무 크게 튀어나오자 그녀는 마지막에 살짝 꼬리를 내렸다.

[네. 미안해요, 이런 일까지 시켜서.]

"아, 아니에요. 지금 가볼게요."

[고마워요, 인경 씨.]

"뭘요. 어려운 일도 아닌데. 일단 전화 끊어보세요. 그 남…… 아니, 주열 씨 찾으면 전화 걸게요."

[네. 그럼 부탁드려요.]

인경은 대답도 않고 전화를 끊은 뒤 내키지 않는 걸음으로 방을 나왔다. 사실 가고 싶지 않았다. 더 솔직하게 말하면 그의 방에 가기가 싫었다. 안 그래도 거기 갔던 것을 밤새도록 후회했다. 그리고 후회가 깊어질수록 그와 있었던 일들이 그녀를 괴롭혔다. 그저 도움을 주려고 했던 것뿐인데 오히려 그와의 사이를 더 불편하게 만들었다는 생각이 들었다.

"하아!"

그의 방문 앞에 선 인경은 크게 심호흡을 했다. 단지 노크일 뿐인데 막상하려니 괜스레 긴장되었다.

"진정해. 지금은 정당한 이유가 있잖아."

그녀는 혼잣말을 중얼거리며 천천히 손을 올려 노크를 했다. 그리고 재빨리 한 걸음 뒤로 물러났다. 그와의 거리를 두기 위해서였다. 그런데 한참을 기다려도 그가 나오지 않았다. 인경은 다시 노크를 했다. 그리고 또 기다렸다. 하지만 방에 없는지 닫힌 문은 끝내 열리지 않았다.

"벌써 나간 건가. 아직 이른 시간인데."

인경은 혹시나 하고 다시 노크를 했다. 그러나 여전히 대답은 없었다. 인경은 전화를 받지 않는다던 서진의 말이 생각나자 살며시 문을 열었다. 그리고 고개만 살짝 들이밀어서 안을 이리저리

살폈다. 하지만 그의 모습은 보이지 않았다.

"벌써 나갔나 보네."

인경은 서진에게 전화를 걸기 위해서 휴대전화를 켰다. 그리고 막 통화키를 누르려는데 현관문 열리는 소리가 들려왔다. 깜짝 놀란 그녀는 얼른 방문을 닫고서 후다닥 주방으로 향했다.

"아으……!"

아픈 다리를 생각지 못한 인경은 저도 모르게 비명이 튀어나오자 얼른 손으로 입을 막고서 걸음을 재촉했다. 그에게 들키는 것보단 아픈 게 훨씬 마음 편했다. 다행히 그에게 들키지 않고 주방으로 온 그녀는 얼른 서진에게 전화를 걸었다.

[네, 인경 씨.]

기다렸다는 듯 그가 전화를 받았다.

"주열 씨 지금 막 방에 들어갔어요. 운동하러 갔던 모양이에요."

[아, 그래요. 알았어요.]

"끊을게요."

[네. 저기 인경 씨!]

귀에서 전화기를 떼려는데 그가 다급한 목소리로 불렀다. 인경은 다시 전화기를 귀에다 가져다 대고 말했다.

"말씀하세요, 서진 씨."

[저기 혹시…… 간밤에 아무 일 없었나요?]

"네에."

인경은 서진이 무엇을 묻는지 알고 있었지만 사실대로 말할 수가 없었다. 그렇게 되면 그의 방에 들어갔던 것까지 말해줘야 할 것 같아서.

[그렇군요. 그만 끊을게요.]

"네."

그녀의 대답 소리를 끝으로 전화가 끊어졌다.

"하아……."

인경은 저도 모르게 숨을 길게 토해냈다. 통화할 때는 몰랐는데 꽤나 긴장하고 있었던 모양이다.

샤워를 하고 나오는데 전화벨이 울렸다. 주열은 수건으로 머리를 닦으며 테이블 위에 있는 전화기를 집어 들었다. 상대방을 확인하지 않아도 누군지 알 수 있었기에 그대로 통화키를 누르고서 말했다.

"어, 서……."

[야, 인마! 전화기 좀 가지고 다녀!]

그가 말을 다 하기도 전에 고함 소리가 들려왔다. 주열은 미간을 찡그리며 전화기를 귀에서 살짝 떼었다가 다시 가져다 대며 말했다.

"목소리 좀 낮춰. 옆에 있는 사람한테 실례야."

[옆에 누가 있어?]

"나 말고 너 말이야. 혼자 있진 않을 거 아니야."

[잘 아는 자식이 사람 걱정시키냐! 제발 심장 떨어지게 좀 하지 마.]

"집에 있는 날 왜 걱정해. 옆에 있는 사람한테나 신경 쓰지. 마누라처럼 굴지 말고 끊어. 회사에서 보자."

주열은 그대로 전화를 끊어버렸다. 서진이 무엇을 걱정하는지 알고 있었다. 그렇게 만든 장본인이 바로 그였으니까. 하지만 때론 지나친 관심이 부담스러웠다. 특히나 지금처럼 밤을 함께 지새운 상대가 있을 때는 더욱 마음이 편치 않았다. 상대방이 오해할 소지가 충분하니까.

하지만 서진에게 이런 말을 한다면 몹시도 서운해할 것이다. 그러나 그의 입장은 달랐다. 그는 서진의 인생을 송두리째 빼앗은 죄인이었다. 그래서 서진을 생각하면 늘 가슴 한쪽이 칼로 도려내진 것처럼 아프고 괴로웠다. 그가 아니었다면 지금쯤 행복한 가정을 이루고 잘살고 있었을 테니까.

"네가 행복해야 내가 웃을 수 있다고 한 말, 제발 잊지 마라, 서진아."

주열은 진심으로 그가 행복하길 빌었다. 그래도 천만다행인 건 요즘 들어 외박을 한다는 거였다. 물론 여자가 있다는 말을 듣지는 못했다. 하지만 느낌으로 알 수 있었다. 마음에 든 상대가 아니라면 결코 집을 비울 그가 아니었기에.

"왜 안 나오는 거지?"

인경은 시계를 흘끗 바라보았다. 오전 6시 45분. 벌써 나와서 아침을 먹고 있을 시간이었다. 하지만 굳게 닫힌 그의 방문은 열리지 않고 있었다.

"참 신경 쓰이는 인간이네."

짜증으로 그녀의 얼굴이 살짝 일그러졌다. 아침은 꼭 먹여서 출근시켜 달라는 서진의 문자만 아니었다면 벌써 방으로 들어갔을 텐데, 이도 저도 못하고 그가 나오기만을 기다리고 있으려니 심기가 불편했다.

딸깍! 드디어 방문 열리는 소리가 났다. 그녀는 후다닥 주방으로 들어가 국을 떴다. 약하게 불을 켜둔 탓에 국은 알맞게 뜨거웠다. 이내 밥도 떠서 국과 함께 쟁반에 담았다. 그리고 국과 밥을 각자의 자리에 놓을 때서야 그가 들어왔다. 인경은 늘 그래 왔던 것처럼 자연스럽게 컵에다 물을 따라서 그의 옆에 놓아주며 말했다.

"맛있게 드세요."

자리에 앉으려던 주열이 흘끗 그녀를 바라보았다. 오늘은 해가 서쪽에서 떴나 보다. 잘 먹겠습니다가 아닌 걸 보니.

"당신도."

주열은 참 알다가도 모를 여자라고 생각하며 한마디 툭 던졌다. 마음 같아서는 마지막 만찬을 즐기라는 소리 같다고 말하고 싶었다. 그녀의 목소리가 그런 분위기를 담고 있는 듯해서. 하지만 참았다. 더 보태지 않아도 지금도 충분히 기분이 엉망인 상태니까. 그러다 문득 생각나는 게 있자 다시 입을 열었다.

"아픈 곳은 어때?"

"많이 좋아졌어요."

"병원에 안 가도 되겠어?"

"네."

주열은 눈도 마주치지 않고 대답하는 그녀를 흘끗 바라본 뒤 숟가락을 들었다.

"다행이군."

"할 말이 있어요."

국을 뜨던 그의 손이 멈칫했다. 이거였나 보다. 그녀의 말뜻에 담긴 의미가.

"해."

주열이 다시 손을 움직이며 대꾸했다.

"오늘 외출할 건데 허락받아야 하나요?"

이번엔 그의 손이 눈에 띄게 딱 멈추었다. 주열은 천천히 고개를 들었다. 그녀가 외출이란 말을 입에 올린 건 처음이었다. 이 집에 온 이후로 한 번도 집 밖을 나간 적이 없다는 것을 알고 있었다. 그런데 하필 오늘 외출이란 걸 한다고 한다. 그게 무엇을 의미하는 걸까.

"이유는?"

저도 모르게 말이 튀어나왔다. 어제 그런 일만 없었다면 묻는 것 자체가 기분 나빴을 테지만 지금은 이유가 더 궁금했다.

"친구를 만나봐야 해서요."

"친구?"

그가 눈을 살짝 치켜뜨고서 물었다. 전혀 생각지도 못한 대답이었다.

"네. 말도 없이 사표를 냈다고 친구가 화가 많이 났어요. 전화도 받지 않고 문자도 씹는 게 아무래도 만나봐야 할 것 같아요."

"사표 냈나?"

"1년씩 휴가 줄 회사는 없다고 말한 사람이 할 소리는 아닌 것 같군요."

물론 그가 그렇게 말했었다. 하지만 정말로 사표를 냈을 줄은 몰랐다.

"알았어, 다녀와."

"퇴근하기 전에 돌아올게요."

정말 묻고 싶었던 말이 대답으로 돌아왔다. 주열은 속을 들킨 것 같아 가슴이 뜨끔했지만 대수롭지 않다는 듯 입을 열었다.

"알아서 해."

"그러죠. 아, 그리고 말이에요. 당신이 틀렸더군요."

"무슨 소리야?"

"1년씩 휴가 주는 회사도 있더라고요. 누구와 달리 우리 이사님은 이해심도 많고 마음도 꽤 너그러우시거든요. 그래서 직원들에게 인기도 아주 많으시죠."

그녀가 생글생글 미소까지 지으면서 빈정거렸다. 주열은 숟가락을 탁 소리 나게 내려놓고서 자리에서 벌떡 일어났다.

"겉으로 보이는 게 다가 아니야. 악마일수록 겉은 온순한 법이니까."

주열은 그대로 주방을 나와 버렸다. 감히 그를 빗대어 박민수를 옹호하다니. 심기가 뒤틀려서 더는 앉아 있을 수가 없었다. 그때 뒤통수를 얻어맞은 것처럼 어떤 말이 불쑥 뇌리에 떠올랐다.

"눈에 보이는 것이 모두 진실은 아닙니다. 한 번만, 딱 한 번만 마음이 하는 소리에 귀를 기울여 주십시오. 부탁드립니다."

"빌어먹을! 왜 이 순간 그 자식 말이 생각나는 거야. 대체 내가 뭘 놓치고 있었기에."

주열은 끔찍했던 그날을 다시 떠올려 보았다. 아니, 딱히 떠올릴 것도 없었다. 그가 본 것이라곤 그녀가 남긴 편지 한 통이 다였으니까. 그리고 그 안에 담긴 내용은 눈을 감고도 줄줄 외울 정도로 머릿속은 물론 가슴속에까지 박혀 있었다.

혹시 그게 잘못된 것일까. 아니, 아니다. 그럴 리가 없었다. 아무리 파렴치한 인간이라도 제 목숨줄 끊어서 남긴 유서를 거짓으로 썼을 리가 없었다. 하물며 그녀는 그가 사랑하는 사람이었다. 그리고 그녀를 죽음에 이르게 한 사람은 그의 죽마고우였다. 그런 사람을 상대로 그녀가 거짓말을 했을 리가 없었다. 더구나 그가 사실 확인을 했을 때 박민수는 부정하지 않았다. 그저 미안하다고만 했을 뿐.

"제길!"

주열은 욕설을 내뱉으며 고개를 세차게 흔들었다. 생각하면 할수록 머릿속이 너무 혼란스러웠다. 이제껏 진실이라고 믿었던 일들이 거짓일지도 모른다는 의심을 갖기에는 너무 멀리 온 것이다. 하지만 마음 한곳에 가시가 박혀 있는 것처럼 따끔거리는 찝찝함은 어쩔 수 없었다.

인경은 거대한 산을 올려다보는 심정으로 얼마 전까지 근무하던 건물을 올려다보았다. 이곳으로 들어오기 위해 보이지 않는 전쟁을 치르면서 피눈물을 참 많이 흘렸었다. 그리고 그 노력이 헛되지 않은 듯 가까스로 전쟁터에서 살아남았고, 그녀가 꿈꾸던 기획실에 입성하게 되었다. 하지만 기쁘기보다는 오히려 슬프고 억울했다. 그래서 입성하게 된 첫날, 제일 먼저 한 것은 죽자고 술을 마시는 거였다. 이유는 단 하나. 취직이라는 두 글자의 노예에서 해방되었다는 거였다.

"근데 다시 노예 신세가 돼버렸잖아."

인경은 그녀의 처지를 생각하자 애써 억누르고 있는 분노가 다시금 치밀어 올랐다. 그렇게 고생 고생해서 들어간 직장을 말도 안 되는 일로 사표를 내야 하다니, 지금에야말로 억울하고 분통 터졌다.

"눈에 띄기만 해봐라. 숨통을 확 끊어줄 테니까."

인경은 이를 바드득 갈며 휴대전화를 켰다. 쓸데없는 감정으로 허비하고 있을 시간이 없었다. 곧 점심시간이라 그녀가 여기 있다는 것을 미란에게 알려야 했다.

"제발 씹지 마라."

서둘러 문자를 보낸 그녀는 답장이 오기를 기다렸다. 하지만 5분이 지나고 10분이 지나도 답장은 오지 않았다. 아직 용서해 줄 마음이 없나 보다. 그래도 일단 만나야 했다. 이대로 돌아가면 정말 미란과는 끝일지도 모른다. 이윽고 점심시간이 되자, 사람들이 하나둘 건물 밖으로 나오기 시작했다. 인경은 저들 속에 미란이 있기를 간절히 빌었다. 하지만 사람들이 모두 빠져나간 후에도 미란의 모습은 보이시 않았다.

"일부러 피할 정도로 보기 싫어할 줄은 몰랐네. 근데 좀 서운하다."

유난히 식당 밥을 싫어했던 미란이었기에 여기서 기다리고 있으면 만날 줄 알았다. 한데 오히려 그게 방해가 될 줄이야. 이럴 줄 알았으면 연락을 하지 말고 기다릴 걸, 하는 후회가 들었다. 이렇게 되면 퇴근할 때까지 기다릴 수밖에 없었다.

"에이! 이럴 줄 알았으면 암 말도 않고 나올 걸 괜히 그딴 말을 해서는."

인경은 아침에 그에게 했던 말이 생각나자 짜증이 확 솟구쳤다. 입이 방정이라고 그냥 나왔으면 이런 고민도 할 필요가 없었을 것이다. 때 되면 그냥 들어가면 되니까. 하지만 사서 고생이라고 퇴근하기 전까지 들어가기로 했으니 서진에게라도 사정 얘기를 해 두는 게 좋을 듯했다.

"아직 있었네. 간 줄 알았더니."

서진에게 전화를 걸기 위해서 휴대전화를 켜던 인경은 기다리던 목소리가 들려오자 고개를 휙 들었다. 그토록 보고 싶었던 얼굴이 뾰로통한 표정으로 눈앞에 서 있었다.

"미, 미란아!"

반가운 마음에 인경은 한달음에 달려가 그녀를 꽉 끌어안았다. 이 순간 다른 건 다 필요치 않았다. 이렇게 그녀의 얼굴을 보고 있다는 것이 중요할 뿐.

"누가 반갑다고 그래. 얼른 떨어져."

그녀가 새초롬한 얼굴로 쏘아붙였다. 하지만 인경은 너무 오랜만에 들어서 그런지, 탄산음료가 입안에서 톡 쏘는 것같이 상큼하기만 했다.

"내가 반가워서 그러지."

인경이 그녀에게서 떨어지며 말했다.

"입에 침이나 바르셔."

"그러지 마. 정말 보고 싶었단 말이야."

"흥. 누가 믿을 줄 알고."

미란이 걸음을 떼며 말했다. 보고 싶기는 그녀도 마찬가지였다. 하지만 받은 상처가 더 컸기에 무시했다.

"우리 점심 먹자. 뭐 먹을래? 내가 쏠게. 맛있는 거 먹자."

"생각 없어. 찾아온 용건이나 말해."

"많이 바빠?"

"이사님도 안 나오시고 회사가 좀 뒤숭숭해."

"이사님이 왜?"

인경이 그녀의 팔을 잡으며 물었다.

"음해성 루머일 수도 있겠지만 부도설에 이어 경영진이 바뀐다는 말도 떠도는 게 암튼 분위기가 안 좋아. 이게 다 이사님 때문이라는 말도 있고."

"말도 안 돼. 어떻게 그런 일이……."

"모르지, 뭐가 진실인지. 그리고 지금 그게 중요한 게 아니잖아. 왜 왔어? 답장이 없으면 그냥 나처럼 잊고 살면 될 텐데."

"맘에 없는 소리 하면 기분이 좀 좋아져? 그럼 얼마든지 해. 들어줄게."

"진심이거든! 정말 눈곱만큼도 생각 안 나더라."

"푸훗!"

"지금 웃었어?"

미란이 노려보았다. 하지만 인경은 미소를 거두지 않은 채 말했다.

"진심이라면 여기 나오지 않았겠지. 하지만 넌 여기 있고 난 널 보고 있어. 어느 쪽이 진심인지 굳이 말해야 할까?"

"그거야! 아, 됐어. 그래서 할 말이 뭔데?"

"아무 데나 들어가자. 여기서 말하긴 좀 그래."

인경이 들어갈 데를 찾아 두리번거렸다.

"회사 뒤쪽에 새로 생긴 카페 있어. 그리로 가."

"아, 거기 오픈했구나."

인경도 거기가 어딘지 생각났다. 꽤 오랜 시간 공사 중이더니 드디어 문을 연 모양이다. 인경은 미란이 앞장서서 걸어가자 조용히 뒤를 따랐다. 어떻게 이야기를 꺼낼지 마음속으로 생각하면서.

"사이버성중독이라……."

정 부장에게 김인광에 대한 보고를 듣던 주열의 눈매가 날카로워졌다. 말 그대로 가상세계를 현실처럼 느끼면서 성행위를 즐긴다는 거였다. 일종의 관음증 같은 것이었지만 그에 중독되면 실생활에서의 성행위는 거의 불가능했다. 한데 그런 취미가 있을 줄이야. 너무 깨끗한 게 이상하긴 했지만 상당히 의외의 결과였다. 역시 인간은 성욕의 노예인가 보다.

"용케도 그런 걸 알아냈군."

"별로 어렵지 않았습니다. 가사 도우미에게 김인광 씨 취미가 뭐냐고 슬쩍 물었더니 집에 오면 매일같이 서재로 들어가 늦은 시간까지 컴퓨터를 한다고 하더군요. 그래서 부인의 불평이 이만저만이 아니라고 했습니다. 그래서 혹시 게임 중독인가 싶어서 확인해 봤더니 뜻밖에도 그곳에 비밀 방이 있었습니다. 음란 사이트에 가입한 곳도 한두 군데가 아니고요. 생각보다 큰 월척이 걸려든 거죠."

그의 말을 듣고 있던 주열은 불쑥 어떤 장면이 떠오르자 갑자기 속이 울렁거렸다. 김인광과는 다른 이유였지만 그의 집에도 그런 곳이 있었던 것이다. 만일 그곳이 세상에 드러나기라도 한다면……. 주열의 얼굴이 하얗게 질렸다.

"왜 그러십니까?"

정 부장이 화들짝 놀라서 물었다.

"아, 아니야 아무것도. 그냥 속이 좀 안 좋아서."

"물 좀 가져오겠습니다."

서둘러 정 부장이 밖으로 나갔다. 주열은 넥타이를 느슨하게 하고서 셔츠 맨 위에 있는 단추를 풀었다. 보이지 않는 손이 숨통을 조이는 것만 같아서 괴로웠다.

"무슨 일입니까?"

거칠게 숨을 몰아쉬고 있을 때 서진이 물컵을 들고 나타났다. 주열은 빼앗다시피 잔을 가져가 단숨에 들이켰다. 제법 차가운 물이었지만 울렁증은 가시지 않았다.

"좀 쉬어야겠어. 나머지는 내일 하자고. 그만들 나가봐."

"알겠습니다."

주열의 말에 정 부장이 대답하고 나가는 반면 서진은 움직이지 않았다. 파리해진 그의 안색이 신경 쓰여 나갈 수가 없었다.

"황 실장도 나가. 혼자 있고 싶어."

주열이 눈을 감으며 말했다.

"정말 괜찮은 겁니까?"

"그렇다니까."

대답하는 목소리엔 짜증이 잔뜩 묻어 있었다. 서진은 터져 나오려는 한숨을 애써 삼키며 사무실을 나와 조용히 문을 닫았다.

"사장님은 좀 어떠십니까?"

정 부장이 냉큼 다가와 물었다.

"괜찮으십니다. 그보다 어떻게 된 일입니까?"

"일이랄 것도 없습니다. 김인광에 대한 보고를 들으시다 갑자기 속이 안 좋다고 하신 게 다니까. 뭐 내용이 조금 역겹긴 했지만 설마 그것 때문일라고요."

서진은 역겹다는 말이 신경을 자극했지만 침착한 목소리로 입을 뗐다.

"어떤 내용이었습니까?"

"김인광의 취미가 사이버성중독이라 그에 대한 이야기를 나눈 게 답니다. 다른 건 없었어요."

서진은 어떤 곳이 떠오르자 미간을 찌푸렸다. 단지 그것뿐이었다면 답은 하나였다. 치료 목적을 위해 만들어놓은 비밀 방. 주열이 그곳을 떠올렸다면 지금의 상황이 이해가 되었다.

"알겠습니다."

"그럼."

정 부장이 나가자 서진은 굳게 닫혀 있는 사무실 문을 물끄러미 바라보았다. 그의 예상대로 그곳이 문제였다면 주열은 아직 고통에서 벗어나지 못했을 것이다. 그곳은 업보와도 같은 곳이니까.

"주열아."

자연스럽게 그의 이름이 흘러나왔다. 아픔에 익숙한 이름이었지만 오늘만큼은 더 심했다.

"하고 싶은 말이 뭐야?"

주문한 음료가 나오자 날카로운 목소리가 날아들었다. 인경은 입이 마르자 주스 잔을 들어서 목을 축였다. 하고 싶은 말은 3일 밤낮을 해도 모자랄 만큼 많았다. 그러나 할 수 있는 말은 그다지 많지 않았다. 말이 많아진다는 건 그만큼 거짓말을 많이 해야 한다는 뜻이었다. 그게 싫었다. 하지만 지금은 거짓말을 해서라도 상처받은 그녀의 마음을 달래줘야 했다.

"나…… 기철 씨랑 헤어졌어."

인경이 잔을 내려놓으며 감정이 실리지 않은 목소리로 툭 던졌다. 아픈 마음을 그녀에게 들키고 싶지가 않아서.

"그게 정말이야?"

미란이 놀라서 소리쳤다. 안 그래도 갑자기 휴가를 낸 이유가 뭘까, 별의별 생각을 다 해봤었다. 하지만 단 한순간도 기철과 헤어졌을 거라고는 생각하지 않았다. 그녀에게 그는 절대적인 존재였으니까. 그런데 이런 말을 듣게 될 줄이야. 너무 뜻밖이라 심장이 다 벌렁거렸다.

"응, 사실이야."

"말도 안 돼. 어찌 그런 일이……. 정말 생각지도 못했는데."

정말 놀랐는지 그녀의 입이 반쯤 벌어졌다. 그녀로서는 어쩌면 당연한 반응인지도 모른다. 그동안 수도 없이 그와는 맞지 않는다고 귀가 따가울 정도로 투덜댔으니까. 하지만 인경은 한 번도 그녀의 말을 귀담아듣지 않았다. 사람마다 보는 관점이 다르다고 생각했으니까. 그러나 이젠 안다. 사랑에 빠진 사람은 눈만 머는 게 아니라 귀까지 먼다는 것을.

"나도 놀랐어. 정신을 차리고 보니 내 입으로 헤어지자고 말하고 있더라고."

"네가 헤어지자고 했다고?"

"응."

"정말 네가 그랬다고?"

"그랬다니까."

"정말로?"

인경은 피식 웃어버렸다. 믿기 힘든지 물을 때마다 그녀의 눈동자가 점점 커졌다.

"완전, 대박!"

미란이 갑자기 엄지손가락을 치켜들고서 소리쳤다. 깜짝 놀란 인경은 재빨리 주위를 둘러보았다. 아니나 다를까. 찌푸린 얼굴들이 그들을 향해 있었다. 하지만 이런 상황을 모르는 미란이 그녀의 손을 덥석 잡더니 다시 소리쳤다.

"하인경, 완전 잘했어! 그딴 놈은 진즉에 찼어야 해. 암, 그렇고말고. 이제야 내 친구답네. 잘했어!"

"미란아, 그만해."

부끄러워진 인경이 그녀를 말렸다. 하지만 귀에 들어오지 않는 듯 물 만난 고기처럼 그녀의 입이 계속해서 벌어졌다.

"안 그래도 내가 벼르고 있었는데 이제야 살 것 같네. 아우, 통쾌해! 십년 묵은 체증이 싹 내려간다."

"그만 좀 하라니까!"

급기야 인경이 목소리를 높였다. 그제야 귀에 들어온 듯 그녀가 입을 다물었다. 신경질적으로 손을 뺀 인경이 주스 잔을 들어 단숨에 들이켰다. 따가운 시선들 때문에 얼굴이 화끈거려 도저히 참을 수가 없었다.

"하아, 진짜 쪽팔려서."

인경이 빈 잔을 소리 나게 내려놓으며 말했다.

"쪽 좀 팔리면 어때? 축하할 일인데."

"축하는 무슨. 아무 데서나 고함 지르는 버릇 좀 고쳐, 제발."

"알았어. 알았으니까 묻는 말에나 대답해 봐."

"뭔데?"

"헤어지자고 했더니 그 자식이 뭐라던?"

인경의 표정이 굳어졌다. 결코 기억하고 싶지 않은 말이었다. 그러나 너무 자연스럽게 그가 한 말이 떠올랐다. 토씨 하나 틀리지 않고 정확하게. 그리고 그의 악담대로 그녀는 결코 잊지 못하고 있었다. 아니, 죽어서도 잊지 못한다.

"왜 그래? 그 자식이 악담이라도 퍼붓던?"

그녀가 대답이 없자, 미란이 다시 물었다. 인경은 튀어나가려는 욕설을 꾹꾹 눌러 참고서 별거 아니란 듯 입을 열었다.

"그럼 좋은 말 하겠어. 존심이란 게 있는데."

"존심은 무슨. 지놈이 한 짓을 생각해야지. 어디서 뚫린 입이라고 씨불대 씨불대길. 화악, 뺨이라도 한 대 올려붙여 주지 그랬어. 이빨 서너 개쯤 부러지게."

"안 그래도 그렇게 못한 것이 한이야. 이럴 줄 알았으면 아예 죽여 버리는 건데 그랬어."

"오호, 하인경 좀 센데."

미란이 장난스럽게 말했다. 하지만 인경은 정말 죽여 버리고 싶은 마음이 한두 번 든 게 아니었다. 문득문득 그가 한 말이 불쑥 튀어나와 조롱하듯이 그녀를 괴롭혔다. 그럴 때마다 속에 있는 악마가 속삭인다. 꼭 그런 날이 올 거라고.

"그래서 휴가를 낸 거구나."

깊은 생각에 빠져 있던 인경은 휴가라는 소리에 귀가 번쩍 뜨였다. 더불어 그녀를 만나야 했던 이유도 생각났다.

"미안해, 미란아. 네겐 말했어야 했는데 내 마음이 너무 괴롭고 힘들어서 미처 거기까지 생각할 여유가 없었어. 많이 속상했지?"

"그걸 말이라고 해. 치 떨리게 배신감 느꼈어."

"그랬을 거야. 미안해, 용서해 주라."

인경은 진심으로 용서를 빌었다. 그녀에게 모든 진실을 말하지는 않았지만 그래도 용서는 빌고 싶었다. 나중에 또 배신감 어쩌고 하면서 화를 내겠지만 강주열과 연관된 일은 아직 말할 수가 없었다.

"됐어, 오해 풀렸는데 무슨. 그보다 솔로로 돌아온 걸 진심으로 축하한다, 하인경."

미란이 불쑥 손을 내밀었다. 악수하자는 의미인 것이다. 인경은 배시시 웃으며 손을 잡았다. 그녀의 손은 가슴이 뭉클할 정도로 참 따뜻했다. 인경은 하마터면 이 손을 놓칠 뻔했다는 생각이 들자, 잡은 손에 힘을 꼭 주며 말했다.

"고마워, 내 친구."

"돌아와 줘서 내가 고마워, 친구야."

둘은 마주 보고 피식 웃었다. 친구란 굳이 말을 하지 않아도 그 마음을 알 거라고 생각했다. 하지만 그건 친하다는 말이 불러온 착각이었다. 마음으로 나눈 친구일수록 상처가 큰 것이다. 그래서 인경은 기철을 용서할 수가 없다. 온 마음을 다해 그를 믿고 사랑했었으니까.

"그럼 이제 뭐 할 거야?"

"여행 갈 거야. 이참에 좀 쉬려고."

"여행 좋지. 이럴 때는 기분 전환이 최고야. 그딴 녀석일랑 싹 잊고 즐겁게 지내다 와."

"응. 그럴게."

"여행이라……. 아우, 생각만 해도 설렌다. 근데 얼마나 계획 잡았어?"

"글쎄. 일단 가봐야 알겠어."

인경은 대충 얼버무렸다. 1년이라는 계약된 시간이 있기는 하지만 돌아올 시기는 그녀의 몫이 아니었으니까.

"으음, 그렇구나. 어디로 갈 거야?"

"그냥 마음 가는 대로 가보려고."

틀린 말은 아니었다. 이제부터 인경은 모든 것을 내려놓고 마음이 하자는 대로 따라갈 생각이니까. 그러다 보면 길이 보이겠지.

"오호, 그런 게 바로 여행의 매력이긴 하지. 이거 갑자기 부러워지는데."

"후훗, 부러워 마. 네가 생각하는 여행은 아닐 테니까."

"초 치는 말 그만하고 가서 멋진 남자나 한 명 물어와. 아주 끝내주는 놈으로 말이야."

인경은 고개를 슬쩍 가로저었다. 미란이 보면 침을 질질 흘릴 정도로 끝내주는 남자라면 둘이나 있었다. 하지만 한 놈은 사이코고 한 사람은 애인이 있었다. 그러니 그녀가 만날 좋은 남자 따윈 없는 것이다.

“노력해 볼게.”

“오오, 갈수록 마음에 드는 말만 골라 하는걸. 오케이, 친구. 내 기꺼이 응원해 줄게. 아자, 아자! 파이팅!”

“아이, 또 그런다.”

인경은 미란이 주먹을 불끈 치켜들고서 소리치자 눈을 흘겼다. 그러다 한쪽 눈을 찡긋거리는 그녀를 보곤 그만 웃음을 터트리고 말았다. 아무 데서나 마음 내키는 대로 소리치는 버릇은 고쳐야 했지만 가끔은 이렇게 터놓고 웃을 수 있는 시간이 나쁘지는 않았다.

주열은 의자 깊숙이 몸을 묻은 채 우두커니 창밖을 바라보았다. 모든 것을 집어삼킬 듯이 붉게 타오르던 해는 제집을 찾아간 듯 수평선 너머로 완전히 사라지고 없었다. 이제 곧 어둠이 세상을 지배할 터였다. 그건 곧 집무실을 나가야 한다는 것을 의미했다. 하지만 마음에 걸리는 게 있어선지 쉽사리 자리에서 일어날 수가 없었다.

“돌아왔을까.”

속엣말이 절로 입 밖으로 튀어나왔다. 수도 없이 전화기를 들었다가 놓은 것치곤 꽤나 오래 참은 것이다. 입으로는 당연한 듯 말해놓고서 감시하는 거냐고 비난할까 봐 애꿎은 전화기만 노려보았으니까.

“빌어먹을!”

주열은 자리를 박차고 일어났다. 그녀를 생각하자 몸에 착 감겨 들던 육체가 저절로 떠오르면서 그의 중심부를 압박해 와 가만히 앉아 있을 수가 없었다. 그토록 살아 꿈틀거리길 갈망할 때는 피를 말리려는 듯 꼼짝도 하지 않더니 이젠 그녀의 얼굴만 떠올려도 성급하게 고개를 치켜들고 있었다. 주열은 낚아채듯 옷걸이에서 슈트를 집어 들고 집무실을 나섰다. 숨통이 꽉 막히는 게 시원하게 뚫어줄 탈출구가 필요했다.

"퇴근하십니까?"

서진이 황급히 자리에서 일어나며 물었다. 평소보다 일찍 모습을 드러냈지만 그의 손에 들린 슈트가 답을 예고하고 있었다.

"집에서 보자."

"네."

혼자 간다는 뜻이었기에 서진의 대답은 간단했다. 사무실을 나온 주열은 곧장 전용 엘리베이터를 탔다. 잡생각만 떨쳐 버릴 수 있다면 어디라도 좋았다.

Rrrrr. Rrrrr.

주차장에 내려서자 휴대전화가 울렸다. 발신자를 확인한 주열은 한겨울에 내리는 소나기처럼 순식간에 얼어붙었다.

「박민수.」

결코 만나고 싶지 않은 상대였다. 그러나 죽기 전에 꼭 한 번은 만나야 할 사람이기도 했다. 커다랗게 숨을 몰아쉬고서 느릿한 동작으로 통화버튼을 눌렀다.

"무슨 일이야?"

[후훗, 나라는 것을 아는 걸 보니 번호를 지우진 않았구나.]

주열은 실수했다는 걸 깨닫고 입술을 지그시 깨물었다. 진즉에 지웠어야 할 이름이었지만 그 또한 쉽지가 않았기에 그저 모른 척 묻어두고 있었던 것이다.

"전화 건 용건이나 말해."

[우리 만나야 하지 않을까?]

이제야 반응할 기분이 든 건가. 주열은 그가 말한 의미가 무엇인지 어렵지 않게 짐작할 수 있었기에 망설이지 않고 대답했다.

"좋아. 어디서 볼까?"

[우리들의 추억이 있는 곳.]

'빌어먹을!'

주열은 지그시 눈을 감았다. 그가 말한 곳이 어딘지 너무나 쉽게 떠올랐다.

"지금 출발하지."

주열은 그의 대답도 듣지 않고 전화를 끊어버렸다.

인경은 우두커니 서서 하염없이 대문을 바라보았다. 이곳으로 들어가면 언제 또 바깥 구경을 하게 될지 모른다. 물론 외출은 자유였다. 그러나 마음의 짐이 더 컸다. 상황이야 어찌 됐던 볼모로 잡혀 있는 몸이니까. 그래도 다행인 건 감옥이라 생각한 곳이 제법 편안하다는 거였다. 아니, 가끔씩 열 받게 하는 누군가만 아니라면 꽤 잘 지내고 있었다.

"그래, 지금까지는 나쁘지 않았어. 하지만 앞으론 어떻게 되는 거지. 기꺼이 안겠다고 선언했으니 그냥 두지는 않을 거야. 그렇게 되면 내가 과연 견딜 수 있을까. 그를 상대로……. 아아, 미치겠다, 정말!"

인경은 얼굴이 화끈 달아오르자 고개를 세차게 내저었다. 그와 하나가 된 모습을 상상하는 것만으로도 머릿속이 아찔하고 심장이 고장난 것처럼 쿵쾅거렸다. 솔직히 이대로 도망가고 싶었다. 불치병에 걸린 시한부 인생처럼 언제 덮쳐 올지 모르는 악마의 손길을 기다리는 것만큼 두렵고 무서운 것도 없었다.

"하아, 진짜 들어가기 싫다."

그녀의 고개가 아래로 뚝 떨어졌다. 인정하긴 싫지만 그가 한 말이 맞았다. 바깥세상을 구경하고 나니 이곳이 정말 감옥처럼 느껴졌다.

"여기서 뭐 해?"

"아우, 깜짝이야!"

망부석처럼 서 있던 인경이 화들짝 놀라서 소리쳤다.

"어머, 미안해. 많이 놀랐어?"

은숙이 난처한 표정으로 물었다. 평상시 목소리로 한 말인데 새파랗게 질린 얼굴을 보니 꼭 죄를 지은 것 같은 기분이 들었다.

"아, 아니에요. 제가 딴생각을 하고 있다가 그만……."

"무슨 생각을 그렇게 했어. 문 열리는 소리도 못 들을 만큼. 친구 만나러 갔던 게 잘 안 된 거야?"

"아니에요. 잘됐어요."

인경이 빙그레 웃으며 말했다. 애를 좀 먹을 줄 알았는데 의외로 미란이 화를 빨리 풀어서 기분이 좋았다.

"다행이네. 역시 친구란 좋은 거야. 그 말하는 인경의 얼굴에 화색이 도니 말이야."

"네. 정말 좋아요."

정말 기분이 좋은지 인경의 입이 헤벌쭉 벌어졌다. 꾸밈없는 모습에 은숙은 점점 더 그녀가 좋아졌다.

'우리 주열이도 저런 성품을 지닌 여자를 만나야 할 텐데.'

은숙은 문득 주열의 얼굴이 떠오르자 마음이 울적해졌다. 달을 봐야 별을 딴다고 지금은 하루라도 빨리 그가 온전한 남자가 되는 게 급선무였다.

"집에 가시는 길이세요?"

"어? 어어."

멍하니 생각에 빠져 있던 은숙은 그녀의 말에 퍼뜩 정신을 차렸다. 그때 검은색 승용차가 그들 앞에 멈춰 서더니 곧 김 기사가 모습을 드러냈다.

"그럼 조심히 들어가세요."

은숙이 타고 갈 차란 걸 안 인경이 꾸벅 인사를 했다.

"그래, 들어가."

"네."

은숙이 차에 오르자 인경은 이내 혼자 남겨졌다. 슬쩍 집을 한 번 올려다본 그녀는 들어갈 결심이 서자 주먹을 불끈 쥐었다. 사람 사는 것이 다 거기서 거기라고 일어나지도 않은 일을 가지고 미리부터 겁먹고 도망치고 싶지는 않았다.

"어머, 강 사장님. 이렇게 반가울 수가. 어서 오세요."

주열이 소울로 들어서자 기다렸다는 듯 최무희가 그를 반겼다. 3년 만에 다시 보게 된 얼굴이었지만 세월이 비켜간 듯 그녀의 모습은 하나도 변하지 않았다.

"잘 지내셨습니까, 최 사장님."

"강 사장님을 뵐 수 없어서 서운했지만 나름 잘 지내고 있답니다. 이쪽으로 오세요."

활짝 웃는 얼굴로 무희가 앞장섰다. 주열은 그녀의 안내를 받아 걸음을 옮기면서 이곳이 참 많이 변했다는 것을 알았다. 하기야 흘러간 세월이 있으니 변하지 않았다면 그게 더 이상할지도. 그래도 한때는 제집 드나들 듯이 찾아온 곳이었는데 지금은 그저 모든 것이 낯설기만 했다.

"건강은 어떠세요?"

"좋습니다."

"다행이네요, 걱정 많이 했는데. 이제 자주 좀 오세요. 얼굴 잊어버리겠어요."

오늘이 지나면 두 번 다시는 이곳으로 올 일이 없었기에 주열은 그저 입가에 미소만 지어 보였다. 잠시 후, 홀 안쪽에 자리하고 있는 룸 앞에 도착한 그녀가 짧게 노크를 한 다음 문을 활짝 열고서 한쪽으로 비켜섰다.

"들어가세요. 기다리고 계십니다."

주열이 성큼 안으로 들어서자 사전에 이야기가 된 듯 이내 등 뒤로 문이 닫혔다.

"왔구나."

주열이 목소리를 따라 천천히 고개를 돌렸다. 술병이 널브러져 있는 테이블 너머에서 박민수가 환하게 웃고 있었다. 낯설지 않은, 아니, 너무나 익숙한 분위기에 가슴으로부터 작은 파문이 일었다. 하지만 주열은 불필요한 감정 따윈 단호하게 삼켜 버렸다. 지나간 시간을 되돌릴 수 없듯이 그들의 관계 또한 돌이킬 수 없는 것이기에. 주열은 발끝에 힘을 주어 뚜벅뚜벅 소리 나게 걸어가 그의 반대편 자리에 앉았다.

"용건이 뭐야?"

흔하디흔한 인사 한마디조차 없이 주열은 곧장 본론으로 들어갔다. 민수는 그런 친구의 얼굴을 쓸쓸하게 바라보며 술병을 집어 들었다.

"성질 급하긴. 우선 한 잔 받아."

쪼르륵. 술을 따르는 소리가 무거운 공기를 갈랐다. 주열은 술이 가득 찬 잔을 앞으로 쓱 밀어주는 그를 매섭게 노려볼 뿐 잔을 들지 않았다.

"마셔."

그가 재차 술을 권했다. 그러나 주열은 그 술을 마시고 싶지 않았다. 대신 엎어져 있는 빈 술잔을 가져와 직접 술을 따랐다.

"그렇게 싫으냐?"

술잔을 채워 입으로 가져가던 주열의 손이 허공에서 멈췄다. 감히 그따위 말을 입에 올리다니, 숨도 쉬지 못하게 그의 목구멍에 술병을 처박아 버리고 싶었다. 그러나 속마음과 달리 처연하게 들려오는 목소리만큼이나 쓸쓸하게 보이는 눈빛 때문에 격정으로 타오르는 열기를 간신히 붙잡고 있었다. 주열은 시린 눈길로 그를 노려본 후 단숨에 잔을 비우고 내려놓았다. 그러자 냉큼 다가온 그가 잔을 채우고 있었다.

"이것만 마셔. 싫다면 더는 권하지 않을 테니까."

그의 말에도 불구하고 주열은 잔을 들지 않았다. 그러자 또다시 그의 눈가가 씁쓸하게 젖어들었다. 이미 모든 것을 알고 온 것일까. 만일 그렇다 하더라도 달라지는 것은 없었지만 이상하게 그의 눈빛이 주열의 심장을 옥죄고 있었다.

"내가 주는 마지막 술이야. 부탁한다."

그가 슬쩍 잔을 앞으로 내밀었다. 울컥. 가슴으로부터 시작된 뜨거운 덩어리가 목구멍을 타고 치솟았다. 그깟 술 한 잔에 뭐가 그렇게 큰 의미가 있다고 마지막이라는 말까지 덧붙이면서 싫다는 사람에게 자꾸만 권하는지 모르겠다. 주열은 낚아채듯 그가 따라놓은 술잔을 집어 들고서 입속으로 털어 넣었다. 죽은 사람의 소원도 들어준다는데 살아 있는 생명인데 뭔들 못 들어주겠는가. 기분이 더럽긴 하지만 그나마 한때는 친구였기에 한 잔 정도는 마셔주기로 했다.

"나도 한 잔만 주라. 마지막으로."

주열이 소태 씹은 것마냥 잔뜩 찡그린 얼굴로 빈 잔을 내려놓자 냉큼 그 잔을 집어 든 그가 생긋이 웃으며 말했다.

"뭐 하자는 거야, 지금?"

"뭐 하자는 거 없어. 그냥 마지막으로 네게 술 한 잔 받고 싶었을 뿐이야. 그것도 안 돼?"

"빌어먹을 자식!"

생각할 겨를도 없이 입술 끝을 타고 욕설이 튀어나갔다. 안 그래도 미운 놈이 말끝마다 마지막, 마지막이라고 하는 것이 영 못마땅해 주열은 거친 손길로 그의 잔을 채웠다.

"고맙다."

귀한 선물이라도 받은 것처럼 그가 활짝 웃으며 잔을 입으로 가져갔다. 티끌 한 점 없이 맑게 웃는 아이의 얼굴 같은 표정을 주열은 죽일 듯이 노려보았다. 부드러운 이면에 감춰진 악마의 미소. 한때는 저 미소에 녹아내려 간이며 쓸개까지 모두 꺼내준 적이 있었다. 하지만 그 대가는 너무나 참혹했고 아직도 고통 속에서 허덕이고 있었다. 주열은 그간의 일들이 마치 어제 일처럼 생생하게 떠오르자 이를 바드득 갈며 무거운 목소리로 입을 열었다.

"시간 없어! 만나자고 한 용건이나 말해."

"네 얼굴 한번 보려고."

"뭐?"

마치 기다렸다는 듯이 되돌아오는 대답에 주열은 말문이 막혀 버렸다. 김인광의 주식만 손에 넣게 되면 최고 경영자와 같은 위치가 된다. 그런 연유로 오늘 박민수가 만나자고 했을 때 거절하지 않았다. 그가 어떤 모습으로 나올지 기대까지 하고 온 터였다. 그런데 고작 한다는 소리가 저따위 말이라니. 그를 바라보고 있는 주열의 눈동자가 검은 물결로 출렁거렸다.

"건강해 보여서 다행이다."

처연한 눈동자로 그가 웃고 있었다. 순간 불길한 기운과 동시에 용암처럼 들끓고 있던 불길이 온몸을 휘감았다.

"집어치워, 새끼야!"

주열이 자리를 박차고 일어났다.

"고작 그따위 말이나 듣자고 여기 온 줄 알아! 나쁜 새끼. 죽어서도 너 같은 자식 볼 일 없으니까 다신 연락하지 마. 또 한 번 이따위 장난치면 그땐 죽여 버린다!"

주열은 매섭게 돌아섰다. 저런 자식에게 뭔가를 바라고 왔다는 것이 한심해서 화가 치밀었다. 그때 민수가 뒤에서 주열을 꽉 끌어안으며 어깨에다 고개를 묻었다. 흠칫 놀란 주열은 그를 뿌리쳐야 한다는 것도 잊은 채 우두커니 서 있었다. 아니, 실은 등에 와 닿은 그의 심장 소리가 미친 듯이 쿵쾅거리고 있어 주열을 꼼짝도 못하게 했다. 그렇게 몇 초간의 시간이 흘렀다. 숨소리조차 멈춰버린 것처럼 공기마저 탁하게 느껴질 때쯤 속삭이듯 들려오는 애잔한 목소리가 귓속으로 파고들었다.

"잘…… 있어. 보고 싶을 거야. 아주…… 많이."

"이런, 미친 새끼!"

주열은 끝까지 이상한 말만 하는 그를 찬 서리처럼 싸늘한 손길로 뿌리치곤 그대로 주먹을 날렸다. 참으려고 했다. 그를 응징할 수 있는 시간이 얼마 남지 않았기에. 그런데 이젠 한계다. 더는 저 놈의 웃는 얼굴을 두고 볼 수가 없었다. 주열은 힘껏 주먹을 날리고 또 날렸다. 그런데도 그는 신음 소리조차 내지 않고 있었다. 아니, 죽으려고 작정한 사람처럼 날리는 주먹을 고스란히 맞고 있었다.

"하아, 하아, 나쁜 새끼! 한때나마 네가 내 친구였다는 게 미치도록 싫어. 알아!"

분이 안 풀린 주열의 잇새로 그에 대한 원망이 흘러나왔다. 미안하다는 한마디만 했어도, 용서해 달라는 한마디만 했어도 이렇듯 화가 나지는 않았을 것이다. 그런데 잘못은커녕 이따위 장난질거리나 하다니. 이 시간 이후로 그를 완전히 머릿속에서 지워버리고 말 것이다.

"아, 좋다."

산책이나 할 생각으로 마당으로 나왔던 인경은 때마침 불어온 바람이 얼굴을 스치고 지나가자 살며시 눈을 감았다. 더운 느낌이 드는 집 안과 다르게 바깥공기는 아주 상큼했다. 아마도 빼곡히 들어선 나무들 때문인 것 같았다. 인경은 한결 마음이 편안해지는 걸 느끼며 천천히 눈을 떴다. 순간, 나뭇가지들 사이로 별빛 하나가 빛을 뿜어내듯 반짝거렸다. 마치 자신의 존재가 거기에 있다는 것을 알아달라는 것처럼.

"너도 외롭구나. 그래서 같이 있고 싶은 친구를 찾고 있는 거지?"

말도 안 되는 헛소리가 흘러나왔다. 그런데 놀랍게도 그녀의 말에 대답이라도 하듯 별이 반짝거렸다. 순간 묘한 설렘이 가슴을 두근거리게 했다.

"지금 내 말에 대답한 거야? 아니면 우연인가?"

뭐 하는 짓인지는 모르겠지만 인경은 계속해서 그 별을 바라보며 이야기했다. 저 별이라면 기꺼이 그녀의 친구가 되어줄 것만 같았다. 그리고 별은 그녀의 마음을 아는 듯 또다시 빛을 뿜어내고 있었다.

"와아, 타이밍 한번 끝내준다!"

신기한 것이라도 본 듯 그녀의 목소리가 들떠 있었다. 그때였다. 밤공기를 뚫고 철컹거리는 소리가 들려왔다. 인경은 본능적으로 나무 뒤로 몸을 숨겼다. 이제야 그들이 퇴근을 한 모양이다.

"왜 이렇게 조용하지?"

그들이 나타나길 기다리고 있던 인경은 한참이 지나도 아무런 인기척이 없자 슬그머니 모습을 드러냈다. 그때 다시 철문이 흔들리는 소리가 들려왔다.

“뭐지?”

그녀는 의아한 표정으로 입구를 향해 천천히 걸음을 뗐다. 그들이 온 거라면 벌써 모습을 드러내고도 남았을 시간이었다. 그런데도 사람은 나타나지 않고 자꾸만 철문만 흔들거리자 더는 모른 척할 수가 없었다. 인경은 문과의 거리가 한 발자국씩 좁혀질 때마다 심장이 벌렁거리고 몸이 움츠러들었다. 하지만 마음을 단단히 먹고 발걸음에 힘을 주었다.

드디어 입구에 도착한 그녀는 크게 심호흡을 한 후, 조심스럽게 손잡이를 잡았다. 그리곤 혹시라도 모를 사태에 대비해 밖의 동태를 살피면서 천천히 문을 열었다. 그 순간 무언가에 떠밀리듯이 갑자기 문이 확 열리더니 검은 형체가 그녀를 덮쳤다.

“엄마야!”

갑자기 덮쳐 오는 무게를 지탱하지 못한 인경은 비명을 지르며 뒤로 나자빠졌다. 그 충격으로 인해 등줄기를 타고 저릿한 통증이 온몸을 휩쓸고 지나갔다.

“아 씨, 아파.”

눈물이 찔끔 나올 정도로 아팠다. 인경은 짜증이 확 솟구치자 무겁게 짓누르고 있는 상대를 팍 밀쳐 버렸다.

쿵!

“으윽!”

기분 나쁜 소리가 공기를 가르는가 싶더니 이내 신음 소리가 뒤따랐다. 순간 덜컥 겁이 난 인경은 아픈 것도 잊어버리고 벌떡 몸을 일으켜 앉아 상대방을 바라보았다. 이곳이 돌바닥이란 것이 뒤늦게 생각난 것이다.

"가, 강…… 주열 씨?"

신음을 흘리며 누워 있는 상대를 본 그녀의 눈이 휘둥그레졌다. 순식간에 벌어진 일이라 딱히 누구일 거라고 생각조차 해보지 않았지만 상대가 그라는 걸 알고 나자 몸이 절로 움츠러들었다.

"괘, 괜찮아요?"

인경이 떨리는 목소리로 물었다. 하지만 그는 부딪친 곳이 많이 아픈지 손바닥으로 머리를 감싼 채 신음만 흘리고 있었다.

'설마 다친 건 아니겠지.'

인경은 불안한 마음을 애써 숨기며 그에게 바짝 다가갔다. 그러자 알코올 냄새가 지독하게 코를 자극했다.

"아우, 술 냄새."

그녀는 얼른 손가락으로 코를 꽉 잡았다. 엉켜 있을 때는 경황이 없어서 몰랐는데 그는 술통에 빠졌다 온 듯 술에 절어 있었다.

"도대체 얼마나 푼 거야."

인경은 불쾌한 냄새에 미간을 잔득 찡그리고서 아직도 끙끙거리고 있는 그를 내려다보며 말했다.

"이봐요, 강주열 씨. 많이 아파요? 119 부를까요? 이봐요! 무슨 말이라도 좋으니까 대답 좀 해봐요."

"머리 울려. 입 좀 닫아."

그녀 때문이란 듯 불만 가득한 소리가 그의 입을 통해 흘러나왔다. 인경은 머리가 울리는 것은 그녀 때문이 아니라 바로 술 때문이라고 말해주려다 취한 사람 붙잡고 시비 거는 것 같아서 그만두기로 했다.

"일어날 수 있겠어요?"

"1분 후에."

"그래요, 그럼. 근데 어디 다친 건 아니죠?"

"몰라."

그는 만사가 귀찮은지 짜증스럽게 대답하고 있었다. 인경은 바닥에 부딪치는 소리가 제법 크게 들렸던 게 생각나자 은근히 걱정되기 시작했다. 만일 다친 거라면 빨리 병원으로 데려가야 했다.

"저기, 강주열 씨. 잠시 실례할게요."

무슨 말인지 그가 채 인식도 하기 전에 그녀의 손가락들이 머릿속을 헤집기 시작했다. 순간 술이 확 깰 정도로 몸에 전율이 흘렀다. 저도 모르게 몸을 움찔거린 주열은 터져 나오려는 신음을 삼키려고 이를 악물었다. 술기운으로 들떠 있던 열기가 지금은 전혀 다른 이유로 몸을 달구고 있었다. 인내심 하난 제법 강하다고 자부하고 있었는데 별거 아닌 손길에 마치 애무라도 받고 있는 듯이 반응하다니. 그도 욕망 앞에선 한낱 보잘것없는 남자인 모양이다.

"에구, 아프겠다."

뒤통수에 제법 큰 혹이 만져지자 인경은 제 몸인 양 아픔이 느껴져 살짝 몸을 움츠렸다. 그나마 피 같은 끈적거림이 느껴지지 않아 천만다행이었다.

"혹이 나긴 했는데 병원에 갈 정도는 아닌 것 같아요. 바닥이 차가우니까 그만 일어나는 게 좋겠어요."

인경이 그의 안색을 살피며 말했다. 하지만 그는 일어날 생각이 없는지 꼼짝도 하지 않고 있었다.

"혼자서 못 일어나겠어요? 그럼 도와줄 테니까 일어나요."

인경이 꼼짝도 하지 않는 그의 어깨를 끌어안고 막 잡아당기고 있을 때였다.

"어? 문이 왜 열려 있지."

서진의 목소리가 문밖에서 들려왔다. 흠칫 놀란 인경은 저도 모르게 주열의 어깨를 안고 있던 손을 놓고서 자리에서 벌떡 일어났다.

쿵!

"윽! 제길!"

주열이 거칠게 욕설을 내뱉으며 머리를 감싸며 뒹굴었다.

"헉! 이를 어째."

"인경…… 씨?"

그를 또 다치게 했다는 것에 놀라 허둥대고 있을 때 서진의 목소리가 들려왔다. 그는 아직 주열을 보지 못한 듯했다.

"네, 저에……."

"주열아!"

그녀가 채 말을 끝내기도 전에 서진이 쓰러져 있는 주열을 발견하곤 황급히 다가갔다.

"왜 이러고 있어. 다친 거야?"

서진의 물음에 인경은 이제 죽었구나 싶어 눈을 질끈 감았다. 고의는 아니었지만 다치게 한 것은 사실이니까 설령 그가 고자질을 한다고 해도 어쩔 수가 없었다. 그러나 어찌 된 영문인지 주열의 목소리는 들려오지 않았다. 인경은 예상이 빗나가자 슬그머니 눈을 뜨고서 서진이 주열을 일으키는 모습을 지켜보았다.

"웬 술을 이렇게 마신 거야, 몸도 안 좋으면서. 병원에 안 가봐도 돼?"

몸도 가누지 못하는 주열을 보고 있으려니 서진은 속이 상했다. 안 그래도 그를 혼자 보내놓고 마음이 편치 않아 어디선가 술이라도 마시고 있지 않을까 걱정을 하고 있었는데 불길한 예감이 맞아떨어진 것이다.

"안 되겠다. 인경 씨, 좀 도와줄래요?"

걸을 때마다 발이 꼬여 비틀거리는 게 계단을 오르기엔 무리일 것 같아서 서진은 우두커니 서 있는 그녀에게 도움을 청했다.

"그러……."

"안 돼!"

날카로운 목소리가 그녀의 대답을 삼켜 버렸다. 서진을 도와주기 위해 한 걸음 앞으로 나서던 인경은 돌연 뻘쭘해지자 허공에다 시선을 던졌다. 두 번이나 그를 다치게 했으니 당연한 반응이었다. 하지만 고의가 아니었다는 것쯤은 그도 알고 있을 텐데 사람이 무안할 정도로 격하게 반응하는 것은 좀 서운했다.

"자식, 그렇다고 고함칠 것까지 뭐 있냐. 사람 무안하게."

그녀의 눈치를 살피며 서진이 한마디 툭 던졌다. 서진의 핀잔에 주열은 주먹을 불끈 틀어쥐었다. 그도 그렇게까지 하려고 한 것은 아니었다. 하지만 그녀의 손이 몸에 닿는다는 생각만으로도 피가 뜨거워져 저도 모르게 목소리가 크게 나왔다.

"누구랑 마신 거야?"

서진의 물음에 주열은 자연스레 민수의 얼굴이 떠오르자 이를 악물었다. 죽이고 싶을 만큼 미운 사람을 가슴에 품고 산다는 것은 그 사람 역시도 죽은 거나 다름없는 삶을 산다는 것을 의미했다. 그렇기에 주열은 웃음도, 행복도, 사랑도 살면서 누릴 수 있는 모든 것을 버렸다. 오직 한 사람을 파멸시키기 위해서. 그리고 마침내 그 기회를 잡았다. 한 땀 한 땀, 옷감에 바느질을 하듯 오랜 시간을 고통과 싸워 얻게 된 것이다. 그래서 오늘 민수를 만나게 되면 속이 후련할 줄 알았다. 마침내 기나긴 악몽에서 깨어날 수 있기에 통쾌할 줄 알았다.

그런데 아니었다. 손톱 밑에 가시가 박힌 것처럼 껄끄러운 것이 영 기분이 좋지가 않았다. 왜 이런 걸까. 왜 마음 한 자락이 송곳으로 후벼 파는 것처럼 따끔거리는 걸까. 술을 마시는 내내 스스로에게 반문해 보았지만 모르겠다는 것이 다였다. 그래서 수만 가지 이유 끝에서 찾은 것이 바로 핑계였다. 그의 나약한 심성을 탓하기엔 자존심이 상했기에 아주 많이 보고 싶을 거라는 민수의 마지막 말이 귀에 거슬린다는 것으로.

문득 잠에서 깬 인경은 칼칼하니 목이 마르자 주섬주섬 침대에서 내려왔다. 얼큰한 국물이 먹고 싶어서 저녁으로 라면을 끓여 먹은 것이 아무래도 짰던 모양이다.

"하암."

인경은 양팔을 머리 위에 올리고서 늘어지게 기지개를 켰다. 곧 동이 트려는지 새벽빛이 창으로 스며들어 와 방 안을 푸르게 적시고 있었다. 인경은 협탁 위에 있는 휴대전화를 집어 들어 시간을 확인했다. 4시 39분. 제법 이른 시간이었다. 하지만 5시 30분에 어김

없이 기상하는 이 집의 남자들에겐 결코 이른 시간이 아니었다.

스위치를 올려 방을 환하게 밝힌 인경은 곧장 욕실로 향했다. 매번 서진이 차려주는 밥상을 받기가 미안했는데 오늘만큼은 그녀가 아침 준비를 할 생각이었다. 또 본의 아니게 다치게 한 주열에게 사과하는 의미로 시원하게 술국도 끓여줄 참이었다. 인경은 그들이 깨기 전에 식탁을 차려놓을 욕심에 대충 세안과 양치질을 하고서 종종걸음으로 가 방문을 열었다.

"엄마야!"

문을 연 인경은 시커먼 형체가 문 앞에 서 있자 그만 자리에 털썩 주저앉고 말았다. 그런 그녀를 주열이 물끄러미 내려다보고 있었다.

"여, 여기서 뭐 하세요?"

자리에서 일어난 인경이 놀란 가슴을 쓸어내리며 물었다. 하지만 그는 몽유병에라도 걸린 사람처럼 입을 꼭 다문 채 그녀만 뚫어지게 바라보고 있었다. 푸르스름한 빛과 어우러진 모습이 마치 저승사자를 연상케 해 무섭기까지 했다.

"저, 저기 강주열 씨. 왜 이러고 있어요? 혹시 어디 아파요?"

인경은 어젯밤 일이 떠오르자 조심스럽게 물었다. 머리같이 예민한 곳은 바로 증상이 나타나지 않더라도 시간을 두고 지켜봐야 한다는 말을 어디선가 들은 기억이 났다.

"네?"

주열이 무슨 말인가를 했지만 소리가 너무 작은 탓에 제대로 들을 수가 없었던 인경은 그에게로 한 발자국 다가가며 말했다.

"뭐라는지 안 들리는데 다시 한 번 말해줄래요?"

주열은 가까이 다가온 그녀에게서 상큼한 비누 향이나자 잠시 숨을 멈추었다가 천천히 토해냈다. 여자에게서 화장품이 아닌 비누 냄새를 맡아본 것이 처음이라서 그런지 코끝이 간질거리는 게 어느 향수보다 진하게 후각을 자극했다. 싫지 않은, 아니, 묘한 설렘이 느껴지는 게 기분을 들뜨게 했다. 주열은 코로 천천히 숨을 들이켜며 귀를 쫑긋 세우고 있는 그녀를 향해 입을 열었다.

"아프면 치료해 줄 거냐고 물었어."

"당연하죠. 어디, 머리가 아파요?"

아무 거리낌 없이 다가온 손길이 이마를 덮었다. 주열은 차가운 물수건을 올려놓은 것처럼 이마가 서늘해지자 한결 숨쉬기가 편해졌다.

"어머, 열나네요."

그녀가 놀란 눈을 하고서 바라보았다. 주열은 그제야 몸이 타들어가는 듯한 갈증의 이유가 무엇인지 알았다. 가위에 눌려 잠에서 깼을 때는 서인의 환영에 시달린 탓이라 여겼는데 실제로 몸에서 열이 나고 있었던 것이다. 하기야 밤새 찬물을 뒤집어썼으니 열이 날 만도 했다. 성한 몸이라 할지라도 병이 났을진대 술에 취한 채 젖은 몸으로 잠들었으니 오죽할까.

"혹시 구토증은 없어요?"

씁쓸한 표정으로 서 있던 그는 다시금 들려오는 목소리에 고개를 가로저었다. 그러자 다행이라는 듯 그녀에게서 깊은 한숨이 흘러나왔다. 그녀의 행동을 지켜보고 있던 주열은 저도 모르게 입꼬리가 씩 위로 올라갔다. 텅 비어 있는 것처럼 가슴이 허전하기만 했는데 지금은 훈훈한 온기가 스며들어 간 듯 마음이 포근했다.

왜 이런 기분이 드는지는 모르겠지만 참 따뜻하고 좋은 느낌이었다. 이런 기분을 얼마 만에 느껴보는지 모른다.

"다행이네요. 머리를 다쳤으면 어쩌나 걱정했는데. 단순히 열만 나는 거라면 제게 해열제가 있으니까 먹는 게 좋겠어요. 들어가서 잠시만 기다려요. 물 가져올 테니까."

그가 말리기도 전에 제 말만 하고는 그녀가 쏜살같이 주방으로 향했다. 잠시 멍하니 서 있던 주열은 그녀의 향기를 좇아 천천히 안으로 들어갔다. 방은 예전 모습 그대로인데 이상하게 그 느낌이 달랐다. 좀 더 아늑해졌다고나 할까. 그녀가 오기 전까진 비어 있던 방이었으니 어쩌면 당연한 건지도 모른다. 물건이고 집이고 간에 사람의 손때가 묻어야지만 제 가치를 하며 빛을 발하니까.

"이 방이 이렇게 쓰일 줄이야."

방 안을 휙 둘러보던 주열은 피식 웃고 말았다. 여자 손님을 위한 방이 있어야 한다고 고집을 부리던 이모의 얼굴이 떠올랐던 것이다. 당시엔 이 방에 여자가 들어가는 일은 절대 없을 거라고 호언장담했었다. 그런데 이곳에 여자를 들이게 될 줄이야. 그것도 10억이란 거금을 들여 산 여자를.

그리고 이제 그 여자는 송충이가 솔잎을 갉아 먹듯이 야금야금 그의 가슴속을 파고들었다. 그녀를 기꺼이 안겠다고 통보를 하긴 했지만 한편으론 아니라고 절대 그럴 수 없다고 부정하고 또 부정을 했었다. 하지만 가위에 눌려 잠에서 깼을 때 무작정 방을 뛰쳐나와 온 곳이 바로 여기였다. 굳게 닫혀 있는 그녀의 방 앞. 말보다는 마음이 먼저 그녀를 찾은 것이다. 그녀라면 정말 그녀라면 미칠 것 같은 이 기분을 달래줄 수 있을 것 같아서였다. 그러나 서인의 그림자가 눈에 밟혀 차마 문을 열지 못했다. 그런데 거짓말처럼 그녀가 눈앞에 나타났다. 그때 깨달았다. 그녀에게서 도망칠 수 없다는 것을. 아니, 도망치고 싶지 않다는 것을.

"왜 그러고 섰어요. 어지러울 텐데 아무 데라도 좀 앉지."

등 뒤로 들려오는 목소리에 그녀가 베고 잤을 베개로 손을 뻗고 있던 주열은 재빨리 손을 거둬들였다. 그의 옆으로 성큼 다가온 그녀가 침대 옆 서랍장을 열더니 약을 꺼내 들었다.

"자요, 어서 먹어요."

주열은 물컵과 분홍색 알약을 내밀고 있는 손을 물끄러미 바라보다가 천천히 손을 뻗어 그것들을 받아 들었다. 어릴 적 엄마가 먹여주던 약을 제외하곤 여자가 약을 챙겨준 것은 이번이 처음이었다. 그래서인지 한쪽 가슴이 간질간질거리는 게 기분이 참 이상했다. 약을 입에 넣고 물을 마시던 주열은 문득 서인이 했던 말이 떠올랐다.

"119 불러. 내가 의사도 아니고 간다고 해도 딱히 도움 안 되잖아."

그녀와 사귀기 시작한 지 1년쯤 되었을 무렵이었다. 명치끝을 쥐어 비트는 듯한 통증에 병원을 가려고 해도 도저히 운전을 할 수가 없어서 그녀에게 도움을 청한 적이 있었다. 그때 친구들과 함께 있어서 못 간다며 그의 청을 거절하면서 그녀가 했던 말이었다. 할 수 없이 서진을 불러 병원을 가긴 했지만 그녀의 말이 너무나 서운해 한동안 마음이 울적했었다. 사랑하는 사람이 아프다고 하면 만사를 제쳐 두고 달려가야 한다고 생각하는 그로서는 솔직히 충격이었다.

다행히 신경성 위경련이었지만 두고두고 그 일이 마음에 걸려 두 번 다시는 아파도 그녀에게 아프다는 말을 하지 않았다. 그런 반면, 얼굴을 살짝 찡그리고서 주열을 뚫어져라 바라보고 있는 하인경이란 여자는 제 몸처럼 그를 걱정하고 있었다.

"이제 한숨 자면 좋은데. 안 잘 거죠? 아니, 못 자는 건가."

혼자서 자문자답하는 모습에 주열은 배시시 웃었다. 딱히 잠이 올 것 같지는 않지만 그녀를 위해서 자는 척 시늉이라도 해야 할 것 같았다.

"잘 거야. 약을 먹었더니 졸려."

주열은 일부러 입을 크게 벌리고서 하품까지 했다.

"그거 수면제 아니거든요."

말도 안 되는 소리에 인경이 냉큼 받아쳤다. 아무리 수면제라도 그렇지 고작 한 알에 그렇게 빨리 잠이 올 턱이 없었다.

"암튼 잘 테니까 1시간 있다가 깨워."

주열은 방으로 가는 것도 귀찮아 그녀의 침대에 몸을 뉘었다. 그러자 솔솔 그녀의 향기가 콧속으로 스며들었다. 달콤한 초콜릿을 먹은 아이처럼 왠지 잠이 잘 올 것 같은 느낌이라 그는 살며시 눈을 감았다.

"거긴 내 침댄데."

인경은 차마 일어나라는 말은 못하고 입안에서 오물거리듯 말했다. 조금 있으면 서진이 일어날 시간이라 그가 그녀의 침대에서 잔다는 것이 왠지 신경 쓰였다.

"주인은 나야."

“치, 누가 뭐라고 했남.”

얄미운 말에 인경은 한마디 톡 쏘아붙이고선 불을 끄고 방을 나갔다. 살며시 눈을 뜬 주열은 그녀가 나간 방문을 생긋이 웃으며 바라보다가 다시 눈을 감았다. 이미 해가 뜨고 있다는 것을 알았지만 그다지 중요한 약속이 없었기에 조금 늦게 출근을 한다고 해도 회사에 큰 지장은 없었다.

“이 냄새가 하인경이구나. 하인경.”

나지막하게 읊조리는 입가에 부드러운 미소가 배어 있었다.

“에잇!”

휴대전화를 만지작거리고 있던 기철은 화풀이를 하듯 전화기를 휙 던져 버렸다. 틀림없이 무언가가 잘못됐다. 아니, 잘못되어야 했다. 그렇지 않고서는 이렇듯 조용할 리가 없었다. 비록 그녀가 먼저 헤어지자고 했다지만 이토록 연락 한번 오지 않을 줄은 몰랐다.

아니, 솔직히 말해서 며칠 지나면 보고 싶다며 엉엉 울면서 전화할 줄 알았다. 그런데 그를 잊기라도 한 것처럼 문자 하나 전화 한 통이 없었다. 그게 기철을 불안하게 했다. 만일, 다른 여자였다면 기대는 물론 미련조차 두지 않았을 것이다. 하지만 그녀는 하인경이다. 그를 사랑하고, 그만을 원하는 여자, 하인경. 그랬기에 하루아침에 그를 잊는다는 것은 불가능했다.

그래서 참았다. 기다리면 오겠지. 화가 풀리면 올 거야. 그렇게 자기최면을 걸면서 기다리고 또 기다렸다. 그러나 이젠 자신이 없었다. 하루하루가 지날 때마다 그녀를 잃어버렸다는 초조함과 불안감이 그의 심장을 쥐고 흔들었다. 아직 전하지 못한 말도 있는데 이제야 그녀의 대한 마음을 깨달았는데 치기로 저질러 버린 일로 인해 그의 사랑이 저버릴 위기에 처한 것이다.

"제길."

그녀가 영원히 그의 곁을 떠났을지도 모른다는 생각만으로도 명치끝이 뒤틀리자 제멋대로 욕설이 튀어나왔다. 그깟 자존심이 뭐라고 첫사랑을 놓친단 말인가. 결코 있을 수 없는 일이라 기철은 냉큼 휴대전화를 들고서 1번 키를 꾹 눌렀다. 그녀가 하지 않는다면 그가 하면 되었다.

두근두근. 신호음이 들려오자 그의 가슴이 사춘기 소년처럼 제멋대로 쿵쾅거렸다. 이제 곧 그녀의 목소리를 들을 수 있다고 생각하니 입에 침이 마르고 조바심까지 났다. 사랑을 한다는 것은 아마도 이런 기분인가 보다. 그 사람의 목소리를 들을 수 있다는 것만으로도 행복을 느끼는 것. 그러나 한참 동안 전화기를 들고 있어도 그녀의 목소리는 들려오지 않았다.

"아직 자나."

흘낏 시계를 바라본 기철의 미간에 주름이 잡혔다. 이미 출근을 하고도 남았을 시간이었다. 그런데도 전화를 받지 않는다는 것은 일부로 그를 피한다는 뜻이었다.

"젠장! 정말 이대로 끝낼 참인가."

휴대전화를 쥔 손이 힘없이 아래로 툭 떨어졌다. 몇 날 며칠 고민 끝에 내린 결정이 헌신짝처럼 짓밟힌 것 같아 기분이 씁쓸했다.

"나쁜 새끼!"

끊어진 휴대전화를 바라보는 무희의 심장이 거센 파도에 떠밀리듯 심하게 요동쳤다. 가지고 싶은 것을 욕심내는 것은 당연한 거다. 그게 사랑이라면 더 말할 것도 없었다. 그래서 버렸다. 목숨 같은 자존심을. 오직 한 사람, 그를 얻기 위해서. 그런데 그가 움직이지 않는다. 그의 마음을 빼앗아간 하인경만 사라진다면 예전처럼 바라봐 줄 거라 여겼는데 현실은 냉혹하리만치 그녀의 심장을 갈기갈기 찢어놓고 있었다.

"내가 갖지 못하면 차라리 부셔 버릴 거야!"

무희는 다짐이라도 하듯 혼잣말을 했다. 그때 그녀의 손에 들려 있던 휴대전화가 다시 요란한 소리를 냈다. 무희는 입술을 지그시 깨물며 송기철이란 이름자를 노려보았다. 고작 5분도 안 돼 다시 통화키를 누르다니, 애가 달아도 보통 단 게 아니었다.

"백날 해봐라. 그년이 받을 수 있는지."

휴대전화를 던지다시피 테이블에 내려놓은 그녀의 입가에 비릿한 미소가 걸렸다. 수백, 아니, 수천 번의 전화를 건다고 해도 하인경과의 통화는 불가능했다. 그건 그 여자가 전화를 건다고 해도 마찬가지였다. 두 사람의 유일한 연결 고리인 휴대전화를 이미 그녀가 접수했으니까. 책상 서랍을 연 무희는 애초에 기철이 가지고 있던 휴대전화를 천천히 꺼내 들었다.

「부재중 전화 67통.」

삭제를 여러 번 했는데도 하인경에게서 걸려온 전화는 꽤나 많았다. 그만큼 기철에 대한 불신이 크다는 거였다. 왜 안 그러겠는가. 사랑하는 남자에게서 철저히 버림받았으니 죽이고 싶을 만큼 이를 갈고 있을 터였다. 그 감정을 조금이나마 알고 있는 그녀이기에 하인경이 조금은 측은하게까지 여겨지고 있었다.

"후후, 이런 줄은 꿈에도 모를 거다. 하하하."

호탕한 웃음소리가 사무실을 가득 채웠다. 그녀의 농간인 줄도 모르고 서로에게 이를 갈고 있을 두 사람을 생각하니 기분이 날아갈 것처럼 좋았다. 하나같지만 사실은 전혀 다른 번호. 기철이 전화를 걸고 있는 그 번호는 사실 하인경이 아닌 무희가 가지고 있는 휴대전화였다.

그들의 관계를 철저하게 끊어놓기 위해서 비슷한 번호를 수소문한 끝에 겨우 가운데 숫자 하나가 다른 번호를 구해서 어렵게 손에 넣었다. 지금 기철이 사용하고 있는 휴대전화 번호 역시 마찬가지였다. 두 번호를 사들이는 데 쓰인 돈이 얼마인가를 알게 된다면 그녀보고 미쳤다고 할 것이다. 그래도 좋았다. 그들만 엮이지 않는다면. 하인경, 그 여자만 눈앞에서 사라질 수만 있다면 그깟 돈쯤이야 얼마든지 버릴 수 있었다.

"날 무시한 벌이야. 어디 잘 견뎌보라고."

무희가 아직도 울리고 있는 휴대전화를 매섭게 노려보며 이를 갈았다.

인경은 곤히 자고 있는 주열의 얼굴을 바라보며 깨워야 할지 말아야 할지 고민에 빠졌다. 그는 1시간만 있나가 깨우라고 했지만 서진이 출근하면서 주열이 깨어날 때까지 자게 내버려 두라고 했던 것이다. 그리고 시간은 어느덧 11시 30분이었다.

"휴우, 미치겠네. 이러다 안 깨웠다고 난리 나는 거 아니야."

인경은 길게 한숨을 내쉬며 넋두리를 했다. 그때 마음속 혼란을 잠재우려는 듯 서진이 한 말이 불쑥 떠올랐다.

“이렇듯 편안하게 자는 모습이 너무 오랜만이라 깨우고 싶지가 않습니다. 이게 다 인경 씨 덕분인 것 같네요.”

무슨 뜻인지 묻고 싶었지만 그 말을 하고 있는 서진의 얼굴이 너무나 슬퍼 보여서 차마 입이 떨어지지가 않았다.

“내 덕이라니, 그게 무슨 뜻일까.”

인경은 풀리지 않는 수수께끼를 끌어안고 있는 것처럼 가슴이 답답해졌다. 하루 중에서 가장 편안할 때가 언제냐고 물어본다면 그녀는 지체 없이 잠을 잘 때라고 말할 것이다. 그건 그녀뿐만 아니라 그 누구라도 그렇게 대답할 말이었다. 잘 때만큼은 모든 것으로부터 벗어날 수 있으니까. 그게 설령 뼈를 깎는 고통이라 할지라도 그 시간만큼은 잊을 수 있었다. 그런데 서진의 말에 의하면 주열은 그렇지 못하다는 의미였다.

“설마, 그래서.”

그녀는 문득 비명 소리에 깼던 날, 서진이 했던 경고의 말이 떠올랐다. 이어 악몽을 꾸는 그를 깨웠던 날의 기억도 되살아났다. 그저 몹쓸 꿈을 꾼 거라고 생각했는데 아마도 그게 아닌가 보다. 그 안에 있는 무엇이 그를 꿈속에 가둔 것 같았다. 인경은 옅은 숨을 내쉬며 자고 있는 그의 얼굴을 안타깝게 바라보았다. 가장 편안해야 할 시간조차 고통에 시달려야 하는 그가 측은하게 느껴졌다.

“당신 참 얄미운 사람이란 거 아나요. 그래서 더 화가 나요. 정말 괴롭고 힘든 사람은 난데 당신이 더 아픈 것처럼 보여서 마음

놓고 미워할 수가 없잖아요. 미워하다가도 이러는 당신을 보고 있으면 안쓰럽다는 생각이 먼저 들어요. 참 이상하죠? 아니, 내가 이상한 사람이겠죠. 그냥 모른 척 귀 막고 눈 감고 있으면 되는데 이렇듯 신경을 쓰니 말이에요. 근데요. 잠잘 때만큼은 모든 걸 내려놓는 게 좋아요. 그래야 그 시간만큼은 고통에서 벗어날 수가 있거든요. 계속 고통 속에 빠져 있으면 너무 힘들어서 살아갈 수가 없잖아요. 날 봐요. 노예처럼 팔려온 처지라도 그 시간만큼은 꿈도 꾸지 않고 잘 자잖아요. 바보같이."

마지막에 붙인 바보란 말은 그녀를 향한 말이었다. 믿었던 남자에게 배신당한 것도 모자라 그녀를 돈으로 산 남자에게 연민을 느끼고 있는 게 한심해서.

"있잖아요, 강주열 씨. 그리움이란 건 마음속 책장에 꽂아놓은 추억이 하나둘 생각날 때 찾아드는 외로움이에요. 그러니까 꼬깃꼬깃해진 추억일랑 꺼내보지 말아요. 끼워놓은 책갈피가 너무 아프니까."

중얼거리는 목소리에 물기가 묻어났다. 그를 위로한답시고 한 말인데 오히려 그녀가 슬펐다. 아니, 아팠다. 막상 말을 내뱉고 보니 그리움을 느낄 만큼의 추억이 기철과는 없었던 것이다. 더불어 사람을 믿고 좋아한 대가가 고작 이런 건가 싶은 게 한없이 서글퍼졌다.

"에이, 하인경. 센티해지지 말자. 시작을 했으니 끝을 봐야지."

인경은 감상에 빠져들려는 기분을 얼른 추슬렀다.

"그나저나 왜 이렇게 안 일어나지. 혹시 더 안 좋아졌나."

인경은 열이 났던 것이 떠오르자 살짝 그의 이마 위에 손을 올렸다. 어쩌면 몸이 너무 아파서 일어나지 못하는 것일 수도 있었다. 그러나 다행히 열은 완전히 내린 듯했다.

"아픈 건 아니…… 아악!"

그의 이마 위에 올렸던 손을 거두려던 인경은 갑자기 붙잡는 손길에 의해 깜짝 놀라서 몸을 뒤로 뺐다. 그러나 용납하지 않겠다는 듯 붙잡은 손에 힘이 가해졌다. 그와 동시에 굳게 닫혀 있던 눈꺼풀이 천천히 들리더니 어둠을 삼킨 듯 새까만 눈동자가 오롯이 그녀를 응시했다.

"깨…… 깼어요."

그가 언제부터 깨어 있었던 것일까를 생각하니 인경의 목소리가 콩알만 해졌다. 주열은 겁에 질린 듯 몸을 잔뜩 움츠리고 있는 그녀를 지그시 바라보았다. 그에게 여자란 오직 서인이뿐이었다. 그래서 두 번 다시는 여자를 가까이하지 않으리라 다짐했었다. 서인을 대신할 사람은 그 어디에도 없으니까. 서인과 함께 그 역시 죽었으니까.

그래서 아버지가 비밀리에 보내주신 여자들조차 거들떠보지 않았다. 그게 제아무리 치료를 목적으로 한 일이었다 하더라도 다른 여자들과 몸을 섞는다는 것이 서인에 대한 배신 같아서 차마 그럴 수가 없었다. 그래서 기꺼이 그 멍에를 짊어지고 가려 했었다. 서인을 지키지 못한 벌치곤 너무 가벼웠기에.

그런데 어느 한순간 모든 것이 뒤틀려 버렸다. 죽었던 심장이 깨어나고, 소멸된 줄 알았던 열정이 다시 살아 꿈틀거렸다. 결코 벌어져서는 안 될 일이었기에 두 귀를 막고 두 눈을 감았다. 차라리 이 느낌이 꿈이길 바라고 또 바랐다. 그러나 아무런 소용이 없었다. 아니, 오히려 멀리하면 할수록 그녀의 얼굴이 더욱 생생하게 떠오르면서 그를 유혹하고 있었다. 다시는 경험하지 못할 거라 여긴 여자의 몸이 얼마나 뜨거운지를 또 한 번 느껴보고 싶어졌다. 하인경, 그녀를 통해서. 서인의 그림자가 그를 집어삼킬지라도. 주열은 잡고 있는 손에 힘을 주어 확 잡아당겼다.

"허억!"

갑자기 끌어당긴 탓에 속수무책으로 끌려간 인경은 침대에 몸을 반쯤 걸친 채로 그의 품에 안기고 말았다. 살짝만 고개를 숙여도 서로의 숨결이 느껴질 정도로 매우 가까운 거리에서 두 사람의 시선이 얽혀들었다. 망망대해에 홀로 떠다니는 배 위에 서 있는 기분이 이보다 두려울까. 심해보다 깊은 바닷속을 연상케 하는 눈동자가 오롯이 그녀를 응시하자 인경은 저도 모르게 흠칫 몸을 떨었다.

위험했다. 지독히도 위험하다는 적색경보가 그녀의 뇌를 뒤흔들었다. 그래서 움직였다. 휘몰아치는 해일에 빠져들지 않기 위해서. 태양이라도 집어삼킨 것처럼 이글거리는 눈동자에서 벗어나기 위해서.

"이, 이게 뭐 하는 짓이에요!"

그녀가 몸을 버둥거리며 소리쳤다. 그러나 그는 입을 굳게 다문 채 뚫어지게 그녀만 응시했다. 차라리 무슨 말이라도 했더라면 이렇듯 불안하지는 않을 텐데, 이런 그의 모습이 그녀를 더 두렵고 무십게 했다.

"설마!"

문득 어떤 말이 떠오르자 그녀의 눈이 휘둥그레졌다. 설마가 사람 잡는다지만 지금이 그때는 아닐 것이다.

"아아, 아니죠? 그, 그렇죠?"

잔뜩 겁에 질린 목소리로 그녀가 물었다. 하지만 그에게선 어떠한 움직임도 대답도 없었다.

"놔! 놓으란 말이야!"

사태의 심각성을 깨달은 인경이 그에게서 벗어나기 위해 발버둥을 쳤다. 그러나 어찌 된 영문인지 꿈틀거리기만 할 뿐, 생각처럼 몸이 움직여지지가 않았다. 입으로는 고함을 지르고 있었지만 정작 몸은 누군가가 못을 하나하나 박아놓은 것처럼 무기력하기만 했다. 눈이라도 감고 싶었지만 그조차도 허용되지 않았다. 우습게도 그녀의 의지로는 아무것도 할 수 없게 된 것이다. 마치 그가 최면을 걸고 있기라도 한 것처럼.

"하인경."

탁해진 목소리가 그녀를 부르고 있었다. 하지만 인경은 대답하지 않았다. 아니, 하지 못했다. 그녀의 신경이 온통 그에게 붙잡혀 있는 탓에 입을 뗄 여력조차 남아 있지 않았다. 그때 또다시 그의 목소리가 들려왔다.

"줄게……. 내 목숨을 원한다면."

그가 무슨 말을 하는지 채 깨닫기도 전에 뜨거운 입술이 그녀의 입술을 덮쳤다.

2권에 계속…